LAURA KNEIDL

Someone to Stay

LAURA KNEIDL

Someone to STAY

Roman

LYX

LYX in der Bastei Lübbe AG
Dieser Titel ist auch als Hörbuch und E-Book erschienen.

MIX
Papier aus verantwortungsvollen Quellen
FSC® C014496

Originalausgabe

Dieses Werk wurde vermittelt durch die AVA international GmbH
Autoren- und Verlagsagentur, München.
www.ava-international.de

Textredaktion: Melike Karamustafa
Covergestaltung: ZERO Werbeagentur GmbH
Coverabbildung: © FinePic / shuttertstock
Satz: Greiner & Reichel, Köln
Gesetzt aus der Adobe Caslon
Druck und Einband: GGP Media GmbH, Pößneck

Printed in Germany
ISBN 978-3-7363-1452-8

1 3 5 7 6 4 2

Sie finden uns im Internet unter: lyx-verlag.de
Bitte beachten Sie auch: luebbe.de und lesejury.de

Für alle, die Träume haben.
Habt den Mut, sie zu verwirklichen.

»Finde und gehe deine eigenen Wege und höre dabei
in dich und nicht auf andere.«

Anabelle Stehl

Playlist

Vancouver Sleep Clinic – Someone To Stay
Arctic Monkeys – I Bet You Look Good On The Dancefloor
Billie Eilish – Bad Guy
Halsey – I Walk The Line
Taylor Swift – The Man
Lizzo – Truth Hurts
Halsey – Sorry
Melanie Martinez – Show & Tell
Zella Day – Seven Nation Army
CHVRCHES – Death Stranding
Harry Styles – Falling
Jack White – Sixteen Saltines
Jessie Ware – Hearts
Left Boy – Sex Party
Grimes – You'll Miss Me When I'm Not Around
Winona Oak – Break My Broken Heart
KUMMER – Ganz genau jetzt
Banks – Gimme
Lady Gaga – Stupid Love
Noah Cyrus ft. XXXTentacion – Again
Jessie Ware – Say You Love Me

Luciens Playlist

Code Orange – Forever
Slipknot – Disasterpiece
Slayer – Raining Blood
Trivium – Pull Harder On The Strings Of Your Martyr
Lamb of God – Laid To Rest
Knocked Loose – Deadringer
Jinjer – Outlander
Bury Tomorrow – Choke
Borknagar – Thunderous
Metallica – The Unforgiven
While She Sleeps – ANTI-SOCIAL
Bring me the Horizon – Ludens
Megadeth – Angry Again
Pantera – Walk
Slipknot – Nero Forte
System of a Down – Chop Suey!
Spiritbox – Holy Roller
Tool – Sober
Jinjer – Retrospection
Machine Head – Imperium
Metallica – King Nothing
Motörhead – Killed By Death
Children of Bodom – In Your Face
Disturbed – Droppin' Plates
Arch Enemy – Nemesis

1. Kapitel

Mein Leben fiel auseinander. Wie das Regal, das ich soeben versucht hatte aufzubauen. Ich war kurz davor gewesen, den letzten Nagel einzuschlagen, als es vor meinen Augen in sich zusammengebrochen war. Es hatte geknarzt und geknackt, und dann war es krachend eingestürzt.

Resigniert starrte ich auf den Trümmerhaufen zu meinen Füßen. Das konnte nicht wahr sein. Eine Stunde Arbeit für nichts. Schlimmer konnte dieser Dienstag nicht mehr werden.

Ein Gefühl der Enge breitete sich in meiner Brust aus, am liebsten wäre ich einfach zurück ins Bett gekrochen. Aber ich weigerte mich, mich ausgerechnet von einem Regal in die Knie zwingen zu lassen. Das hatte noch nicht einmal die Absage für mein Wunschpraktikum bei Irresistible Future geschafft, die ich am Tag zuvor erhalten hatte.

Ich bückte mich nach den Brettern, doch meine Entschlossenheit, es erneut zu versuchen, löste sich schlagartig in Luft auf, als ich die Kratzer entdeckte, welche der Einsturz in der Beschichtung hinterlassen hatte.

»Scheiße«, fluchte ich und ließ das Brett zurück auf den Boden knallen. Ich wohnte hier noch keine zwei Wochen, und schon waren meine neuen Regale im Arsch.

Zitternd würgte ich die Tränen der Frustration hinunter, die mir die Kehle hochstiegen. Meine Finger krampften sich um den Hammer in meiner Hand. Es kostete mich all meine Selbstbeherrschung, dieses Drecksteil nicht einfach kurz und klein zu schlagen. Aber das würde ich bereuen, spätestens dann, wenn ich losziehen musste, um mir ein neues Regal zu besorgen. Dennoch verpasste ich dem Haufen aus Brettern und Stangen einen Tritt. Sie verrutschten und polterten über den Boden. Vermutlich hatte damit auch mein Laminat Kratzer abbekommen, aber daran wollte ich überhaupt nicht denken.

Ein dumpfes Klopfen unter meinen Füßen erinnerte mich daran, dass ich nicht allein im Haus wohnte. Entschuldigend verzog ich die Lippen, auch wenn meine Nachbarn es nicht sehen konnten. Vermutlich hassten sie mich schon jetzt für meine frühmorgendlichen Aufbauaktionen, aber es war die einzige Zeit des Tages, die mir zwischen meinem Studium, meinem Blog und der baldigen Veröffentlichung meines ersten Buchs blieb.

Ich beschloss, meinen neuen Nachbarn später einfach eine kleine Aufmerksamkeit als Entschuldigung vorbeizubringen. Zuneigung ging ja bekanntlich durch den Magen, und vielleicht würde sie etwas Gebäck zumindest so weit besänftigen, dass sie noch ein paar Morgen durchhielten, ohne den Vermieter oder, schlimmer, die Polizei zu informieren. Um sie vorerst nicht weiter zu verärgern, beschloss ich jedoch, das Projekt »Möbelaufbau« für heute einzustellen.

Ich warf einen Blick auf mein Handy. 5:34 Uhr. Damit blieben mir zwei Möglichkeiten. Entweder legte ich mich noch mal schlafen, oder ich machte mich auf den Weg zum Campus, um dort für meine Kurse zu lernen. Das Semester hatte gerade erst angefangen, und ich hatte bereits das Gefühl hinterherzuhinken, was mir die Entscheidung leicht machte, wenn ich nicht noch weiter zurückfallen wollte. Manchmal wusste ich wirklich nicht, wieso ich mir dieses Studium antat. Hätte ich mir nicht etwas weniger Lernintensives aussuchen können?

Ich schnappte mir mein Handy, schaltete die pakistanische

Nachrichtensendung ab, die ich mir angehört hatte, und rief Micah an, die ich vor einem Jahr im ersten Semester kennengelernt hatte. Vielleicht hatte sie Lust, sich mit mir im Café am Campus zu treffen. Es war zwar noch verdammt früh, aber sie hatte mit ihrem Kunststudium und dem Vorhaben, gemeinsam mit Cassie eine Graphic Novel zu veröffentlichen, auch ziemlich viel um die Ohren. Ein frühmorgendliches Arbeits-Date kam ihr deswegen womöglich sogar ganz gelegen.

Es klingelte und klingelte und klingelte, ehe ein Klicken zu hören war und ich aufgefordert wurde, eine Sprachnachricht zu hinterlassen.

»Hey Micah, ich bin's, Aliza«, sagte ich, bereits auf dem Weg ins Badezimmer. »Ich wollte dir nur sagen, dass ich gleich ins Café am Campus gehe, um ein bisschen zu arbeiten. Vielleicht magst du ja auch kommen. Ich würde mich freuen. Bis dann!«

Ich legte das Handy auf die Ablage und betrachtete mich im Spiegel über dem Waschbecken. Mein Bad hatte kein Fenster, und das künstliche Licht betonte unvorteilhaft die dunklen Ringe unter meinen Augen. Ich spritzte mir etwas kaltes Wasser ins Gesicht in der Hoffnung, dadurch wacher auszusehen, aber es half nichts. Was nicht verwunderlich war, denn ich hatte keine Ahnung, wann ich das letzte Mal länger als fünf Stunden geschlafen hatte. Im Moment war einfach zu viel zu tun.

Ich sprang unter die Dusche, allerdings ohne meine Haare zu waschen. Sie waren ziemlich dick, weshalb es immer eine Ewigkeit dauerte, sie zu trocknen. Und da für heute keine Fotoaufnahmen geplant waren, erlaubte ich es mir, sie ungewaschen zu lassen. Anschließend zupfte ich mir ein paar dunkle Härchen aus dem Gesicht und schminkte mich, um zumindest den Anschein zu erwecken, mein Leben unter Kontrolle zu haben. Ich schlüpfte in eine dunkle Jeans und den *Stranger-Things*-Pullover, den mir Micah von der SciFaCon aus Seattle mitgebracht hatte. Der war vielleicht etwas zu warm für Ende August, aber die Klimaanlagen in den Vorlesungssälen brachten mich immer zum Frösteln.

In meinem Arbeitszimmer, in dem noch das Equipment meiner letzten Fotosession herumstand, stopfte ich meinen Laptop und sämtliche Unterlagen für den Tag in meine Tasche, bevor ich in die Küche ging. Es war der einzige Raum in meiner Wohnung, der bereits fertig war. Nicht zuletzt dank des Geldes, das mir meine Eltern für die Ausstattung zugeschossen hatten. Ich hatte sie nicht darum gebeten, aber sie hatten darauf bestanden, mich finanziell zu unterstützen. Ihre Hilfe abzulehnen hätte sie nur gekränkt. Außerdem hatte ich mir auf die Weise einen Handwerker für den Aufbau leisten können – was sich eindeutig gelohnt hatte. Meine Küche erschien mir wie ein wahr gewordener Traum. Sie war hell eingerichtet mit Akzenten aus dunklem Holz und Glas. Es gab eine breite Arbeitsfläche, eine Kochinsel mit großem Induktionsherd, einen zweitürigen Kühlschrank und eine tiefe Spüle mit hoher Armatur, sodass ich bequem abwaschen konnte, was nicht in meine zwei Geschirrspüler passte. Die Ausstattung hatte ein kleines Vermögen gekostet. Kein anderes Zimmer war so teuer eingerichtet, aber ich bereute nichts, denn vermutlich würde ich in dieser Küche mehr Zeit verbringen als in jedem anderen Raum meiner Wohnung.

Ich schnappte mir eine Frischhaltedose aus dem Schrank und packte ein paar der Laddus ein, die ich am vorhergehenden Abend gemacht hatte, um das Rezept später auf meinem Blog teilen zu können. Ich hatte die Bällchen abwechselnd mit Pistazien, Macadamianüssen, Kokosraspeln und allerlei anderen Toppings verfeinert.

Ich schloss die Dose, die bis zum Rand gefüllt war, und schob mir eine der Kugeln direkt in den Mund. Sofort fühlte ich mich ein bisschen besser. Der süßlich-nussige Geschmack des Gebäcks erinnerte mich an meine Großmutter, auch wenn ihre Laddus um einiges besser schmeckten. Dann schnappte ich mir noch zwei der Bällchen für den Weg, bevor ich meine Tasche schulterte und eilig das Haus verließ, um den nächsten Bus zu erwischen.

Ich wohnte in einem der äußeren Bezirke der Stadt. Einerseits weil ich nicht allzu weit von meinem Elternhaus hatte wegziehen wollen. Andererseits weil ich mir in der Innenstadt oder nahe dem Campus niemals eine 3-Zimmer-Wohnung mit einer solch großen Küche hätte leisten können. Und der Wunsch danach hatte mich überhaupt erst dazu motiviert, bei meinen Eltern auszuziehen.

Ich trat hinaus ins Freie. Die Sonne ging gerade auf, der Himmel über mir hatte eine Schattierung zwischen Orange und Dunkelblau. In den meisten Häusern war es noch dunkel und auf den Straßen ruhig. Es schien, als würde ein aus Stille gewobener Mantel über der gesamten Stadt liegen.

Ich atmete tief ein in der Hoffnung, etwas von dieser Stille in mich aufzunehmen, um das andauernde Tosen in meinem Kopf zum Verstummen zu bringen. Es war, als würde ein nicht endender Sturm in mir toben, der mich seit Wochen wach hielt. Er fegte durch meinen Verstand, brachte meine Glieder zum Beben und ließ mich einfach nicht zur Ruhe kommen. Da war die ständige Angst vor dem Stillstand und die Furcht, dass alles, was ich mir aufgebaut hatte, einstürzen könnte wie mein Regal, wenn ich nur eine Sekunde innehielt.

»Guten Morgen, Tyler«, begrüßte ich den Barista im Coffeeshop am Campus.

Die Schicht vor acht Uhr übernahmen abwechselnd er, Cora und Natalia. Sie waren alle drei Studenten am MFC, und ich hatte sie in den letzten Monaten ziemlich gut kennengelernt. Natalia studierte Tiermedizin, Cora war im Bereich Marketing tätig, und Tyler befasste sich mit Menschenrecht. Wir waren uns zum ersten Mal im Frühjahr begegnet, als wir beide freiwillige Helfer in einem Flüchtlingsheim speziell für Mädchen und Frauen gewesen waren. Während Tyler hinter den Kulissen in den Büros arbeitete, hatte ich gemeinsam mit den Bewohnerinnen gekocht, gebacken und ihnen Tipps für günstige, aber dennoch nahrhafte und gesunde Rezepte mit auf den Weg gegeben.

»Morgen, Aliza«, erwiderte Tyler und versteckte ein Gähnen hinter vorgehaltener Hand. Sein blondes Haar stand ihm wirr vom Kopf ab, als wäre er direkt aus dem Bett hinter den Tresen gefallen. Verständlich, denn wer war schon freiwillig um sieben Uhr auf dem Campus unterwegs? Abgesehen von mir und den Sportlern vielleicht, die ich jeden Morgen auf dem Platz ihre Runden drehen sah. »Das Übliche?«

Ich nickte. »Wie war dein Date am Wochenende?«

Er stellte eine Tasse unter die Kaffeemaschine, die gurgelnd zum Leben erwachte. »Gut.«

»Gut …« wiederholte ich und hob erwartungsvoll die Augenbrauen. »Ist das alles, was ich von dir bekomme?«

Tyler lachte müde. »Es lief wirklich gut. Maddy ist nett. Wir waren in dem Restaurant, das du uns empfohlen hast.« Er öffnete die Auslage mit den Snacks, nahm einen Sesam-Humus-Tomaten-Bagel für mich raus und legte ihn in den Toaster.

»Was habt ihr gegessen?«

»Sie hatte das Kürbis-Risotto mit Schafskäse und ich die hausgemachte Lasagne.«

Uh, es war ein gutes Zeichen, dass er sich daran erinnern konnte, was sie bestellt hatte. Ich kannte Maddy nicht, aber nach dem, was mir Tyler über sie erzählt hatte, schienen sie gut zusammenzupassen.

»Werdet ihr noch mal ausgehen?«

Er schob mir meinen Kaffee zu. »Ja, morgen.«

»Oh! Wo wollt ihr hin?« Ich legte einen Zehndollarschein auf die Theke.

»Ich hatte gehofft, das kannst du mir sagen.«

»Hmmm …« Ich tippte mir nachdenklich mit dem Zeigefinger ans Kinn. »Das indische Restaurant in der Hickman Street ist sehr gut. Falls Maddy kein scharfes Essen mag, könnte ich aber auch das Sushi-Restaurant auf der Beverly Road empfehlen oder das Cordiali Saluti. Wenn du sie wirklich beeindrucken willst, solltest du am besten selbst kochen.«

Tyler gab mir mein Wechselgeld zurück. »Ich kann nicht kochen.«

»Kannst du Anleitungen befolgen?«

Er deutete auf die Tafeln, die über der Theke hingen. »Ich kann alle achtunddreißig Getränke zubereiten, die wir hier anbieten. Mit Anleitungen komme ich klar.«

»Dann gib mir dein Handy.«

Nach kurzem Zögern reichte mir Tyler sein Telefon.

Ich öffnete den Browser und tippte die Adresse meines Blogs ein. Mir war sofort das richtige Rezept für ihn eingefallen. Einfach, aber köstlich, mit wenigen Zutaten und klassischen Gewürzen. Ich öffnete den Beitrag, den ich bereits vor über einem Jahr verfasst hatte, und speicherte ihn in seinen Lesezeichen.

»Hier, damit kommst du auf jeden Fall klar. Maddy wird begeistert sein.«

Tyler überflog das Rezept und grinste. »Cool, danke.«

»Du musst mir dann unbedingt erzählen, wie es gelaufen ist.«

Er nickte, und nachdem ich mich von ihm verabschiedet hatte, nahm ich meinen Kaffee und meinen Bagel und sah mich im Café um. Es war vor drei oder vier Jahren neu eröffnet worden und modern eingerichtet, mit vielen großen Fenstern, die selbst an dunklen Tagen viel Licht hereinließen. Strahler hingen von der Decke und beleuchteten den Innenraum zusätzlich. Die dunklen Holztische in den verschiedensten Größen erlaubten es einem, ungestört allein, aber auch in größeren Gruppen hier zu arbeiten.

Ich bezog meinen Stammplatz an einem Vierertisch in der rechten hinteren Ecke des Raumes und holte meinen Laptop aus der Tasche. Da ich die Nacht zuvor noch die Bilder für den heutigen Blogbeitrag bearbeitet hatte, war der Akku fast leer. Ich kramte mein Ladegerät hervor und steckte es ein. Der Laptop erwachte zum Leben.

Das rot leuchtende Symbol über meinem Mailprogramm zeigte hundertsiebenundzwanzig ungelesene Nachrichten an. Ich wusste nicht, wann dort das letzte Mal eine Null gestanden hatte. Alle Versuche, mein Postfach zu leeren, waren bisher kläglich gescheitert. Jeder beantworteten Mail folgte eine neue. Es war ein endloser Teufelskreis.

Ich öffnete mein Postfach, und sofort stach mir die Absage, die mich gestern erreicht hatte, erneut ins Auge.

Sehr geehrte Frau Malik,

vielen Dank für Ihre Bewerbung und Ihr Engagement. Sie haben einen beeindruckenden Lebenslauf, doch leider haben wir im Augenblick keine Praktikumsplätze in unserer Rechtsabteilung zu vergeben.

Wir wünschen Ihnen für Ihre Zukunft alles Gute.

Mit freundlichen Grüßen
Roshan Whitmore, Personalchefin

Mein Magen krampfte sich vor Enttäuschung zusammen, obwohl es nur um einen Praktikumsplatz ging. Aber eines Tages für Irresistible Future und Malalai Johnson zu arbeiten, war seit Jahren ein Traum von mir. Sie war eines meiner größten Vorbilder, neben meiner Mom und meiner Großmutter, und ich verfolgte ihren Werdegang, seit ich ein junger Teenager war. Die Organisation war von ihrem Großvater, einem afghanischen Einwanderer, und ihrer Mutter gegründet worden und unterstützte Menschen mit Migrationshintergrund dabei, sich eine Zukunft aufzubauen – sei es durch Hilfe bei der Jobsuche oder durch finanzielle Unterstützung während des Studiums. Glücklicherweise hatte ich persönlich damit noch nie Probleme gehabt, aber meiner Großmutter war es damals schwergefallen, einen Job in Amerika zu finden. Und auch einige meiner Tanten und Onkels, die in den USA geboren waren, hatten immer wieder Schwierigkeiten bei der Stellensuche. Und das nicht, weil sie unqualifiziert oder träge, sondern weil manche Arbeitgeber einfach Idioten waren. Ich wollte Menschen wie ihnen helfen, weshalb ich später unbedingt für Irresistible Future arbeiten wollte, aber mit der gestrigen Absage war dieser Traum weiter in die Ferne gerückt.

Frustriert schloss ich mein Postfach wieder und loggte mich stattdessen auf der Seite des Mayfield College – kurz MFC – ein. Ich öffnete das Nachrichtenportal, das unsere Dozenten nutzten, und rief eine Mitteilung auf, die uns Professorin Lawson in der vergangenen Woche geschickt hatte. Darin waren einige Links zu Fachartikeln enthalten, die sich mit Präzedenzfällen im Urheberrecht befassten und die wir uns für die heutige Vorlesung anschauen sollten.

Ich klickte auf den ersten Link und begann zu lesen, während ich an meinem Bagel knabberte. Bereits nach wenigen Minuten schwirrte mir der Kopf, und der Drang, die Tabs zu schließen, um mich mit meinen Mails oder Instagram abzulenken, war groß. Ich kämpfte gegen die Versuchung an und holte mein Notizbuch hervor. Doch meine Gedanken drifteten immer wieder ab, und mir geisterten all die Dinge durch den Kopf, die ich heute noch zu erledigen hatte, wenn ich nicht wollte, dass meine Pläne für die nächsten Tage und Wochen einen Dominoeffekt auslösten.

Ich setzte gerade zum vierten Mal an, einen Artikel über einen Fall zu lesen, der 2014 vor Gericht verhandelt worden war, als ein langer Schatten auf den Tisch und mein Notizbuch fiel, das mittlerweile gefüllt war mit Wörtern, die nur ich entziffern konnte.

»Hey.«

Ich sah auf und blickte geradewegs in ein Paar dunkelbrauner Augen, die ich nur aus einer einzigen Erinnerung kannte. Meine Haut begann zu kribbeln, und in meinem Magen breitete sich ein Ziehen aus.

»Hey«, murmelte ich mit unerwartet heiserer Stimme.

Lucien sah mich unverwandt an, die Hände in den Taschen seiner Jeans vergraben. »Ich weiß nicht, ob du dich noch an mich erinnerst. Wir haben uns auf dem Sommerfest von Bright Canopy getroffen. Ich bin ein Freund von Cassie.«

Beinahe hätte ich laut aufgelacht. Ob ich mich an ihn erinnerte? Natürlich. Lucien war niemand, der schnell in Vergessenheit geriet. Er hatte markante Gesichtszüge mit einem breiten Kinn und einem ausgeprägten Kiefer, die in perfekter Symmetrie miteinander harmonierten. Seine Lippen mit den leicht nach unten zeigenden Mundwinkeln wirkten so einladend sanft. Und das schwarze Haar war lang genug, um ihm in die Stirn zu fallen. Er war ein Gesamtkunstwerk, das sich in meinen Verstand eingebrannt hatte. Doch wirklich unvergesslich war für mich das Lächeln, mit dem er mich auf dem Sommerfest bedacht hatte. Es war voller Wärme und zugleich voller Unsicherheiten gewesen.

Ich räusperte mich. »Ja, ich erinnere mich.«

»Darf ich mich zu dir setzen?«

Mit zusammengepressten Lippen warf ich einen raschen Blick auf meinen Laptop und die Notizen. Ich hatte wahnsinnig viel zu tun und konnte mir eigentlich keine Ablenkung erlauben – selbst wenn sie so attraktiv und faszinierend wie Lucien war. Die Artikel von Professorin Lawson waren nur der erste Punkt auf meiner langen To-do-Liste für den heutigen Tag.

»Keine Sorge, ich will dich nicht volltexten«, fuhr Lucien fort, noch bevor ich mich dazu durchringen konnte, ihm eine Abfuhr zu erteilen. »Ich hab selbst viel zu tun. Ich dachte nur, wir könnten zusammen arbeiten. Aber wenn du lieber allein sein willst, kann ich mich auch woanders hinsetzen.«

»Nein, nein.« Ich deutete hastig auf einen der freien Stühle. »Zusammen arbeiten klingt gut.«

»Cool.« Lucien stellte seinen Rucksack ab und streifte sich die schwarze Lederjacke von den Schultern, bevor er sich mir gegenübersetzte. Unter der Jacke trug er ein ebenso dunkles Hemd, dessen Ärmel er hochgekrempelt hatte, sodass darunter die Ansätze seiner Sleeves zu sehen waren – Tätowierungen, die seine gesamten Arme bedeckten.

Er sah aus wie die Art Mann, vor der mein Vater mich gewarnt hätte. Die Bilder in schwarzer Tinte, die seine Haut überzogen, bestanden größtenteils aus Totenköpfen, Rauchschwaden und Ranken. Keine besonders fröhlichen Motive, aber Lucien schien von Natur aus kein besonders fröhlicher Mensch zu sein.

Ohne ein Wort zu sagen, holte er seinen Laptop heraus. Er

war anscheinend wirklich nicht an einer Unterhaltung interessiert. Und obwohl es genau das war, was ich gewollt hatte, war ich beinahe ein wenig enttäuscht von seinem Schweigen, auch wenn ich nicht hätte sagen können, warum.

Ich zwang mich, den Blick wieder auf meinen Bildschirm zu richten, und las den letzten Absatz noch einmal. Mir war es bereits zuvor schwergefallen, mich auf den langweiligen Fachtext zu konzentrieren, doch mit Lucien am Tisch war es noch um einiges härter. Seine Anwesenheit war wie ein andauerndes Prickeln in meinem Nacken – zumindest die ersten Minuten, ehe sich meine Unruhe plötzlich legte und ich förmlich in den Texten versank. Es war merkwürdig, aber Lucien war so fokussiert auf seine Arbeit, dass seine Konzentration auf mich abfärbte. Ich ließ mich von seinem Workflow mitreißen, und ehe ich michs versah, hatte ich alle Artikel gelesen.

Seufzend ließ ich mich auf dem Stuhl zurücksinken und griff nach meiner Tasse. Nach über einer Stunde intensiver Arbeit war der Kaffee inzwischen kalt. Ich trank den letzten Schluck und stand auf. »Ich hol mir noch einen Kaffee. Willst du auch was?«

Lucien hob den Kopf und schielte in seine ebenfalls leere Tasse. »Ich würde noch einen Cappuccino nehmen.«

»Kommt sofort.« Ich schnappte mir meinen Geldbeutel und flitzte an den Tresen. Früher hatte ich nicht so viel von dem Zeug getrunken, aber drastische Zeiten erforderten drastische Maßnahmen.

Da inzwischen eine menschlichere Uhrzeit herrschte, waren mehr Leute im Café, und ich musste ein paar Minuten warten, bis ich an der Reihe war.

Lucien saß bereits wieder über seinen Laptop gebeugt, als ich zurückkam. Doch zu meinem Erstaunen arbeitete er an keiner Thesis oder dergleichen, sondern scrollte konzentriert durch eine Fotosammlung, die Frauen in Hochzeitskleidern und eleganten Abendroben zeigte.

Ich stellte den Cappuccino neben ihm ab und setzte mich wieder auf meinen Platz, die Hände um meinen Mocca geschlossen, um mich daran zu wärmen. »Woran arbeitest du gerade? Das sieht nicht nach Buchhaltung aus.« Er hatte mir bei unserem Treffen auf dem Sommerfest erzählt, dass er BWL studierte.

»Am Wochenende steht mal wieder eine Hochzeit an, und ich suche noch nach einer Inspiration für das Make-up, da die Braut – Zitat – etwas ganz Besonderes möchte, um nicht auszusehen wie all die anderen Frauen.« Er verdrehte die Augen.

Ich nippte an meinem Kaffee. »Und, schon eine Idee?«

»Ja, das hier finde ich ganz interessant.« Er klickte etwas auf seinem Laptop an und drehte ihn anschließend zu mir um. Auf dem Bildschirm war das Foto einer Frau mit einem extravaganten violetten Augen-Make-up zu sehen. »Natürlich alles etwas dezenter. Ich würde den Lidstrich kürzer halten. Hier und hier wären hellere Farben angebracht, die sich besser verblenden lassen. Und ich würde den Lidschatten unter dem Auge weglassen. Sie soll schließlich nicht aussehen, als hätte ihr Verlobter ihr kurz vor der Hochzeit ein Veilchen verpasst.«

Es gefiel mir, wie er völlig ungeniert über Make-up sprach, als wäre es vollkommen normal, dass ein Typ wie er sich darüber Gedanken machte, wie man am besten Lidschatten verblendete.

»Das könnte wirklich gut aussehen.«

Lucien drehte den Laptop wieder zu sich. »Und woran arbeitest du?«

»An nichts Besonderem. Ich versuche nur, mit meinen Kursen mitzuhalten.«

»Du studierest Jura, oder?«

Ich nickte verwundert. »Ja, woher weißt du das?«

»Cassie hat es mir erzählt.«

»Ach ja?« Ich neigte den Kopf. »Redet Cassie viel über mich?«

»Hin und wieder, aber nicht so viel wie über Auri.«

Ich musste schmunzeln. In den letzten Wochen hatte ich nicht viel Zeit mit Cassie verbracht, da ich knietief in Arbeit gesteckt hatte, um mein Kochbuch rechtzeitig für den Drucktermin fertig zu bekommen. Trotzdem hatte ich das Drama, das sich zwischen ihr und Auri abgespielt hatte, mitbekommen. Inzwischen hatten sich die beiden wieder versöhnt, und Micahs größter Wunsch, die beiden als Paar zu sehen, war in Erfüllung gegangen. »Die beiden sind wirklich süß zusammen.«

»Ich hoffe nur, es hält.«

Ich runzelte die Stirn. »Warum sollte es nicht halten?«

»Keine Ahnung, ich will Cassie nur nicht leiden sehen.«

»Du sorgst dich um sie«, stellte ich fest.

Lucien nickte. »Ich passe eben auf meine Freunde auf.«

»Wie habt ihr euch überhaupt kennengelernt?« Die Frage brannte mir auf der Zunge, seit ich die beiden auf dem Sommerfest zusammen gesehen hatte. Sie waren ein beinahe ebenso ungleiches Paar wie Cassie und Auri, und dennoch schien ihre Freundschaft zu funktionieren.

»Cassie hat mich angekotzt.«

Ich blinzelte. Hatte er das gerade wirklich gesagt? »Sie hat was?«

Ein amüsiertes Funkeln trat in seine Augen. »Es war im ersten Semester, während der Midterms. Sie war krank, ist aber trotzdem gekommen. Ich war gerade fertig mit einer Prüfung und bin nichts ahnend den Gang entlanggelaufen, als plötzlich Cassie aus einem Raum gestürmt kam. Sie ist geradewegs in mich reingerannt, aber statt einer Entschuldigung kam nur Kotze aus ihrem Mund.«

»Oh mein Gott.« Ich begann lauthals zu lachen und brach damit die einvernehmliche Ruhe, die zu dieser Zeit im Coffeeshop herrschte. »Das ist echt supereklig. Was ist dann passiert?«

Lucien stieß ein amüsiertes Schnauben aus. »Es war ihr totpeinlich. Sie wollte wegrennen, ist aber nicht weit gekommen, da sie ziemlich wackelig auf den Beinen war. Ich hab sie eingeholt und auf die Krankenstation gebracht, wo ich dann den halben Nachmittag mit ihr verbracht hab. Seitdem sind wir Freunde.«

»Das war wirklich nett von dir. Ich meine, ihr zu helfen.«

»Ich hab eine kleine Schwester und versuch einfach immer das zu tun, was ich mir für sie wünschen würde, wäre sie in einer solchen Situation«, sagte Lucien und hob die Schultern, als wäre die Sache keiner großen Rede wert. Dabei kannte ich genug Leute, die Cassie vermutlich angeschrien und ihr das versaute Shirt in Rechnung gestellt hätten. Aber vielleicht spiegelte diese Meinung auch nur meine eigenen Erfahrungen mit mir fremden Menschen wider, die nicht immer positiv waren.

»Ich wusste gar nicht, dass du eine Schwester hast.« Zumindest konnte ich mich nicht daran erinnern, dass mir Cassie davon erzählt hatte, aber vielleicht waren meine Gedanken im Moment auch nur zu zerstreut.

»Ja. Amicia«, antwortete Lucien, wobei seine Stimme einen merkwürdigen Klang annahm, den ich nicht ganz deuten konnte.

Ich stellte meinen Mocca ab. »Versteht ihr euch gut?«

Lucien gab einen Laut von sich, den ich als Zustimmung interpretierte. Dann wechselte er schlagartig das Thema. »Wann ist deine erste Vorlesung?«

»Ähm«, stammelte ich, von der Frage überrumpelt. Ich sah auf die Uhr. »In fünfzig Minuten. Deine?«

»Auch. Wollen wir noch eine Runde arbeiten?«

Ich nickte, und wir wandten uns beide wieder unseren Laptops zu.

Die Anzahl der ungelesenen Nachrichten in meinem Postfach war inzwischen auf hundertvierunddreißig angestiegen, dennoch öffnete ich den Arbeitsauftrag einer meiner Professoren für einen fiktiven Gerichtsfall, in dem ich die Anwältin des Angeklagten war und mir eine Verteidigungsstrategie überlegen musste. Ich machte mir Notizen und vermerkte ein paar Paragrafen, die für den Fall vielleicht interessant waren, um sie später nachzuschlagen.

Die Zeit verging schneller als erwartet, und ehe ich michs versah, waren Lucien und ich dabei, unsere Sachen einzupacken, während sich das Café mehr und mehr mit Studenten füllte, die hofften, vor ihrem ersten Kurs noch einen Kaffee zu ergattern.

»Wie viel bekommst du eigentlich für den Cappuccino?«

»Nichts, du bist eingeladen«, antwortete ich mit einer wegwerfenden Handbewegung und verstaute den Laptop in meiner Tasche zwischen Notizen und einem Stapel Umschlägen, die ich später zur Post bringen musste.

Luciens rechter Mundwinkel zuckte. Es war eine kaum sichtbare Bewegung und dennoch veränderte sie sein ganzes Gesicht. »Danke.«

»Nichts zu danken, deinetwegen habe ich zumindest ein bisschen was erledigt bekommen. Kennst du das, wenn du so viel zu tun hast, dass du gar nicht weißt, wo dir der Kopf steht oder wo du anfangen sollst, weil deine Gedanken überall und nirgendwo sind?«

Lucien schnaubte. »Willkommen in meinem Leben.«

Wir liefen zum Ausgang. Ich wollte gerade die Tür aufziehen, als schon wieder zwei Studenten in den Coffeeshop drängten. Lucien, der deutlich größer war als ich, fing die Tür über meinem Kopf ab, bevor sie hinter ihnen zufallen konnte, und hielt sie für uns offen.

Wir traten ins Freie. Die Sonne hatte die Luft bereits deutlich erwärmt.

Lucien rückte den Riemen seines Rucksacks zurecht. »Wo musst du hin?«

Ich deutete auf mein Fakultätsgebäude. »Und du?«

Er zeigte in die entgegengesetzte Richtung.

»Dann trennen sich unsere Wege hier wohl.«

»Sieht ganz danach aus.«

Enttäuschung bereitete sich in mir aus, auch wenn es dafür eigentlich keinen Grund gab.

Einen Herzschlag lang rührte sich keiner von uns, und wir starrten einander an, als wollten wir beide noch etwas sagen, ohne zu wissen, was genau. Unbeholfen trat ich von einem Fuß auf den anderen, bis ich es schließlich nicht länger aushielt. Ich murmelte ein paar Worte zum Abschied, bevor ich mich eilig abwandte und davonlief, ohne mich noch einmal umzudrehen.

Ich wusste nicht, ob ich es mir nur einbildete oder ob es wirklich so war, aber ich glaubte, Luciens Blicke noch eine ganze Weile im Rücken zu spüren.

2. Kapitel

»Sorry, ich wollte dich nicht warten lassen, aber Joshua hat schon wieder angerufen!«, waren die ersten Worte, die ich zu Micah sagte, als ich den Baum erreichte, an dem wir uns immer verabredeten, um gemeinsam zum Mittagessen zu gehen.

Sie bezeichnete ihn immer scherzhaft als »ihren Baum«, denn meistens war sie diejenige, die hier stand und auf mich wartete. Ich erinnerte mich noch dunkel an eine Zeit, als ich ein pünktlicher Mensch gewesen war, aber sosehr ich mich auch bemühte, ich schien immer hinterherzuhinken. Und wenn ich einmal glaubte, pünktlich zu sein, pfuschte mir jemand dazwischen, wie beispielsweise in diesem Fall mein Agent, der mich anrief, obwohl ich ihm schon ein Dutzend Mal gesagt hatte, dass ich unter der Woche vor sechzehn Uhr keine Zeit hatte, um mit ihm zu telefonieren.

»Schon in Ordnung«, sagte Micah und quetschte das Grafik-Tablet in ihren vollgestopften Rucksack. Während wir gemeinsam Jura studiert hatten, war ihre Tasche fast immer leer gewesen, mit Ausnahme eines Zeichenblocks und ein paar Stiften, um sich während der Vorlesungen die Zeit zu vertreiben, aber seit Beginn ihres Kunststudiums schleppte sie zahlreiche Lehrbücher und Materialien mit sich rum. Es freute mich unheimlich für sie, dass sie endlich tun konnte, was sie begeisterte.

Erleichtert darüber, dass Micah mir wegen meiner Verspätung anscheinend nicht böse war, reichte ich ihr die Hand, um ihr auf die Beine zu helfen. Am Anfang unseres Studiums hatten wir uns fast täglich zum gemeinsamen Mittagessen getroffen, inzwischen blieb uns nur noch der Donnerstag – und das leider auch nicht immer.

»Woran hast du gearbeitet?«, fragte ich Micah.

Sie klopfte sich die Grasflecken vom Hintern. Zu einer hellen Jeans mit Löchern an den Knien trug sie denselben *Stranger-Things*-Pullover wie ich zwei Tage zuvor. »Steven hat ein paar Anmerkungen zu meiner Zeichnung von Randall gemacht, die ich gerade umzusetzen versuche.«

»Das war der Aktzeichenkurs, oder?«

»Jup, genau der!«

Ich musste mich erst noch daran gewöhnen, dass Micah ihre Profs mit Vornamen ansprechen durfte – in meinem Fachbereich wäre das undenkbar gewesen. Allerdings wäre es für mich auch undenkbar gewesen, nackte Menschen zu malen. Ich war zwar nicht prüde, und ich wusste, dass es um Kunst ging, aber einen nackten Kerl vor mir stehen zu haben und sein bestes Stück nachzuzeichnen, war dann doch nichts für mich.

Micah und ich verließen den Campus und machten uns auf den Weg zum Wild Olive, einem Restaurant nur zwei Straßen vom MFC entfernt, das wir im ersten Semester entdeckt hatten. Die vegetarische und vegane Auswahl in der Mensa ließ ziemlich zu wünschen übrig, zudem war ich mir nicht sicher, ob das Essen wirklich halal war. Es stand zwar bei bestimmten Gerichten dabei, aber ich vertraute den oft ziemlich unappetitlich aussehenden Schöpfkellen einfach nicht.

»Warum hat Joshua dich angerufen?«, erkundigte sich Micah und schob sich eine Strähne ihres schwarzen Haars hinters Ohr, die der Wind ihr die ganze Zeit ins Gesicht blies. Es war ein angenehmer Spätsommertag, warm genug, um keine Jacke tragen zu müssen, aber nicht so heiß, dass man sich zu Tode schwitzte, sobald man auch nur drei Schritte gelaufen war. Dies war die beste Zeit des Jahres.

»Er hat über den Verlag eine Anfrage vom *Goddess*-Magazin bekommen. Sie würden mich und mein Buch gerne in einer der kommenden Ausgaben vorstellen.«

Micahs Augen wurden groß. »Ernsthaft?«

Ich nickte. Allein Micahs Reaktion und die Tatsache, dass sie die Zeitschrift kannte, zeigte deutlich, was für eine große Sache das war. *Goddess* hatte eine Auflage von über drei Millionen. Drei. Millionen! Und sie wollten einen vierseitigen Beitrag über mich bringen. Der einzige Grund, aus dem ich nicht vor Freude im Dreieck sprang, war der, dass ich noch nicht so ganz begreifen konnte, was gerade passierte. Gefühlt hatte ich gestern mein erstes Rezept auf den Blog geladen. Nun erschien in wenigen Wochen mein erstes Buch, und ich bekam Anfragen wie die von *Goddess*, von denen ich früher nur hatte träumen können. Ich lebte meinen Traum, und es fühlte sich unwirklich und beinahe zu gut an, um wahr zu sein. Ich hatte Angst vor dem Moment, in dem ich aufwachte, weshalb ich es mir nicht erlaubte, zu euphorisch oder hoffnungsvoll zu sein.

Micah hingegen ließ ihrer Euphorie freien Lauf. Sie klatschte begeistert in die Hände und strahlte mich über das ganze Gesicht an, obwohl ich sie in letzter Zeit so oft wegen des Buchs und meiner Arbeit hatte versetzen müssen. »Das ist der Hammer! Ich werde ganz viele Ausgaben kaufen!«

»Wir können ja wieder zusammen gehen, wie damals, als der Beitrag im *Cooking Delicious Magazine* erschienen ist«, schlug ich vor und hielt ihr die Tür zum Wild Olive auf.

Wir betraten das Restaurant, das mir inzwischen so vertraut geworden war, und setzten uns an unseren Stammplatz, von dem aus wir auf eine Wiese mit Spielplatz gucken konnten. Gerade tollte eine Gruppe Kindergartenkinder darauf herum.

Kimberly, die Tochter des Restaurantbesitzers, kam zu uns an den Tisch und reichte uns die Speisekarten. »Dasselbe wie immer?«, fragte sie mit einem Lächeln. »Tee und Cola?«

»Ich bekomm heute bitte einen Kaffee, Kim«, sagte ich.

Sie nickte und rauschte davon, als gäbe es viel zu tun, dabei war es zur Mittagszeit immer ziemlich ruhig in dem kleinen Restaurant.

Ich hängte meine Tasche über die Lehne meines Stuhls, bevor ich mir das Menü griff, wobei ich nicht lange überlegen musste, was ich bestellen wollte. Ich hatte mir angewöhnt, mich chronologisch von oben nach unten durch die Karte zu essen, um nicht jedes Mal unentschlossen überlegen zu müssen.

Kurze Zeit später kam Kim mit unseren Getränken zurück an den Tisch und nahm den Rest unserer Bestellung auf.

Ich hoffte, dass uns der Koch nicht zu lange warten ließ, denn ich musste vor meiner nächsten Vorlesung noch in die Bibliothek, um ein Buch abzuholen, das ich für eine Gruppenarbeit benötigte, die bereits in zwei Wochen fällig war. Ich hatte keine Ahnung, wie und wann ich die Zeit finden sollte, mich mit meinen Kommilitonen zu treffen, aber daran wollte ich jetzt nicht denken.

»Und, wie war deine Woche sonst so? Ist noch etwas Spannendes passiert?«, fragte Micah, die mit der Gabel einen Eiswürfel aus ihrem Cola-Glas gefischt hatte, um ihn wie einen Bonbon zu lutschen.

»Abgesehen von der Anfrage heute nicht wirklich. Ich hab viel gearbeitet, gefühlt aber kaum was geschafft, und die Regale in meiner Wohnung sind noch immer nicht aufgebaut. Also alles beim Alten.« Von der Irresistible-Future-Absage erzählte ich Micah nichts, da sie nicht wusste, dass ich mich überhaupt beworben hatte. Abgesehen von meiner Familie hatte ich niemandem davon erzählt, um die Sache nicht hochzuschaukeln und ständig danach gefragt zu werden. So blieb es mir erspart, Dutzenden von Leuten von der schlechten Neuigkeit zu erzählen. »Und bei dir?«

»Dasselbe, minus der Regale, aber anderes Thema …« Micah stützte das Kinn auf den Händen ab. Es knackte, als sie auf den Eiswürfel biss. Das Geräusch erzeugte bei mir direkt Phantom-Zahnschmerzen. »Cassie hat mir verraten, dass du dich mit Lucien getroffen hast. Warum weiß ich nichts davon?«

Micahs Worte klangen anklagend, aber ihre Stimme war vor Aufregung in die Höhe gegangen, als würde sie sich freuen und gleichzeitig von mir verraten fühlen, was absolut typisch für sie war. Micah liebte die Liebe, vor allem seit sie mit Julian zusammen war, und gepaart mit ihrer unendlichen Neugierde interessierte sie sich immer einen Hauch zu viel für die Beziehungen ihrer Freunde und Mitmenschen. Bereits nach dem Sommerfest hatte sie mich nach Lucien gefragt. Ich hatte abgeblockt, da es nichts zu erzählen gegeben hatte. Ja, ich fand ihn attraktiv, aber das galt auch für Liam Hemsworth.

»Ich habe dir nichts davon erzählt, weil du mir noch keine Gelegenheit dazu gegeben hast.«

»Ich habe gefragt, ob es was Neues gibt, und du sagtest: ›Alles beim Alten‹.«

Ich verdrehte die Augen. »Und das stimmt auch. Lucien und ich haben uns nicht getroffen-getroffen. Erinnerst du dich an den Morgen, als ich dir eine Sprachnachricht geschickt habe? Ich bin allein ins Café gegangen, und Lucien war zufällig auch dort. Wir haben uns an denselben Tisch gesetzt, um zu arbeiten.«

Micah schürzte die Lippen. »Das ist alles?«

»Das ist alles«, bestätigte ich und rührte meinen Kaffee um. Es war bereits mein dritter an diesem Tag, da ich letzte Nacht mal wieder nicht mehr als vier Stunden geschlafen und mich um fünf Uhr morgens aus dem Bett gequält hatte, um an meiner Kooperation mit Essence Food zu tüfteln. Ich arbeitete bereits seit mehreren Monaten mit der Organisation zusammen, die ihren Sitz in Mayfield hatte und es sich zur Aufgabe gemacht hatte, bedürftige Menschen mit Lebensmitteln zu versorgen. Die Gründerin der Organisation, Ebru Karayel, war auf mich zugekommen und hatte mich gefragt, ob ich dabei helfen wollte, auf das Projekt aufmerksam zu machen und Spenden zu sammeln. Wie hätte ich da Nein sagen können?

»Und mehr ist nicht passiert?«

»Nein.«

Enttäuschung machte sich auf Micahs Gesicht breit, und ich erinnerte mich an das hohle Gefühl in meiner Brust, als sich meiner und Luciens Weg vor dem Café getrennt hatte.

»Ich bin froh, dass nicht mehr passiert ist«, sagte ich entschlossen, nicht nur um Micah, sondern auch ein wenig um mich selbst zu überzeugen. »Ich habe für so was keine Zeit.«

»*Für so was?* Du meinst für Freunde und Spaß?« Sie hob die Brauen, bis sie beinahe ihren kurzen Pony berührten, der leicht schief saß, da sie ihn sich selbst mit der Küchenschere geschnitten hatte.

Ich verdrehte die Augen. »Du weißt, wie ich das meine.«

»Ja, aber du kannst nicht nur arbeiten.«

»Ich mache auch andere Dinge«, protestierte ich, obwohl ich, wenn ich ehrlich war, mich nicht daran erinnern konnte, was genau diese Dinge waren. Mir kam das Sommerfest bei Bright Canopy in den Sinn, aber das lag bereits über einen Monat zurück. Die einzigen Auszeiten, die ich mir in den letzten Wochen gegönnt hatte, waren mit meiner Familie gewesen; aber auch diese nahm ich mir nur noch selten. »Gerade bin ich mit dir Mittagessen.«

Micah schnaubte. »Das zählt nicht, essen muss jeder. Du solltest mal wieder etwas nur für dich tun.«

»Und was schlägst du vor?«

»Geh mit Lucien aus.«

»Nein«, platzte ich etwas zu voreilig heraus, was Micah ein Stirnrunzeln entlockte.

Die Wahrheit war, dass ich mich sehr gerne mit Lucien treffen wollte, und sei es nur, um mit ihm noch länger über Make-up zu reden, obwohl ich das Gefühl hatte, dass er noch viel mehr zu sagen hatte. Aber ich hatte schon jetzt kaum Zeit für Familie und Freunde, wie sollte ich da noch Platz für einen neuen Menschen in meinem Leben schaffen? Das war praktisch unmöglich. Besser ich ersparte Lucien und mir das Hin und Her und wir beließen es bei einer flüchtigen Bekanntschaft.

Resigniert sah Micah mich an. »Okay, dann geh zumindest heute Abend mit Julian und mir ins Kino.«

»Ich will euer Date nicht stören, außerdem hab ich heute Abend schon was vor.«

»Und was?«

»Etwas«, antwortete ich ausweichend, weil ich wusste, dass Micah die Antwort nicht gefallen würde.

»Aliza …«, mahnte sie mich und schaffte es dabei irgendwie, genau denselben Tonfall aus Enttäuschung und Wut zu treffen wie meine Mom früher, wenn ich mich geweigert hatte, mein Zimmer aufzuräumen.

Ich seufzte. »Ich hab wirklich viel für die Uni zu machen. Nächste Woche steht ein Referat an, und ich muss Zeug für eine Gruppenarbeit vorbereiten. Die anderen töten mich, wenn ich meinen Teil nicht rechtzeitig abgebe. Ich hab schon das erste Gruppentreffen sausen lassen. Außerdem muss ich für den Blog vorarbeiten, um überhaupt Zeit für das zweite Treffen zu haben. Mein Terminplan ist jetzt schon am Explodieren.«

Micah rieb sich die Stirn, als würde ich ihr Kopfschmerzen bereiten. »Genau davon rede ich seit Wochen. Du arbeitest dich kaputt. Du brauchst auch mal eine Pause.«

»Bald«, versprach ich. »Gerade ist es viel, aber es wird besser.«

»Das sagst du seit Wochen.«

»Nach der Veröffentlichung«, beharrte ich. Daran musste ich einfach glauben, denn ich wusste, dass ich dieses Tempo nicht mehr lange würde aufrechterhalten können. Ich spürte es mit jeder Faser meines Körpers. Jeden Morgen fiel mir das Aufstehen ein klein bisschen schwerer. Aber noch war meine Entschlossenheit größer als meine Erschöpfung.

»Zu Cassies Geburtstagsfeier kommst du aber, oder?«, hakte Micah nach.

Mir gefiel es nicht, wie verunsichert sie klang, als könnte sie meinen Worten nicht vertrauen. »Klar, der steht dick und fett in meinem Kalender.«

»Gut. Und du hast auch schon mit deiner Tante geredet?«

»Ja. Auri kann jederzeit vorbeikommen, um sich die Kätzchen anzuschauen. Sie sind wirklich supersüß.« Ich holte mein Handy hervor und öffnete den Familien-Chat, den ich stumm geschaltet hatte, da die insgesamt siebzehn Chat-Mitglieder mehr oder weniger rund um die Uhr miteinander schrieben. Fotos von Haustieren, Kindern oder Mahlzeiten wurden täglich ausgetauscht, und es dauerte einen Moment, bis ich die aktuellen Bilder der Kätzchen fand, die meine Tante vor gerade einmal vier Tagen geschickt hatte. Ich zeigte sie Micah, welche dieselben entzückten Laute von sich gab wie ich, als ich die Fotos das erste Mal gesehen hatte.

»Oooh Gott, die sind ja goldig!«, quietschte sie und streichelte das Display mit einem Finger, als würde sie die Kätzchen tatsächlich berühren. »Cassie wird ausrasten, wenn wir ihr eine davon schenken. Ich freu mich jetzt schon auf ihr Gesicht.«

Ich nickte. Wir hatten lange überlegt, was wir Cassie zu ihrem einundzwanzigsten Geburtstag schenken sollten – von SciFaCon-Tickets fürs nächste Jahr bis hin zu einem neuen Laptop waren alle möglichen Vorschläge dabei gewesen –, aber schließlich war unsere Wahl auf eine Katze gefallen. Cassie und Auri vermissten es, Laurence – Julians Kater – bei sich zu haben, und schon bald würde die neue Football-Saison beginnen, weshalb Auri noch weniger zu Hause und öfter verreist sein würde. Mit einem Kätzchen an ihrer Seite wäre Cassie dennoch nicht allein. Worum ich sie ein wenig beneidete, doch es wäre unverantwortlich von mir gewesen, mir in meiner derzeitigen Situation ein Haustier zuzulegen.

Kimberly kam mit unserer Bestellung zurück an den Tisch.

Ich zückte erneut mein Handy und rückte meinen Teller im Licht der Mittagssonne zurecht, um ein Foto zu machen. Während Micah sich bereits auf ihr Essen stürzte, legte ich meinen aktuellen Instagram-Filter über das Bild und tippte einen kurzen Gruß an meine gut dreihundertfünfzigtausend Follower.

Noch bevor ich das Handy weglegen konnte, ploppten die ersten Reaktionen auf das Foto auf. Und ich entdeckte, dass ich drei neue Mails von meinem Agenten bekommen hatte. Ich zwang mich dazu, sie zu ignorieren und mich wieder Micah zuzuwenden. Doch meine Gedanken drifteten immer wieder ab, ohne dass ich etwas dagegen ausrichten konnte. Wie ich es in der Meditation gelernt hatte, versuchte ich sie zurückzuholen, aber es wollte nicht klappen. Ich dachte an die E-Mails, das Telefonat, meine To-do-Liste fürs Wochenende und all die anderen Dinge, die ich zu erledigen hatte.

Es dauerte nicht lange, bis Micah bemerkte, wie abgelenkt ich war. Sie sagte nichts, aber ich konnte in ihren Augen sehen, dass sie nicht glücklich mit mir war – und ich war es auch nicht.

3. Kapitel

Ungeduldig trommelte ich mit den Fingernägeln auf dem Küchentresen herum, während ich das rote Licht meines Sandwichmakers anstarrte und darauf wartete, dass es die Farbe wechselte. In meine Arbeit versunken hatte ich mal wieder vergessen zu frühstücken und bis zur letzten Sekunde gewartet, um mir etwas zu essen zu machen. Nun war ich praktisch am Verhungern, was mir jegliche Geduld raubte.

Mein Magen gab ein lautes Knurren von sich, genau in dem Moment, in dem sich die rote Lampe endlich grün färbte. Ich packte das heiße Sandwich auf denselben Teller, den ich bereits am Abend zuvor benutzt hatte, und ging zurück ins Wohnzimmer. Dort ließ ich mich auf die Couch fallen und biss von meinem Toast ab. Es waren meine letzten beiden Scheiben gewesen, aber für heute stand ohnehin noch ein Einkauf auf meiner To-do-Liste. Die Leute glaubten mir meistens nicht, wenn ich ihnen erzählte, dass Toast mein Hauptnahrungsmittel war, aber es stimmte. Ich liebte es, neue Gerichte auszuprobieren und zu kochen, vor allem für andere, aber dafür brauchte es Zeit. Zeit, die ich im Alltag nicht hatte, wenn ich sie nicht einplante. Und Zeit, die ich mir ungerne nur für mich allein nahm.

Ich fächerte mir Luft in den Mund, da der vegane Schmelzkäse auf dem Toast verdammt heiß war, und griff nach meinem Handy. Bereits seit Stunden arbeitete ich die Instagram-Nachrichten ab, die im Lauf der Woche unbeantwortet geblieben waren, und versuchte mich mit TikTok vertraut zu machen, da mein Management mir dazu geraten hatte.

Die neue Nachricht, die in diesem Augenblick am oberen Bildschirmrand auftauchte, zauberte mir ein Lächeln auf die Lippen.

Nazia: *Was machst du gerade?*
Aliza: *Faul auf der Couch rumgammeln.*
Nazia: 🙄 *… als ob.*
Aliza: *Wirklich!*

Ich aktivierte die Selfie-Kamera und knipste ein Foto von mir, wie ich es vermutlich niemandem außer meiner Schwester schicken würde: ungeschminkt, mit zerzaustem Haar und einem Toastkrümel im Mundwinkel. Ich hielt meinen Teller in die Kamera, und es war zu erkennen, dass ich noch immer das Shirt trug, in dem ich schlief. Ich hatte mich umziehen wollen, nachdem ich »kurz mal die Mails gecheckt hatte« … Das war vor etwa fünf Stunden gewesen.

Nazia: *Ich wette, dein Laptop steht neben dir.*

Sie hatte recht, weshalb ich die Bemerkung ignorierte und sie stattdessen fragte, was sie denn an diesem Samstag machte. Als Antwort bekam ich ebenfalls ein Foto. Nazia saß auf ihrem Bett und hatte eine Feuchtigkeitsmaske aufgetragen. Offensichtlich war heute ihr freier Tag. Nazia arbeitete im Naturkundemuseum der Stadt und war dort für die Führungen verantwortlich.

Nazia: *Wann kommst du mal wieder vorbei?*
Aliza: *Ich weiß nicht.*

Nazia: *Nächste Woche?*
Aliza: *Vielleicht.*
Nazia: *Nur vielleicht?*
Nazia: *Wir vermissen dich.*
Aliza: *Mach mir nur ein schlechtes Gewissen.*
Nazia: *Klappt es?*
Aliza: *Ja …*
Nazia: *Gut!*
Aliza: *Du bist gemein.*
Nazia: *Ich weiß.*
Nazia: *Also, was sagst du?*
Aliza: *Okay …*
Nazia: *Yeah!*
Aliza: *Aber dann geh ich jetzt wieder arbeiten.*
Nazia: *Arbeiten? Ich dachte, du gammelst faul auf der Couch rum.*
Aliza: *Halt die Klappe.*
Nazia: *Ich hab dich lieb.*
Aliza: *Ich dich auch.*

Ich sperrte mein Handy und legte es ans andere Ende des Raumes, um mich für eine Weile auf meine Uni-Sachen zu konzentrieren. Obwohl ich das Gefühl hatte, diese Woche ganz gut am Ball geblieben zu sein, hatte ich noch immer einiges zu erledigen. Ich begann damit, meine Notizen der letzten Tage zu sortieren, sauber abzutippen und auf Dateikarten zu schreiben, um später besser damit lernen zu können.

Ich musste gestehen, dass ich mir das Jurastudium einfacher vorgestellt hatte. Ich hatte den Umfang und die Komplexität des Lernstoffs unterschätzt, und die Zeit, die mir zum Lernen blieb, überschätzt. Immer öfter fragte ich mich, wie ich das alles bewältigen sollte, und der Gedanke, das Studium hinzuschmeißen, war mir nicht nur einmal gekommen. Doch noch weigerte ich mich aufzugeben, denn ich brauchte einen Abschluss, um bei einer Organisation wie Irresistible Future überhaupt eine Chance zu haben. Und Jura würde es mir nicht nur ermöglichen, die Symptome der Ungerechtigkeit zu bekämpfen, sondern auch ihre Auslöser. Ich wollte nicht nur Leuten wie meiner Großmutter dabei helfen, einen Job zu finden, ich wollte jene Leute zur Rechenschaft ziehen, die sie wieder und wieder grundlos abgelehnt hatten.

Ich blätterte zu den Unterlagen aus dem Kurs von Professorin Lawson und meinen Notizen, die ich mir am Anfang der Woche im Café gemacht hatte. Unweigerlich musste ich dabei an Lucien denken. Ich hatte ihn seither nicht mehr gesehen, aber jeden Tag an ihn gedacht. Keine Ahnung, wie es ihm gelungen war, aber irgendwie hatte er es geschafft, sich in meinen Kopf zu schleichen. Was er wohl gerade machte? War er bereits auf der Hochzeit und dabei, die Braut zu schminken? Oder war das erst morgen? Er hatte mir nur verraten, dass der Termin dieses Wochenende war, aber nicht an welchem Tag.

Das Klingeln an meiner Haustür riss mich aus den Erinnerungen an Lucien, was vermutlich besser war. Ich hatte keine Zeit für diese Art von Schwärmerei, auch wenn es irgendwie schön war, endlich mal wieder romantisches Interesse zu verspüren. Das letzte Mal war ich in der Highschool verknallt gewesen, und obwohl die Sache mit Irfan nicht allzu lange gehalten hatte, gehörten die drei Monate, die wir zusammen gewesen waren, doch zu einer meiner schönsten Erfahrungen.

Ich stellte meinen Laptop beiseite und stand von der Couch auf, um dem Postboten zu öffnen. Ich wusste, dass er es war, da er jeden Tag um dieselbe Uhrzeit kam – und fast jeden Tag hatte ich eine Notiz im Briefkasten, auf der stand, wo ich meine Päckchen abholen konnte, da ich nur selten zu Hause war.

Ich bekam ziemlich viel Zeug zugeschickt, meistens waren es Geschenke von irgendwelchen Firmen, die darauf hofften, dass ich ihre Produkte in die Kamera hielt. Hin und wieder waren wirklich coole Sachen dabei, aber oft handelte es sich leider nur um Schrott, den ich nicht gebrauchen konnte. Ganz zu schweigen von den Dingen, von denen ich keine Ahnung hatte, wie sie bei mir landen konnten, wie zum Beispiel das Aquarell-Malset vor drei Wochen, das inzwischen Micah gehörte.

»Guten Morgen!«, begrüßte ich Hank an meiner Wohnungstür.

»Morgen«, gab er zurück und reichte mir ein schmales Päckchen, das ich mir unter den Arm klemmte, um auf seinem elektronischen Lesegerät zu unterschreiben.

Ich wünschte ihm ein schönes Wochenende, bevor ich die Tür verriegelte und das Paket inspizierte. Sogleich beschleunigte sich mein Herzschlag. Der Absender war mein Verlag, und Gewicht und Größe passten …

Eilig begann ich, die Verpackung aufzureißen, und erhaschte einen Blick auf den Inhalt. Ich hatte recht! Oh mein Gott! Mein Puls schoss noch weiter in die Höhe, und meine Hände begannen zu zittern, während ich das erste Exemplar meines Buchs von Karton und Papier befreite. Tränen schossen mir in die Augen, als ich das Cover mit meinem Namen darauf erblickte. Es war wunderschön. Matt, mit einem glänzenden Titel, den ich mit dem Finger nachfuhr.

Ich atmete tief ein und wieder aus, um nicht zu hyperventilieren, ehe ich das Buch aufklappte. Es war einfach perfekt und genau so, wie ich es mir vorgestellt hatte. Links war jeweils ein Foto des fertigen Gerichts zu sehen, rechts gab es eine bebilderte Schritt-für-Schritt-Anleitung zum Nachkochen. Der Inhalt war gegliedert in Vorspeisen, Hautspeisen, Nachspeisen und Snacks, und zwischendrin gab es kurze Anekdoten aus meinem Leben, die ich mit den Rezepten verband. Auf diese Weise lernten mich meine Leser nicht nur ein bisschen besser kennen, sondern ich konnte ihnen auch zeigen, dass die besten Rezepte jene waren, die man mit Gefühlen und Erinnerungen anreicherte. Ich würde das Essen meiner Großmutter jedem Gericht eines Fünf-Sterne-Koches vorziehen, und nach dieser Lebenseinstellung hatte ich auch mein Buch gestaltet.

Mein Buch.

Ich konnte es nicht glauben.

Mein. Buch!

Ich drückte es an meine Brust, wie um es zu umarmen. Es war fertig, und schon bald würden es andere Menschen in den Händen halten, in ihre Regale stellen und in ihren Küchen aufschlagen, um meine Rezepte nachzukochen und neue Erinnerungen zu erschaffen. Die Vorstellung war so überwältigend, dass mir ein bisschen schwindelig wurde, aber ich dachte gar nicht daran, mich hinzusetzen. Stattdessen schlüpfte ich in meine Schuhe, schnappte mir meine Handtasche und machte mich auf den Weg zu meiner Familie, um ihnen das schönste Buch zu zeigen, das je existiert hatte.

Mit einem Klicken entriegelte sich das Türschloss zum Haus meiner Eltern. Sie hatten darauf bestanden, dass ich meinen Schlüssel behielt. Und obwohl ich neunzehn Jahre meines Lebens hier ein- und ausgegangen war, wie es mir gepasst hatte, fühlte es sich doch merkwürdig an, einfach so hereinzuspazieren, nun, da ich hier nicht mehr wohnte. Anzuklopfen wäre allerdings mindestens genauso merkwürdig gewesen, also schob ich die Tür auf und trat ein, wie ich es schon immer getan hatte.

Urplötzlich verstummten sämtliche Stimmen und Geräusche im Haus.

»Aliza, bist du das?«, rief meine Mom in der nächsten Sekunde so laut, dass es vermutlich sogar die Nachbarn gehört hatten.

Obwohl meine Eltern beide in Amerika geboren waren und Englisch ihre Muttersprache war, war es in unserer Familie üblich, dass wir zu Hause Urdu miteinander redeten. Nur meine Großmutter, die wir alle Ammi nannten, obwohl das genau genommen das Wort für »Mutter« war, beharrte stur darauf, Panjabi mit uns zu sprechen. Weshalb wir nicht selten trilinguale Unterhaltungen führten, denen niemand folgen konnte – außer uns.

»Ja!«, brüllte ich zurück und ließ die Tür hinter mir ins Schloss fallen.

»Wir sind in der Küche!«

Ich lächelte. Wo auch sonst?

Ich streifte mir die Schuhe von den Füßen und stellte sie neben das Dutzend anderer Paare im Eingang. Es war das erste Mal seit über einer Woche, dass ich meine Familie besuchte. Für andere Studenten war das nichts, aber für mich fühlten sich diese neun Tage wie eine halbe Ewigkeit an. Bis zu meinem Auszug hatte ich meine Eltern, Nazia und Ammi jeden Tag gesehen. Und sosehr ich meine neue Wohnung und meine Freiheit auch liebte, es würde noch eine Weile dauern, bis ich mich an den Umstand, allein zu wohnen, gewöhnt hatte. Allerdings durfte ich das meiner Familie gegenüber nicht erwähnen, denn sie würden mich sofort wieder bitten, bei ihnen einzuziehen.

Ich lief den Flur entlang, vorbei an alten Fotos und Bildern mit religiösen Motiven, die meine Großmutter aus ihrer Heimat mitgebracht hatte, bis in die Küche. Der Duft von frisch Gekochtem lag in der Luft. Essen und dessen Zubereitung hatte in meiner Familie eine große Bedeutung, weshalb es mich nicht wunderte, dass alle an dem runden Tisch beisammensaßen, während auf dem Herd ein großer Topf stand, in dem etwas vor sich hin köchelte.

Ammi blätterte durch eine Zeitschrift, und mein Dad beugte sich über eine zerbrochene Vase, die er mit Sekundenkleber wieder zusammensetzen wollte. Mom und Nazia schien ich bei einer Unterhaltung unterbrochen zu haben. Die beiden sahen einander so ähnlich, wie es überhaupt nur möglich war. Von ihrem spitzen Kinn über die volle Oberlippe bis zu dem kleinen Schönheitsfleck an der rechten Schläfe. Es war schon beinahe gruselig.

»Salām Aleikum«, grüßte ich in die Runde.

»Wa aleikum as-Salām«, grüßte meine Familie im Einklang zurück.

»Was machst du hier?«, fragte meine Mom. Freude und Skepsis schwangen gleichermaßen in ihrer Stimme mit, als befürchtete sie, gleich eine schlechte Neuigkeit zu erfahren. »Wir haben gar nicht mit dir gerechnet.«

Nazia schnalzte selbstgefällig mit der Zunge. »Ich hab ihr ins Gewissen geredet.«

»Das ist nicht der Grund. Ich muss euch etwas zeigen.«

»Und was?«, fragte mein Dad mit geweckter Neugierde.

Mein Herz pochte wie wild, und das nicht nur, weil ich den Weg zu meiner Familie praktisch gerannt war, um ihnen mein Buch zu zeigen. Dieses hatte die letzten Wochen und Monate meines Lebens in eine Hölle aus Stress und Schlaflosigkeit verwandelt, und ich hatte mich oft gefragt, ob es den Aufwand wert war. Heute hatte ich meine Antwort bekommen: Ja. Ja. Und ja! Nichts von Bedeutung konnte ohne Opfer erschaffen werden.

Ich griff in meine Handtasche und zog das Buch hervor. »Tadaa!«

In einer theatralischen Geste hielt ich es in die Höhe wie Rafiki den kleinen Simba, um ihn von der Tierwelt Afrikas feiern zu lassen.

Die Augen meiner Familienmitglieder wurden groß.

Meine Mom schnappte nach Luft. »Ist das dein Buch?«

Ich nickte mit einem breiten Grinsen.

»Ich dachte, es kommt erst im Oktober raus«, sagte mein Dad mit einem Stirnrunzeln. Die Falten in seinem Gesicht waren in den letzten fünf Jahren deutlich tiefer geworden, und sein einst rabenschwarzes Haar war mittlerweile von grauen Strähnen durchzogen, ebenso wie seine Augenbrauen.

»Ja, aber es ist schon gedruckt. Das ist nur mein erstes Belegexemplar.« Ich streichelte liebevoll über den Einband mit den glänzenden Buchstaben: *A Story Served.* Es fühlte sich nach wie vor unwirklich an, es endlich in den Händen zu halten, als handelte es sich dabei in Wirklichkeit nur um einen unglaublich realistischen Traum.

»Zeig mal her.« Nazia nahm mir das Buch aus den Händen.

»Sei vorsichtig«, bat ich.

Sie machte eine Handbewegung, die wahrscheinlich so viel bedeuten sollte wie »Jaja, ich pass schon auf«.

Mahnend sah ich sie an. Wenn sie auch nur einen Fleck auf dem Einband hinterließ, würde ich sie umbringen müssen.

Mit angehaltenem Atem beobachtete ich, wie sie die Seiten umblätterte, während Mom und Dad ihr neugierig über die Schulter schauten. Nur Ammi rührte sich nicht, krampfhaft starrte sie auf ihre Zeitschrift.

Ihre Reaktion verpasste meinem Herzen, das vor Freude eigentlich explodieren wollte, einen Stich. Seit ich angekündigt hatte auszuziehen, verhielt sie sich mir gegenüber distanziert. Meine Eltern waren von dem Gedanken, dass ich allein wohnte, auch nicht begeistert gewesen, aber sie hatten sich schnell damit abgefunden. Denn sie legten Wert darauf, Nazia und mir all die Freiheiten zu geben, die sie als Kinder und junge Erwachsene nicht gehabt hatten – auch wenn das Ammi oft missfiel. Denn für sie war Familie das Allerwichtigste, und sie verstand einfach nicht, weshalb ich auszog, um in derselben Stadt zu wohnen, wenn ich genauso gut bei ihnen hätte bleiben können. Bereits mehrfach hatte ich versucht, es ihr zu erklären und ihr begreiflich zu machen, dass ich eine große Küche und mehr Platz zum Arbeiten brauchte. Aber Ammi war eine sture, alte Frau mit Überzeugungen, die sich nicht so leicht kippen ließen, dafür bewunderte ich sie. Und auch wenn ich diese Distanz zwischen uns hasste, wusste ich, dass ihre Ablehnung vor allem ihrer Liebe und Sorge um mich geschuldet war. Dennoch oder vielleicht gerade deswegen schmerzte ihr Desinteresse, vor allem, da das Buch ohne sie nicht existiert hätte.

»Oh, Ammi, guck mal!«, rief Nazia in diesem Augenblick und hielt die Seite mit der Widmung in die Höhe.

Dort stand in römischen Buchstaben *Für meine Ammi. Danke für alles.* Darunter waren die Worte mit derselben Bedeutung noch einmal in Urdu golden auf das dunkle Papier geprägt. Es war eine meiner liebsten Seiten im Buch, zumal es ein bisschen Überzeugungsarbeit bei meinem Verlag gekostet hatte, sie so gestalten zu lassen.

Ammi hob den Kopf, und kurz glaubte ich, so etwas wie Stolz in ihren warmen braunen Augen aufblitzen zu sehen. Ihr Blick wanderte von dem Buch in meine Richtung. Unter ihrer Musterung fühlte ich mich auf einmal nicht länger wie eine fast zwanzigjährige Frau, sondern wie ein Kind, das sich nach Anerkennung sehnte. Schweigend betrachtete sie mich, dann nickte sie ganz leicht, bevor sie sich wieder der Zeitschrift zuwandte.

Ein kleines Nicken. Es war nicht viel, aber es war etwas, und ich versuchte mich an dieser Reaktion der Zustimmung festzuhalten, so flüchtig sie auch war. Denn es stimmte, was auf dem Papier stand, ich verdankte Ammi alles. Ohne sie wäre ich damals vermutlich nicht zum Kochen gekommen.

Engstirnig wie sie war, hatte Ammi sich früher geweigert, extra für mich vegane Portionen zu kochen. Wenn ich ihre Gerichte nicht essen wollte, hatte sie verkündet, sollte ich für mich selbst sorgen – und das hatte ich getan. Damals war ich sauer auf sie gewesen, dass sie mich in meiner Entscheidung, größtenteils auf tierische Produkte zu verzichten, nicht unterstützte, heute war ich froh darüber. Und obwohl sie diese ganze »Blog-Sache«, wie sie es immer nannte, nicht verstand, war sie inzwischen ein großer Fan meiner Kochkünste und respektierte meine Entscheidung, kein Fleisch zu essen. Ebenso wie die Entscheidung meiner Mom, Nazia und mir, keine Hijab zu tragen, obwohl sie selbst das Haus niemals ohne ihre Kopfbedeckung verlassen hätte.

So zurückhaltend Ammi auch reagierte, der Rest meiner Familie scheute sich nicht davor, die Begeisterung über mein Buch offen zu zeigen. Aufgeregt blätterten sie darin, lobten meine Fotos von den Gerichten und die Bilder, auf denen ich zu sehen war. Am Ende glühten meine Wangen vor Freude, weil ich nicht mehr aufhören konnte zu lächeln.

Nachdem sie das Buch einmal in aller Ruhe durchgeblättert hatten, kam meine Mom zu mir, um mich zu umarmen. Ich ließ mich in das vertraute Gefühl ihrer Umarmung fallen und vergrub die Nase in ihrem dunklen Haar, das immer so wunderbar blumig roch. Ich hätte diesen Duft unter Hunderten wiedererkannt.

»Ich bin stolz auf dich.«

»Danke.« Ich drückte sie fest an mich und badete in ihrer Zuneigung, bis ich bereit war, sie wieder loszulassen.

Nachdem Mom mich umarmt hatte, taten Nazia und mein Dad dasselbe. Nazia war mindestens genauso aufgeregt wie ich und erzählte mir von all den Leuten, denen sie mein Buch schenken und empfehlen wollte. Dad zeigte sich etwas weniger euphorisch als meine Schwester und meine Mom, aber diese Zurückhaltung war typisch für ihn und hatte nichts zu bedeuten. Er war einfach kein Mann vieler Worte. Doch an der Art und Weise, wie sein Blick zwischen mir und dem Foto auf dem Einband hin und her wanderte, erkannte ich, wie er wirklich fühlte. Sobald er sein Exemplar hatte, würde er es vermutlich überall herumzeigen und keine Gelegenheit auslassen, es seinen Freunden und Arbeitskollegen unter die Nase zu halten.

»Und, was ist für heute noch geplant?«, fragte ich Nazia, nachdem ich das Buch wieder sicher in meiner Tasche verstaut hatte.

Meine Schwester grinste so breit, dass mir sofort klar war, dass ihr Vorhaben nur etwas mit Hakim zu tun haben konnte, ihrem langjährigen Freund. »Hakim und ich wollen heute noch in eine Ausstellung von einem Freund von ihm.«

Ich setzte mich neben meinen Dad, um ihm dabei zu helfen, die Vase zusammenzusetzen, die in Dutzende Teile zersprungen war. »Was für eine Ausstellung?«

»Sie heißt *Visuelle Worte*. Es ist eine Sammlung seiner Gedichte, die er in Lineart darstellt. Das bedeutet, er hat die Sätze so geschrieben, dass sie eine Skizze ergeben.«

Ich nickte. »Klingt interessant.«

»Er ist wirklich gut. Ich schick dir später einen Link.«

»Danke, vielleicht schau ich auch mal vorbei.«

Meine Mom stand von ihrem Platz auf, um in dem Topf auf dem Herd zu rühren. Wie sich herausstellte, hatte ich mir einen der besten Tage für meinen spontanen Besuch ausgesucht, denn es gab Saag mit frisch gebackenem Naan aus

Senfkernen. Mir lief schon jetzt das Wasser im Mund zusammen. Ich liebte Saag, vor allem wenn es von meiner Mom oder Ammi gekocht war. So viel besser als Toast.

»Wie läuft es in der Schule?«, fragte Dad.

Es dauerte einen Augenblick, bis ich begriff, dass er mit mir redete. Ich verdrehte die Augen und fischte nach einem Küchentuch, um den Sekundenkleber abzuwischen, mit dem er mich am Finger erwischt hatte. »Uni, Dad, ich gehe auf die Uni.«

Er schnaubte, den Blick konzentriert auf zwei Scherbenteile gerichtet. »Das weiß ich doch.«

»Es läuft gut«, versicherte ich ihm und berichtete von meinen Kursen, meinen Dozenten und den Arbeiten, die ich schreiben musste. Ich erzählte auch von Micah, ihrer Graphic Novel und unseren Plänen, Cassie ein Kätzchen von Tante Daria zum Geburtstag zu schenken. Was meine Mom zum Anlass nahm, mir alles über die Verwandtschaft zu erzählen, was ich in den letzten neun Tagen verpasst hatte – und das war einiges.

Ich tat so, als würde es mich nerven, aber das stimmte nicht. Ich liebte es. Es fühlte sich gut an, mit meiner Familie zu reden. Richtig. Und für ein paar Stunden erlaubte ich mir, mich fallen zu lassen und nicht an all die Aufgaben zu denken, die zu Hause in meiner kalten, leeren Wohnung auf mich warteten.

4. Kapitel

Mein Plan, für die neue Woche vorzuarbeiten, war mit dem Besuch bei meiner Familie in Flammen aufgegangen. Meine To-do-Liste umfasste nun mehr Punkte, als menschenmöglich zu erledigen war. Ich fühlte mich wie die Zeichentrickfigur auf dem Meme, die ruhig am Tisch saß, ihren Kaffee trank und lächelte, während alles um sie herum lichterloh brannte. Und über ihrem Kopf stand in fetten Buchstaben geschrieben: THIS IS FINE!

Das war mein Leben. Denn obwohl ich so viel zu tun hatte, dass ich nicht wusste, womit ich anfangen sollte, und sich alles um mich herum in Staub und Asche zu verwandeln drohte, saß ich einfach nur da und tat nichts. Wobei, das stimmte nicht ganz. Ich war sehr beschäftigt damit, an meinem Kaffee zu nippen und über den Tassenrand hinweg den Eingang des Campus-Cafés im Auge zu behalten in der Hoffnung, Lucien zu sehen. Ich hatte in den letzten Tagen öfter an ihn gedacht, als mir selbst lieb war, aber ich hatte mich auch nicht davon abhalten können. Meine Gedanken hatten, was ihn betraf, ein Eigenleben entwickelt.

Die Tür zum Café schwang auf, und eine kühle Windböe, welche die ersten bunten Herbstblätter mit sich trug, fegte in den Laden. Hoffnungsvoll hielt ich den Atem an, aber es war nur Tyler, der hereinkam. Einen Riemen seines Rucksacks lässig über die Schulter gehängt, hob er eine Hand, als er mich bemerkte, was nichts Besonderes war, da ich nur eine von fünf

Gästen war. Ich nickte ihm zu, bevor er hinter der Tür mit der Aufschrift *Personal* verschwand.

Enttäuscht darüber, dass es nicht Lucien gewesen war, schnappte ich mir mein Handy, um mich abzulenken und nicht über dieses seltsame Gefühl nachdenken zu müssen. Zuerst öffnete ich die Sprach-App, die ich mir heruntergeladen hatte, um meine Arabischkenntnisse aufzufrischen. Ich hatte als Teenager einige Kurse besucht, um eine zusätzliche Qualifikation für meine Bewerbung bei Irresistible Future zu ergattern. In den letzten Monaten hatte mir oft die Zeit zum Lernen gefehlt, doch ich wollte dieses Wissen und die Fähigkeit, mich wenigstens einigermaßen mit Leuten in einer weiteren Fremdsprache unterhalten zu können, nicht verkommen lassen. Ich klickte mich durch die heutige Einheit, fügte Vokabeln ein und beendete Sätze, bis am Ende ein glücklicher Smiley erschien, der mich lobte, weil ich dreiundneunzig Prozent der Fragen richtig beantwortet hatte.

Anschließend kümmerte ich mich um die Nachrichten, die sich über Nacht in mein Instagram- und E-Mail-Postfach verirrt hatten. Die kürzeren Mitteilungen, die schnell zu beantworten waren oder nur ein Herzchen erforderten, arbeitete ich sofort ab, während ich die längeren Nachrichten, die mehr Zeit und einen Blick in meinen Kalender erforderten, markierte.

Unter den E-Mails war auch eine Nachricht meines Verlags, der mich auf eine Lesereise schicken wollte. Ich wusste noch nicht, was ich davon halten und wie ich eine Lesereise mit meinem Stundenplan unter einen Hut bringen sollte. In meiner Antwort äußerte ich meine Bedenken und hoffte auf Verständnis. Ich liebte meinen Verlag und die Mitarbeiter dort – dank meiner Verlegerin besaß ich schließlich das schönste aller Bücher –, aber sie konnten auch sehr fordernd sein. Eine Tatsache, die ich ihnen nicht einmal verdenken konnte, immerhin investierten sie viel Geld in mich und den Erfolg meines Buches. Dafür erwarteten sie im Gegenzug natürlich auch Initiative meinerseits.

Schließlich ging ich noch die neuen Kommentare unter meinem letzten Bild durch. Einem Foto meines Belegexemplars. Die Leute rasteten aus vor Vorfreude und Begeisterung. Ich konnte nicht anders, als mein Handy anzugrinsen, während ich mir jeden euphorischen Kommentar Wort für Wort auf der Zunge zergehen ließ. Wie immer waren natürlich nicht alle Kommentare nur nett und wohlwollend, ein Umstand, an den ich mich inzwischen gewöhnt hatte. Manche Leute mochten das Cover nicht, anderen gefiel es nicht, dass ich überhaupt einen Buchvertrag bekommen hatte, da ihn ein anderer Blogger viel mehr verdient hätte. Und wieder andere hassten mich einfach dafür, dass ich nicht die weiße christliche jungfräuliche Ehefrau von nebenan war, die mal wieder ein Apfelkuchen-Rezept teilte. Bei diesen Kommentaren rutschte mein Finger immer aus Versehen auf den »Löschen«-Button aus. Ups.

Ich war fast am Ende der über tausend Kommentare angelangt, als eine Nachricht im Gruppenchat zu Cassies Geburtstagsparty auftauchte. Es war ein Foto von Auri, der zwei Kätzchen auf dem Arm hielt. Ein weißes und ein schwarzes. Ersteres blickte liebevoll zu ihm auf, während das schwarze leicht verschwommen war, als würde es rumzappeln, um seinem Griff zu entkommen.

Ich wollte gerade ansetzen, eine Antwort zu tippen, als die anderen mir zuvorkamen.

Micah: *Mein Herz!* 😚 🖤
Adrian: *Die sind ja süß!*
Julian: *Welche nimmst du?*

Micah: *Beide natürlich!*
Lilly: *Ich wünschte, ich könnte dabei sein!*
Keith: *Ich würde die Weiße nehmen.*
Lucien: *Schwarz.*
Auri: *Was Micah sagt.*
Auri: *Ich konnte mich nicht entscheiden.*
Auri: *Wir haben jetzt zwei Katzen.*
Micah: *Sie werden sicher beste Freunde mit Laurence.*
Julian: *Oder er frisst sie auf.*
Micah: 🙄
Aliza: *Gute Entscheidung! So hat jeder eine zum Kuscheln.*
Auri: *Mein Gedanke.*
Adrian: *Wie heißen sie?*
Auri: *Sie haben noch keine Namen. Die will ich mit Cassie zusammen aussuchen.*

Ich textete noch eine Weile mit meinen Freunden, und wir besprachen den genauen Ablauf der Party und wie die Geschenkeübergabe vonstattengehen sollte, um die Kätzchen möglichst wenig Stress auszusetzen. Cassie hatte eigentlich erst in ein paar Tagen Geburtstag, aber dieses Wochenende war das Einzige, an dem wir wirklich alle Zeit hatten.

Ich war so in die Unterhaltung vertieft, dass ich überhaupt nicht bemerkte, wie schnell die Zeit verging, und ehe ich michs versah, lief ich Gefahr, zu spät zu meiner ersten Vorlesung zu kommen. Eilig stopfte ich alles in meine Tasche und stellte mein Tablett in den bereitgestellten Rollwagen, bevor ich zum Tresen ging, um mir meinen To-go-Becher füllen zu lassen.

»Hey, Schönheit«, sagte Tyler strahlend.

Ich lachte. »Da hat aber jemand gute Laune.«

Er schnappte sich meinen Becher und füllte ihn mit drei Pumpern aus der Sirupflasche, ehe er ihn unter die Kaffeemaschine stellte. Als ich sein Profil betrachtete, entdeckte ich einen violetten Fleck an seinem Hals. Das erklärte einiges.

Ich stützte mich auf die Theke. »Sieht so aus, als wäre dein Date gut gelaufen.«

Ein verschmitztes Grinsen trat auf Tylers Gesicht. »Oh ja, das mit dem Kochen war ein guter Tipp. Der Nachtisch war der Hammer. Wenn du verstehst.«

»Das freut mich.« Zumindest hatten andere dank mir ein Liebesleben, wenn mir selbst schon keins vergönnt war. Ich war seit der Sache mit Irfan Single, denn ich hatte einfach keine Zeit für einen Freund. Außerdem war ich allein glücklich, dennoch gab es Momente, in denen ich mir wünschte, jemanden zu haben. Vor allem nun, da all meine Freunde in einer festen Beziehung waren. Micah und Julian. Keith und Adrian. Auri und Cassie. Tyler und Maddy. Und die Sache zwischen meiner Schwester und Hakim wurde auch zunehmend ernster. Vermutlich ließ die Verlobung der beiden nicht mehr lange auf sich warten.

Tyler reichte mir meinen To-go-Becher. »Geht aufs Haus.«

»Sicher?«

Er nickte. »Das bin ich dir schuldig.«

»Danke.« Ich steckte meinen Geldbeutel wieder ein und schnappte mir den Becher. Wenn ich mich beeilte, konnte ich es noch rechtzeitig in die Vorlesung schaffen, bevor die Türen geschlossen wurden. Das Schlimmste am Zuspätkommen war, wenn alle einen anstarrten, nachdem man den Raum betreten hatte.

Ich wollte gerade die Tür des Cafés öffnen, als sie von außen aufgedrückt wurde – und plötzlich stand ich der Person gegenüber, nach der ich den ganzen Morgen Ausschau gehalten hatte. Lucien.

Ein Lächeln huschte über sein Gesicht, als er mich erkannte, und auch ich fühlte ein wachsendes Grinsen auf meinen Lippen.

»Hey.« Seine Stimme klang rau, als wäre dies das erste Wort, das er heute sagte.

»Hey«, erwiderte ich und umklammerte den Becher in meiner Hand fester, um ihn nicht fallen zu lassen, während ich bei Luciens Anblick dahinschmolz.

Er neigte den Kopf und betrachtete mich. Wie bei all unseren vorangegangenen Treffen trug er auch dieses Mal ausschließlich Schwarz. »Willst du schon gehen?«

»Ich muss. Hab leider eine Vorlesung.«

»Und ich dachte, das wäre meine Chance, meine Schuld zu begleichen.«

»Deine Schuld?«

»Ja, der Cappuccino. Schon vergessen? Du hast noch einen Kaffee bei mir gut«, antwortete er und berührte mich sanft am Ellenbogen, um mich auf die Seite zu schieben, damit zwei Studentinnen an mir vorbeigehen konnten.

Ein wohliger Schauder durchlief mich. Und auf einmal wünschte ich mir nichts sehnlicher, als die Vorlesung sausen zu lassen. Obwohl ich nicht viel über Lucien wusste, war ich mir sicher, dass er hundertmal interessanter war als europäische Gesetzgebung. Trotzdem, ich musste standhaft bleiben. Durch einen Kurs war ich bereits durchgefallen, das durfte mir nicht noch einmal passieren. Dieses Versprechen hatte ich mir selbst gegeben, und ich würde mir nicht erlauben, es zu brechen.

»Das müssen wir wohl verschieben«, erwiderte ich bedauernd.

Ich glaubte, so etwas wie Enttäuschung über seine Gesichtszüge huschen zu sehen, aber vielleicht war das auch nur mein Wunschdenken. »Schade, dann das nächste Mal. Sehen wir uns auf Cassies Geburtstag?«

Ich nickte. »Klar, das lass ich mir doch nicht entgehen.«

Er lächelte und öffnete die Tür für mich. »Ich freu mich darauf.«

5. Kapitel

»Auri hat geschrieben. Sie sind bald da!«, verkündete Micah aufgeregt und sprang so schnell von der Couch auf, dass das Kätzchen auf ihrem Arm vor Angst erstarrte.

Julian hatte die Kleinen vor knapp einer Stunde bei meiner Tante abgeholt, während Auri mit Cassie zu ihrem gemeinsamen Termin im Tattoostudio aufgebrochen war. Wir anderen – Adrian, Keith, Micah, Lucien, seine Schwester Amicia und ich – hatten in der Zwischenzeit die letzten Vorbereitungen in der Wohnung getroffen. Es gab Konfetti, Girlanden und mehr Luftballons, als ich zählen konnte, da sich Lucien und Amicia einen Kampf darum geliefert hatten, wer mehr aufblasen konnte. Ich hatte in der Zwischenzeit die letzten Dekorationen an der Geburtstagstorte angebracht, die nun auf dem Küchentresen stand. Ich war gespannt, wie sie schmecken würde, da sie nicht nur vegan war, sondern auch aus Vollkornmehl und weniger süß, damit auch Cassie sie genießen konnte, die aufgrund ihrer Diabetes-Erkrankung zu viel Zucker zu vermeiden versuchte.

Lucien holte den großen Geschenkkarton mit den Luftlöchern an der Seite aus dem Badezimmer. Julian setzte das schwarze Kätzchen, mit dem er gespielt hatte, hinein und Micah das weiße.

»Ich bin so aufgeregt, als wäre es mein eigener Geburtstag!«

»Beruhig dich«, sagte Julian und legte einen Arm um Micahs Schultern. »Deiner ist erst wieder in sieben Monaten.«

Micah verzog beleidigt die Lippen. »Danke fürs Dran-Erinnern.«

Julian lachte. Er beugte sich zu seiner Freundin, bis seine Lippen vor ihrem Ohr schwebten. Vermutlich wollte er diskret sein, doch seine Worte waren klar und deutlich für alle im Raum zu verstehen. »Wenn wir später nicht zu betrunken sind, hab ich vielleicht trotzdem ein Geschenk für dich.«

Adrian riss die Hände hoch und hielt sich die Ohren zu. »Eww, kein Sex-Talk in Anwesenheit des Bruders!«

»Kein Sex-Talk in Anwesenheit von Minderjährigen«, ergänzte Lucien mit einem Blick auf Amicia, die gelangweilt auf einem Hocker am Küchentresen saß und mit ihrem Handy herumspielte.

Ich hatte seine Schwester bisher nur einmal kurz auf dem Sommerfest gesehen, und damals hatte ich die Verbindung nicht hergestellt, aber die Verwandtschaft mit Lucien war offensichtlich. Die beiden hatten die gleichen schwarzen Haare, identisch dunkelbraune Augen und einen Knochenbau, um den sie wohl von einem Großteil der Menschheit beneidet wurden.

Amicia verdrehte die Augen. »Ich bin fünfzehn!«

»Minderjährig. Sag ich doch.«

»Hör auf, mich wie ein Kind zu behandeln«, schoss sie schrill zurück und legte ihr Handy beiseite. »Ich bin reif für mein Alter. Ich weiß, was Sex ist. Ich hatte schon Sex!«

Sämtliche Farbe wich aus Luciens Gesicht, bevor Hitze in seine Wangen schoss und sich seine Augen vor Schreck weiteten. Fassungslos starrte er Amicia an. »*Was?* Wann? Mit wem?«, verlangte er zu wissen.

Sie verschränkte die Arme vor der Brust. »Das geht dich überhaupt nichts an.«

»Das … Das geht mich sehr wohl was an«, stammelte Lucien. »Du bist erst fünfzehn!«

Amicias Blick wurde trotzig. »Ich bin *schon* fünfzehn.«

»Ähm … Leute«, mischte sich Micah in die Unterhaltung ein, die ihr anscheinend genauso unangenehm war wie dem Rest von uns. Adrian und Keith starrten verlegen auf den Boden, und ich studierte mit übertriebenem Interesse Cassies und Auris *Herr der Ringe*-Sammlung, die aus nationalen und internationalen Ausgaben bestand. »Ich unterbreche euch nicht gerne, aber ich glaube, Cassie und Auri sind gleich da.« Sie deutete in Richtung Wohnungstür. Stimmen und Schritte waren im Treppenhaus zu hören.

Lucien presste die Lippen aufeinander, als müsste er sich dazu zwingen, die Diskussion vorerst auf Eis zu legen. »Gut, aber das Thema ist noch nicht vom Tisch. Wir reden später noch mal«, ermahnte er seine Schwester.

Amicia schüttelte den Kopf. »Auf keinen Fall.«

»Auf jeden Fall!«

Ich konnte nicht genau sagen weshalb, aber irgendetwas an der Beziehung der beiden erschien mir anders als bei anderen Geschwisterpaaren. Sie wirkte zu intensiv und unausgewogen dafür, dass Lucien nur ein paar Jahre älter war als Amicia. Er verhielt sich nicht wie ein Bruder, sondern wie ein Vater. Und ich wusste, wovon ich redete. Ich hatte zwar selbst keine Brüder, aber eine verdammt große Verwandtschaft.

Micah stieß ein ungeduldiges Zischen aus, das alle zum Schweigen brachte.

Die Schritte im Treppenhaus verstummten vor der Tür, und als Nächstes war zu hören, wie ein Schlüssel ins Schloss geschoben wurde.

»Haben wir eigentlich schon Pläne fürs Wochenende?«, erklang Auris tiefe Stimme.

»Nein, noch nicht. Micah und ich …«

»Überraschung!«, brüllten wir im Chor und schnitten damit

Cassie das Wort ab, die erschrocken zusammenzuckte und eine Hand auf ihre Brust presste. Um ihren Arm war Folie gewickelt, um ihr frisch gestochenes Tattoo zu schützen.

Fassungslos wanderte Cassies Blick umher. »Was … Was macht ihr hier?«, stammelte sie. Sie trug einen Oversize-Pullover mit einem V-Ausschnitt, der aus Auris Kleiderschrank hätte stammen können. Das rote Haar hatte sie wie immer zu einem unordentlichen und doch irgendwie ordentlichen Knoten auf ihrem Kopf zusammengebunden.

Micah pustete euphorisch in eine Partytröte. »Happy Birthday!«

»Was?« Cassie lachte verlegen. »Mein Geburtstag ist erst in ein paar Tagen.«

»Das wissen wir.« Auri legte einen Arm um Cassies Taille und schob sie in die Wohnung. Vor ihren Füßen teilte sich das Meer aus Luftballons. »Aber da du dieses Jahr einundzwanzig wirst, wollten wir unbedingt mit dir zusammen feiern, und heute ist der einzige Tag in den nächsten Wochen, an dem wir alle können.«

Cassie blieb in unserer Mitte stehen. Sie wirkte noch immer ganz durch den Wind. Die Überraschung war uns wirklich gelungen. Verlegen vergrub sie ihr gerötetes Gesicht in den Händen. »Oh mein Gott, Leute, das ist so lieb von euch!« Zaghaft spitzte sie hinter ihren Fingern hervor. »Ich weiß gar nicht, was ich sagen soll. Danke!«

Sie umarmte zuerst Auri, der direkt neben ihr stand, und machte hinterher die Runde, um sich bei jedem von uns zu bedanken. Mir flüsterte sie zu, wie unglaublich die Torte aussah. Anschließend bekam sie von Micah ein Krönchen mit der Aufschrift *Birthday Girl* aufgesetzt und wurde von ihr in ein Gespräch über ihr neues Tattoo verwickelt, während Auri den Karton mit den Kätzchen holte. Julian hatte ihn zuvor ins

Schlafzimmer getragen, damit die Kätzchen sich nicht vor unserer überschwänglichen Begrüßung erschreckten.

Mittlerweile war ich ähnlich aufgeregt wie Micah und einfach nur noch gespannt darauf, wie Cassie auf ihr Geschenk reagieren würde. Sie liebte Tiere und war sehr enttäuscht gewesen, als Julian gemeinsam mit Laurence ausgezogen war. Und erst kürzlich hatte sie uns erzählt, dass ihre Hündin Hermine an einem Giftköder gestorben war. Sie hatte etwas flauschiges Glück verdient.

Cassies Augen wurden groß, als sie Auri mit dem riesigen Paket im Arm entdeckte. Er trug ein erwartungsvolles Grinsen auf den Lippen und stellte den Karton vorsichtig auf dem Wohnzimmertisch ab.

Zögerlich trat Cassie heran. »Soll ich das wirklich jetzt schon auspacken? Das bringt Unglück.«

»Glaub mir, es bringt mehr Unglück, es jetzt *nicht* auszupacken«, bemerkte Julian.

Auri nahm Cassie an die Hand und führte sie zur Couch, und ich schnappte mir meine Kamera, da ich mir vorgenommen hatte, den Abend in Bildern festzuhalten, die ich später zu einer Collage zusammenfügen konnte. Ich ging in Position, als Cassie langsam den Deckel ihres Geschenks anhob. Ihr stockte sichtlich der Atem, und zum zweiten Mal an diesem Abend zeichnete Schock ihr Gesicht.

»Was …«, stammelte sie, als die beiden Kätzchen sie aus dem Karton heraus mit großen Augen anstarrten. »Oh mein Gott!« Unentschlossen blickte Cassie zwischen den beiden Katzen hin und her, als könnte sie sich nicht entscheiden, welche der beiden sie zuerst knuddeln wollte. »Sie sind zauberhaft«, sagte sie und beugte sich über den Karton. Tränen schimmerten in ihren Augen. »Ich werde euch so lieb haben, dass es euch peinlich ist.«

Wir alle lachten, und Auri nahm Cassie die Entscheidung ab, indem er das schwarze Kätzchen aus der Schachtel holte. Er reichte es ihr, und sie drückte es liebevoll gegen ihre Brust. Er selbst nahm das weiße Kätzchen in den Arm. Gemeinsam bildeten sie das zuckersüße Bild einer kleinen Familie, ein Anblick, der mir das Herz erwärmte, mir aber zugleich einen kleinen Stich versetzte. Denn er erinnerte mich auch daran, dass ich als Einzige alleine hier war. Lucien hatte zumindest seine Schwester.

Unwillkürlich wanderte mein Blick in seine Richtung. Er stand etwas abseits gegen den Küchentresen gelehnt. Ein in Schwarz gekleideter Engel. Mit leerer Miene und vor der Brust verschränkten Armen beobachtete er das Geschehen, aber mit seinen Gedanken schien er an einem anderen Ort zu sein. Dennoch entging ihm mein Starren nicht. Er hob seinen Blick, der zielgenau auf meinen traf.

Früher war ich schüchtern gewesen, ein verunsicherter Teenager, befangen von der Tatsache, dass ich nicht wie die meisten meiner Mitschüler war. Meine Haut war dunkler, meine Familie feierte kein Weihnachten, und ich hegte eine obsessive Liebe zum Kochen und Backen, welche die wenigsten meiner Klassenkameraden hatten nachvollziehen können. Früher hätte ich den Blick abgewandt, aber die Aliza von damals existierte nicht mehr. Ich hatte Mut, Kraft und Selbstbewusstsein aus meinem Blog geschöpft, und all der Hass, der im Internet allgegenwärtig schien, hatte mir ein dickes Fell wachsen lassen, sodass mir nur noch wenige Dinge unangenehm waren.

Unverfroren erwiderte ich Luciens Blick, ohne mich dafür zu schämen, dass er mich beim Starren erwischt hatte. Ich nahm seinen Anblick vollkommen in mich auf, von seinen dichten schwarzen Wimpern über seine wohlgeformten Lippen bis hin zu seinem perfekt sitzenden schwarzen T-Shirt.

Ein aufregendes, warmes Gefühl nistete sich in meiner Brust ein und wanderte tiefer bis in meinen Magen. Noch nie hatte der Blick eines Mannes ausgereicht, um mich etwas Derartiges empfinden zu lassen, aber bei Lucien überraschte es mich nicht einmal. Mit ihm war es von Anfang an irgendwie anders gewesen.

Seine Lippen zuckten, als versuchte er, gegen ein Lächeln anzukämpfen. Doch er verlor den Kampf – und mir stockte der Atem, als er mich schließlich angrinste. Wie konnte so etwas Einfaches wie ein Lächeln ihn noch attraktiver machen? Die Wärme in meinem Magen breitete sich weiter aus, sackte tiefer.

»Nehmt euch ein Zimmer«, hörte ich plötzlich jemanden von der Seite flüstern.

Micah.

Ich löste den Blick von Lucien und sah sie an. Ein neckisches Funkeln lag in ihren Augen. Ich wusste, dass es keinen Sinn haben würde, irgendetwas zu leugnen. Immerhin war sie gerade Zeugin geworden, wie Lucien und ich uns mit Blicken praktisch ausgezogen hatten.

Ich sah wieder zu Auri und Cassie, die noch immer damit beschäftigt waren, ihre Kätzchen zu knuddeln.

»Ich hoffe, dir gefällt dein Geschenk«, sagte Auri. Seine Stimme hatte einen innigen Klang.

»Gefallen? Ich liebe es!« Cassie gab dem schwarzen Kätzchen, das ihre Zuneigung sehr zu genießen schien, einen Kuss auf die Stirn. »Haben die beiden schon Namen?«

Auri lächelte. »Noch nicht. Ich dachte, die suchen wir gemeinsam aus.«

»Sind es Weibchen oder Männchen?« Cassie hob die Katze an, als wolle sie nachsehen.

»Männchen«, antwortete Micah. »Wir wollten, dass Laurence Brüder bekommt.«

Cassie nickte und gab der Katze noch einen Kuss, bevor Auri und sie tauschten.

Ich hob meine Kamera, um das erste Foto der kleinen Familie zu machen, und drückte gleich mehrere Male auf den Auslöser, als Cassie sich nach vorne beugte, um Auri mit einem sanften Kuss zu danken. Es war ein unglaublich zarter und liebevoller Augenblick, beinahe zu intim, um ihn zu beobachten. Doch das Foto, das daraus entstand, war wunderschön, und unweigerlich fragte ich mich, ob ich jemals einen solchen Moment mit jemandem teilen würde.

Cassie und Auri waren verliebt, nicht nur ineinander, sondern auch in ihre Kätzchen. Sie begannen sofort über Namen zu diskutieren und entschieden sich dafür, die zwei nach Charakteren aus *Der Name des Windes* zu benennen. Eines ihrer Lieblingsbücher, aus denen bereits Auri, der eigentlich Maurice hieß, seinen Spitznamen hatte. Gemeinsam hockten sie auf dem Boden und spielten mit den Kätzchen, die sich in der neuen Umgebung erstaunlich mutig zeigten.

Julian und Micah beobachteten das Treiben, wobei Micahs verzückter Gesichtsausdruck erahnen ließ, dass Laurence wohl nicht mehr lange allein sein würde. Keith und Adrian hatten es sich währenddessen auf der Couch bequem gemacht und die PlayStation angeworfen, die Micah aus ihrer Wohnung mitgebracht hatte. Sie verkloppten sich gegenseitig in einem Mortal-Kombat-Match und warfen sich Beleidigungen an den Kopf, bei denen kein Außenstehender jemals auf die Idee gekommen wäre, dass sie einander eigentlich liebten. Amicia saß gelangweilt neben den beiden im Sessel, den Blick starr auf den Bildschirm gerichtet. Es war ihr anzusehen, dass sie sich nicht im Geringsten für den Kampf interessierte, sondern nur versuchte, Lucien aus dem Weg zu gehen. Dieser stand allein in der Küche und stocherte lustlos in einem Stück Torte herum.

»Du musst das nicht aufessen, wenn es dir nicht schmeckt«, sagte ich, da ich mir selbst eingestehen musste, dass die Torte nicht zu meinen besten gehörte. Doch Cassie hatte sich sehr über meine Bemühungen, sie diabetikerfreundlich zu machen, gefreut.

Lucien hob den Kopf. »Nein, das ist es nicht. Der Kuchen ist gut.«

Ich legte meine Kamera beiseite, die mir bis eben schwer um den Hals gebaumelt hatte, und musterte Lucien. Sein Blick war finster, und eine tiefe Falte hatte sich zwischen seine Augenbrauen gegraben. Es juckte mich in den Fingern, sie zu berühren, um sie glatt zu streichen.

»Geht es dir gut?«

Er schüttelte den Kopf, allerdings war ich mir nicht sicher, ob es ein allgemeines Kopfschütteln angesichts der Situation war oder ob er meine Frage verneinte. Mit einem Seufzen stellte er den halb vollen Kuchenteller in die Spüle. »Es tut mir leid, dass ich vorhin so ausgerastet bin.«

Ich lächelte schwach. »Du musst dich nicht entschuldigen.«

»Wirklich nicht? Es fühlt sich danach an.«

»Es war nicht deine Schuld. Immerhin hat Amicia da eine ziemliche Bombe platzen lassen«, versicherte ich Lucien. Ich konnte ihren Wunsch, nicht wie ein Kind behandelt zu werden, nachvollziehen, aber Luciens Reaktion auf ihr Geständnis war ebenso verständlich. Hätte ich meiner Schwester oder einem meiner Cousins mit fünfzehn gestanden, sexuell aktiv zu sein, wären sie wohl ähnlich schockiert gewesen.

Lucien spannte den Kiefer an, und sein Blick glitt an mir vorbei zu seiner Schwester, die ihm noch immer die kalte

Schulter zeigte. Erneut entwich seiner Kehle ein tiefes Seufzen. »Ich hoffe nur, sie war vorsichtig.«

»Du scheinst dich sehr um sie zu sorgen.«

Lucien nickte, und ich erkannte eine unterschwellige Angst in seinen Augen, die ich mir nicht ganz erklären konnte. »Sie ist alles, was ich noch habe.«

»Was ist mit euren Eltern?«, fragte ich vorsichtig und versuchte mich zu erinnern, wann und ob Cassie sie schon einmal erwähnt hatte. Allerdings hatte sie mir auch nie von Amicia erzählt.

Lucien atmete tief durch – und zögerte. »Ich glaube nicht, dass das ein geeignetes Thema für eine Party ist. Lass uns lieber über etwas anderes reden.«

Ich hätte gerne gehört, was er zu sagen hatte, aber ich wollte ihm kein Gespräch über seine Eltern aufdrängen, das er nicht führen wollte. »Wie war die Hochzeit letztes Wochenende?«, erkundigte ich mich stattdessen und schob mir eine meiner dunklen Haarsträhnen hinter das Ohr.

Lucien schnaubte. »Also für mich lief alles gut.«

»Oh, und für andere nicht?«

»Nope. Keine Ahnung, was es ist, aber auf Hochzeiten drehen die Leute einfach immer durch. Ich war in den letzten Monaten wirklich auf einigen, und irgendein Drama gibt es immer.«

Das bezweifelte ich nicht, denn wenn ich eines wusste, dann, dass Familienfeiern Drama auf geradezu magische Art und Weise anzogen. Wenn meine Familie mit allen Tanten, Onkels, Cousinen und Cousins beisammensaß, kam es früher oder später immer zu einer hitzigen Diskussion.

»Was ist dieses Mal passiert?«

»Der Onkel der Braut hatte ein paar Gläser Wein zu viel und hat sich auf der Tanzfläche ziemlich zum Affen gemacht. Als seine Frau ihn wegholen wollte, ist er ausgerastet. Er hat angefangen, sie zu beschimpfen, und das Ganze ist in einem heftigen Streit eskaliert, bis er ihr schließlich gestanden hat, dass er sie seit acht Monaten mit der Tochter ihres Nachbarn betrügt.«

Ich hob eine Braue. »Shit. Und wie ging es weiter?«

»Seine Frau hat ihn geohrfeigt und ist davongestürmt, anschließend haben der Bräutigam und sein Trauzeuge den Onkel rausgeschmissen. Das hat die Stimmung ziemlich kippen lassen.«

Das glaubte ich gerne. »Bleibst du immer bis zum Schluss auf den Hochzeiten, für die du engagiert wirst?«

»Nein, aber ich biete es an. Manchen ist es das extra Geld wert.« Lucien zuckte mit den Schultern und stieß sich vom Küchentresen ab, um zum Kühlschrank zu gehen. »Möchtest du auch was haben?«

Ich schüttelte den Kopf. »Nein, danke.«

Er schnappte sich ein Wasser und spähte über die Schulter in Richtung Wohnbereich, wo Cassie, Auri, Micah und Julian noch immer mit den Kätzchen spielten. Amicia hielt inzwischen selbst einen der Controller in der Hand und lieferte sich einen Kampf mit Keith.

Falls es Lucien störte, dass sie ein Spiel zockte, für das sie eigentlich noch viel zu jung war, so ließ er es sich nicht anmerken. Er wandte sich wieder mir zu und schraubte seine Flasche auf. »Cassie hat mir erzählt, dass du bald ein Buch veröffentlichst.«

Du redest mit Cassie wirklich viel über mich, oder?, schoss es mir durch den Kopf, aber zum Glück konnte ich mich davon abhalten, genau diese Frage zu stellen. »Ja, ein Kochbuch mit pakistanischen Rezepten, wie man sie bereits von meinem Blog kennt. Und zwischen den Rezepten erzähle ich meine Familiengeschichte.«

Lucien setzte die Flasche ab, aus der er einen Schluck genommen hatte. »Cool. Ich hab mir deinen Blog schon mal angeschaut. Der ist wirklich ziemlich gut.«

Überrascht sah ich ihn an. »Wirklich?«

»Cassie hat ihn mir gezeigt. Ich hab sogar schon mal was nachgekocht.«

Mein Herz machte einen kleinen Hüpfer. »Oh, und was?«

»Ich weiß nicht so genau … Ali… Alo irgendwas.«

»Aloo Matar?«

»Ja, genau das war's!«

Mein Grinsen reichte vermutlich von einem Ohr bis zum anderen. Ich wusste nicht, worüber ich mich mehr freute, dass Lucien etwas von meinem Blog nachgekocht hatte oder dass er überhaupt kochte. »Wenn du magst, kann ich dir ein Exemplar vorbeibringen, sobald ich meine Belege habe.«

Lucien machte eine wegwerfende Handbewegung, hielt dabei jedoch meinen Blick fest. »Unsinn, ich kauf es mir. Wie heißt es?«

»A Story Served.«

Er holte sein Handy aus der Hosentasche und tippte konzentriert, ehe er das Gerät zu mir herumdrehte. Auf dem Display war die Bestellbestätigung zu sehen.

Ein nervöses Flattern, das ausnahmsweise nichts mit meinem Buch, aber alles mit Lucien zu tun hatte, breitete sich in meiner Brust aus. Mir gefiel dieses Gefühl nicht. Es brachte mein Herz zum Pochen, meine Hände zum Schwitzen und meine Haut zum Kribbeln. Dennoch konnte ich nicht anders, als Lucien anzulächeln.

6. Kapitel

Es war passiert. Meine Nachbarn hatten sich bei der Hausverwaltung über mich beschwert. »Nächtlicher Baulärm« lautete die Anschuldigung, und sosehr ich mich auch darüber ärgerte und dafür schämte, bereits nach kürzester Zeit negativ aufzufallen, machte ich meinen Nachbarn keine Vorwürfe. Das hatte ich allein mir selbst zuzuschreiben, und hatte ich nicht sogar schon irgendwie damit gerechnet?

»Diese Schraube ist übrig«, sagte Micah mit gerunzelter Stirn und betrachtete das silbrig glänzende Ding in ihrer Hand.

Ich hatte meinen Terminplan über den Haufen geworfen und meine Freunde gefragt, ob sie mir mit dem Aufbau meiner Möbel zu einer normalen Uhrzeit helfen konnten. Sie hatten sich nicht zweimal bitten lassen und waren sofort vorbeigekommen, um mir unter die Arme zu greifen.

»Das ist keine Schraube, sondern eine Mutter«, erklärte Julian und nahm sie Micah ab.

Die beiden hockten auf dem Boden in meinem Wohnzimmer und schraubten die Stühle für meinen Esstisch zusammen. Mit skeptischem Blick inspizierte Julian Micahs Bauwerk, um festzustellen, wo die Mutter fehlte. Keine Ahnung, ob er schon immer ein geschickter Handwerker gewesen war oder sein Architekturstudium ihn zu einem hatte werden lassen, so oder so wies er von uns allen am meisten Können mit Hammer und Schraubenzieher auf.

»Die Mutter gehört hierhin.« Julian deutete auf die besagte Stelle.

»Heißt das, ich muss den Stuhl noch mal auseinanderbauen?«

Julian wirkte amüsiert. »Du kennst die Antwort.«

Micah ließ den Kopf in den Nacken fallen und stieß ein schweres Seufzen aus, bevor sie sich wieder an die Arbeit machte.

Ich war meinen Freunden wirklich unendlich dankbar für ihre Hilfe. Allein hätte ich das alles niemals so schnell geschafft – das Regal-Fiasko von neulich war der beste Beweis.

»Wie geht es den Kätzchen?«, fragte ich Cassie, die mir dabei half, das Regal aus der Hölle aufzubauen.

Sie grinste. »Sie haben sich schon gut eingelebt. Auri passt gerade auf sie auf, sonst wäre er auch hier. Aber die beiden stellen noch ziemlich viel Unfug an, und wir haben Angst, dass sie uns die Wohnung zerstören, wenn wir sie länger als zwei Stunden allein lassen.«

»Verständlich. Und wir kommen zu viert ja auch gut zurecht.« Ich trat einen Schritt zurück und ließ das Regalbrett los, das ich soeben festgeschraubt hatte. Einen Augenblick fürchtete ich, dass es direkt zu Boden stürzen und einen weiteren Kratzer im Laminat hinterlassen würde, doch es hielt. Erleichtert atmete ich aus und machte mich daran, den nächsten Regalboden zu befestigen, während Cassie die Außenwände festhielt.

Wir waren gerade fertig mit dem Brett, als mein Handy auf der Couch aufleuchtete. Bis auf eine Handvoll Kontakte hatte ich alle anderen stumm geschaltet, sodass ich nur von den Leuten gestört werden konnte, denen ich auch wirklich meine Aufmerksamkeit schenken wollte.

»Einen Moment.« Ich bedeutete Cassie, kurz zu warten, und schnappte mir mein Handy.

Ich hatte eine Nachricht von meinem Agenten Joshua bekommen. Eigentlich hatten wir heute Abend telefonieren wollen, um die Details für das anstehende Interview mit Fotoshooting für *Goddess* zu klären. Doch ich hatte ihm vorhin geschrieben und darum gebeten, mir die Infos einfach per Mail zu schicken. Ich überflog die Nachricht, bevor ich mein Handy zurück aufs Sofa warf.

»Wer war das?«, fragte Micah, die nun zum zweiten Mal denselben Stuhl zusammenschraubte.

»Ich wette Lucien«, säuselte Cassie, ein Grinsen auf dem Gesicht.

Natürlich war keinem meiner Freunde entgangen, dass Lucien und ich auf der Geburtstagsparty so gut wie unzertrennlich gewesen waren. Wir hatten noch lange über alles Mögliche geredet. Musik, Serien, seine Vorliebe für Horrorfilme und meine Liebe für Bollywood. Zumindest waren wir uns was *Stranger Things* betraf einig: Wir beide fanden die zweite Staffel langweilig, liebten aber die dritte, was dazu geführt hatte, dass wir jede Menge Theorien über das Ende ausgetauscht hatten, bis Amicia nach Hause gehen wollte.

Ich griff mir das nächste Brett. »Nein, das war nicht Lucien, sondern mein Agent.«

»Schade«, murmelte Micah.

»Hast du seit der Party etwas von ihm gehört?«, fragte Cassie.

»Lucien? Nein. Wieso?«

Julian stieß ein belustigtes Schnauben aus, und Micah sah mich an, als wäre ich schwer von Begriff.

»*Wieso?* Weil ihr eindeutig aufeinander steht«, sagte Cassie geradeheraus. »Er hat dich an dem Abend öfter angelächelt als mich in den fast zwei Jahren, die wir uns kennen.«

Ich verdrehte die Augen. »Du übertreibst.«

»Überhaupt nicht. Er steht auf dich.«

Ich schüttelte den Kopf, damit sich Cassies Worte nicht in meinen Gedanken festsetzen konnten, und griff eifrig nach meinem Schraubenzieher. »Das kannst du nicht wissen.«

Cassie sah mich zufrieden an. »Und ob ich das kann. Er hat es mir nämlich gesagt.«

Ich versuchte das plötzliche Hämmern in meiner Brust zu ignorieren. »Wann?«

»Als wir ein Kleid für die Hochzeit von Auris Mom kaufen waren.«

Blinzelnd schaute ich von Cassie zu Micah, um herauszufinden, ob sie etwas davon wusste. Sie trug ein freches Grinsen zur Schau, und auch Julian wirkte über diese Entwicklung amüsiert.

»Selbst wenn Lucien dir das gesagt hat, es spielt keine Rolle«, erklärte ich ruhig und versuchte, mir nicht anmerken zu lassen, was für eine Auswirkung diese Neuigkeit auf mich hatte.

Cassie hob die Augenbrauen. »Wieso nicht?«

Ich wandte meine Aufmerksamkeit wieder dem Regal zu in der Hoffnung, der Unterhaltung mit gespieltem Desinteresse ein schnelles Ende zu bereiten. »Weil ich keine Zeit für eine Beziehung habe.«

»Oh. Mein. Gott!«, rief Cassie, und einen Moment lang befürchtete ich, sie könnte das Regal loslassen, um empört die Arme in die Luft zu werfen. »Du klingst wie Lucien. Er hat exakt dasselbe gesagt, als ich mit ihm geredet habe.«

»Perfekt. Er hat keine Zeit. Ich hab keine Zeit. Fall gelöst, würde ich sagen.«

»Nein, überhaupt nicht!«, protestierte Micah.

»Doch«, widersprach ich. »Nur weil du mit Julian glücklich bist und du«, ich deutete auf Cassie, »mit Auri, heißt das nicht, dass ihr mich verkuppeln müsst. Es ist gut, so wie es ist. Ich bin glücklich.«

»So meinten wir das nicht. Wir dachten nur …«

Cassie verstummte, als ich ihr einen finsteren Blick zuwarf. Ich wusste, dass die beiden es nur gut meinten. Sie hatten ja recht. Ich stand auf Lucien und er offensichtlich auch auf mich, wenn es stimmte, was Cassie sagte, aber das änderte nichts an der Tatsache, dass meine Prioritäten derzeit andere waren. Und ich brauchte niemanden, der mich vom Gegenteil zu überzeugen versuchte. Zumal ein einziger Blick von Lucien ausreichte, um meine Selbstbeherrschung zum Bröckeln und besagte Prioritäten ins Wanken zu bringen.

»Tut mir leid«, sagte Cassie mit einem entschuldigenden Gesichtsausdruck. »Ich wollte dir nicht zu nahetreten, aber ihr beide gehört zu meinen besten Freunden. Und es ist toll, dass du glücklich bist, ich wünschte nur, ich würde Lucien öfter so fröhlich sehen wie auf der Party mit dir. Er hat es nicht leicht, musst du wissen.«

Das wusste ich, so viel hatte er bereits angedeutet. Es lag mir auf der Zunge, Cassie nach seinen Eltern und Amicia zu fragen, aber ich verkniff es mir, denn ich wollte nicht neugierig erscheinen oder Lucien übergehen. Er würde mir seine Geschichte hoffentlich irgendwann selbst erzählen.

Die nächsten Tage schienen mit einem einzigen Wimpernschlag zu vergehen. Ich versumpfte in den Vorbereitungen für die Buchveröffentlichung. Ich plante den dazugehörigen Instagram-Countdown, gestaltete mithilfe eines Webdesigners, den der Verlag bezahlte, meinen Blog um und drehte Videos für YouTube und IGTV, was ich bisher noch nie getan hatte. Es brauchte mehrere Versuche, bis ich mit dem Ergebnis zufrieden war, und mich in das Schnittprogramm einzuarbeiten war eine Qual. Aber ich wollte alles in meiner Macht Stehende tun, um meinem Buch zum Erfolg zu verhelfen. Es war ein lang ersehntes Herzensprojekt, und es erschien mir unmöglich, weniger als hundertzehn Prozent zu geben. Doch so viel und hart ich auch arbeitete, die Aufgaben schienen nie weniger zu werden. Der Tag hatte einfach zu wenig Stunden, und der Workload in meinem Studium schien mit jeder Woche größer zu werden. Ich kämpfte mich, so gut ich konnte, durch all meine Kurse, doch ich hatte das Gefühl, in einem Meer aus Pflichten zu ertrinken. Und obwohl das Semester gefühlt erst begonnen hatte, redete bereits jeder über die im Oktober anstehenden Midterms. An die wollte ich überhaupt noch nicht denken, denn die Prüfungen fielen in dieselbe Woche wie die Veröffentlichung meines Buchs. Ursprünglich hätte es erst im nächsten Frühjahr erscheinen sollen, aber der Verlag hatte auf einen früheren Termin gedrängt. Wider besseres Wissen hatte ich mich von meiner Verlegerin und Joshua davon überzeugen lassen, dass es klüger war, es jetzt schon rauszubringen. Dabei hatte ich die Midterms völlig vergessen, und dafür hasste ich mich, denn ich kam aus der Nummer nicht mehr raus. Jetzt hieß es Arschbacken zusammenkneifen und durchhalten.

Am meisten ärgerte mich daran, dass ich das Gefühl hatte, mein Buch gar nicht mehr richtig genießen zu können. Mir blieb keine Zeit, innezuhalten und mich einfach nur zu freuen. Meine Lektorin hatte mir geschrieben und euphorisch mitgeteilt, dass sie am Tag der Veröffentlichung eine Party mit Influencern und Bloggern in New York planten, zu der ich natürlich auch kommen sollte. Ich hatte zugesagt, aber alles, woran ich denken konnte, waren die Prüfungen zwei Tage später, für die mir kaum Zeit zum Lernen blieb. Immer wieder erwischte ich mich dabei, wie ich an Micahs Vorschlag dachte, ein Semester Pause einzulegen, aber ich hatte Angst davor, dass ich womöglich nicht weiterstudieren würde, wenn ich das tat. So hart und viel ich gerade auch arbeitete und so wenig Schlaf ich bekam, ich war im Flow und hatte mir unter Schweiß und Tränen eine Routine erarbeitet. Wenn ich nun aufhörte und stehen blieb, würde ich den Schwung verlieren, und ich war mir nicht sicher, ob ich noch einmal die nötige Energie aufbringen könnte, von Neuem anzufangen. Also machte ich weiter – weil mir gar nichts anderes übrig blieb.

Überpünktlich erreichte ich die Location für das Shooting mit *Goddess*. Die Fotos wurden im Vanilla Forest gemacht, einem kleinen Café in Fallholt, einem Dorf zwanzig Minuten von Mayfield entfernt. Ich war erst einmal mit Nazia hier gewesen, da ich selbst kein Auto besaß und sich der Weg hierher mit den öffentlichen Verkehrsmitteln wie eine halbe Weltreise anfühlte.

Die Redaktion von *Goddess* hatte das Café ausgesucht und für den Tag schließen lassen, damit wir ungestört arbeiten konnten. Nervös trat ich von einem Fuß auf den anderen und nahm einen tiefen Atemzug, um meine Nerven zu beruhigen. Dieser Termin und das Feature im Magazin waren eine wirklich große Sache.

Geräuschvoll ließ ich die eingeatmete Luft entweichen, bevor ich zaghaft an die verschlossene Tür klopfte. Mein Herz schlug mir bis in die Kehle, als kurz darauf ein Klicken zu hören war, und die Tür des Vanilla Forest geöffnet wurde.

»Du bist ja zeitig dran«, begrüßte mich eine blonde Frau mit einem breiten Lächeln. Sie trug Jeans und einen gemütlich aussehenden Wollpullover mit weiten Ärmeln. Das Haar fiel ihr in sanften Wellen über die Schultern. Sie streckte mir die Hand entgegen. »Ich bin Genevieve, die Redakteurin.«

»Aliza«, sagte ich, obwohl sie ganz offensichtlich wusste, wer ich war. Ich ergriff ihre Hand.

Falls sie bemerkte, wie feucht und klebrig meine Haut war,

ließ sie sich nichts anmerken. Unbeirrt lächelte sie mich an und winkte mich ins Innere des Cafés.

»Bin ich zu früh? Soll ich noch mal gehen?«

»Ach was, das ist nicht nötig. Komm rein«, erwiderte Genevieve, wobei sie so fröhlich wirkte, dass schwer einzuschätzen war, ob sie es ernst meinte oder einfach nur routiniert darin war, ihre wahren Gefühle und Gedanken vor ihren Interview-Gästen zu verbergen.

Das Vanilla Forest erinnerte an einen Märchenwald. Die Decke war verhangen mit Ästen, Zweigen und Blüten, die wie Stalaktiten zum Boden hinabzeigten und den Raum in eine grüne Höhle verwandelten. Die Wände hatten einen sonnengelben Anstrich bekommen, und das gesamte Mobiliar war aus dunklem Holz. Die Tische wirkten, als hätte man sie aus einem einzigen massiven Baum herausgesägt. Die Maserung mit den Jahresringen war deutlich zu erkennen.

»Das ist meine Assistentin Lori«, sagte Genevieve und deutete auf eine zierliche Frau in meinem Alter, die gerade dabei war, den Raum mit Softboxen auszuleuchten. »Und das ist Caleb, der Fotograf.«

Caleb saß an einem der Tische, sein Equipment vor sich ausgebreitet. Mit konzentrierter Miene reinigte er seine Kameralinsen. Beim Klang seines Namens sah er beinahe erschrocken auf. Er hatte kurzes schwarzes Haar, und ein Dreitagebart überzog sein kantiges Kinn. Sein Blick zuckte zu mir, und ein feines Lächeln erschien auf seinen Lippen. »Hey, ich bin Caleb.«

Genevieve schnaubte. »Das sagte ich gerade.«

»Ich wollte mich eben selbst vorstellen«, erwiderte er mit einem genervten Augenrollen, das viel zu übertrieben wirkte, um ernst gemeint zu sein, und deutlich zeigte, dass die beiden heute nicht das erste Mal zusammenarbeiteten.

»Freut mich, dich kennenzulernen, Caleb. Ich hoffe, ich bin dir heute ein gutes Model.«

»Ganz bestimmt.« Er lächelte. »Hast du so was schon mal gemacht?«

»Ja, vor einigen Monaten hatte ich ein Shooting für das *Cooking Delicious Magazine*, und mit dem Verlag hab ich neue Fotos für mein Buch machen lassen.«

»Dann bist du ja praktisch schon Profi.«

Ich lächelte ihn an, dankbar für seinen Versuch, meine Nerven zu beruhigen. Meine Abneigung gegen das Fotografiertwerden hatte ich gemeinsam mit vielen meiner Unsicherheiten inzwischen abgelegt, dennoch machte ich mir Sorgen um das Ergebnis. Zwar wurden die Bilder auf meinem Blog und in meinem Buch auch von vielen Menschen gesehen, aber meine Reichweite kam der eines Magazins wie *Goddess* in keinster Weise nahe. Das hier war eine völlig neue Dimension.

»Komm, ich zeig dir den Rest«, sagte Genevieve und führte mich in den hinteren Bereich des Cafés, der für Gäste normalerweise nicht zugänglich war. Hier säumten Regale aus Metall die Wände, in denen etliche unschöne Plastikcontainer standen. »Das hier sind die Klamotten, die unsere Fashion-Abteilung für dich rausgesucht hat. Sie haben sich dabei an deinem Stil auf Instagram orientiert.« Sie deutete auf eine voll behangene Kleiderstange mit mindestens zwanzig Outfits. »Schau einfach, was dir gefällt und passt, mit deiner Figur sollte das kein Problem werden. Falls doch etwas nicht richtig sitzen sollte, hilft dir Lori gerne, die Sachen abzustecken.«

Ich nickte und bekam direkt wieder Herzklopfen, als ich die Labels an einigen der Kleiderstücke las. Essen und Trinken war damit für den Rest des Tages gestrichen – aus Angst vor Flecken. Meine eigenen Klamotten waren nicht unbedingt günstig, da ich nichts von Fast Fashion hielt und darauf achtete, Labels zu kaufen, die niemanden ausbeuteten. Aber die Marken an der Kleiderstange waren um ein Vielfaches teurer als alles, was ich besaß.

»Und hier kannst du dich schminken«, sagte Genevieve und deutete auf einen Schreibtisch. Ein großer Spiegel war daraufgestellt worden, und davor stand eine Softbox, um die dunkle Ecke auszuleuchten. »Wir haben dir auch ein paar Ausdrucke mit beispielhaftem Make-up mitgebracht, falls du dich daran orientieren möchtest, aber es ist dir frei überlassen, wie du dich schminken willst.«

Moment.

»*Ich* darf mich schminken, wie *ich* will?«, hakte ich mit dünner Stimme und schlagartig trockener Kehle nach und hoffte dabei inständig, dass ich Genevieve gerade nur missverstanden hatte.

»Ja, darfst du, wir bei *Goddess* sind ganz für Authentizität«, bestätigte Genevieve, als wäre sie davon überzeugt, mir eine gute Nachricht zu überbringen. »Wir wollen, dass du dich wohlfühlst und ganz du selbst bist. Schmink dich einfach, wie du es sonst auch tun würdest. Das Make-up auf deinen Instagram-Fotos sieht immer perfekt aus.«

»Danke«, krächzte ich, wobei mir ein klein wenig schwarz vor Augen wurde. Ich hätte meine eigenen Schminksachen mitbringen müssen? Ich hatte nichts dabei, abgesehen von dem alten Abdeckstift, den ich immer in meiner Tasche herumtrug. In Joshuas Mail hatte nichts davon gestanden, dass ich mich selbst um mein Make-up kümmern musste … oder doch? Unsicherheit stieg in mir auf.

»Ich lass dich mal in Ruhe ankommen und schau vorne nach dem Rechten.« Genevieve schien nichts von der Panikattacke mitzubekommen, die sich gerade in mir anbahnte. »Dort trüben stehen Kaffee und Saft. Falls du was anderes möchtest oder bei irgendetwas Hilfe brauchst, sag einfach Bescheid.«

Ich nickte und versuchte an mich zu halten, bis Genevieve den Raum verlassen hatte. Erst als sich die Tür hinter ihr schloss, erlaubte ich es mir, meiner Panik freien Lauf zu lassen, während ich mit zitternden Händen das Handy aus meiner Tasche fischte.

Ich öffnete die Mail meines Agenten und las sie noch einmal Wort für Wort durch. Anschrift des Cafés. Datum und Uhrzeit des Shootings. Genevieves Kontaktdaten. Infos zum Fotografen. Ein Link zu seinem Portfolio. Ein Entwurf der Interview-Fragen. Die Info, dass mir das Magazin ausgewählte Klamotten in meiner Größe zur Verfügung stellte. Und da stand es, in einem Nebensatz, den ich in meiner Aufregung anscheinend völlig überlesen hatte: »… und bitte bring dein eigenes Make-up mit.«

»Fuck. Fuck. Fuck. Fuck …«, murmelte ich leise. Wie hatte ich das übersehen können? Wie dumm war ich eigentlich? Und warum hatte ich nicht daran gedacht, die Mail noch einmal zu lesen, bevor ich hergekommen war? Am liebsten hätte ich meinen Kopf gegen die Wand geknallt, aber gerade heute brauchte ich mein Gesicht intakt – ein blaues Auge konnte ich mir wirklich nicht erlauben.

Ich zog meinen Mantel aus und warf einen Blick in den Spiegel, um genau zu sehen, womit ich heute arbeiten musste. Der natürliche Look war immerhin gerade angesagt, und Alicia Keys sah ohne Schminke einfach bezaubernd aus. An normalen Tagen brauchte ich kein Make-up und fühlte mich auch ohne wohl, aber das bedeutete nicht, dass ich in diesem Zustand Fotos von mir machen lassen wollte. Ich betrachtete mich eingehend und versuchte, mir mein ungeschminktes Gesicht schönzureden, aber es half nichts. Ich sah alles, was ich eigentlich nicht sehen wollte: den Pickel auf meiner Stirn, die dunklen Ringe unter den Augen und die roten Stressflecken, die sich langsam einen Weg über meinen Hals bahnten. Kurz dachte ich darüber nach, Genevieve die Wahrheit zu sagen, sicherlich könnte diese Lori losziehen, um Make-up zu kaufen. Doch ich verwarf den Gedanken, denn unter keinen Umständen wollte ich gestehen müssen, dass ich unvorbereitet gekommen war. Das wäre so was von unprofessionell.

Obwohl es absolut nicht meiner Natur entsprach, um Hilfe zu bitten, öffnete ich den Gruppenchat.

Aliza: *Ist jemand da?*
Adrian: *Jup, was gibt's?*
Cassie: *Ist alles gut?*
Aliza: *Ich bin beim Fotoshooting mit* Goddess *und hab vergessen, Make-up mitzubringen. Könnte es mir jemand herbringen?*
Cassie: *Sorry. Auri und ich sind gerade unterwegs.*
Adrian: *Ich könnte erst in einer Stunde los.*
Aliza: *Shit.*
Aliza: *@Micah @Julian Wie sieht es bei euch aus?*

Während ich auf eine Antwort der beiden wartete, rief ich meine Schwester an. Doch sie ging nicht ran, und auch bei meinen Eltern landete ich auf dem AB. Panisch checkte ich noch einmal den Chat, aber Julian und Micah hatten nicht reagiert. Ich konnte nicht viel länger warten, also rief ich die einzige andere Person an, von der ich wusste, dass sie mir möglicherweise aushelfen konnte. Ich öffnete den Chat, den wir für die Organisation von Cassies Geburtstagsgeschenk genutzt hatten, suchte Luciens Nummer und rief ihn an.

Es klingelte.

Unruhig lief ich im Lagerraum auf und ab, bis ein Klicken ertönte und die Leitung frei wurde.

»Hallo?«, begrüßte mich eine verwunderte Stimme.

Ich atmete erleichtert aus. »Lucien?«

»Ja, was gibt's?« Er klang sofort alarmiert. »Ist alles in Ordnung?«

Ja. Nein. Vielleicht? Das hängt alles von dir ab.

»Was machst du gerade?«

»Lernen. Wieso?«

»Ich müsste dich um einen riesengroßen Gefallen bitten.«

Luciens nächste Worte wurden von einem kurzen Zögern begleitet. »Was brauchst du?«

»Ich bin bei einem Fotoshooting in Fallholt, aber ich dumme Kuh hab nicht mitbekommen, dass ich mein eigenes Make-up hätte mitbringen müssen. Hättest du Zeit, mir was vorbeizubringen?«, fragte ich mit schlechtem Gewissen, da ich wusste, wie knapp auch Luciens Zeit bemessen war.

»Klar, ich mach mich gleich auf den Weg.«

Erleichtert ließ ich mich auf den Stuhl vor dem improvisierten Schminktisch fallen. »Danke! Du hast was gut bei mir.«

Lucien schnaubte, als würde ich scherzen, dabei meinte ich es vollkommen ernst. Dieses Shooting war wichtig, und wenn sich rumsprach, dass ich unzuverlässig war, konnte ich solche Termine in Zukunft vermutlich vergessen.

Ich hörte Schritte durchs Telefon, als würde Lucien eine Treppe nach unten steigen. »Wo findet das Shooting statt?«

»Wir sind im Vanilla Forest. Weißt du, wo das ist?«

»Ja, ich bin gleich da. Gib mir eine halbe Stunde.«

7. Kapitel

»Die meisten deiner Rezepte sind vegan, einige aber auch vegetarisch. Auf deinem Blog bezeichnest du dich selbst als 80/20-Veganerin. Was können wir uns darunter vorstellen?«

Genevieve und ich saßen an einem der Tische im vorderen Bereich des Vanilla Forest und hatten mit dem Interview begonnen, um die Zeit zu nutzen, bis Lucien kam. Ich hatte es nicht über mich gebracht, Genevieve von dem vergessenen Make-up zu erzählen. Stattdessen hatte ich behauptet, Lucien – mein persönlicher Make-up-Artist – würde im Stau stecken. Ich kam mir ziemlich feige und verlogen vor, aber die Wahrheit war mir einfach nicht über die Lippen gekommen. Das würde ein paar Punktabzüge beim Karma geben.

»Ich bin kein Fan von Labels, vor allem nicht, wenn sie absolut genutzt werden und mit dieser Ganz-oder-gar-nicht-Mentalität daherkommen, die viele Menschen an den Tag legen, insbesondere im Internet«, antwortete ich auf Genevieves Frage. »Ich konsumiere kein Fleisch, kaufe meistens Bio-Produkte, versuchte unnötigen Verpackungsmüll zu vermeiden und bemühe mich, vegan zu essen, aber das klappt nicht immer. Manchmal stimmen die Umstände nicht, manchmal reicht mir die Zeit nicht, und manchmal will ich einfach den Kuchen essen, den meine Oma gebacken hat. Und das ist völlig in Ordnung. Daher ernähre ich mich nicht ausschließlich vegan. Mir ist es vor allem wichtig, bewusst zu konsumieren.«

Genevieve notierte ein paar Stichpunkte meiner Antwort

auf ihrem Notizblock, vermutlich für den Fall, dass die Tonaufnahme an einer Stelle versagte. »Ich hatte das Vergnügen, eine Druckfahne deines Buchs vorab lesen zu dürfen. Neben den Rezepten haben mir vor allem deine persönlichen Geschichten gefallen. Warum hast du dich entschieden, sie mit in das Buch einzubringen?«

»Essen erzählt immer eine Geschichte. Daher sollte das Kochbuch auch meine Geschichte und die meiner Familie erzählen, von der ich nicht möchte, dass sie vergessen wird. Meine Großeltern sind mit Anfang zwanzig nach Amerika gekommen und hatten es nicht leicht. Sprachliche Barrieren und Vorurteile haben es ihnen schwer gemacht, sich einzuleben. Und auch der Staat hat ihnen viele Steine in den Weg gelegt. Sie haben Stunden über Stunden auf irgendwelchen Ämtern verbracht in der ständigen Angst, dass ihre Mühen umsonst sein könnten. Meine Großmutter hat in dieser Zeit oft an ihrer Entscheidung gezweifelt, aber damals herrschte viel Unruhe dort, woher sie stammt. Durch die Teilung von Indien und Pakistan hatten sich so viele Dinge verändert, und es fiel den Leuten sehr schwer, den Frieden wiederaufzubauen. Meine Großmutter wusste, dass ihre zukünftigen Kinder hier ein besseres Leben haben würden. Also hat sie durchgehalten. Das Kochen war ihre Zuflucht. Es erinnerte sie an zu Hause, an ihre Familie dort. Die Gewürze, die Gerüche gaben ihr das Gefühl, sich wieder in der kleinen Küche ihrer Eltern zu befinden. Essen macht einen großen Teil unserer Kultur aus, und um das zu verstehen, ist es wichtig, nicht nur die Rezepte, sondern auch die Geschichte dahinter zu kennen«, erklärte ich ausschweifend.

Genevieve nickte interessiert und wollte gerade zu einer Erwiderung ansetzen, als es an der Tür klopfte. Alle Köpfe im Raum wandten sich um.

»Das ist sicherlich Lucien«, sagte ich.

Lori, welche die letzte Viertelstunde gelangweilt an ihrem Handy herumgespielt hatte, stand von ihrem Platz auf. Sie entriegelte die Tür und schob sie vorsichtig nur einen Spaltbreit auf.

Ich reckte den Hals, aber die Jalousien versperrten mir den Blick.

»Tut mir leid, das Café ist heute geschlossen.«

»Ich weiß«, hörte ich Lucien antworten. »Ich bin wegen Aliza hier.«

Verständnislos schwieg Lori einen Augenblick, bevor sie fragte: »Du bist der Make-up-Artist?« Ihr verblüffter Tonfall ließ mich schmunzeln.

»Ja.«

»In dem Fall: Herzlich willkommen im Team.« Lori ließ Lucien herein und sperrte die Tür hinter ihm wieder ab. Dabei war nicht zu übersehen, wie sie ihn im Vorbeigehen abcheckte, wobei ihr Blick länger als nötig auf seinem Hintern verweilte – was ich ihr nicht verdenken konnte. Lucien hatte einen tollen Hintern, vor allem in den dunklen Jeans, die er immer trug.

»Hey«, begrüßte ich Lucien mit einem Lächeln und klammerte mich an meinem Stuhl fest, um mich davon abzuhalten, zu ihm zu stürmen und ihm aus Dankbarkeit um den Hals zu fallen.

Seine Mundwinkel hoben sich kaum merklich, als er mich entdeckte. »Hey.«

»Du bist also Lucien«, sagte Genevieve. Sie hatte die Aufnahme gestoppt und stand auf, um ihm die Hand zu geben. »Schön, dass du hergefunden hast. Ich bin Genevieve. Das sind meine Assistentin Lori, und der Kerl dort drüber in der Ecke ist unser Fotograf: Caleb.«

Lucien schüttelte Genevieve die Hand. »Wo kann ich das abstellen?« Er hob den verbeulten Metallkoffer an, den er mit sich herumtrug und der ihn mehr wie einen Handwerker aussehen ließ als alles andere. Reste abgepfriemelter Sticker und Bandaufkleber pappten darauf. Unter seinem Arm klemmte eine Laptoptasche.

Ich sprang von meinem Stuhl auf. »Ich zeig es dir.«

Genevieve und die anderen blieben im Café zurück, damit ich mich endlich für das Shooting fertig machen konnte.

Ich schloss die Tür zum Lagerraum und ließ mich in einem plötzlichen Anflug von Erleichterung dagegensinken. Die Anspannung wich aus meinen Schultern. Lucien war wirklich hier! Bis zuletzt hatte ich befürchtet, dass ihm doch noch etwas dazwischenkommen könnte oder er möglicherweise tatsächlich im Stau stecken blieb.

»Geht es dir gut?«, fragte Lucien und musterte mich mit dunklen Augen.

»Jetzt, wo du da bist, schon.«

Ein Funke blitzte in der Dunkelheit auf, die er für gewöhnlich ausstrahlte, und steckte etwas in mir in Brand. Mir wurde warm, obwohl es im Lager im Vergleich zum Rest des Cafés kühl war. Doch Lucien hatte einfach diese Wirkung auf mich, und ich war vollkommen machtlos dagegen.

Ich starrte auf meine Finger hinab, die ich unbewusst zu kneten begonnen hatte. Sofort hörte ich damit auf, um nicht zu zeigen, wie rastlos mich seine Anwesenheit machte. »Danke, dass du gekommen bist. Du rettest mir das Leben.«

»Du übertreibst.«

»Überhaupt nicht. Stell dir vor, ich müsste so vor die Kamera.« Ich deutete auf mein Gesicht.

Nachdenklich neigte Lucien den Kopf. »Ja, das wäre wirklich grausam. Am besten wir ziehen dir eine braune Papiertüte über den Kopf. Das scheint mir die einfachste Lösung, um dieses Problem in den Griff zu bekommen.«

»Haha, sehr witzig. Hör auf, dich über mich lustig zu machen.«

»Nur wenn du aufhörst, Unsinn zu reden.«

»Versuchst du gerade, mir ein Kompliment zu machen?«

Es dauerte einen Moment, bis Lucien antwortete. »Ja, und das weißt du.«

»Na ja.« Ich machte eine vage Handbewegung und stieß mich von der Tür ab. Sosehr ich diesen neckischen Schlagabtausch mit Lucien auch genoss, ich hatte keine Zeit zu verschwenden. Inzwischen lagen wir fast eine Stunde hinter dem Zeitplan, und das war allein meine Schuld. Ich konnte Joshuas Ansprache über Professionalität und Pünktlichkeit bereits förmlich hören.

»Du kannst deine Sachen dort abstellen.« Ich deutete auf den provisorischen Schminktisch, der unter dem Gewicht von Luciens Koffer leicht zu wackeln begann.

Mit einem Klicken öffnete er das Schloss, und zum Vorschein kamen mehrere Ebenen mit allerlei Make-up und Zubehör. Er hatte wirklich an alles gedacht: von Pinseln und Schwämmen über Eyeliner und Lippenstift bis hin zu Foundation in verschiedenen Farbnuancen.

»Willst du dich umziehen, bevor wir loslegen?«, erkundigte sich Lucien mit fragendem Blick und legte die Laptoptasche auf einem der Regalbretter ab.

»Du musst das nicht machen. Ich kann mich auch selbst schminken«, versicherte ich ihm. Ich hatte ihn Genevieve gegenüber zwar als meinen Make-up-Artisten ausgegeben, weil das die weniger peinliche und unprofessionelle Erklärung war, aber nun da ich alle benötigten Utensilien hatte, würde ich mein Gesicht auch selbst retten können. »Ich will dich nicht vom Lernen abhalten.«

»Das tust du nicht. Außerdem bin ich jetzt sowieso schon hier, also …« Er ließ den Satz unbeendet und zuckte mit den Schultern, als wäre all das keine große Sache für ihn.

Aber das war es, zumindest für mich. Es war mir noch nie leichtgefallen, um Hilfe zu bitten oder sie auch nur anzunehmen, wenn sie mir angeboten wurde. Ich wollte nicht bedürftig wirken, und einzig und allein meine Verzweiflung hatte mich dazu gebracht, meinen Freunden zu schreiben und Lucien anzurufen. Ich war es gewohnt, Dinge eigenständig zu regeln, sofern die Unterstützung nicht von meiner Familie kam.

»Okay, aber ich bezahl dich.«

»Nur über meine Leiche.«

Wollte er jetzt wirklich über sein Gehalt diskutieren?

»Natürlich werde ich dich bezahlen«, beharrte ich. Er rettete mir gerade den Arsch, da erwartete ich garantiert nicht, dass er es auch noch umsonst tat.

»Vergiss es. Ich nehm kein Geld von dir.«

»Lucien!«, zischte ich im Protest und hatte dabei denselben Tonfall drauf wie meine Mom, wenn sie keine Widerworte mehr hören wollte. »Ich schulde dir etwas.«

»Tust du nicht. Wenn ich diese Fotos in mein Portfolio aufnehmen kann, ist das Bezahlung genug.«

Ich stemmte die Hände in die Hüfte. »Wer von uns redet jetzt Unsinn?«

Lucien schnaubte amüsiert. »Von mir aus können wir noch den ganzen Tag über meine Bezahlung streiten, oder du ziehst dich jetzt um, damit wir nicht weiter wertvolle Zeit verschwenden. Deine Entscheidung.«

Dieser Kerl war unmöglich! Doch er hatte das eine Argument gebracht, das all meine Widerworte verstummen ließ. Ich wollte Genevieve und die anderen auf keinen Fall noch länger warten lassen.

Störrisch verschränkte ich die Arme vor der Brust und warf Lucien einen düsteren Blick zu, der vermutlich nicht zu meinen Worten passte. »Ich zieh mich später um. Ich will nicht, dass Make-up auf die Kleidung kommt.«

Lucien nickte zufrieden. »Aber du weißt schon, was du anziehen willst?«

»Mhm«, brummte ich und lief zu dem voll behangenen Kleiderständer.

Bevor Genevieve und ich mit dem Interview begonnen hatten, hatte ich mir ausgesucht, was ich anziehen wollte. Die Entscheidung war mir trotz der großen Auswahl leichtgefallen, denn viele der Sachen waren ziemlich freizügig und zeigten viel Dekolleté, was einfach nicht mein Stil war. Ich hatte eine Vorliebe für Naturtöne, gerade Linien und klassische, elegante Schnitte, weshalb ich mich für eine simple beige Stoffhose und eine weiße Leinenbluse mit großen Knöpfen entschieden hatte. Dazu würde ich einen braunen Gürtel, High Heels und goldenen Schmuck tragen.

Ich pflückte einen Fussel vom Oberteil. »Was meinst du?«

Schweigend und mit grüblerischer Miene betrachtete Lucien das Outfit.

»Nicht gut?«, fragte ich verunsichert.

»Doch doch, ich habe nur nachgedacht. Setz dich.« Er deutete auf den Stuhl vor sich.

Mit einem plötzlichen Flattern in der Brust, dessen Ursprung ich mir nicht ganz erklären konnte, nahm ich vor dem Spiegel Platz.

Lucien stand nur eine Armlänge von mir entfernt. Noch immer betrachtete er nachdenklich das Outfit, das ich mir rausgesucht hatte. Schließlich nickte er leicht, als wäre er zu einer Entscheidung gekommen, an der er mich allerdings nicht teilhaben ließ. Stattdessen streifte er sich die schwarze Lederjacke von den Schultern. Darunter trug er ein ebenso dunkles T-Shirt mit einem weißen Aufdruck, bestehend aus unzähligen Linien, die aussahen wie ein Schmetterling oder ein Vogel – und dann auch wieder nicht. Das Motiv erinnerte mich an die Bilder, die oft von Psychiatern in irgendwelchen Serien verwendet wurden, um ihre Patienten zu fragen, was sie darauf erkannten.

Ich kniff die Augen zusammen, bis ich glaubte, Buchstaben in den Linien zu entdecken.

B-O-R-K-N-A-G-A-R.

Was um alles in der Welt war ein Borknagar?

Lucien legte die Jacke beiseite, bevor er seine mitgebrachten Utensilien auf dem Tisch ausbreitete und abwägte, was er brauchte und was nicht. Die Tuben mit sehr heller Foundation ließ er in seinem Koffer ebenso wie einige ziemlich knallige Lippenstifte.

Nachdem er relativ schnell alles zusammengesucht hatte, reichte er mir ein Stirnband. »Hast du irgendwelche Allergien?«

Ich schüttelte den Kopf und zupfte das Band zurecht, damit mein Haar nicht im Weg war.

»Und gibt es einen Look, den du gar nicht magst?«

»Mach einfach«, antwortete ich ohne Zögern. Alles, was ich bisher von Lucien gesehen hatte, hatte fantastisch ausgesehen. Er hatte ein gutes Auge und eine noch bessere Technik. Er wusste, was er tat, und so wie mir meine Freunde in der Küche vertrauten, vertraute ich Lucien mit dem Pinsel.

Er reinigte und desinfizierte seine Hände, bevor er nach einer Tube Foundation griff, die er an meinen Hals hielt, um den Farbton mit meiner Haut zu vergleichen. Abschätzend betrachtete er das Ergebnis, wirkte aber nicht zufrieden und wählte schließlich die nächst dunklere Nuance. Er drückte etwas von dem Make-up auf seinen Handrücken und tauchte vorsichtig einen Finger hinein.

»Kopf zur Seite«, befahl er mit ruhiger Stimme.

Ich gehorchte, und er beugte sich zu mir, bis sein Gesicht meinem geradezu unerträglich nahe war. Es war mir unmöglich, nicht zu bemerken, wie gut er roch. Irgendwie hell und frisch. Nach Bergamotte. Er begann, etwas von der Foundation auf meinen Hals zu tupfen, um zu testen, ob die Farbe wirklich passte. Seine Berührung war so sanft, dass sie kaum zu spüren war, trotzdem stellten sich mir die Härchen im Nacken auf und meine Haut begann zu prickeln, auch an Stellen, an denen mich Lucien überhaupt nicht berührte. Ich hatte keine Ahnung, was es war, das mich so feinfühlig auf ihn reagieren ließ. Doch wenn es um Lucien ging, hatte mein Körper anscheinend einen eigenen Willen, der gegen alles handelte, was mein Verstand mir sagte. Ich bemühte mich dennoch, ruhig zu atmen, und hoffte, dass er nicht fühlen konnte, wie kräftig mein Puls unter seinen Fingerspitzen pochte.

Um Lucien nicht anzustarren, ließ ich meinen Blick durch das Lager gleiten. Blasse Sonnenstrahlen fielen durch ein schmales Fenster am anderen Ende des Raumes und brachten den Staub in der Luft zum Leuchten. Ich fixierte einen Fussel und versuchte, seiner Flugbahn zu folgen, aber ich verlor ihn schnell aus den Augen.

Lucien testete eine zweite Foundation und kam zu dem Schluss, dass eine Mischung aus den beiden Nuancen die beste Wahl war. Er vermengte die Farben miteinander, bevor er die Mischung mit einem frischen Pinsel auf meinem Gesicht zu verteilen begann. Dabei wirkte er vollkommen gelassen und ganz in seinem Element. Nichts von meiner eigenen Anspannung spiegelte sich in seinen Zügen wider.

Ich versuchte, mich erneut mit den schwebenden Fusseln abzulenken, aber das war nur eine kurzfristige Lösung für mein Problem. Immer wieder wanderte mein Blick zu Lucien. Seine

Lippen waren leicht geöffnet und seine Augenbrauen konzentriert zusammengezogen. Ich hätte ihn ewig beobachten können, doch ihn anzuschauen, während er mir so nahe war und mein Gesicht so intensiv musterte, fühlte sich zu intim an.

Mein Blick wanderte von Luciens Lippen seinen Hals hinab zu dem Logo auf seiner Brust und schließlich zu seinen Armen. Trotz der schwarzen Tinte, die seine Haut bedeckte, war jede Bewegung seiner Muskeln deutlich zu erkennen. Konzentriert starrte ich auf die Tätowierungen und versuchte, die einzelnen Motive auszumachen. Ich entdeckte den Tentakel eines Oktopus, der sich um Luciens Bizeps schlängelte und unter dem Saum seines Shirts verschwand. Daneben befand sich ein Totenkopf, dem dornige Ranken aus den Augen wuchsen. Es war ein düsteres Motiv, das jedoch nicht schaurig wirkte, was vermutlich vor allem an den Blüten lag, die aus den Ranken sprossen und sich kunstvoll um das Porträt einer Frau legten, das auf seinem rechten Unterarm saß. Sie kam mir nicht bekannt vor, aber sie war wunderschön, wie ein Model oder eine Schauspielerin, mit großen Augen und einem warmen Lächeln, das ihr kleine Grübchen in die Wange drückte.

Ich räusperte mich in die Stille hinein und sah zu Lucien auf, der gerade zu einem Concealer gewechselt hatte, den er mir unter die Augen tupfte. »Wer ist die Frau auf deinem Unterarm?«

»Das ist meine Mom«, antwortete Lucien ohne Zögern und völlig selbstverständlich, als hätte er diese Frage schon hundertmal beantwortet, was vermutlich auch der Fall war.

»Sie ist hübsch.«

Lucien nickte, und ich konnte sehen, wie sein Blick von meinem Gesicht kurz zu der Tätowierung wanderte, die mit viel Liebe zum Detail gestochen worden war. »Das Foto ist an ihrem ersten College-Tag entstanden.«

Ich betrachtete die Frau eingehend, soweit es Luciens Bewegungen zuließen. Nun, da ich wusste, dass sie seine Mom war, war es nicht mehr schwer, die Ähnlichkeit zwischen den beiden zu erkennen.

»Warum hast du dich ausgerechnet für das Foto entschieden?«

Einen Moment lang erwiderte Lucien nichts, dann hob er leicht die Schultern und antwortete, ohne mich dabei wirklich anzuschauen. »Es gefällt mir einfach. Sie sieht darauf so glücklich aus.«

»Und was sagt deine Mom zum Tattoo?«

»Gar nichts.«

Überrascht hob ich die Brauen. »Gar nichts?«

Ein trauriges Lächeln, das seine Augen nicht erreichte, trat auf Luciens Lippen. Er wechselte zu einem kleineren Pinsel, mit dem er mir die Augenbrauen kämmte. Doch er schien weniger bei der Sache zu sein als noch vor wenigen Minuten. »Ich hab es mir erst nach ihrem Tod stechen lassen.«

Shit. Mir drehte sich der Magen um. Warum hatte ich das nicht kommen sehen? Lucien hatte mir bereits auf Cassies Geburtstagsfeier gestanden, dass es nur noch ihn und seine Schwester gab. Und mich sogar davor gewarnt, dass seine Eltern kein schönes Thema waren. Manchmal war ich wirklich schwer von Begriff.

»Tut mir leid, das wusste ich nicht.«

»Schon gut, du konntest das nicht wissen«, sagte Lucien und sah mir in die Augen.

Er war mir so nahe, dass ich seinen warmen Atem auf der Haut spüren konnte. Sein Blick hielt meinen fest, nicht gewaltsam, sondern sanft wie in einer liebevollen Umarmung, in die ich mich fallen lassen wollte.

Ich schluckte. »Wir können gerne über etwas anderes reden.«

Luciens Mundwinkel hoben sich ein kleines Stück, und er

kämmte mir ein letztes Mal durch die Brauen, bevor er nach einem dunklen Augenbrauenstift griff. Seine linke Hand legte er vorsichtig auf meinem Scheitel ab, um meine Braue leicht hochzuziehen, während er ihr Form verlieh.

»Und worüber möchtest du reden?«

Ich hob die Schultern. »Keine Ahnung.«

»Erzähl mir doch etwas von deiner Familie.«

Ich unterdrückte ein Schnauben. »Ich glaube nicht, dass uns dafür die Zeit reicht.«

»Du hast also eine große Familie?«

Das war eine Untertreibung. Meine Familie war nicht einfach nur groß, sie war riesig, und das bereits, ohne die entfernte Verwandtschaft meiner Großmutter mit einzurechnen, die noch in Pakistan lebte.

»Meine Eltern haben zusammen neun Geschwister, mit jeweils mindestens drei Kindern, von denen einige selbst schon wieder Kinder haben. Von meinen Großeltern will ich gar nicht erst anfangen.«

Ich war stets bemüht, meine Familie im Auge zu behalten, um mitzubekommen, was in den Leben meiner Cousins und Cousinen vor sich ging, die mittlerweile über ganz Amerika verstreut waren. Doch trotz zahlreicher Familienchats und -festen, zu denen wir zusammenkamen, und Social Media war es nicht leicht, den Überblick zu behalten.

»Wow«, raunte Lucien und lachte, fast etwas nervös. »Und wie viele Geschwister hast du?«

»Ich hab nur eine Schwester. Nazia.«

»Jünger oder älter?«

»Älter. Sie arbeitet im Naturkundemuseum und organisiert dort Führungen, vor allem für Schulklassen.«

Lucien lehnte sich in seinem Stuhl zurück, um meine Augenbrauen mit ein wenig Abstand zu begutachten. Er wirkte zufrieden mit seinem Werk. Als Nächstes griff er nach einer Lidschattenpalette, die aussah, als wäre sie noch ziemlich neu. »Ich habe Naturkunde immer gehasst.«

Ich konnte Lucien zwar nicht mehr sehen, dafür aber umso deutlicher seine Nähe spüren. Sein Körper war wie ein Radiator in dem kühlen Lager. »Meine Nemesis in der Schule war Chemie.«

»Und was war dein Lieblingsfach?«

Ein Pinsel berührte mein Lid. »Informatik. Und deins?«

»Sport.«

»Ernsthaft?« Hätte ich die Augen verdrehen können, hätte ich es in diesem Moment getan. Ich war nicht unsportlich, und in den letzten Jahren – seit ich den Blog betrieb – hatte ich eine Vorliebe für Home-Work-outs entwickelt. Schulsport war allerdings auf unglaublich vielen Ebenen, die nichts mit körperlicher Ertüchtigung zu tun hatten, grausam.

»Ja, dafür musste man nicht lernen. Ich war nicht gerade ein Musterschüler.«

»Was hat sich geändert?«

»Woher willst du wissen, dass sich etwas geändert hat?«

Lucien ließ von mir ab, und ich öffnete vorsichtig die Augen. Blinzelnd sah ich ihn an. »Ich weiß es, weil du gerade am Lernen warst, als ich dich angerufen habe, und weil du deinen Laptop mitgebracht hast. Du siehst vielleicht wie jemand aus, der gerne Ärger macht und dem alles egal ist, aber in Wahrheit bist du ein Softie.«

Lucien stieß ein leises Lachen aus. »Du hast mich durchschaut.«

»Das war nicht schwer.«

»Andere würden dir da widersprechen.«

»Vielleicht sollte ich einen Kurs anbieten: Lucien verstehen für Anfänger.«

»Ich würde mich einschreiben.«

Ich lachte. »Weil du dich selbst nicht verstehst?«

»Nein, weil ich schon immer eine sexy Dozentin wollte«, antwortete er mit einem schelmischen Grinsen.

Mein Herz setzte einen Schlag aus, und meine Wangen standen augenblicklich in Flammen, ein Umstand, den ich unmöglich vor Lucien verbergen konnte, so nah, wie er mir war.

Er wusste genau, was seine Worte in mir auslösten. Wie zur Bestätigung wurde sein Grinsen noch breiter und die Färbung meines Gesichts noch dunkler, was die Verwendung von Blush vermutlich hinfällig machte.

Ich schluckte schwer und ermahnte mich, vorsichtig zu sein. Lucien ließ mich Dinge wollen, die ich nicht wollen sollte. Und ich war gewiss keine Frau für eine Nacht. Ich verurteilte One-Night-Stands nicht, jeder sollte lieben und schlafen, wen und mit wem er wollte. Aber Ammi und meine Eltern hatten mich in der Überzeugung erzogen, dass die Vereinigung zweier Menschen etwas Besonderes war, und daran glaubte ich. Nicht grundlos war ich noch immer Jungfrau. Ich musste für mein erstes Mal nicht erst verheiratet sein, aber ich wollte, dass es mit einem Mann passierte, dem ich bedingungslos vertraute und der mir wirklich etwas bedeutete. Doch Luciens Lächeln löste Fantasien in mir aus, die alles andere als unschuldig waren.

8. Kapitel

»Uuuund fertig!«, verkündete Caleb in einem geradezu feierlichen Tonfall, als er ein letztes Mal auf den Auslöser drückte.

Überrascht blickte ich auf. »Das war's schon?«

Er nickte und warf einen letzten kontrollierenden Blick auf das Display seiner Kamera, bevor er diese vorsichtig an Lori übergab und seinen Hals von einer Seite auf die andere rollte, als hätte er Verspannungen. Was nicht verwunderlich gewesen wäre, da er mich aus den eigenartigsten Winkeln fotografiert hatte.

»Danke.«

Caleb lächelte. »Nichts zu danken. Es war mir eine Freude.«

»Mir auch.« Eigentlich war ich kein großer Fan von Fotoshootings oder Kameras im Generellen. Es gehörte zu meinem Job, weshalb ich mich damit abgefunden hatte, aber ich liebte es nicht gerade, im Rampenlicht zu stehen. Mit Caleb hatte ich mich allerdings sehr wohlgefühlt. Er hatte mir immer ganz genau gesagt, was ich zu tun hatte, und nie die Geduld verloren, auch wenn es mal nicht auf Anhieb geklappt hatte.

Ich stieß mich von dem Tisch ab, an dem ich für die letzte Runde Fotos gelehnt hatte, und ging zu Genevieve, die das Fotoshooting mit Adleraugen verfolgt hatte. Sie hatte Caleb mehr oder weniger freie Hand gelassen, sich ab und an aber eine Anmerkung nicht verkneifen können.

Zufrieden sah Genevieve mich an. »Das ging ja wirklich flott.«

»Ich hoffe, die Fotos sind gut geworden.«

»Ganz bestimmt. Du bist wirklich sehr fotogen. Wenn das mit dem Buch nicht läuft, könntest du dein Glück als Model versuchen. Ich wette, *Goddess* würde dich sofort buchen.«

»Vielleicht komm ich darauf zurück«, flunkerte ich und sah mich nach Lucien um.

Er saß an einem Tisch in der hintersten Ecke des Cafés und sah konzentriert auf seinen Laptop, als hätte er nur Augen für seine Lernunterlagen, doch während des Fotoshootings hatte ich immer wieder seinen brennenden Blick auf mir gespürt. Ich hatte mich bemüht, ihn zu ignorieren, aber ich bezweifelte, dass es mir durchgehend gelungen war.

»Sind wir mit allem durch?«, fragte ich an Genevieve gewandt. Sie hatte mir in den kleinen Unterbrechungen während des Fotoshootings ihre restlichen Fragen gestellt.

Genevieve tippte auf ihrem iPad herum und nickte schließlich zufrieden. »Ich glaube, ich habe alles, was ich für meinen Artikel brauche. Falls mir doch noch was fehlen sollte, schreib ich dir. Und wenn alles fertig ist, schick ich deinem Agenten den Bericht und die Fotos für deine Freigabe. Das sollte im Lauf der nächsten Woche passieren.«

»Ich kann es kaum erwarten.«

»Wir auch nicht.« Genevieve klappte ihr Tablet zu. »Wir haben viel zu selten Features mit Women of Color in unserem Magazin, aber es wird besser. Ich glaube, du wirst mit diesem Interview vielen Frauen helfen.«

Ich lächelte. »Danke, aber ich habe nur übers Kochen geredet.«

»Sag das nicht. Es geht natürlich ums Kochen, aber vor allem auch um Leidenschaft und das, was du dir mit deinem Blog aufgebaut hast – ein selbstbestimmtes, eigenständiges Leben. Das wird viele junge Mädchen inspirieren, die vielleicht glauben, es wegen ihres Aussehens nicht schaffen zu können, und das ist fantastisch.«

»Danke, Genevieve«, erwiderte ich und fragte mich, ob sie und Caleb es irgendwann leid wurden, dieses Wort von mir zu hören, aber ich war den beiden und Lori wirklich dankbar für diese Chance. Niemals hätte ich es mir erträumen lassen, je ein Feature in einem Magazin wie dem *Goddess* zu bekommen. Vielleicht weil ich in meiner Kindheit keine Vorbilder gehabt hatte, die mir einen solchen Traum vorgelebt hatten. Womöglich hatte Genevieve doch recht, und der Artikel konnte mehr bewirken, als es auf den ersten Blick den Anschein hatte.

Wir unterhielten uns noch ein paar Minuten, bevor ich zurück ins Lager ging, um mich umzuziehen. Ich schlüpfte in meine blaue Jeans und das Top mit Kragen, das ich bei meiner Ankunft getragen hatte. Ein kontrollierender Blick im Spiegel zeigte mir, dass Luciens Make-up noch immer perfekt saß. Er hatte fantastische Arbeit geleistet, und es wäre eine Schande gewesen, es mir aus dem Gesicht zu waschen. Bei Gelegenheit musste er mir unbedingt zeigen, wie man Lidschatten so unglaublich perfekt verblendete.

Ich schnappte mir meine Tasche, Luciens Jacke und seinen Make-up-Koffer und ging zurück in den Bereich mit den Tischen und Stühlen.

Noch immer saß er völlig versunken vor seinem Laptop. Eine tiefe Furche hatte sich zwischen seinen Augenbrauen gebildet, und er hatte die Lippen konzentriert aufeinandergepresst. Ich verlangsamte meine Schritte, um ihm noch ein paar Sekunden mehr Zeit zu geben.

Er bemerkte mich dennoch und hob den Kopf. »Seid ihr schon fertig?«

»Ja. Wir können gehen. Ich hab deine Sachen hier.« Ich reichte ihm seine Jacke. Das Leder fühlte sich unter meinen

Fingerspitzen erstaunlich weich an, als würde Lucien die Jacke schon lange Zeit tragen.

Er klappte den Laptop zu. »Cool. Hast du Lust, was essen zu gehen? Ich bin am Verhungern.«

Mein Blick zuckte zu der Uhr an der Wand. Verunsichert biss ich mir auf die Unterlippe.

Wollte ich mit Lucien essen gehen? Ja.

Hatte ich Hunger? Ja.

Eigentlich war die Antwort offensichtlich, aber wenn ich jetzt nach Hause fuhr und mir einfach schnell einen Toast machte, konnte ich meine To-do-Liste für morgen angehen und vorarbeiten. Das Interview und das Shooting hatten weniger Zeit in Anspruch genommen als eingeplant. Was bedeutete, dass ich meinem Terminplan ausnahmsweise einmal voraus war, ein seltener Zustand, den ich eigentlich ausnutzen sollte. Doch etwas in mir sperrte sich dagegen, Lucien einen Korb zu geben, um allein in meiner Wohnung zu essen. Ich wollte Zeit mit ihm verbringen, und logisch wusste ich, dass ich mir diese Auszeit verdient hatte – aber ich hatte einfach so viel zu tun. So schrecklich viel. Allein der Gedanke an Freizeit bereitete mir ein schlechtes Gewissen. Und wenn ich diesen Puffer jetzt nicht nutzte, würde ich es mit ziemlicher Sicherheit bereuen.

»Du kannst auch Nein sagen«, unterbrach mich Lucien, dem mein Zögern nicht entgangen war.

Ich seufzte frustriert. »Ich würde wirklich gerne mit dir essen gehen …«

»Aber?«

»Ich sollte besser sofort nach Hause fahren, ich hab noch einiges zu erledigen.«

Die Furche auf Luciens Stirn kehrte zurück. »Du arbeitest wirklich viel.«

Es war keine Frage, sondern eine Feststellung, die mich zum Schmunzeln brachte, denn »wirklich viel« erschien mir in Anbetracht der Umstände wie eine Untertreibung. Ich hatte keinen genauen Überblick darüber, wie viel ich arbeitete, zumal ich es lieber gar nicht so genau wissen wollte. Aber wenn ich alles mit einberechnete, kam ich sicherlich auf meine neunzig Stunden die Woche, manchmal mehr, manchmal weniger. Zwar machte es mir Spaß zu kochen, und ich liebte meinen Blog und war gerne auf Instagram, aber es handelte sich trotzdem um Arbeit.

»Vorschlag: Wir suchen uns ein Restaurant in der Nähe, essen dort schnell, und im Anschluss gehst du nach Hause«, sagte Lucien. »Ich meine, essen musst du so oder so, also warum nicht mit mir zusammen?«

»Ich … Ich weiß nicht«, stammelte ich zögerlich. Er hatte natürlich recht, aber kein Restaurant konnte mir mein Essen so schnell servieren, wie ich mir einen Toast machte.

»Oder ich fahr dich nach Hause, und wir bestellen etwas zu dir.«

Er machte es mir wirklich schwer, Nein zu sagen, zumal ich das überhaupt nicht wollte.

»Oder«, fuhr Lucien betont fort, als wäre ihm gerade der brillanteste Einfall des Jahrhunderts gekommen, »du vergisst die Arbeit für heute und wir verbringen unseren freien Tag gemeinsam. Essen. Ein Spaziergang. Und wenn wir ganz verrückt sein wollen: ein Besuch im Kino. Einfach nur dasitzen und eine Leinwand anstarren.«

Ich brummte zustimmend. »Klingt verführerisch.«

Luciens Mundwinkel zuckten. »Also, was sagst du?«

Ich atmete tief ein und trat unruhig von einem Fuß auf den anderen. »Ich weiß nicht …«, wiederholte ich verunsichert. Warum konnte ich mich nicht zweiteilen? Und warum hatte ich so ein schlechtes Gewissen? Andere Leute genossen schließlich auch ihre Freizeit.

Lucien sah nachdenklich auf mich herab. »Hast du nächste Woche einen Test?«

Seine Frage traf mich unerwartet. Ich schüttelte den Kopf. »Nein.«

»Stirbt jemand, wenn du heute nicht arbeitest?«

»Nein.«

»Verlierst du all dein Geld und gehst pleite?«

»Nein.«

»Dann gönn dir einen halben freien Tag. Beziehungsweise, noch viel wichtiger, gönn ihn mir. Wenn du nicht mit mir essen gehst, muss ich auch nach Hause und arbeiten, weil ich dann keine Ausrede habe, es nicht zu tun. Also bitte sag Ja, es sei denn, du findest mich unerträglich und möchtest wirklich keine Zeit mit mir verbringen.«

Dass das nicht der Fall war, wusste er ganz genau; und es machte es mir nicht nur schwer, standhaft zu bleiben, sondern unmöglich.

Ich stieß ein Seufzen aus, das irgendwo zwischen Resignation und Erleichterung schwankte, weil Lucien mir eine Ausrede für etwas lieferte, das ich wollte, mir aber selbst nie zugestehen würde – einen freien Nachmittag. »Okay, überredet. Worauf hast du Lust?«

Ein feines, aber zufriedenes Lächeln trat auf seine Lippen. »Entscheide du.«

»Wie wäre es mit Sushi?«

»Klar, warum nicht.« Er klemmte sich den Laptop unter den Arm.

Wir verabschiedeten uns von Genevieve, Caleb und Lori, die bereits eifrig dabei waren, alles einzupacken, und traten anschließend auf die Straße hinaus. Eine leichte Brise wehte uns entgegen, und ich reckte mein Gesicht der Sonne entgegen, deren wärmende Strahlen auf meiner Haut prickelten. Es war ein wunderbarer Spätsommertag, der sich beinahe nach Frühling anfühlte.

Ich folgte Lucien zu einem alten SUV. Er war schwarz lackiert, allerdings so staubig und verdreckt, dass er eher grau erschien. Der Beifahrersitz war unbequem und durchgesessen, dennoch ließ ich mich tief hineinsinken.

Lucien startete den Motor. »Wohin?«

»In der Beverly Road gibt es einen guten Sushi-Laden. Warst du mal dort?«

»Nein, Amicia mag kein Sushi«, antwortete er und lenkte den Wagen auf die Straße.

»Und du gehst nie ohne deine Schwester essen?«

»Selten. Entweder gehen wir zusammen, oder ich koche für uns.«

»Hast du das Sorgerecht für sie?«, fragte ich vorsichtig, denn nach allem, was ich heute gehört und auf Cassies Party gesehen hatte, war das die einzig logische Schussfolgerung. Zwar hatte Lucien mir gegenüber nie ausgesprochen, dass auch sein Dad tot war, aber ich vermutete es. Nicht zuletzt wegen des Tattoos an seinem linken Unterarm. Es zeigte das Porträt eines Mannes ähnlich dem seiner Mutter.

Lucien bestätigte meine Vermutung mit einem knappen Nicken.

Ich krallte die Finger in die Sitzpolsterung. »Wie alt warst du, als eure Eltern …« *Gestorben sind?* Die letzten Worte wollten mir nicht über die Lippen kommen, aber Lucien verstand mich auch so.

»Es ist vor knapp drei Jahren passiert. Ich war kurz zuvor achtzehn geworden.«

Mein Magen verkrampfte sich. Achtzehn. Das war so verdammt jung. Er war praktisch selbst noch ein Kind gewesen. Ich war heute nur ein Jahr älter als er damals, und ich konnte mir ein Leben ohne meine Eltern nicht vorstellen. Ganz abgesehen von den Verpflichtungen, die das Sorgerecht für Amicia mit sich gebracht haben musste.

»Das ist ziemlich viel Verantwortung für jemanden in diesem Alter.«

Lucien zuckte mit den Schultern, während er auf die Straße abbog, die uns zurück nach Mayfield brachte. »Ich hatte die Wahl, entweder ich kümmere mich um Amicia, oder eine Pflegefamilie tut es.«

»Gab es keine anderen Verwandten?«

»Nein, unsere Familie ist nicht so riesig wie deine. Unsere Eltern hatten keine Geschwister. Die Eltern meiner Mom sind schon vor Jahren verstorben, und die Eltern meines Dads leben in Frankreich, das hätten wir Amicia nicht antun können. Ihr Französisch ist noch schlechter als meins. Et le mien n'est pas très bon.«

Ich sah zu Lucien. Sein Blick war konzentriert auf die Straße gerichtet, und er hatte beide Hände am Lenkrad, so wie man es im Fahrunterricht lernte. »Keine Ahnung, was du gesagt hast, aber es hat sich toll angehört.«

Lucien lachte verhalten und warf einen Blick in den Seitenspiegel. Dabei verrutschte der Kragen seines Shirts leicht, und ich entdeckte das erste Mal die Ansätze einer Tätowierung in seinem Nacken, die sich anscheinend von dort seinen Rücken hinabzog. »Nur dass mein Französisch schon ziemlich schlecht ist.«

»Für mich hat sich das ziemlich gut angehört.«

»Danke. Sprichst du eine Fremdsprache?«

Ich klappte die Sichtblende nach unten, da mich die untergehende Sonne blendete. »Ja, ich kann ein bisschen Spanisch und ziemlich fließend Arabisch. Außerdem spreche ich Urdu und verstehe Punjabi. Meine Großeltern kommen aus dem Punjab, daher reden wir zu Hause eigentlich selten Englisch miteinander.«

»Aber du wurdest in Amerika geboren?«

»Ja, hier in Mayfield, genauso wie meine Eltern. Und du?«

»In Orléans, das ist eine Stadt in Frankreich. Meine Eltern haben zwar hier gelebt, aber sie waren gerade in Frankreich, um die Eltern meines Dads zu besuchen. Dass ich die französische Staatsbürgerschaft bekomme, war nicht geplant.«

»Aber hey, mit der aktuellen politischen Lage vielleicht gar nicht so schlecht.«

»Das dachte ich mir auch schon oft.«

Lucien erzählte mir noch mehr über Frankreich und die Zeit, die er als Kind und Jugendlicher dort verbracht hatte. Besonders in Erinnerung geblieben war ihm ein Roadtrip entlang der Ostküste mit seinem Dad, als er elf Jahre alt gewesen war. Mit dem Auto waren sie gemeinsam von Quimper bis Bordeaux gefahren. Die Reise hatte nur vier Tage gedauert, aber damals war es Lucien wie eine halbe Ewigkeit erschienen. Er war auch schon mehrfach im Disneyland Paris gewesen, worum ich ihn beneidete, obwohl ich weder ein großer Fan von Disney noch von Achterbahnen war. Doch in meinem Kopf gehörten Paris und das dortige Disneyland zu den Orten, die man einmal in seinem Leben besucht haben sollte, wenn man die Chance dazu hatte.

»Hier?«, fragte Lucien skeptisch, als er den Wagen vor einem kleinen Haus in der Beverly Road parkte, nachdem ich ihm mit einer Geste bedeutet hatte, rechts ranzufahren.

»Jup«, gab ich als Antwort zurück und löste meinen Gurt, um auszusteigen.

Das Restaurant sah unscheinbar aus und glich auf den ersten Blick mehr einem Imbiss als einem Restaurant. Es war ein kleiner Laden mit nur fünf knietiefen Tischen und ohne Stühle. Am Eingang stand ein vergilbter, teils eingerissener Aufsteller, der für frisches Sushi warb. Und ein Teil der Fensterfront war mit einem unschönen Graffiti besprüht, das bereits dort gewesen war, als ich zum ersten Mal hier gegessen hatte.

Lucien verriegelte seinen Wagen und trat neben mir auf den Bürgersteig. Kritisch betrachtete er das Restaurant, bevor sein Blick langsam zu mir wanderte. »Ich frage noch mal: Du willst wirklich hier essen? Der Laden sieht aus, als wäre die Lebensmittelvergiftung inklusive.«

»Ja, will ich. Hier gibt es das beste Sushi der Stadt. Vertrau mir.«

»Wenn du das sagst«, erwiderte er, jedoch ohne sich auch nur einen Millimeter auf den Eingang zuzubewegen.

Ich lachte, packte seine Hand, die warm und schwer in meiner lag, und zog ihn hinter mir her durch den Eingang.

Ein Läuten erklang, und Kyoko, die Inhaberin des Ladens, die hinter einer schmalen Theke stand, blickte auf. Wir hatten uns bei meinem zweiten Besuch kennengelernt, nachdem mein erster zu einer ziemlich schmeichelhaften Empfehlung auf meinem Blog geführt hatte.

Ein Lächeln trat auf Kyokos Lippen. »Konnichiwa.«

»Konnichiwa«, grüßte ich zurück, während Lucien neben mir nur etwas Unverständliches grummelte.

Kyokos Blick zuckte zu unseren verschränkten Händen, doch ich verspürte nicht das Bedürfnis, Lucien loszulassen. »Sucht euch einen Platz aus, ihr habt freie Wahl. Ich bin gleich bei euch.«

»Danke.« Ich wandte mich an Lucien. »Wo willst du sitzen?«

»Ich weiß nicht.« Er sah sich in dem schlicht eingerichteten Laden um. Es gab keine aufwendige Deko, keine kitschigen Statuen und auch keine kunstvollen Gemälde an den Wänden. Nur ein paar künstliche Pflanzen zierten den ansonsten kargen Raum.

Lucien entschied sich für einen Platz an einem Fenster, das nicht mit Graffiti beschmiert war, und wir hockten uns auf die überdimensional großen Kissen, die auf dem Boden lagen.

Ich verstand, wieso Lucien Vorbehalte hatte. Micah hatte ähnlich reagiert, als ich das erste Mal mit ihr hier gewesen war, aber Kyokos Sushi war so gut, dass sie ihren Laden nicht mit irgendwelchem Schnickschnack zustellen musste, um Touristen zu gefallen. Sie hatte einen stetig wachsenden Kreis an Stammkunden. Und ich war mir sicher, dass Lucien nicht das letzte Mal hier gewesen sein würde, wenn er das Sushi erst probiert hatte.

Kyoko kam an unseren Tisch und brachte uns die Speisekarten sowie Wasser und zwei Schälchen mit Sprossensalat.

Wie immer, wenn es Sushi gab, brauchte ich eine halbe Ewigkeit, um mich zu entscheiden, zumal die vegetarische Auswahl bei Kyoko vergleichsweise groß war. Schließlich gaben wir unsere Bestellung auf, wobei sich Lucien, misstrauisch wie er war, ebenfalls an dem fischlosen Sushi orientierte.

»Wie läuft es im Studium?«

Lucien rutschte auf der Suche nach der idealen Sitzposition auf seinem Kissen hin und her. »Gut. Es ist viel, aber der Stoff ist nicht gerade kompliziert. Man muss nur dranbleiben, weil alles krass aufeinander aufbaut und die Kurse teils auch ineinandergreifen.«

Ich brach meine Essstäbchen auseinander. »Macht es dir denn Spaß?«

»Spaß?« Lucien schnaubte. »Niemand studiert BWL, weil es ihm Spaß macht.«

»Und warum studiert man es dann?«

»Ich kann dir die Gründe der anderen nicht nennen, aber mir geht es ums Geld. Ich muss für Amicia sorgen. Die Lebensversicherung unserer Eltern deckt einiges ab, auch mein Studium, aber das von Amicia werde ich bezahlen müssen, und dafür braucht es einen soliden Job. BWL erschien mir die sicherste Wahl.«

»Und was hättest du studiert, müsstest du dir keine Sorgen um Amicia machen?«

Lucien schob sich einen Bissen des Sprossensalats in den Mund. »Ich hätte gar nicht studiert.«

Überrascht blickte ich von meinem Schälchen auf. »Wirklich nicht?«

»Nein, ich wäre nach Los Angeles gegangen, um Maskenbildner zu werden. Ich wollte immer an einer Serie wie *The Walking Dead* mitarbeiten, aber mit Amicia war mir das zu riskant. Und sie sollte meinetwegen nicht umziehen müssen. Sie hat mit dem Verlust unserer Eltern schon genug zu kämpfen.«

Und du nicht?, ging es mir durch den Kopf. Erst langsam dämmerte mir, dass der Tod von Luciens Eltern nicht nur ein einziges gewaltiges Erdbeben gewesen war, das sein Leben erschüttert hatte, sondern eine Tragödie mit unzähligen Nachbeben. Er wurde nicht nur der College-Erfahrung beraubt, er hatte seinen Traum, seine selbst gewählte Zukunft, aufgeben müssen, um für Amicia da zu sein. Und Verantwortung und Ängste hatten ihn in ein Studium getrieben, das ihm offensichtlich nicht gefiel. Mein Herz blutete für ihn, und am liebsten hätte ich mich über den Tisch gebeugt, um erneut nach seiner Hand zu greifen.

Ich verkniff es mir und wechselte stattdessen das Thema,

indem ich ihm meine Top Ten der Sushi Restaurants in Mayfield auflistete und genau erörterte, was ich an ihnen mochte und was nicht. »Insgesamt hat das Izanagi wohl das beste Preis-Leistungs-Verhältnis und die Einrichtung ist gemütlich, aber wenn ich Sushi essen gehe, dann gebe ich lieber ein paar Cent mehr aus, um nicht nur akzeptables Mittelmaß zu bekommen.«

Lucien, der mir die ganze Zeit über aufmerksam zugehört hatte, warf mir einen amüsierten Blick zu, der meinen Herzschlag leicht ins Stolpern brachte. »Ich sehe, du hast dir darüber viele Gedanken gemacht.«

»Ich denke an fast nichts anderes.«

»Als an Sushi-Restaurants?«

»An Essen im Generellen.«

»Was ist dein Lieblingsessen?«

»Alles, was meine Ammi kocht«, antwortete ich, ohne überlegen zu müssen.

»Ammi?«

»Meine Großmutter. Sie ist die beste Köchin überhaupt.«

»Das glaube ich dir gerne«, sagte Lucien und blickte auf, als Kyoko mit zwei Platten Sushi an unseren Tisch trat.

Die Teller waren wunderschön angerichtet, mit Sprossen, kunstvoll geschnitztem Gemüse und kleinen dekorativen Wasabi-Häufchen. Dazu gab es eingelegten Ingwer, Sojasoße und eine hausgemachte Mayonnaise.

Mir lief das Wasser im Mund zusammen. »Das sieht fantastisch aus, Kyoko.«

»Danke, lasst es euch schmecken.«

»Das werden wir.«

Kyoko zog sich zurück und ließ mich mit Lucien allein.

Er betrachtete das Sushi erfreut. Seine ursprüngliche Skepsis hatte sich in Luft aufgelöst. Vorsichtig nahm er sich mit den

Stäbchen eines der Röllchen und tunkte es in die Mayonnaise, als er meinen Blick bemerkte. Fragend hob er die Augenbrauen. »Willst du mich jetzt beim Essen beobachten?«

»Ja, ich will wissen, was du sagst.«

»Okay«, erwiderte er mit einer Mischung aus Verwunderung und Belustigung und schob sich den Happen in den Mund. Es handelte sich um eine Inside-Out-Roll mit Avocado, Mango und Sesam, wie ich sie mir auch bestellt hatte. Er kaute langsam, bevor er anerkennend nickte und mit vollem Mund nuschelte: »Das ist wirklich gut.«

Ich grinste zufrieden und schnappte mir selbst ein Stück von meiner Platte.

Die nächsten Minuten gab es für Lucien und mich kein anderes Thema als unser Essen. Wir probierten uns durch die verschiedenen Sorten und tauschten, sodass jeder alles probieren konnte. Ich mochte die Stücke mit dem frittierten Spargel am liebsten, während Lucien sich am meisten für die klassischen Maki mit eingelegtem Rettich begeistern konnte.

Obwohl wir am Ende beide darüber klagten, wie voll wir bereits waren, bestellten wir uns noch einen Nachtisch, den wir uns teilten – gebackene Bananen mit Sesam- und Mango-Eis. Es schmeckte himmlisch und war die perfekte Ergänzung zu diesem wunderbaren Nachmittag.

Erst als Lucien und ich bezahlten, wurde mir bewusst, dass ich in den vergangenen zwei Stunden kein einziges Mal an die Arbeit und meine To-do-Liste gedacht hatte. Ein merkwürdiges Gefühl.

»Ich war schon ewig nicht mehr im Kino«, sagte ich und inhalierte den süßen Duft von Popcorn, der Erinnerungen an eine Zeit weckte, in der ich öfter hier gewesen war. Zweimal die Woche gab es Angebote für Schüler und Studenten, und ich war oft mit Nazia hergekommen, als sie noch am MFC eingeschrieben gewesen war. Aber mittlerweile war auch ihre Zeit knapp bemessen, und wenn wir uns trafen, dann lieber, um zu quatschen.

Lucien stellte sich an eine der Kassen an. »Ich auch nicht. Ich glaube, das letzte Mal ist über ein Jahr her. Amicia und ich haben uns zu ihrem vierzehnten Geburtstag *Love, Simon* angesehen.«

Die Vorstellung von ihm in einem Film wie *Love, Simon* ließ mich schmunzeln. »Süß.«

Er zuckte mit den Schultern. »Weißt du schon, was du anschauen willst?«

Ich studierte die Auswahl. Es gab nur drei Filme, die in der nächsten halben Stunde starteten. Ein Actionstreifen, eine Liebeskomödie und ein Zeichentrick. Lucien war von diesem Portfolio ebenso wenig begeistert wie ich. Schließlich entschieden wir uns für den Actionfilm, da dieser auf der großen Leinwand sicherlich am meisten zu bieten hatte. Lucien bezahlte unsere Karten und ich die Getränke. Und obwohl ich noch immer satt war, ließ ich es mir für das Feeling nicht nehmen, auch eine kleine Tüte Popcorn für uns zu holen.

Das Licht im Kino war bereits gedimmt, als wir den Saal betraten. Im Halbdunkel suchten wir uns einen Platz in der Mitte, das Popcorn zwischen uns. Lucien streifte sich seine Jacke von den Schultern und warf sie über die Rückenlehne, während ich mir die Schuhe auszog, um es mir bequemer zu machen. Genüsslich wackelte ich mit den Zehen und ließ mich tief in den Sessel sinken.

Es dauerte nicht lange, bis die Lampen im Saal erloschen und die Gespräche um uns herum verstummten, bevor der Film mit dem Geräusch eines aufheulenden Motors startete.

Neben mir raschelte es, und ich sah zu Lucien, der in die Popcorntüte gegriffen hatte. Die bunten Lichter des Films flackerten über sein Gesicht und zeichneten farbige Schatten auf seine Haut.

Er fing meinen Blick auf, und ein kleines zufriedenes Lächeln stahl sich auf seine Lippen, als könnte er sich nichts Schöneres vorstellen, als hier mit mir zu sitzen.

Mein Herz setzte einen Schlag aus, und es dauerte einen Moment, bevor ich in der Lage war, sein Lächeln zu erwidern. Er sollte wissen, dass es mir ähnlich ging. Das heute war der beste Nachmittag seit Langem, und diese Erkenntnis fühlte sich im dämmrigen Licht des Saals irgendwie bedeutungsvoll an. Warum das so war, wollte ich lieber nicht hinterfragen, also wandte ich meine Aufmerksamkeit wieder der Leinwand zu, um mich von dem sehnsüchtigen Gefühl in meiner Brust abzulenken.

Im Film befanden wir uns bereits mitten in einer Verfolgungsjagd durch São Paulo, und das Rattern eines Maschinengewehrs war zu hören. Ich hasste den Klang von Schüssen, was ich selbst nicht ganz nachvollziehen konnte, da ich im wahren Leben noch nie einer Waffe nahe gewesen war. Doch aus irgendeinem Grund erzeugte das Geräusch immer eine Gänsehaut bei mir, fast so, als würde es irgendwelche Urängste in mir wecken. Dennoch war der Film nicht schlecht und schaffte es sogar, mich von Lucien abzulenken.

Nach einer Zeitspanne, die sich sowohl wie fünf Minuten als auch wie fünf Stunden angefühlt hatte, flackerte das Licht im Saal wieder an – was dazu führte, dass augenblicklich wildes Gewusel unter den Zuschauern ausbrach, als könnten sie das Kino gar nicht schnell genug verlassen.

Mit einem Seufzen stand Lucien von seinem Platz auf und streckte die Arme über den Kopf, um sich zu dehnen. Dabei rutschte der Saum seines Shirts nach oben und entblößte einen Streifen nackter Haut.

Ich wollte nicht so genau hinsehen, aber bereits ein Blick genügte, um die fein definierten Muskeln und den Pfad aus dunklen Härchen zu erkennen, der unter dem Bund seiner Hose verschwand. Eilig sah ich weg und machte mich daran, mir meine Schuhe anzuziehen.

»Wie hat dir der Film gefallen?«, fragte Lucien. Aus dem Augenwinkel sah ich, dass er die Arme sinken ließ und nach seiner Lederjacke griff, um sie sich überzustreifen.

Ich zuckte mit den Schultern. »Er war okay.«

»Wirklich? Du fandest ihn nicht etwas sehr … übertrieben?«

»Übertrieben? Du hast anscheinend noch nie einen Bollywood-Streifen gesehen.«

»Nein, hab ich tatsächlich nicht.«

»Schau dir *Karan Arjun* an, dann weißt du, was übertrieben ist.« Ich liebte diese Filme aus meiner Kindheit heiß und innig, auch wenn die meisten davon objektiv betrachtet ziemlich mies waren. Aber sie hatten für mich einen nostalgischen Wert, und immer, wenn es mir schlecht ging, ich krank war oder mich ein anderes Tief heimsuchte, tauchte ich zum Trost in die bunte Welt von Bollywood ein und fühlte mich danach besser.

Ich schnappte mir meine Tasche, und wir machten uns auf den Weg zurück zu Luciens Wagen. Inzwischen war es dunkel geworden, und der gefühlte Frühling war verschwunden. Stattdessen wehte ein kühler Wind, der den Herbst ankündigte und bunte Blätter von den Bäumen segeln ließ.

Fröstelnd verschränkte ich die Arme vor der Brust, um mich warm zu halten.

Besorgt blickte Lucien auf mich herab. »Ist dir kalt?«

Ich lächelte verfroren. »Nur ein bisschen.«

Ohne ein weiteres Wort zu sagen, blieb Lucien stehen und zog seine Lederjacke aus. Auffordernd hielt er sie mir so hin, dass ich nur noch in die Ärmel schlüpfen musste.

»Danke«, murmelte ich und zog die Jacke enger um mich. Sie war von Lucien angewärmt und roch auf eine angenehme Art und Weise nach ihm, die in mir die unvernünftige Sehnsucht weckte, meine Nase in dem Stoff zu vergraben. Doch auch wenn es mir zunehmend schwerer fiel, unterdrückte ich das Verlangen ebenso wie die eigenartig warmen Gefühle, die Lucien bereits den ganzen Tag über in mir auslöste.

Einen Block schlenderten wir schweigend nebeneinander her, vermutlich in dem wehmütigen Wissen, dass unser gemeinsamer freier Tag sich dem Ende neigte und uns morgen wieder stressiger Alltag bevorstand. Ich wollte überhaupt nicht daran denken, dennoch fragte ich Lucien, was er am nächsten Tag vorhatte.

»Ich habe Amicia versprochen, ihr bei einem Projekt zu helfen, und muss selbst noch etwas lernen. Außerdem wollte ich an meiner Webseite arbeiten, die sollte eigentlich längst fertig sein, aber das Portfolio-Plug-in funktioniert noch nicht so, wie ich es gerne hätte.«

»Es ist also eine Webseite für deine Arbeit?«

»Ja, im Moment häufen sich zwar die Anfragen, aber das alles läuft nur über Empfehlungen. Ich hätte das gerne etwas professioneller, dann könnte ich auch meine Preise anheben.«

»Schickst du mir den Link, wenn die Seite fertig ist?«

Er nickte verhalten. »Von mir aus, aber erwarte nicht zu viel.«

Ich wollte Lucien sagen, dass er sich keine Sorgen machen musste. Die Seite würde mit Sicherheit perfekt aussehen. Er hatte ein gutes Auge, und falls es nur an der Technik scheiterte, konnte ich ihm helfen. Ich war keine Programmiererin, aber die Arbeit an meinem Blog hatte mir doch das eine oder andere über die Gestaltung von Webseiten beigebracht.

Doch ich kam nicht dazu, ihm zu antworten, denn im selben Moment klingelte mein Handy. Ich holte es aus meiner Tasche, und obwohl es Samstagabend war, überraschte es mich nicht, Joshuas Namen auf dem Display zu lesen. Dieser Mann kannte auch keinen Feierabend.

»Darf ich da kurz rangehen?«, fragte ich Lucien. Er nickte, und ich nahm den Anruf entgegen. »Hey, Josh.«

»Hallo«, begrüßte mich mein Agent fröhlich. Im Hintergrund hörte ich leise Musik von den Beatles spielen, was bedeutete, dass er allein im Büro war. »Stör ich?«

»Ich bin gerade unterwegs, aber ein paar Minuten hab ich.«

»Schön. Wie war der Termin mit *Goddess*?«

Lucien und ich blieben an einer Fußgängerampel stehen, und ich hielt mir das eine Ohr mit der Hand zu, um Josh besser verstehen zu können, während die Autos an uns vorbeirauschten. »Super. Genevieve hatte tolle Fragen, und für die Fotos haben wir auch nicht lange gebraucht.«

»Das freut mich zu hören.«

Ich lächelte. »Ja. Ich bin schon sehr auf den Artikel gespannt.«

»Ich auch, aber das ist eigentlich gar nicht der Grund, aus dem ich anrufe«, sagte Josh. »Ich habe eine Anfrage von einem lokalen Fernsehsender bekommen, der dich gerne in eine Frühstückssendung einladen würde, um mit dir über dein Buch zu sprechen und dich vielleicht eine Kleinigkeit vorkochen zu lassen.«

»*Wirklich?* Das ist ja cool. Wann?«, fragte ich mit von Panik unterlegter Freude. Ich war noch nie in einer TV-Show zu Gast gewesen, und so faszinierend die Vorstellung war, so sehr machte sie mir auch Angst.

»Am Donnerstag nach der Premiere.«

»Oh«, entwich es mir enttäuscht. »Da kann ich leider nicht.«

Josh schwieg einen Moment, bevor er fragte: »Wieso nicht?«

»In der Woche sind die Midterms, das wird mit dem Lernen eh schon knapp.«

»Kannst du die nicht verschieben?«

Die Midterms verschieben? Ich musste mir ein Lachen verkneifen. »Nein, das geht nicht.«

»Das ist wirklich ungünstig«, grummelte Josh. »Es ist zwar nur ein kleiner Sender, aber wir sollten die Sache trotzdem nicht unterschätzen. Immerhin ist das dein erstes Buch, da können wir jede Werbung gebrauchen.«

»Ich weiß, aber es geht nicht«, beteuerte ich noch einmal und sah zu Lucien, der die Hände in die Hosentaschen geschoben und den Blick abgewandt hatte, sichtlich bemüht, nicht den Eindruck zu erwecken, meinem Gespräch zu lauschen.

»Überleg es dir«, sagte Josh, als hätte ich ihm gerade nicht zweimal klar und deutlich gesagt, dass ich am Donnerstag nach der Premiere keine Zeit hatte. »Ich warte noch zwei, drei Tage, bevor ich absage. Wenn du es dir anders überlegst, sag Bescheid.«

Ich werde es mir nicht anders überlegen, ich habe Prüfungen, zischte ich in meinem Kopf, aber über die Lippen kam mir nur ein genervtes »Okay«, da ich mich vor Lucien nicht mit Joshua streiten wollte. Dabei wusste ich genau, dass ich meine Meinung nicht ändern würde. Wenn ich die Midterms verpasste oder nicht bestand, würde ich nicht zu den Prüfungen am Ende des Semesters zugelassen werden, und das wäre ein Rückschlag, den ich nur noch schwer würde aufholen können.

»Ich ruf dich am Montag an.«

»Aber bitte erst abends«, erinnerte ich ihn.

Josh lachte leise. »Jaja, ich weiß. Bis dann.«

»Bis dann«, echote ich mit einem verkniffenen Lächeln und versuchte, mich nicht über Josh zu ärgern.

»Alles klar?« Lucien zog besorgt die Augenbrauen zusammen.

Es wäre leicht gewesen, Ja zu sagen und die Sache einfach auf sich beruhen zu lassen, aber es war nicht das erste Mal, dass so etwas passierte. Ich arbeitete gerne mit Josh zusammen. Er war in vielerlei Hinsicht der beste Agent, den ich mir vorstellen konnte. Doch er konnte oder wollte nicht verstehen, weshalb mir mein Studium so wichtig war, wo ich doch jetzt die Chance hatte, mir eine Karriere als Autorin aufzubauen. Sein Traum für mich war eine eigene Koch-Show auf Netflix. Mein Traum war es, Menschen wie meinen Großeltern zu helfen, die ohne einen Cent in der Tasche in ein neues Land kamen, getrieben von der Hoffnung auf eine bessere Zukunft. Menschen, die sich aufgrund von verworrener Gesetzgebung, staatlicher Willkür und Sprachbarrieren nicht selbst helfen konnten. Was nicht bedeutete, dass mir das Buch nicht wichtig war, schließlich erzählte es die Geschichte meiner Großeltern, nur wollte ich nicht mein ganzes Leben darauf aufbauen. Und manchmal schien es, als wollte Josh das nicht anerkennen.

»Nicht wirklich«, gestand ich mit einem Seufzen. »Das war mein Agent. Ich bin zu einer Frühstückssendung im Fernsehen eingeladen, aber ich kann wegen der Midterms nicht hin.«

»Das ist scheiße.«

»Ja, das ist es.« Ich zog Luciens Lederjacke enger um mich und versuchte, das Gedankenkarussell zu stoppen, das sich angetrieben von Sorgen, Ängsten und Zweifeln in meinem Kopf zu drehen begann. »Aber am meisten stört es mich, dass Josh es mir so schwer macht, Nein zu sagen.«

»Das zu tun ist dein gutes Recht.«

Wir erreichten Luciens Wagen, aber anstatt einzusteigen, blieben wir auf dem Gehweg stehen. »Ich weiß, trotzdem fühle ich mich schlecht dabei. Josh und der Verlag geben sich solche

Mühe und stecken so viel Zeit und Geld in mich und mein Buch, dass es sich immer, wenn ich etwas absagen muss, so anfühlt, als würde ich sie im Stich lassen.«

Die Sorge in Luciens Augen war ungebrochen. In seinem Blick lag etwas Dunkles, Ernsthaftes. »Das tust du nicht.«

Ich verschränkte erneut die Arme vor der Brust und wünschte mir, die Zeit zehn Minuten zurückdrehen zu können, um mich davon abzuhalten, den Anruf anzunehmen. Der Tag war bisher perfekt gewesen …

»Was ist, wenn das Buch meinetwegen nicht läuft? Was wenn ich mir nicht genug Mühe gebe?«

»Das ist Unsinn. Du gibst dir genug Mühe. Und das Buch wird super laufen«, versicherte mir Lucien mit einer Gewissheit, als würde es sich bei seinen Worten um Fakten handeln. Die Erde ist rund. Die Sonne ist ein Stern. Der Mensch braucht Sauerstoff. Und mein Buch wird ein Erfolg.

»Nett, dass du das sagst, aber das kannst du nicht wissen.«

Ein zaghaftes Lächeln zupfte an Luciens Mundwinkeln. »Doch, ich weiß es, immerhin ist es dein Buch.«

»Es freut mich, dass du ein solches Vertrauen in mein Buch hast.«

Lucien kam einen Schritt näher und schirmte mich dadurch von der Windböe ab, die mir geradewegs ins Gesicht geblasen hatte. »Hast du etwa kein Vertrauen?«

»Doch, aber …« Ich hielt inne. Es war schwer, es zu erklären. Ich war verdammt stolz auf das Buch und wollte, dass es von der ganzen Welt gelesen wurde, aber ich trug auch viele Ängste und Zweifel mit mir herum. Was, wenn sich nicht genug Käufer fanden? Oder nur die falschen Leute das Buch in die Hand bekamen? Was, wenn es 1-Sterne-Rezensionen hagelte? Waren die Rezepte im Buch gut genug? Hatte ich die richtigen Worte für meine Geschichten gewählt? Oder würde ich damit auf Unverständnis stoßen? Würde der Verlag auch bei schlechten Verkaufszahlen noch mal mit mir zusammenarbeiten? Was würde Josh von mir denken? Würde er mir Vorwürfe machen und seinen Vertrag mit mir für einen Fehler halten?

»Ich wette mit dir, das Buch wird großartig laufen«, unterbrach Lucien meine Gedanken.

Dankbar sah ich ihn an. »Ach ja? Und um was wärst du bereit zu wetten?«

»Wie wäre es mit einem Abendessen? Ich koche für dich, was immer du willst.«

Ich blinzelte. Lucien wollte für mich kochen?

»Ist das dein Ernst?«

Er nickte.

Ich wusste nicht, was ich darauf erwidern sollte. Ein Teil von mir wollte heftig nicken und seinem Vorschlag einfach zustimmen, doch der andere, vernünftige Teil ließ mich zögern.

»Und was ist, wenn du verlierst und das Buch schlecht läuft?«

»Dann koche ich für dich, was *ich* will.«

»In beiden Fällen bekomme ich also ein kostenloses Essen?«, fragte ich skeptisch. Wo war der Haken?

»Na ja, wenn das Buch nicht läuft, musst du schließlich aufgemuntert werden.«

Ich schmunzelte. Das klang nach einer nicht sehr ausgewogenen Wette, aber womöglich war Lucien darauf auch überhaupt nicht aus.

»Ich mag die Art, wie du denkst.«

Er neigte den Kopf, und das Licht der Straßenlaterne fing sich in seinem Blick wie ein hoffnungsvolles Funkeln. »Ist das ein Ja?«

»Ja, ist es«, erwiderte ich, da es mir vollkommen unmöglich erschien, sein Angebot abzulehnen, auch wenn sich diese Sache mit Lucien in eine gefährliche Richtung entwickelte. Er war wie ein Stück einer neu entdeckten Lieblingssüßigkeit. Mein Verstand sagte mir, ich sollte es nicht essen, aber mein Verlangen danach war größer als jede Vernunft.

Das Leuchten in seinen Augen wurde strahlender. »Cool, ich freu mich.«

Ich lächelte. »Ich mich auch.«

Er hob den Arm, und für einen kurzen Augenblick glaubte ich, er wollte meine Hand schütteln, um die Wette zu besiegeln. Ich wollte ihm schon meine verfrorenen Finger reichen, als er stattdessen in die rechte Tasche seiner Jacke griff und den Autoschlüssel hervorzog. »Ich sollte dich jetzt besser nach Hause fahren. Es ist schon spät.«

9. Kapitel

»Neinneinneinnein …«, flehte ich und rutschte auf Socken über das Laminat in meiner Wohnung, das Ladekabel für meinen sterbenden Laptop in der Hand. Ich war so vertieft in meinen Essay gewesen, dass ich den leeren Akku nicht bemerkt hatte. Nun hatte sich das Teil einfach auf Stand-by geschaltet, und obwohl alle Dokumente automatisch gespeichert wurden, war da doch diese Angst, die Arbeit der letzten Stunden könnte umsonst gewesen sein – oder zumindest der letzten halben Stunde, aber auch das wollte ich nicht noch einmal machen müssen.

Mein Tagesplan war in Blöcke unterteilt. Jeder Block dauerte fünfundzwanzig Minuten, und in dieser Zeit musste ich konzentriert arbeiten und durfte mich von nichts und niemandem ablenken lassen. Doch das war immer leichter gesagt als getan, wenn einem scheinbar unendlich viele Gedanken durch den Kopf geisterten.

Ich steckte meinen Laptop an das Ladekabel und drückte mit angehaltenem Atem auf die Leertaste. Eine Sekunde später erwachte der Bildschirm wieder zum Leben. Der Cursor im Dokument blinkte noch immer fröhlich an derselben Stelle, an der sich mein MacBook ausgeschaltet hatte.

Ich atmete erleichtert auf und wischte mir die feuchten Hände an meiner Leggins ab, als ein Piepsen erklang – meine Zeit war abgelaufen. In der Menüleiste meines Laptops lief ein automatischer Timer, der jedes Mal ein schrilles Klingeln ausstieß, wenn ein Fünfundzwanzig-Minuten-Intervall geschafft war. Nun hatte ich fünf Minuten Pause, bevor der nächste Block startete.

Ich schnappte mir meine leere Tasse und flitzte in die Küche, um mir einen Tee zu machen, da ich bereits viel zu viel Kaffee getrunken hatte. Noch eine Tasse, und mein Herz würde vermutlich explodieren.

Während das Wasser heiß wurde, checkte ich die Nachrichten in unserem Gruppenchat, der zu gefühlt fünfzig Prozent aus Katzenbildern von Cassie, Auri, Micah und Julian bestand – nicht, dass ich mich beschweren würde. Doch zu meinem Erstaunen stellte ich fest, dass eine neue Person der Gruppe hinzugefügt worden war, und zwar von Micah: Lucien.

Ich schnaubte und verdrehte die Augen. Natürlich.

Adrian: *Habt ihr schon Pläne für Halloween?*
Micah: *Nope.*
Auri: *Cas und ich auch nicht.*
Lilly: *Wir ziehen mit Link um die Häuser. <3*
Adrian: *Lucien? Aliza?*
Lucien: *Nein, aber ich plan auch nichts.*
Micah: *Wieso nicht?*
Lucien: *Amicia ist auf einer Party.*
Micah: *Und?*
Lucien: *Und wenn sie weg ist, bleib ich lieber zu Hause.*
Micah: *Muss ich das verstehen?*
Lucien: *Nein.*
Micah: 😐
Micah: *Was ist mir dir @Aliza?*
[Cassie schickt ein Katzenfoto]
[Cassie schickt ein Katzenfoto]
[Cassie schickt ein Katzenfoto]

[Cassie schickt ein Katzenfoto]
[Cassie schickt ein Katzenfoto]
Cassie: *Sind sie nicht süß?!?*
Micah: 🩶
Keith: *Ich will auch eine! @Adrian*
Adrian: *Später vielleicht.* 😘

Ich schmunzelte und goss das heiße Wasser in meine Tasse, bevor ich zwei der Katzenfotos im Chat mit meiner Familie teilte, damit meine Tante sehen konnte, wie es ihren Kätzchen erging. Anschließend tippte ich eine Antwort auf die Halloween-Frage.

Aliza: *Ich weiß noch nicht, ob ich Ende Oktober Zeit habe.*
Micah: *Arbeite nicht so viel!*
Aliza: *Wer hat was von Arbeit gesagt?*
Micah: *Wieso solltest du sonst keine Zeit haben?*
Lucien: *Ein heißes Date?*
Micah: *Aliza hat keine heißen Dates.*
Micah: *Aliza hat Work-Dates.*
Cassie: *Steht unser Work-Date morgen noch?*
Aliza: *Ja.*
Micah: *Jup!*
Micah: *@Aliza Was ist an Halloween?*
Aliza: *Ich weiß noch nicht …*
Aliza: *Ich möchte nichts versprechen.*
Micah: *Manchmal möchte ich dich einfach nur packen und schütteln.*
Aliza: *Ich mich auch …*
Aliza: *So, ich setz mich jetzt wieder an meinen Essay.*
Cassie: *Viel Erfolg!*
Cassie: *Motivationskatze!*

[Cassie schickt ein Katzenfoto]
Aliza: 😍

Ich ließ mein Handy in der Küche liegen, um mich davon nicht ablenken zu lassen, und ging nur mit meiner Tasse zurück ins Wohnzimmer, wo mein Laptop auf mich wartete. Fluchend überflog ich die letzten Sätze in meinem Essay und machte da weiter, wo ich aufgehört hatte.

»Was ist jetzt eigentlich mit Halloween?«, fragte Micah und zerstörte mit einer Bewegung ihres Löffels das kleine Kunstwerk auf dem Milchschaum ihres Kaffees.

Wir hatten uns zum Lernen in einem neuen Café am Stadtpark verabredet. So konnten wir nicht nur ungestört von Auri, Julian und den Katzen für die Midterms lernen, sondern ich konnte auch noch ausloten, ob dieses Café einen Beitrag auf meinem Blog wert war. Mein erster Eindruck war allerdings weniger gut. Der Kaffee war zwar kunstvoll angerichtet und würde auf Instagram sicherlich einiges hermachen, aber die Atmosphäre war irgendwie unruhig, wie in einem Starbucks am Flughafen. Die Leute wirkten hektisch und unentspannt, und das an einem Freitagnachmittag. Aber vielleicht lag das auch nur an mir und der Tatsache, dass ich unter Dauerstrom stand.

Ich klappte meinen eigenen Laptop auf, um keine Zeit zu verlieren, zumal die Lerndates mit Micah und Cassie meist nur zu fünfzig Prozent aus Lernen bestanden, wenn überhaupt. Meistens endeten diese Treffen in irgendwelchen Gesprächen, die rein gar nichts mit der Uni zu tun hatten.

»Was soll damit sein?«

»Gehst du mit uns feiern?«

Ich trank einen Schluck von meinem Kaffee, um Micahs Blick auszuweichen. Er war voller Hoffnung und Enttäuschung zugleich. Enttäuschung, weil sie meine Antwort bereits kannte. Und Hoffnung, weil sie sich wünschte, sich zu irren.

»Ich weiß noch nicht, ob ich Zeit habe.«

»Komm schon. Es ist nur ein Abend.«

Ich öffnete eine Datei auf meinem Laptop. »Schon klar, aber es geht einfach nicht.«

»Es geht nicht oder du willst nicht?«

Ich hätte wissen sollen, dass sie mich nicht so leicht vom Haken ließ. Und dafür hasste und liebte ich sie zugleich. Wir hatten diese Diskussion schon Dutzende Male geführt, und ich wusste, dass es Sorge war, die Micah antrieb und dazu brachte, mich immer wieder mit dem Thema zu konfrontieren und mir den Spiegel vorzuhalten. Zu Recht. Ich wusste, dass ich zu viel arbeitete, aber das von einer Freundin so reflektiert zu bekommen, war nicht leicht zu ertragen.

Ich seufzte schwer. »Du weißt, dass ich mit euch Halloween feiern will.«

»Und warum sagst du dann nicht einfach zu?«

»Ich will nichts zusagen, was ich vielleicht wieder absagen muss.«

Micah holte tief Luft. »Du musst auch mal eine Pause machen.«

»Ich mache gerade Pause.«

»Wir sind hier, um zu lernen.«

»Aber gerade reden wir.«

Micah schnaubte. »Das zählt nicht. Du brauchst mal so richtig frei. Bis-zwölf-Uhr-schlafen-und-dann-auf-der-Couch-rumgammeln-Frei. Wann hattest du das letzte Mal einen freien Nachmittag?«

»Kürzlich«, antwortete ich instinktiv. »Ich war mit Lucien im Kino.«

Etwas blitzte in Micahs Augen auf. Ich hatte weder Cassie

noch ihr von dem Tag erzählt, den ich spontan mit Lucien verbracht hatte. Kurz hatte ich überlegt, es ihnen zu sagen, es dann aber doch für mich behalten, da ich nicht gewollt hatte, dass sie zu viel in die Sache hineininterpretierten.

»Wann war das?«, hakte Micah nach.

»Am Wochenende vom Fotoshooting.«

Micah gab einen verächtlichen Laut von sich. »Das ist drei Wochen her. Das ist nicht *kürzlich*. Normale Menschen haben mindestens einen Tag die Woche frei, zumindest in den meisten Fällen.«

Ich zuckte mit den Schultern, da ich gegen diese Logik schlecht etwas einwenden konnte. Außerdem sprach es Bände, dass Micah nicht auf die Sache mit Lucien angesprungen war und mich stattdessen noch immer für meinen Workload tadelte. »Ich weiß, dass du recht hast.«

»Und wieso änderst du dann nichts?«

»Weil es nicht geht. Noch nicht, aber bald!«

»Das sagst du seit Monaten«, erwiderte Micah frustriert. »Ich mach mir einfach Sorgen um dich. Wir alle, um ehrlich zu sein. Jedes Mal, wenn wir in die Gruppe schreiben und was unternehmen wollen, kommt von dir nur: keine Zeit, zu viel zu tun, wird zu stressig. Das ist nicht gesund.«

Ich presste die Lippen aufeinander, denn auch das wusste ich. Und natürlich hätte ich gerne mehr Freizeit gehabt, aber das war alles nicht so einfach. Ich konnte mein Studium nicht schleifen lassen, aber genauso wenig wollte ich meinen Blog aufgeben, in den ich so viel Herzblut gesteckt hatte. Und ich wollte auch die Leute nicht hängen lassen, die mir seit Jahren folgten. Wir waren eine kleine Online-Familie.

»Es wird wirklich bald besser«, sagte ich erneut, weil ich nicht wusste, was ich sonst sagen sollte. Es war einfach frustrierend. »Versprochen. Gib mir noch ein bisschen Zeit.«

»Aliza …« Micah stieß ein tiefes Seufzen aus, das ihre Gesichtszüge weicher und ihren Blick mitfühlender machte. »Du solltest das nicht mir versprechen, sondern dir selber. So wie jetzt kann es nicht weitergehen. Du machst dich kaputt.«

Ich nickte langsam und warf einen Blick auf mein Handy in der Hoffnung, dass Micah die Tränen nicht sah, die mir ihre Worte in die Augen getrieben hatten. Sie hielt mir die Wahrheit vor Augen, vor der ich mich die ganze Zeit zu verstecken versuchte. Es wäre vermutlich vernünftiger gewesen, sich ihr zu stellen, aber ihr aus dem Weg zu gehen war in vielerlei Hinsicht bequemer. Und so waren wir Menschen eben, wir stellten uns ungern der harten Realität und waren Profis darin, Dinge zu leugnen und vor uns herzuschieben.

»Hey!«, platzte plötzlich Cassie in die Unterhaltung. Ihr Haar war zerzaust und ihre Wangen waren gerötet, als wäre sie den Weg von ihrer Wohnung bis zum Café gerannt.

»Hey.«

»Du bist spät dran«, sagte Micah. Es war eine Feststellung, kein Vorwurf.

Mit einem Keuchen ließ Cassie sich auf den freien Stuhl neben mir fallen. »Sorry. Ich wurde aufgehalten.«

»Ist was passiert?«, fragte ich und schob meine Lernutensilien beiseite, um Platz zu machen.

»Und ob was passiert ist«, antwortete Micah anstelle von Cassie. Ein süffisantes Grinsen lag auf ihren Lippen, während sie Cassie dabei beobachtete, wie sie ihre Jacke auszog. Darunter trug sie ein T-Shirt mit Aufdruck, das allerdings ganz offensichtlich auf links gedreht war.

Verwundert sah Cassie an sich herab und stieß einen leisen Fluch aus, als sie ihren Fehler bemerkte. Verstohlen zuckte ihr Blick von Micah zu mir und schließlich zu den benachbarten

Tischen. Als ihr klar wurde, dass uns niemand beobachtete, zog sie das T-Shirt aus. Darunter kam ein schlichtes weißes Top zum Vorschein. Sie wendete das Shirt und zog es sich richtig rum an. Nun prangte ein grinsender Anime-Charakter auf ihrer Brust.

Micah hatte das Kinn auf einer Hand abgestützt und sah Cassie mit großen Augen an wie ein Kind, das voller Erwartung auf eine spannende Geschichte wartete. Der Ernst, den sie vor fünf Minuten meinetwegen noch an den Tag gelegt hatte, war aus ihren Zügen verflogen. »Uuuuund, wie war es?«

Cassie schnappte sich die Getränkekarte aus dem Halter. »Gut.«

»Ist das alles, was du zu sagen hast?«

»Sehr gut.«

Ich schmunzelte. Zwar fühlte ich mich immer etwas unbeholfen, wenn Micah und Cassie über Sex redeten, weil ich nichts zu diesen Gesprächen beizusteuern hatte, aber ich freute mich für die beiden.

»Komm schon!«, quengelte Micah. »Ich hab dir auch erzählt, wie es mit Julian ist.«

»Ja, und ich habe nicht danach gefragt.«

»Du bist gemein.«

Cassie lächelte zuckersüß. »Und du zu neugierig. Was habt ihr zu trinken?«

Micah verengte die Augen zu Schlitzen, als wäre sie Cassie für ihre Verschwiegenheit böse, aber in ihren Mundwinkeln war ein glückliches Zucken zu sehen, das sie nicht ganz verbergen konnte. »Verrat ich nicht.«

Ich lachte. »Ich hab einen Cappuccino mit Kokosmilch und Micah einen Latte Macchiato.«

»Verrätst du uns wenigstens, wie es bei deinen Eltern war?«, fragte Micah.

Neugierig spitzte ich die Ohren. Das interessierte mich auch. Cassie war am Wochenende mit Auri zu ihren Eltern gefahren, um ihn offiziell als ihren Freund vorzustellen. Anscheinend hatten ihre Eltern ihn schon einmal getroffen, wenn ich das richtig verstanden hatte, aber damals waren die beiden noch kein Paar gewesen.

Cassie klappte die Karte zusammen. »Richtig gut. Sie mochten Auri ja schon immer sehr. Meine Mom war also ganz begeistert. Mein Dad war etwas skeptischer, aber ich glaube, das lag nicht an Auri. Er will einfach nicht, dass mir das Herz gebrochen wird. Aber als wir gefahren sind, hat er Auri zum Abschied sogar so eine halbe Bromance-Männer-Umarmung gegeben. Das werte ich als Sieg.«

Micah klatschte begeistert in die Hände. »Das freut mich.«

Cassie grinste. »Mich auch. Was steht bei euch heute an?«

»Geschichte der Kunsttheorie. Lieblingsfach«, säuselte Micah sarkastisch.

»Wirtschaftsrecht«, antwortete ich. Ich hasste Wirtschaftsrecht, da es rein gar nichts mit dem zu tun hatte, was ich mit meinem Diplom später erreichen wollte. Doch Grundkenntnisse in jedem Rechtsgebiet gehörten zum Studium, also hieß es: Augen zu und durch. »Und bei dir?«

»Rhetorik.«

Cassie holte sich einen Kaffee, und anschließend machten wir uns ans Lernen. Doch so wirklich konzentrieren konnte ich mich nicht. Nicht nur dass ich Wirtschaftsrecht hasste, auch Micahs Worte hingen mir immer noch nach. Sie hatte mir nichts Neues gesagt, dennoch konnte ich das beklemmende Gefühl, das ihre Worte hinterlassen hatten, nicht einfach abschütteln.

Fast eine Stunde arbeiteten wir mehr oder weniger schweigend, bis Micah eine Nachricht von Julian bekam. Sie erzählte uns, dass er sich heute mit einer alten Schulfreundin aus Idaho getroffen hatte, die kürzlich nach Mayfield gezogen war. Das letzte Mal hatten sich die beiden vor seiner Geschlechtsangleichung gesehen, aber das Treffen war zu Micahs Erleichterung gut verlaufen. Sie liebte Julian über alles und wollte ihn vor jeglichen feindseligen Reaktionen schützen, die er in der Vergangenheit häufig genug hatte ertragen müssen, wenn es um sein Outing gegangen war. Vor allem seine Eltern hatten ihm in der Hinsicht ziemlich zugesetzt, weshalb Micah sehr protektiv sein konnte, wenn es um Julian ging.

Im Anschluss redeten wir über alles und nichts. Immer wieder kehrten wir zu unseren Lernunterlagen zurück, aber von Dauer war unsere Konzentration nicht. Micah erzählte uns, dass Ted, der Inhaber des Comicbuchladens, den sie immer besuchte, eine neue Freundin hatte. Und Cassie berichtete von Auris und ihrer LARP-Gruppe, die so rein gar nicht schockiert gewesen war zu erfahren, dass Auri und sie jetzt ein Paar waren.

Ich hingegen hatte nur wenig aus meinem privaten Umfeld zu erzählen, zumal ich keine weiteren Details zu der noch neuen Freundschaft zwischen Lucien und mir preisgeben wollte. Nicht dass es überhaupt etwas zu erzählen gab – seit dem Tag im Kino hatten wir uns nicht mehr gesehen. Also redete ich über das Hashtag »doublethefood«, das ich und andere Influencer gemeinsam mit Essence Food ins Leben rufen wollten. Gemeinsam sammelten wir landesweit Spenden, die am Ende von großen Firmen verdoppelt wurden. Ich freute mich sehr darauf, vor allem auf das Interview, das ich mit Ebru, der Gründerin, für meine Storys drehen durfte. Doch bevor es so weit war, musste ich zuerst die Midterms überstehen.

Ich schob das Blech mit den Cupcakes in den Ofen und warf einen Blick auf die Uhr. Es war bereits weit nach Mitternacht, aber ich war einfach nicht früher zum Backen gekommen. Die letzten Wochen waren wie in einem Rausch vergangen. Der September neigte sich dem Ende zu, und ich konnte die Tage bis zur Veröffentlichung meines Buchs an zwei Händen abzählen – zwei zittrigen Händen. Ich war nervös wie noch nie zuvor in meinem Leben.

Ich hatte den ganzen Tag mit Lernen verbracht, und am Abend war ich zu meiner Familie gefahren. Meine Eltern hatten mich zum Essen eingeladen, da meine Tante und ihr Mann aus Kalifornien zu Besuch waren. Eigentlich hatte ich nach zwei Stunden wieder gehen wollen, aber ich hatte mich einfach nicht losreißen können. Ich liebte unsere Familienzusammenkünfte, sowohl die kleinen als auch die großen. Sie hatten etwas Erdendes, und obwohl es manchmal stressig war, fühlte ich mich nach unseren kleinen Feiern oft energiegeladen, was allerdings auch nötig war, denn dafür, dass ich so lange geblieben war, bezahlte ich jetzt.

Ich stellte den Timer und begann, das Chaos in meiner Küche aufzuräumen, als Malalais neue Podcast-Folge, die ich mir gerade angehört hatte, vom Vibrieren meines Handys unterbrochen wurde. Stirnrunzelnd wischte ich mir die Hände ab. Für gewöhnlich war um diese Uhrzeit niemand, den ich kannte, mehr wach, abgesehen von Cassie vielleicht, wenn sie mal wieder in einem ihrer Serienmarathons gefangen war.

Doch es war nicht Cassie, die mir schrieb. Als ich das Handy entsperrte, wurde mir eine Nachricht von Lucien angezeigt. Er hatte mir einen Link geschickt. Darunter stand: *Endlich fertig!*

Es war ein Link zu seiner Webseite. Unser gemeinsamer freier Tag lag inzwischen eine Weile zurück, und ich hatte ganz vergessen, dass er sie mir hatte zeigen wollen. Ich stoppte den

Podcast und flitzte ins Wohnzimmer, um meinen Laptop zu holen, damit ich mir die Seite richtig ansehen konnte.

Nachdem ich die Adresse in den Browser eingetippt hatte, öffnete sich eine zweigeteilte Landingpage. Die linke Seite war weiß, die rechte schwarz. Klickte man auf die weiße Seite, gelangte man zu einem hellen Portfolio mit blumig-elegantem Make-up, zauberhaften Bräuten und Models mit raffiniert gezogenem Eyeliner. Klickte man jedoch auf die schwarze Seite, gelangte man zu blutig geschminkten Gesichtern mit Narben und Wunden und einer Kollektion eindrucksvoller Masken mit zerfetzter Haut, blutigen Pocken und wulstigen Ausschlägen. Wie konnte Lucien das alles so echt aussehen lassen?

Aliza: *Wow, ich bin beeindruckt.*
Aliza: *Sowohl von der Webseite, als auch deinen Masken.*
Lucien: *Danke.*
Aliza: *Falls ich doch Halloween mit den anderen feiere, musst du mein Make-up machen.*
Lucien: *Geht klar.* 
Lucien: *Wieso bist du noch wach?*
Aliza: *Ich backe.*
Lucien: *Jetzt?*
Aliza: *Ja. Wieso auch nicht?*
Lucien: *Weil normale Menschen um diese Zeit schlafen.*
Aliza: *Du schläfst auch nicht.*
Lucien: *Und was sagt dir das?*
Aliza: *Dass du nicht normal bist?*
Aliza: *Das wusste ich längst.*
Aliza: *Aber ernsthaft, wieso bist du noch wach?*
Lucien: *Kann nicht schlafen.*
Aliza: *Wieso? Albträume?*
Lucien: *So was in der Art …*

Ich wartete darauf, dass Lucien noch etwas schrieb und sich erklärte, aber er ließ mich mit seinem kryptischen Satz in der Luft hängen.

Was sollte das bedeuten? Wenn es keine Träume waren, die ihn wach hielten, was dann? Erinnerungen? Ich musste an all das denken, was er mir über seine Eltern erzählt hatte, seine Familie in Frankreich und Amicia.

Mein Finger wanderte wie von selbst zu dem »Anruf«-Button neben Luciens Namen. Doch ich zögerte, ihn zu drücken. Ich wollte ihm kein Gespräch aufdrängen, vor allem nicht um diese Uhrzeit. Andererseits war es mir wichtig, ihm zu zeigen, dass ich für ihn da war. So wie er es für mich gewesen war, als ich ihn gebraucht hatte.

Bevor ich es mir noch einmal anders überlegen konnte, berührte ich den grünen Kreis.

Lucien ging nach dem ersten Klingeln ran.

»Hey.« Seine Stimme klang träge. Verschlafen.

»Hey. Was meinst du mit: So was in der Art?«

Er gähnte, und ich hörte das Rascheln von Laken, als würde er sich in seinem Bett aufrichten. »Nichts. Es ist dämlich.«

»Wenn es dich beschäftigt, ist es nicht dämlich. Was ist los?«

Lucien seufzte. »Ich habe heute mit Amicia geredet, über die Sache, die sie an Cassies Geburtstag gesagt hat.«

»Oooh.« Ich lehnte mich gegen die Küchenzeile. »Du meinst die Sex-Sache?«

»Jap.«

»Wie ist es gelaufen?«

»Das war das schlimmste Gespräch meines Lebens«, antwortete Lucien so vollkommen nüchtern, dass ich unmöglich sagen konnte, ob er es ernst meinte oder ob er einen Scherz machte.

»Du übertreibst.«

»Etwas, aber nicht viel.«

»Was ist denn passiert?«, fragte ich, während sich in meiner Küche der süße Duft der Cupcakes ausbreitete.

Lucien entfuhr erneut ein Seufzen. »Amicia hat mich gefragt, ob sie bei Brooklyn übernachten kann. Ich hab Nein gesagt, was sie nicht verstanden hat, weil ich es ihr in der Vergangenheit erlaubt habe. Aber das geht nicht mehr, jetzt da ich weiß, dass die beiden … *es tun*. Sie ist wütend geworden und hat angefangen rumzubrüllen. Ich hab versucht, es ihr zu erklären, aber das hat sie nur noch mehr aufgebracht.«

»Was hast du ihr gesagt?«

»Dass sie zu jung für Sex ist.«

»Du hast sie also wie ein Kind behandelt«, schlussfolgerte ich.

Lucien schnaubte. »Ja, das ist sie schließlich auch.«

»Sie ist fünfzehn.«

»Und damit viel zu jung für Sex«, erwiderte Lucien mit Nachdruck.

Ich konnte ihn verstehen. Fünfzehn war jung, und ich wäre in diesem Alter niemals dazu bereit gewesen, mit jemandem zu schlafen, egal ob Junge oder Mädchen. Aber jeder hatte sein eigenes Tempo, und viele alte Freundinnen aus der Highschool hatten ihre ersten sexuellen Erfahrungen in diesem Alter gemacht. Andere wie ich wiederum ließen sich Zeit. Beides war okay, solang es aus freiem Willen geschah.

Ich schürzte die Lippen. »Darf ich dich etwas fragen?«

Lucien gab ein Brummen von sich, das ich als »Ja« wertete.

»Wann hattest du dein erstes Mal?«

Er schien von meiner Frage überrascht, es dauerte zwei, drei, vier Herzschläge, bis er mir antwortete. »Fünfzehn, aber das ist etwas völlig anderes.«

»Wieso? Weil du ein Mann bist?«

»Nein, weil …«, er holte tief Luft, als müsste er für seine nächsten Worte Mut sammeln, »weil ich nie selbstzerstörerisch war.«

Ich runzelte die Stirn. »Was meinst du damit?«

»Amicia macht gerade eine schwere Phase durch.« Lucien hatte seine Stimme zu einem Flüstern gesenkt. »Sie kann von Brooklyn vielleicht nicht schwanger werden, aber das ist ja nicht die einzige Gefahr. Vorletzte Woche hat sie nach Bier gestunken, als sie nach Hause gekommen ist. Und vor ein paar Tagen hab ich einen Joint in ihrem Zimmer gefunden. Als ich sie darauf angesprochen habe, hat sie rumgebrüllt, was mir einfiele, in ihren Sachen zu wühlen – bis die Nachbarn die Polizei gerufen haben.«

»Shit.«

»Ich kann von Glück reden, dass sie nicht das Jugendamt verständigt haben.« Seine Worte waren voller Verzweiflung, und ich wünschte mir in diesem Moment nichts sehnlicher, als bei ihm zu sein, um ihn in die Arme schließen zu können. Er hatte das alles nicht verdient. Sie beide nicht. Und es brach mir das Herz zu wissen, dass ich nichts an der Situation ändern konnte. Wenn ich mir Mühe gab, konnte ich vielleicht einen Weg finden, um den Schmerz für einen Moment zu lindern, aber heilen konnte ich diese Wunde nicht.

»Das tut mir so leid, Lucien.«

»Ich weiß einfach nicht, was ich machen soll«, fuhr er fort. Ein Zittern begleitete seine Worte. »Es ist meine Aufgabe, auf sie aufzupassen, aber sie hört einfach nicht auf mich. Ich meine, ich verstehe sie. Teenager sein ist schon unter normalen Umständen scheiße, und sie muss das Ganze ohne unsere Eltern auf die Reihe bekommen. Aber das ist nicht meine Schuld. Ich gebe mein Bestes, und dennoch ist es nicht genug. Sie hasst mich.«

Ich schüttelte den Kopf, auch wenn er es nicht sehen konnte. »Amicia hasst dich nicht.«

»Und warum sagt sie es dann ständig?«

»Vielleicht weil sie Angst hat.«

»Wovor sollte sie Angst haben?«, fragte er verwundert.

Ich zuckte mit den Schultern. »Ihren Gefühlen. Ich kann mir nicht vorstellen, wie es sein muss, so jung seine Eltern zu verlieren, aber es muss furchtbar wehtun. So ein Schmerz hinterlässt Spuren. Vielleicht ist sie nur gemein zu dir, weil sie denkt, so besser mit dem Verlust klarzukommen, sollte sie irgendwann dich verlieren.«

»Aber sie wird mich nicht verlieren.«

Ich lächelte traurig. »Dafür gibt es keine Garantie.«

Ich konnte hören, wie Lucien am anderen Ende der Leitung schwer schluckte. Vermutlich wusste er besser als jeder andere, wie schnell das Leben vorbei sein konnte. »Du hast recht. Ich werde morgen noch mal mit ihr reden. Danke, dass du dir mein Gejammer angehört hast.«

»Jederzeit. Ich freu mich, wenn ich helfen konnte.«

»Hast du schon mal darüber nachgedacht, dein Hauptfach zu wechseln? Du wärst sicherlich eine hervorragende Therapeutin.« Er lachte. Ein leises, raues Lachen, das mein Ohr kitzelte und durch meinen gesamten Körper vibrierte wie ein richtig guter, Gänsehaut erzeugender Song. Wie konnte er nur mit so etwas Einfachem wie einem Lachen eine solche Reaktion in mir auslösen?

»Lieb von dir, das zu sagen, aber ich glaube, das wäre nichts für mich.«

»Schade, ich würde dich bezahlen.«

Verlegen biss ich mir auf die Unterlippe. »Dir höre ich gerne umsonst zu.«

»Das freut mich.« Erneut erklang dieses leise Lachen, das

meinen Mund trocken werden ließ und mein Herz dazu brachte, schneller zu schlagen. Meine Finger krallten sich fest um das Handy in meiner Hand. »Cassie hat mir erzählt, dass ihr zusammen für die Midterms gelernt habt.«

»Ja.«

»Kommst du denn gut durch den Stoff?«

Ich stieß mich von der Küchenzeile ab, um nach meinen Cupcakes zu sehen. »Nicht so gut, wie ich es gerne hätte. Die bevorstehende Veröffentlichung nimmt wirklich viel Zeit in Anspruch.«

Erneut war das Rascheln von Stoff zu hören, als hätte sich Lucien wieder hingelegt. Unwillkürlich tauchte ein Bild von ihm vor meinem inneren Auge auf, wie er, nur mit Boxershorts bekleidet, ausgestreckt auf seiner Matratze lag. All seine Tattoos gut sichtbar, bereit, von meinen Fingern und Lippen erkundet zu werden …

Shit! Was zum Teufel war nur los mit mir? Ich rieb mir mit der freien Hand über die Augen, als könnte ich die Fantasien davonwischen, die sich gerade so lebhaft in meinem Kopf entfaltet hatten.

Solche Reaktionen war ich nicht von mir gewohnt, Lucien weckte eine vollkommen neue Seite in mir. Eine Seite, die schlüpfrige Dinge anstellen wollte – am liebsten mit ihm zusammen.

»Aliza, bist du noch dran?«, fragte Lucien verwundert und riss mich damit aus meinen Gedanken.

Ich schüttelte den Kopf, um die letzten Überbleibsel meiner Fantasie abzuschütteln. »Ja, sorry, ich war abgelenkt. Was hast du gesagt?«

»Ich meinte, dass es bisher ganz so aussieht, als würde ich unsere Wette gewinnen.« Das Grinsen war seiner Stimme deutlich anzuhören. Es klang beinahe so, als wüsste er, worüber ich gerade nachgedacht hatte, auch wenn das natürlich vollkommen unmöglich war.

»Ach ja?« Ich räusperte mich. »Woher willst du das wissen?«

»Die Verkaufsränge deines Buchs sind überall ziemlich gut, bei Amazon bist du schon in den Top 500.«

»Du stalkst meine Verkaufsränge?« Ich wusste nicht, wieso ich die Frage so negativ klingen ließ. Als wäre es etwas Schlechtes, dass ihn mein Buch interessierte. Denn eigentlich freute ich mich darüber, dass er daran dachte und somit auch irgendwie an mich.

»Klaaaahhh…r«, gab er zurück, doch das Wort wurde zu einem lauten Gähnen. »Sorry.«

»Nicht schlimm, aber du solltest schlafen gehen. Es ist schon spät.«

»Und was ist mit dir?«

»Ich geh ins Bett, sobald die Cupcakes fertig sind.«

»Wie lange dauert das noch?«

»Du musst nicht mit mir warten«, versicherte ich ihm. »Geh schlafen.«

Lucien gähnte abermals. »Okay, aber mach nicht mehr so lange.«

Ich lächelte in mich hinein. »Versprochen.«

»Dann … gute Nacht.«

»Gute Nacht.«

Ich unterbrach die Verbindung und wollte mein Handy weglegen, als mein Blick an dem Bild von Lucien hängen blieb, das ich in seinem Kontakt hinterlegt hatte. Ich betrachtete es, bis das Display schwarz wurde und nichts mehr zu sehen war. Doch aus meinen Gedanken konnte ich Lucien für den Rest des Abends nicht verbannen, und auch als ich später in meinem Bett lag, konnte ich mich nicht davon abhalten, an ihn zu denken. Wo war ich da nur hineingeraten?

10. Kapitel

Lucien: *Wie sind die Cupcakes geworden?*
Aliza: *Ganz gut.*
Aliza: *Warte, ich schick dir ein Foto …*
Lucien: *Ganz gut??? Die sehen super aus!*
Lucien: *Sie erinnern mich irgendwie an dein Buch.*
Aliza: *Das war der Plan.*
Aliza: *Ich mach gleich ein paar Fotos damit für Insta.*
Aliza: *Soll ich dir später welche vorbeibringen?*
Lucien: *Cupcakes? Hell yeah!*
Lucien: *Vielleicht kann ich Amicia damit milde stimmen, bevor wir reden.*
Aliza: *Was wirst du ihr sagen?*
Lucien: *Daran arbeite ich gerade.*
Aliza: *Du schaffst das! Ich glaub an dich!!*
Lucien: *Immerhin einer von uns.*
Aliza: *Sei nicht so pessimistisch.*
Lucien: *Pessimistisch ist mein zweiter Vorname.*
Aliza: *Haha, sehr witzig.*
Aliza: *Hast du denn einen zweiten Vornamen?*
Lucien: *Ja.*
Aliza: *???*
Lucien: *Maria.*
Aliza: *Wirklich?*
Lucien: *Ja. Lucien Maria Saint-Yves.*
Aliza: *Klingt wichtig.*

Lucien: *Das dachten meine Eltern vermutlich auch.*
Lucien: *Hast du einen zweiten Namen?*
Aliza: *Nein, einfach nur Aliza. Aliza Malik – mit der Lizenz zum Backen.*

Ein paar Stunden später

Aliza: *Und? Wie lief das Gespräch mit Amicia?*
Lucien: *Gar nicht.*
Lucien: *Amicia und Brooklyn haben Schluss gemacht.*
Aliza: *Oh nein, das tut mir leid.*
Aliza: *Was ist passiert?*
Lucien: *Keine Ahnung. Sie ist direkt in ihr Zimmer gestürmt und redet nicht mit mir.*
Lucien: *So dramatisch.*
Aliza: *Mit 15 darf man dramatisch sein.*
Aliza: *Wie lange waren die beiden zusammen?*
Lucien: *Ich bin mir nicht sicher. 5–6 Monate?*
Lucien: *Amicia hat immer gesagt, sie trifft sich mit ihrer Freundin. Ich habe ziemlich lange gebraucht, um zu kapieren, dass sie FREUNDIN und nicht Freundin meint … wenn du verstehst.*
Aliza: *Ah, okay.*
Lucien: *Ich bring ihr gleich die Cupcakes hoch. Das muntert sie vielleicht auf.*
Lucien: *Noch mal danke dafür.*
Aliza: *Nichts zu danken.*

Drei Tage später

Lucien: *Entwarnung. Amicia und Brooklyn sind wieder zusammen.*
Aliza: *Yeah! Das freut mich!*
Aliza: *Weißt du inzwischen, warum sie Schluss gemacht haben?*
Lucien: *Amicia wollte nicht mit Brooklyn auf das Ariana Grande Konzert.*
Aliza: *Und weiter?*
Lucien: *Nichts. Das war der Grund.*
Aliza: *Und deswegen haben sie Schluss gemacht?*
Lucien: *Ja.*
Aliza: *Okay …*
Lucien: *Ich versteh es auch nicht, aber ich war auch nie so dramatisch.*
Aliza: *Warum hast du dich von deiner ersten Freundin getrennt?*
Lucien: *Hab ich nicht. Sie hat sich von mir getrennt.*
Aliza: *Wieso?*
Lucien: *Darauf bin ich nicht gerade stolz …*
Aliza: *Was hast du angestellt?*
Lucien: *Ich hab eine andere geküsst.*
Aliza: *Hat sie euch erwischt?*
Lucien: *Nein, aber ich hatte ein so schlechtes Gewissen, dass ich es ihr gesagt habe.*
Lucien: *Was ist mit dir? Warum ging deine erste Beziehung in die Brüche?*
Aliza: *Es hat sich einfach nicht richtig angefühlt.*
Lucien: *Wie lange wart ihr zusammen?*
Aliza: *Drei Monate.*
Lucien: *Wann war das?*
Aliza: *Im letzten Highschool-Jahr.*
Lucien: *Hattest du seitdem noch mal einen Freund?*

Aliza: *Nope.*
Lucien: *Du hattest also noch nie eine längere Beziehung?*
Aliza: *Ist das ein Verhör?*
Lucien: *Sorry, ich bin nur neugierig.*
Aliza: *Nein, ich hatte noch nie eine lange Beziehung.*
Aliza: *Was ist mit dir? Wie lange war deine längste Beziehung?*
Lucien: *11 Monate.*
Aliza: *Was ist passiert?*
Lucien: *Meine Eltern sind gestorben.*
Aliza: *Und deswegen hat sie Schluss gemacht?*
Lucien: *Nein, ich hab Schluss gemacht.*
Lucien: *Ich wollte sie in die ganze Scheiße mit Amicia und so nicht mit reinziehen.*
Lucien: *Außerdem ist sie fürs College nach Utah gezogen.*
Aliza: *Hast du noch Kontakt zu ihr?*
Lucien: *Wir schreiben hin und wieder.*
Lucien: *Sie ist jetzt mit einem Typen namens Tucker zusammen.*
Aliza: *Vermisst du sie?*
Lucien: *Das ist 3 Jahre her.*
Aliza: *Das ist keine Antwort auf meine Frage.*
Lucien: *Nein, ich vermisse sie nicht.*
Aliza: *Vermisst du es, eine Beziehung zu haben?*
Lucien: *Manchmal. Und du?*

Ich konnte mich nicht konzentrieren. Meine Gedanken waren überall und nirgendwo. Nein, das stimmte nicht. Sie waren nicht überall und nirgendwo, sie waren bei Lucien. Eigentlich hätte mein Fokus ganz und gar auf die Unterlagen gerichtet sein sollen, die vor mir aufgefächert auf dem Tisch lagen. Mir blieb nicht mehr viel Zeit zum Lernen. Die Midterms standen nächste Woche an, ebenso wie meine Veröffentlichung und die Premieren-Lesung. Ich hatte keine Zeit für Ablenkungen und Träumereien, und dennoch starrte ich unentwegt mein Handy an.

Manchmal. Und du?

Ich hatte Lucien keine Antwort auf seine inzwischen zwei Tage alte Frage gegeben. Ich wusste nicht, warum, aber ich hatte mich nicht dazu überwinden können, ihm die Wahrheit zu sagen. Nämlich dass auch ich mir manchmal eine Beziehung wünschte, vor allem seit Micah, Julian, Cassie und Auri mir vorlebten, wie es sein könnte. Doch ihm das zu verraten, hätte sich wie ein Zugeständnis angefühlt, wie ein Versprechen, dass etwas zwischen uns passieren könnte, aber das war ausgeschlossen. Zumindest redete ich mir das immer und immer wieder ein … Es war einfach nicht der richtige Zeitpunkt. Er hatte seinen Job, das BWL-Studium und Amicia. Ich hatte mein Jurastudium, den Blog, das Buch und vor allem zu wenig Schlaf. Hätte man ein Buch über uns geschrieben, hätte es angelehnt an Jane Austen vermutlich *Stress und Verantwortung* geheißen. Es blieb einfach keine Zeit für eine Beziehung, auch wenn die Stimme meines Herzens es sich nicht nehmen ließ, vehement gegen die der Vernunft anzureden.

Unentschlossen schwebten meiner Finger über der Handy-Tastatur.

Manchmal. Und du?

Fuck. Diese verdammte Frage. Ich beschloss zum mindestens zehnten Mal, sie zu ignorieren, aber das hielt mich nicht davon ab, Lucien trotzdem eine Nachricht zu schreiben. Das war ein Kompromiss, auf den sich mein Herz und mein Verstand einigen konnten.

Aliza: *Ich habe mir Borknagar angehört.*
Lucien: *Wie kommt es?*
Aliza: *Der Name stand auf deinem Shirt, als wir im Vanilla Forest waren.*
Lucien: *Das hast du dir gemerkt?*
Aliza: *Offensichtlich.*
Lucien: *Und, was sagst du?*
Aliza: *Nicht ganz mein Geschmack.*
Lucien: *Hätte mich auch überrascht.*
Lucien: *Was hörst du denn gerne?*
Aliza: *Pop, Hip-Hop, Rock … Ich lass einfach laufen, was Spotify mir vorschlägt.*
Lucien: *Okay.*
Aliza: *Ich kann deine Enttäuschung förmlich spüren.*
Lucien: *Was soll ich sagen? Ich liebe Musik.*
Aliza: *Welche sind deine Lieblingsbands?*
Lucien: *Die kennst du sicherlich nicht.*
Aliza: *Aber ich könnte sie mir anhören.*
Lucien: *Sicher, dass du das willst?*
Aliza: *Klar, schieß los.*
Lucien: *Zurzeit ist eine meiner absoluten Lieblingsbands Code Orange. Jinjer finde ich im Moment auch ziemlich gut, das ist eine Band aus der Ukraine.*
Lucien: *Knocked Loose, Spiritbox, While She Sleeps und Bury Tomorrow kann ich auch empfehlen.*
Lucien: *Und dann gibt es natürlich noch solche All-Time-Favorits wie Metallica, Slayer, Megadeth, Pantera, Slipknot,*

System of a Down, Rage Against the Machine, Tool, Soil, Iron Maiden, Machine Head, Motörhead, Children of Bodom, Arch Enemy … Soll ich weitermachen?
Aliza: *Danke, ich glaub, das reicht vorerst.*
Lucien: *Dachte ich mir.*
Lucien: *Was machst du gerade?*
Aliza: *Nicht lernen, obwohl ich lernen sollte. Du?*
Lucien: *Ich bin auf einer Hochzeit.*
Lucien: *Wenn du willst, können wir morgen zusammen lernen?*

Bei seiner letzten Frage stahl sich ein Lächeln auf meine Lippen und ich hätte nichts lieber getan als zugesagt, aber leider – oder zum Glück – hatte ich schon etwas anderes vor. Somit kam ich nicht in Versuchung, zuzusagen – eine Tatsache, die mir gerade sehr recht war. Denn all der Stress und die Anspannung der letzten Zeit ließen meine Selbstbeherrschung bröckeln wie einen zu trockenen Kuchenteig.

»Das Wechselgeld können Sie behalten.« Ich nahm mir meinen randgefüllten To-go-Becher von der Theke und trat beiseite, um Platz für die Leute zu machen, die hinter mir anstanden.

Nazia musterte mich von der Seite. »Dein wievielter Kaffee ist das heute?«

»Der vierte«, antwortete ich und nahm einen Schluck von meinem derzeitigen Lebenselixier. Hätte es ab morgen keinen Kaffee mehr gegeben, wäre ich vermutlich eingegangen – genau wie so ziemlich jede Pflanze, die sich je in meiner Obhut befunden hatte.

Es war mal wieder eine kurze Nacht gewesen. Eigentlich hatte ich mir fest vorgenommen, um Mitternacht ins Bett zu gehen, um mal wieder mehr als sechs Stunden zu schlafen, aber am Ende war ich in einen Sog aus Kommentaren und Nachrichten auf Instagram gezogen worden, und als ich das nächste Mal auf die Uhr geschaut hatte, war es bereits drei gewesen.

Ich gähnte und lehnte meinen Kopf an Nazias Schulter. »Wo wollen wir zuerst hin?«

»Deine Entscheidung. Du wolltest shoppen gehen.«

Ich stieß ein Grummeln aus, aber sie hatte recht. Immerhin war ich diejenige gewesen, die sie bereits vor Wochen dazu angestiftet hatte, heute mit mir in die Stadt zu fahren. Zwar war mein Kleiderschrank gut gefüllt, aber ich wollte etwas Schönes, Neues für die Buchpremiere in ein paar Tagen haben, und auch für meinen Auftritt in der Morning-Show brauchte ich noch etwas. Joshua hatte mich noch einmal angerufen, um mich zu fragen, ob meine Entscheidung, die Sendung abzusagen, endgültig war. Er hatte mich zu nichts gedrängt, dennoch war ich eingeknickt und hatte schließlich zugesagt, auch wenn das bedeutete, dass ich mich am Tag meiner Klausur um vier Uhr morgens aus dem Bett quälen musste.

Ich hakte mich bei Nazia unter, und wir machten uns auf den Weg zu einer kleinen Boutique, deren Inhaber es sich zur Aufgabe gemacht hatte, in Handarbeit aus Secondhandkleidung ganz besondere Einzelstücke zu fertigen. Es war ein schöner, sonniger Tag, weshalb wir uns entschieden, die kurze Strecke bis zu dem Laden zu laufen. Nazia erzählte mir von einem Drama, das sich gerade in Hakims Freundeskreis abspielte, und ich ihr von Auri und Cassie, die sie bisher noch gar nicht persönlich kannte. So nahe Nazia und ich uns auch standen, unsere Freundeskreise überschnitten sich kaum. Was sicherlich auch an unserem Altersunterschied von sieben Jahren lag. Nazias Freunde waren alle berufstätig, dachten über den Kauf einer Wohnung oder eines Hauses nach und schmiedeten Pläne für die ersten Kinder, während meine Freunde sich vor allem fragten, ob das Essen, das ich ihnen vor einer Woche gekocht hatte und das seitdem in ihrem Kühlschrank stand, noch gut war.

»Und wie läuft es im Museum?«, fragte ich und betrat die Boutique, in der es jedes Mal, wenn ich da war, nach einer anderen Blume duftete. Heute roch es klassisch nach Rose, und überall, wo man hinblickte, entdeckte man kleine Rosensträucher, die so perfekt aussahen, dass sie unmöglich echt sein konnten.

Der Inhaber der Boutique winkte uns von seinem Platz hinter dem Tresen zu. Er saß an einer Nähmaschine, die leise ratterte.

Nazia zuckte mit den Schultern und machte sich daran, den ersten Kleiderständer zu begutachten. »Alles beim Alten. Wir diskutieren mal wieder darüber, ob wir die Preise anheben sollten, und ich versuche die Rundgänge aktuell etwas interaktiver zu gestalten. Wer behauptet, Kinder wären leicht zu beeindrucken, der lügt.«

Nazia redete noch eine Weile über das Museum und einen geplanten Umbau, den sie für eine miserable Idee hielt. Ich musste nicht viel zu der Unterhaltung beitragen, sondern gab nur immer wieder Laute der Zustimmung von mir, während ich durch den Laden streifte.

»Wie geht es Ammi?«, fragte ich, während ich mich hinter dem Vorhang der Umkleidekabine aus meiner Hose schälte. Bedauerlicherweise hatte ich bereits seit Tagen nicht mehr mit meiner Oma gesprochen. Es war wie verflucht. Jedes Mal, wenn ich dachte, ein, zwei Stunden Zeit zu haben, um meine Familie zu besuchen, kam irgendetwas dazwischen, und ehe ich michs versah, war der Tag vorbei und die Chance verstrichen. Zwar vermisste ich auch meine Eltern, aber mit ihnen tauschte ich mich regelmäßig über den Messenger aus. Ich wusste, dass ein Kollege meines Dads gekündigt worden war und dass meine Mom sich eine neue Gesichtscreme übers Homeshopping gekauft hatte. Sie erzählten zwar auch von Ammi, aber es war nicht dasselbe, wie mit ihr persönlich zu reden, und diese Gespräche waren in letzter Zeit eindeutig zu kurz gekommen.

»Gut. Sie hat mal wieder das Puzzeln für sich entdeckt.«

Ich lachte und zog einen Pullover über. »Laufen schon Wetten, wie lange die Phase dieses Mal andauert?«

»Mom und ich meinen zwei Wochen, Dad sagt, sie hält vier durch.«

»Ich gehe mit und sage fünf Wochen.« Alle paar Monate beschloss Ammi aufs Neue, dass sie Puzzle mochte. In dieser Zeit fand man überall in der Wohnung Teile auf dem Boden, die ihr versehentlich vom Tisch gerutscht waren. Doch nach ein paar Wochen verlor sie jedes Mal aufs Neue das Interesse und suchte sich eine andere Beschäftigung.

Nazia räusperte sich. »Ammi hat mich vor ein paar Tagen übrigens nach deinem Blog gefragt.«

»Ernsthaft?« Überrascht schob ich meinen Kopf hinter dem Vorhang hervor. Ich hatte den Pullover wieder ausgezogen, da sich der Stoff merkwürdig kratzig auf meiner Haut angefühlt hatte.

Meine Schwester nickte. »Ja, ich musste ihn ihr zeigen. Und dein Instagram.«

»Oh. Was hat sie gesagt?«

»Nicht viel, du kennst sie. Aber sie ist wirklich stolz auf dich.«

»Im Ernst? Sie hat eine komische Art, das zu zeigen, wenn ich daran denke, wie sie auf mein Belegexemplar reagiert hat«, erwiderte ich und ließ den Vorhang wieder zufallen. Damals hatte ich nur ein kleines Nicken von ihr bekommen, und seitdem hatte ich mit ihr nicht mehr über das Buch gesprochen.

»Sie macht sich nur Sorgen«, sagte Nazia, während ich in ein Kleid schlüpfte. »Sie versteht diese ganze Blog-Internet-Buch-Sache nicht und hat Angst, dich zu etwas zu ermutigen, das falsch sein könnte. Aber sie war wirklich schockiert, als ich ihr gesagt habe, wie viele Leute dir folgen.«

»Weil sie nicht glauben kann, dass so viele Leute ihre Zeit mit mir verschwenden?«

»Nein!«, rief Nazia so empört, dass ich kurz befürchtete, sie würde den Vorhang beiseitereißen, um mich von Angesicht zu Angesicht für meine Worte zu tadeln. »Weil es einfach verdammt viele Menschen sind. Ammi war sehr beeindruckt.«

Ich wusste, dass Nazia mich niemals anlügen würde, was wiederum hieß, dass Ammi wirklich stolz und beeindruckt war, und das bedeutete mir viel. Vor allem jetzt, da die Veröffentlichung näher rückte und der Druck von allen Seiten immer größer wurde. Ich hatte das Gefühl, in einem Raum festzusitzen, in dem sich die Wände immer weiter aufeinander zubewegten. Entweder sie würden im richtigen Moment stoppen und ich würde mich vor lauter Glück, am Leben zu sein, wie neugeboren fühlen, oder ich würde von ihnen zerquetscht werden. Dazwischen gab es nichts.

»Nimmst du etwas davon?«, fragte Nazia, als ich fünf Minuten später aus der Kabine kam.

Ich schüttelte den Kopf, und wir zogen weiter in den nächsten Laden. Schneller, als ich nach dem ersten Fehlschlag in der Boutique gehofft hatte, fand ich dort zwei Outfits, die mir wirklich gut gefielen. Sie waren klassisch und schick, aber nicht spießig, und schafften meiner Meinung nach den Spagat zwischen Seriosität und Lässigkeit.

Mit dieser überraschenden Wendung blieb uns noch ein wenig Zeit, und wir beschlossen, auch für Nazia noch ein bisschen shoppen zu gehen.

Sie brachte mich in eine indische Boutique, die zu ihren Lieblingsläden gehörte, und bevor ich michs versah, verschwand sie mit einem Stapel Kleidung in einer der Kabinen.

Ich ließ mich auf einen der Sessel fallen, die davorstanden, und kramte mein Handy hervor. In den zwei Stunden, die ich es seit Beginn unserer Shoppingtour nicht in der Hand gehabt hatte, hatten sich dreizehn E-Mails, knapp vierzig Instagram-DMs und mehrere Kommentare angesammelt sowie ein paar Nachrichten in verschiedenen Gruppenchats, die ich kurz überflog, die allerdings keine Antwort erforderten. Cassie hatte ein Dutzend Katzenbilder geschickt und Micah neue Entwürfe der Albtraumlady.

»Wie findest du das?«, fragte Nazia und trat aus der Kabine. Sie trug einen rosafarbenen Lehenga mit Blumenmuster, bestehend aus einer kurzen Bluse und einem weiten, knöchellangen Rock.

Ich lächelte. »Mir gefällt es.«

»Mir auch!«, sagte Nazia mit einem Grinsen. Schwungvoll zog sie den Vorhang wieder zu, um die nächsten Teile anzuprobieren.

Ich wechselte währenddessen vom Gruppenchat zu Instagram, um die neusten Kommentare zu lesen. Es waren nicht so viele wie gewöhnlich, allerdings hatte ich auch seit fünf Tagen kein Bild mehr gepostet, und das spiegelte sich in den Kommentaren wider. Die meisten waren nett, aber nicht alle, was beim Lesen ein beklemmendes Gefühl in meiner Brust auslöste.

Warum antwortest du nicht auf meine Nachricht?

Du hast die letzte Zeit kaum was gepostet. Bin dir jetzt entfolgt.

Wann kommt das versprochene Reispudding-Rezept?

Du bist ganz anders als früher. Das gefällt mir nicht. :(

Könntest du mir mal auf meine Nachricht antworten!

Mir hat sie auch nicht geantwortet. Sie ist jetzt wohl zu berühmt für uns. 💁‍♀️

Nein, bin ich nicht, ich versuche nur irgendwie, alles auf die Reihe zu bekommen, schoss es mir durch den Kopf. Doch obwohl meine Abwesenheit einen guten Grund hatte und ich gewiss keine Nachrichten mit Absicht ignorierte, fühlte ich mich verdammt mies, als ich mich durch die Kommentare scrollte. Ich wollte niemanden im Stich lassen, schon gar nicht meine Follower. Sie gaben mir so viel und hatten mir so viel ermöglicht, und ich hasste die Vorstellung, dass sie mich für abgehoben oder undankbar hielten, denn sie bedeuteten mir wirklich alles.

Die Enge in meiner Brust ignorierend öffnete ich die Story-Funktion auf Instagram, um ein Selfie zu machen. Ich lächelte, aber das Lächeln erreichte meine Augen nicht, und es war deutlich zu erkennen, dass mir etwas auf dem Herzen lag. Ich holte tief Luft und versuchte, jeden Gedanken an die Kommentare zu ignorieren. Dann wischte ich mit dem Daumen über das Display, bis sich ein schmeichelhafter Filter über meine betrübten Gesichtszüge legte, machte ein Foto und tippte eine kurze Unterschrift.

Sorry, dass es hier im Moment so ruhig ist. Ich treffe gerade die letzten Vorbereitungen für den Release von meinem Kochbuch nächste Woche. 🤩 *Freut ihr euch schon?*

»Warum guckst du so traurig?«, fragte Nazia.

Ich hob den Blick von meinem Handy. Ich hatte überhaupt nicht bemerkt, dass sie aus der Kabine gekommen war. »Es ist nichts. Nur ein paar doofe Kommentare«, antwortete ich mit einem Seufzen.

»Zeig mal her.« Auffordernd streckte mir Nazia die Hand entgegen.

Doch ich schüttelte den Kopf und steckte mein Handy weg. Ich wollte meine Schwester nicht mit den Kommentaren belasten, und noch weniger wollte ich, dass sie uns die Stimmung und damit die gemeinsame Zeit verdarben, auch wenn es dafür vielleicht schon zu spät war. Mein Herz fühlte sich schwer an, obwohl ich mich eigentlich freuen sollte. Doch auf einmal stand da eine Mauer zwischen mir und meinem Glück. Eine Mauer, monströs und gewaltig, die zu hoch schien, um sie überwinden zu können.

11. Kapitel

Nervös trommelte ich mit meinem Stift auf dem Notizblock herum, der vor mir auf dem Tisch lag, und versuchte dem zu folgen, was Professor Rudnicka von sich gab. Er war gerade dabei, den Stoff der letzten Wochen für die Midterms noch einmal zusammenzufassen. Es war die letzte Stunde vor der Klausur, aber ich konnte mich einfach nicht auf die Worte konzentrieren, die seinen Mund verließen.

Noch zwölf Stunden. Siebenunddreißig Minuten. Und ein paar Sekunden, bis mein Buch offiziell erschien. Mein Arsch ging auf Grundeis, und mein Herz pochte seit dem Aufstehen so wild, dass ich befürchtete, jeden Augenblick einen Herzinfarkt zu erleiden. Das konnte nicht gesund sein. *Influencerin und Autorin stirbt am Tag vor Veröffentlichung*, ich sah die Schlagzeile bereits vor mir.

»Könntest du damit aufhören?«, erklang eine Stimme neben mir.

Ich drehte mich zu Ethan, der mich mit einem strengen Blick bedachte. Wir waren nicht unbedingt Freunde, sondern vielmehr so etwas wie Vorlesungsbuddys. Wir trafen uns nie privat und redeten auch selten über Dinge, die nichts mit dem College zu tun hatten. Ich wusste, dass Ethan noch bei seinen Eltern lebte und seine Freundin in Kanada studierte, aber das war auch schon alles. In den Vorlesungen saßen wir immer zusammen, seit Micah den Studiengang verlassen hatte; wir tauschten Notizen aus, und hin und wieder trafen wir uns in der Bibliothek, um den Stoff durchzusprechen, wobei ich viel mehr von Ethan profitierte als er von mir.

Entschuldigend verzog ich die Lippen. »Tut mir leid.«

Ethan nickte und wandte sich wieder Professor Rudnicka zu.

Ich legte meinen Stift beiseite und holte tief Luft, um mich zu sammeln, entschlossen, ab sofort der Vorlesung zu lauschen. Alles, was ich mir jetzt merkte, würde ich später nicht mehr lernen müssen. Doch es vergingen keine fünf Minuten, bis meine Gedanken wieder abdrifteten. Zwar konnte ich Wortfetzen von dem auffangen, was unser Prof sagte, aber insgesamt ergab das für mich alles wenig Sinn.

Um Ethan nicht abzulenken, holte ich mein Handy hervor, um meine nervöse Energie darauf zu konzentrieren. Doch kaum hatte ich Instagram geöffnet, bereute ich die Entscheidung schon. Ich war auf einen Beitrag verlinkt worden – von einer Person, die ein Rezensionsexemplar meines Buchs vom Verlag erhalten hatte und kein gutes Haar daran ließ.

Dieses Buch ist ein Witz! Zugegeben, es sieht ganz hübsch aus, aber mehr auch nicht! Die Rezepte findet man überall kostenlos im Internet. Und ehrlich, welches Kochbuch braucht so viele Fotos von der Autorin? Typisch Influencer. Diese Geschichte über ihre pakistanische Familie reißt es auch nicht raus. Ehrlich, muss man das ständig erwähnen? Ich erzähl ja auch nicht die ganze Zeit, dass ich aus Florida komme!
KEINE KAUFEMPFEHLUNG!

Meine Hände begannen zu zittern, und mein Magen verkrampfte sich, vor allem als ich entdeckte, wie viele Leute den Beitrag bereits geliked und kommentiert hatten. Keine Ahnung warum, aber in einem Anflug von Selbsthass öffnete ich die Kommentare.

Danke für deine ehrliche Meinung!

Ich mag Aliza, aber ich finds lächerlich, dass jeder Influencer denkt, er müsse jetzt ein Buch rausbringen.

Wenn sie nicht so viele Follower hätte, hätte ihr niemals jemand einen Buchvertrag angeboten! 🙄

Ich hab das Buch auch vom Verlag bekommen, und bisher überzeugt es mich nicht. Aber ich geb den Rezepten eine Chance, vielleicht schmeckt es zumindest.

Schade, ich wollte es mir eigentlich kaufen, aber dann spar ich mir das Geld lieber.

Ich hab das Buch gestern zufällig in meiner Buchhandlung gefunden, wo es schon auslag! Find es gar nicht so schlecht, aber ist auch kein Muss.

Das Buch ist einfach viel zu teuer. Nur Geldmacherei.

Meine Rezension kommt morgen online.

Spoiler: 2 von 5 Kochlöffeln!

Tränen brannten mir in den Augen. Ich wollte nicht weinen. Wollte das Feedback nicht an mich heranlassen. Jeder Mensch hatte das Recht auf eine eigene Meinung und darauf, mein Kochbuch und die Rezepte darin nicht zu mögen, trotzdem war es nur schwer zu ertragen. Unglaublich schwer, vor allem bei einigen der Kommentare. Diese Leute hatten das Buch noch nicht einmal gelesen oder Rezepte nachgekocht. Sie verurteilten es, weil … weil … keine Ahnung, ich wusste es nicht. Warum?

Ich hatte monatelang an dem Buch gearbeitet, hatte auf Schlaf verzichtet, hatte jedes Wort hundertmal gelesen und umgestellt, um etwas zu schaffen, auf das ich stolz war und auf das ich mich freute. Und nun nahmen diese Leute einen Baseballschläger und zerschmetterten dieses Gefühl, aus Gründen, die ich nicht nachvollziehen konnte.

Warum hatte ich es noch mal für eine gute Idee gehalten, ein Buch zu veröffentlichen? Denn das, was ich gerade gelesen hatte, war nur der Anfang. Jeden Tag würden mehr und mehr beleidigende, fordernde, drängende und kränkende Kommentare hinzukommen, wenn das Buch erst einmal offiziell erschienen war. Dieser Gedanke machte mir Angst und stresste mich. Mein Magen war ein nervöser Knoten, und ich hatte das Gefühl, mich übergeben zu müssen, obwohl ich seit gestern nichts gegessen hatte. Und jedes Mal, wenn ich an die Buchpremiere am nächsten Tag in New York dachte, brach mir der kalte Schweiß aus. Was, wenn mir die Leute dort ins Gesicht sagten, wie furchtbar sie mein Buch fanden? Am liebsten hätte ich mich unter meiner Bettdecke versteckt und wäre nicht wieder darunter hervorgekommen. Und als wäre das noch nicht genug gewesen, waren da auch noch die Prüfungen, die wie eine drohende Gewitterwolke über meinem Kopf hingen. Es gab auf dem ganzen Campus gefühlt kein anderes Thema mehr, und wenn ich mitbekam, wie viel meine Kommilitonen lernten, wurde mir ganz anders. Wieso tat ich mir das an? Und wie um alles in der Welt sollte ich die Midterms bestehen?

Das Gefühl der Übelkeit verstärkte sich, und weitere Tränen drängten an die Oberfläche. Ich versuchte, sie zurückzuhalten und mich zu beruhigen, aber umso mehr ich mich bemühte, die Fassung zu wahren, umso schwerer fiel es mir. Ein unkontrolliertes Beben erfasste meinen Körper, und das Gewicht eines ganzen Gebirges schien sich auf meine Brust zu legen, bis meine Lunge drohte, unter der Last zerquetscht zu werden.

Ich bekam keine Luft mehr.

»Ethan …«, japste ich atemlos. »Lass mich raus!«

Verwundert sah er mich an. Sorge blitzte in seinen Augen auf, als er meine Tränen sah. Doch er sagte nichts, sondern stand nur von seinem Platz auf, um mich durchzulassen.

Ich schnappte mir meinen Rucksack und meinen Notizblock und hastete aus dem Saal, wobei ich kaum sah, wohin ich trat. Mein Blick war verschwommen von den Tränen, die mir über die Wangen rannen. Ich konnte einfach nicht aufhören zu weinen. Es war, als hätte es in meinem Inneren einen Rohrbruch gegeben. Mit schweißnassen Händen drückte ich die Saaltür auf und rannte in den Flur hinaus.

Ich schnappte nach Luft, aber es fühlte sich an, als gäbe es um mich herum keinen Sauerstoff. Mir wurde schwindelig, und meine Knie wurden ganz weich. Ich musste hier raus.

Vollkommen kopflos stürmte ich den Gang entlang und versuchte den Leuten auszuweichen, die für mich nur noch verschwommene Flecken waren. Frische Luft schlug mir entgegen, als ich ins Freie trat, doch ich blieb nicht stehen. Mein Herz raste, dennoch lief ich immer weiter. Es war, als würde mich ein tief verwurzelter Urinstinkt zur Flucht antreiben. Ich rannte und rannte und hielt erst inne, als ich für mein Empfinden genug Abstand zwischen mich und die juristische Fakultät gebracht hatte.

Vorsichtig sah ich mich mit verschleiertem Blick um. Ich erkannte, dass ich instinktiv zu Micahs Baum gelaufen war. Meine Beine gaben unter mir nach, und ich ließ mich auf den Rasen plumpsen. Der Boden war kalt und nass, aber das war mir egal. Ich lehnte mich mit dem Rücken gegen den Baumstamm und zog die Beine an die Brust, um mich vor den Leuten um mich herum zu verstecken. In meiner Kehle brannte es, als wäre ich eine Meile gerannt.

Hör auf zu weinen.

Hör auf zu weinen.

Hör auf zu weinen.

Die Worte in meinem Kopf halfen nicht. Es war, als hätte mein Körper ein Eigenleben entwickelt, losgelöst von meinem Verstand. Ich zitterte. Immer mehr Tränen strömten mir über die Wangen, als wäre der Druck in meinem Körper zu groß, um sie in mir zu halten. Ich versuchte, meine Atmung zu beruhigen, und inhalierte in die Lücke zwischen meiner Brust und meinen Knien. Die Luft war stickig und warm, und nach einer Weile kam es mir so vor, als würde ich wirklich mit dem Kopf unter einer Bettdecke stecken. Mein Gesicht begann zu kribbeln, und mein Magen gab ein nervöses Gurgeln von sich.

Ich wollte nicht so fühlen. Wollte mich nicht so beeinflussen lassen von Menschen, die ich überhaupt nicht kannte. Aber ihre Worte taten weh, und ich hatte keine Ahnung, wie ich den Scherbenhaufen zu meinen Füßen wieder zusammensetzen sollte. Ich hatte so etwas noch nie erlebt. Natürlich hatte es schon immer negative Kommentare gegeben und Leute, denen es offensichtlich Genugtuung verschaffte, mir ein schlechtes Gefühl zu verschaffen, aber auf meinen Seiten hatte ich die Kontrolle.

Ein beleidigender Kommentar: gelöscht.

Ein respektloser Follower: blockiert.

Eine anzügliche Nachricht: gemeldet.

Mit nur einer Bewegung meines Daumens konnte ich jegliche Negativität und allen Hass aus meinem Leben verbannen, aber das war nun vorbei. Meine Brust war geöffnet worden, und mein Herz lag ab morgen offiziell in der Form eines Buchs in den Läden. Ich würde mich einfach an das Gefühl gewöhnen müssen, wie fremde Leute darauf herumtrampelten.

»Aliza?«, hörte ich jemanden meinen Namen sagen.

Die Stimme gehörte zu Keith.

Ich reagierte nicht in der Hoffnung, er würde einfach weiterlaufen. Wir kannten uns zwar nicht besonders gut, dennoch wollte ich nicht, dass er mich so sah. Vor allem, weil er ganz gewiss Adrian davon erzählen würde, und der würde es Micah sagen, die sich ohnehin schon viel zu viele Sorgen um mich machte.

»Hey, ist alles in Ordnung?«

Diese Stimme gehörte ganz gewiss nicht zu Keith, sondern zu Lucien.

Was machte er hier?

Ich wusste nicht, warum, aber ihn konnte ich nicht ignorieren. Schniefend blickte ich auf, bemüht, meine Tränen wegzublinzeln.

Lucien ragte wie ein Schatten ein paar Schritte von mir entfernt auf, neben ihm stand Keith. Die beiden musterten mich mit besorgtem Gesichtsausdruck, was die Enge in meiner Brust nur noch bedrückender machte.

»Hey«, raunte ich atemlos. Ich hatte das Gefühl, dass es um mich herum nicht genug Sauerstoff gab, um meine Lungen damit zu füllen, dennoch war ich am Leben, was bedeutete, dass sich das alles nur in meinem Kopf abspielte. Oder?

Hilfe suchend sah Keith zu Lucien, der seinen Blick allerdings nicht von mir abwandte. Ich konnte die unruhige Auf- und Abbewegung in seiner Kehle sehen, als er schwer schluckte.

»Geh schon mal vor«, sagte er zu Keith, immer noch ohne ihn anzusehen. »Ich komm gleich nach.«

»Sicher?«, hakte Keith nach.

Lucien nickte. »Ich will kurz mit Aliza reden.«

Keith leistete keinen Widerstand, im Gegenteil. Er eilte davon, als wäre er froh, sich der Situation entziehen zu können.

Ich beneidete ihn ein wenig.

Lucien hingegen kam mit festen Schritten auf mich zu. Er ließ den Rucksack von seiner Schulter rutschen und setzte sich neben mich auf den Boden. Das feuchte Gras schien ihm nichts auszumachen. Er griff in seinen Rucksack und zog eine Wasserflasche hervor, die er aufschraubte, bevor er sie mir reichte.

Meine Hände waren zittrig und eiskalt, was es schwer machte, meine Finger zu bewegen, dennoch nahm ich die Flasche dankend entgegen. Ich trank mit kleinen, vorsichtigen Schlucken, um meinen ohnehin nervösen Magen nicht weiter zu reizen. Als ich fertig war, gab ich Lucien das Wasser zurück und stützte das Kinn auf meinem rechten Knie ab.

Mein Kopf fühlte sich mit einem Mal unglaublich schwer an. Ich hatte so etwas wie gerade eben noch nie erlebt und war von der urplötzlichen Reaktion meines Körpers ziemlich erschöpft. Am liebsten hätte ich mich an Ort und Stelle hingelegt, auch wenn in meinen Gedanken ein solches Chaos herrschte, dass an Schlaf vermutlich nicht zu denken gewesen wäre.

Lucien packte die Flasche wieder weg. Anschließend zog er die Beine an die Brust und umschlang sie mit den Armen, ähnlich wie ich es tat. Nur dass die Haltung bei ihm entspannt und locker und nicht wie bei mir elendig und verzweifelt wirkte. Dann sah er mich an. Meine verquollenen Augen und meine verschnodderte Nase schienen ihn nicht weiter zu stören. »Besser?«

Ich nickte und atmete tief ein, was mir nun deutlich leichter fiel als noch vor ein paar Minuten. Ich hatte das Gefühl, dass der Knoten, der meine Brust zusammengeschnürt hatte, dabei war, sich langsam zu lösen.

Trotz seiner Ankündigung, mit mir reden zu wollen, sagte Lucien nichts weiter. Einige Minuten saßen wir einfach nur nebeneinander, schwiegen und beobachteten die Studenten, die in einiger Entfernung an uns vorbeizogen.

Mein Herzschlag beruhigte sich langsam, und das Zittern meiner Finger ließ nach, auch wenn sie noch immer eiskalt waren. Trotzdem traute ich dem Frieden nicht wirklich und rechnete damit, dass es jede Sekunde wieder losging. Dass mir erneut der Schweiß ausbrach und Tränen aus den Augen schossen, die ich nicht aufhalten konnte. Doch es geschah nichts, und allmählich entspannten sich meine verkrampften Muskeln.

»Ich wusste nicht, dass du mit Keith befreundet bist«, sagte ich irgendwann, um die Stille zu füllen.

»Bin ich auch nicht, zumindest nicht besonders gut. Er studiert Theaterwissenschaften und hat mir einen Job als Maskenbildner in einem kleinen Theater hier in Mayfield vermittelt«, antwortete Lucien und wandte sich mir zu. Mit nachdenklich zusammengezogenen Augenbrauen fixierte er mich, und ich wappnete mich innerlich für seine nächsten Worte. »Hattest du schon öfter solche Panikattacken?«

»Nein, noch nie«, erwiderte ich, obwohl ich mir nicht sicher war, ob es sich wirklich um eine Panikattacke gehandelt hatte oder nicht. Was immer es gewesen war, es war eine Erfahrung, auf die ich hätte verzichten können.

»Shit, die Erste ist die Schlimmste.«

Ich sah Lucien überrascht an. »Du hattest so was schon?«

»Mhm«, brummte er. »Ziemlich oft sogar. Vor allem in den Wochen nach dem Tod meiner Eltern, als ich das Sorgerecht für Amicia bekommen habe. Ich war komplett überfordert, aber die Therapie hat es besser gemacht.«

»Du warst in Therapie?« Ich wusste nicht, wieso ich so überrascht klang.

Er nickte, führte seine Antwort aber nicht weiter aus. »Also, was ist bei dir los?«

»Nichts.«

»Du hattest also eine Panikattacke wegen nichts?«

Ich schüttelte den Kopf. »Es ist dämlich.«

»Wenn es dich beschäftigt, ist es nicht dämlich«, konterte Lucien und zauberte mir damit trotz des Zustandes, in dem ich mich befand, ein winziges Lächeln auf die Lippen. Dieselben Worte hatte ich benutzt, als er wegen der Sache mit Amicia nicht hatte schlafen können.

Ich seufzte und versuchte, meine Gedanken zu sortieren.

Lucien drängte mich nicht, sondern ließ mir alle Zeit der Welt, als hätte er heute nichts mehr vor, obwohl dem gewiss nicht so war. Der Blick aus seinen dunkelbraunen Augen war offen und mitfühlend, und ich wusste instinktiv, dass ich ihm alles sagen konnte. Er würde mir zuhören, ohne mich zu verurteilen.

Also nahm ich all meinen Mut zusammen und erzählte ihm von dem schlechten Feedback, meinen Ängsten wegen der Veröffentlichung, meinen Sorgen bezüglich der bevorstehenden Prüfungen und meiner Panik, einfach nichts davon gebacken zu bekommen, weil einfach alles zu viel war.

»Ich habe das Gefühl, von meinen Aufgaben und Verpflichtungen entzweigerissen zu werden«, gestand ich Lucien. Es war das erste Mal, dass ich mir erlaubte, diese Worte nicht nur zu fühlen und zu denken, sondern auch auszusprechen. Ich versuchte, immer stark zu sein. Immer alles auf die Reihe zu bekommen. Mich durchzubeißen. Aber gerade hatte ich das Gefühl, mir an all der Anstrengung die Zähne bereits ausgebissen zu haben.

Lucien gab ein Grummeln von sich. »Du arbeitest zu viel.«

Ich lachte leise. »Danke für diese Erkenntnis.«

»Sorry, aber es stimmt.« Er zuckte mit den Schultern. »Du machst zu viel. Vor allem zu viel auf einmal. Ist dir eigentlich klar, dass du drei Vollzeitjobs hast? Das Studium, den Blog und Instagram und jetzt die Sache mit dem Buch? Kein Wunder, dass du die Kommentare dieser Leute so nah an dich ranlässt. Du gibst alles, und da ist nichts mehr, was dich schützen könnte. Ich fühl mich allein vom Zuhören gestresst.«

Ich schniefte. »Du hast aber auch viel zu tun.«

»Ja, hab ich, aber gerade geht es nicht um mich«, sagte Lucien und sah mich erwartungsvoll an.

Ich erwiderte seinen Blick.

Wartete.

Doch er sagte nichts.

»Ich … Ich weiß nicht, was du hören willst«, gestand ich leise, denn auf einmal war die Enge in meiner Kehle zurück. Nicht wegen der Prüfungen und auch nicht wegen der Kommentare. Sondern weil da auf einmal so viele Gefühle waren, die darauf warteten, gefühlt zu werden, und ich nicht wusste, wo ich anfangen sollte.

Lucien lächelte sanft. »Aliza, ich will gar nichts von dir, und ich erwarte auch nichts. Wir können gerne über was anderes reden. Ich kann von dem Film erzählen, den ich mir gestern angeschaut habe, oder ich gehe. Was immer du willst. Aber ich glaube nicht, dass dir das helfen wird.«

Ich ließ den Kopf wieder auf meine Knie sinken. »Ich weiß nicht, was mir helfen würde.«

»Ich denke, das hängt davon ab, was du willst.«

Eine gute Frage, die eigentlich leicht zu beantworten sein sollte, aber es in meinem momentanen Zustand nicht war.

Was wollte ich?

»Ich will, dass die Leute mein Buch mögen. Dass sie erkennen, wie viel Zeit und Herzblut ich in die Seiten gesteckt habe. Und ich will, dass es sich gut verkauft. Ich will aber auch gut bei den Midterms abschneiden, sonst kann ich vergessen, dass ich einen der Jobs bekomme, die ich will. Und ich will Schokolade.«

»Da willst du aber ziemlich viel auf einmal.«

»Ich weiß«, stöhnte ich frustriert.

Lucien legte mir eine Hand auf den Rücken und streichelte mir sachte über die Schultern. Kurz verkrampften sich meine Muskeln, bevor sie unter seiner Berührung weicher wurden. »Vielleicht wäre es ratsam, die Dinge nacheinander anzugehen.«

»Dafür ist es zu spät. Das Buch erscheint, und die Midterms lassen sich auch nicht verlegen. Da muss ich jetzt einfach durch.«

»Und der Blog? Kannst du den eine Weile auf Eis legen?«

»Was? Nein! Der gehört zu meinem Buch.«

»Und was ist mit Instagram?«, hakte Lucien nach. Er wirkte so ruhig und gelassen, und in diesem Moment hatte ich das Gefühl, dass seine Ruhe alles war, was mich davon abhielt, nicht sofort wieder durchzudrehen. »Du könntest eine Pause einlegen.«

Ich schüttelte den Kopf. »Das geht nicht. Nicht jetzt wo das Buch rauskommt.«

»Geht es wirklich nicht? Oder willst du nur nicht?«

Ich schnaubte. »Du hörst dich schon an wie Micah.«

»Das beantwortet meine Frage nicht.«

Ich presste die Lippen aufeinander. Natürlich hatte Lucien nicht unrecht. Selbstverständlich hätte ich eine Pause einlegen können. Es war nur ein Social-Media-Account. Es hingen keine Leben und keine Existenzen von ihm ab, aber nichtsdestotrotz war er wichtig. Es war der einfachste und schnellste Weg, mich mit meinen Followern auszutauschen, die mir in den letzten Monaten und Jahren so viel gegeben hatten, dass ich sie nicht im Stich lassen wollte. Vor allem nicht jetzt, da das Buch rauskam, das vor allem sie mir ermöglicht hatten.

»Es ist egal, ob ich nicht kann oder nicht möchte«, antwortete ich schließlich auf Luciens Frage. »Es ist ausgeschlossen, dass ich jetzt eine Pause einlege, damit würde ich mich nicht wohlfühlen.«

»Okay.«

Ich hob eine Augenbraue. »Das ist alles, was du dazu zu sagen hast?«

»Ja, es ist deine Entscheidung, und ich bin nicht hier, um dich von irgendetwas abzubringen, sondern um für dich da zu sein«, antwortete Lucien.

Ich wusste nicht, warum, aber seine Worte lösten in meiner Brust erneut ein beklemmendes Gefühl aus, obwohl er nur die Wahrheit sagte. Ich wollte all diese Dinge, also musste ich auch mit den Konsequenzen leben, welche diese Wünsche mit sich brachten, aber diese Erkenntnis machte es weder leichter noch erträglicher, damit umzugehen.

Ich fuhr mir mit der Hand über das Gesicht, obwohl meine Tränen längst getrocknet waren. »Danke fürs Zuhören. Und zur Info: Von uns beiden wärst du eindeutig der bessere Therapeut.«

Lucien lächelte mich an und kniff die Augen zusammen, da die Sonne hinter der Wolkendecke hervorlinste und ihm ins Gesicht schien. »Du irrst dich, aber danke.«

»Nein, tu ich nicht«, erwiderte ich.

Ich holte tief Luft und sah mich kurz um. Ich hatte keine Ahnung, wie viel Zeit vergangen war, seit ich aus der Vorlesung gestürmt war. Doch es kam nicht infrage, dass ich dorthin zurückkehrte. Nicht nach dem Abgang, den ich hingelegt hatte.

Unentschlossen sah ich wieder zu Lucien. »Und jetzt?«

»Jetzt …«, sagte er und stemmte sich dabei schwungvoll auf die Beine. »Jetzt ziehen wir los und kaufen dir Schokolade. Zumindest diesen Wunsch kann ich dir erfüllen.«

12. Kapitel

Es gab nicht genug Deodorant auf dieser Welt, um meine Achselhöhlen trocken zu halten. Das war eine Tatsache, der ich leider ins Auge blicken musste, als ich meine Reflexion im Spiegel betrachtete.

Ich war in mein neues Outfit geschlüpft, bestehend aus einer engen schwarzen Hose in Lederoptik kombiniert mit einer locker sitzenden Bluse, die am Kragen zugebunden werden konnte. Das war genau die Art von Business Casual, die ich mochte.

Ich zupfte die Bluse zurecht und trug eine zweite Schicht Parfüm auf in der Hoffnung, damit den Geruch meines Angstschweißes zu übertünchen. Meine Hände waren schweißnass, und meine Kopfhaut kribbelte, als würde ich in der prallen Sonne sitzen, dabei stand ich inmitten meines Hotelzimmers in New York.

Der Flug war reibungslos verlaufen. Am Flughafen hatte mich eine Verlagsmitarbeiterin abgeholt und zu meinem Hotel gebracht. Im Zimmer hatten Blumen und Schokolade auf mich gewartet, wobei ich Letztere im Stress schon komplett aufgegessen hatte. Und nun wartete ich darauf, dass es 19:30 Uhr wurde, um mich auf den Weg in das Café zu machen, in dem meine Buchpremiere stattfinden würde.

Nach all den Wochen und Monaten der harten Arbeit endlich hier zu sein fühlte sich unwirklich an. Und ich konnte den Gedanken, dass mein Kochbuch – *mein* Buch – nun überall offiziell in den Läden stand und darauf wartete, von Foodies und interessierten Hobbyköchen entdeckt zu werden, kaum greifen.

Oh Gott.

Diese Vorstellung, so schön sie auch war, brachte einen erneuten Schweißausbruch mit sich. Ich fächerte mir Luft zu, obwohl das Hotelzimmer gut klimatisiert war, und hockte mich auf das große Kingsize-Bett. Um mich abzulenken, griff ich nach dem Stapel Dateikarten, den ich fürs Lernen mitgebracht hatte, doch bereits nach drei Karten musste ich mir eingestehen, dass die Worte, die ich las, in meinem Gehirn nicht ankamen. Also tat ich das, was ich in diesen Situationen immer tat: Ich schnappte mir mein Handy.

Micah: *Ich hab mir ein Kochbuch gekauft. DEIN Kochbuch. Wohoo!*
Julian: *Viel Spaß in New York.*
Mom: *Ich wünsche dir ganz viel Erfolg, mein Schatz! Du schaffst das!*
Dad: *Viel Spaß heute Abend!*
Cassie: *Auri, die Kätzchen und ich wünschen dir viel Erfolg!*
Lilly: *Go Girl!*
Ebru Karayel: *Herzlichen Glückwunsch, Aliza.*
Wir von Essence Food sind stolz auf dich!
Nazia: *Genieß den Abend und berichte mir morgen alles!!*

Ich lächelte. Bereits den ganzen Tag erreichten mich unzählige Nachrichten von meiner Familie und meinen Freunden, die mir gratulierten oder mir Bilder aus Buchläden von meinem Buch schickten. Sie waren so lieb und stolz, dass es mir sogar möglich war, die negativen Kommentare zu vergessen, die sich seit Tagen durch mein Instagram zogen. Am Morgen hatte ich das Foto von meinem Buch mit den Cupcakes gepostet, deren Frosting in den Farben meines Buchs gehalten waren. Die meisten Leute hatten sich mit mir gefreut und mir viel Erfolg gewünscht, aber nicht alle. Auch ein paar bittere Kommentare waren unter dem Bild gelandet, aber heute hatte ich die Kraft und die Willensstärke, sie zu ignorieren und nicht an mich heranzulassen. Außerdem half es mir, dass ich bereits den ganzen Tag Taylor Swifts *Shake It Off* in Dauerschleife hörte.

Denn wie Taylor sang: Hater werden hassen, hassen, hassen, und das wird man auch nicht ändern können. Man kann sich nur dafür entscheiden, den Hass nicht an sich ranzulassen und ihn abzuschütteln.

Das war mein Mantra für den heutigen Tag, und noch war ich zuversichtlich.

Rasch antwortete ich meinen Freunden und meiner Familie. Ich war gerade dabei, ein paar Zeilen an meine Mom zu verfassen, als eine neue Nachricht aufploppte. Sie kam von Lucien.

Lucien: *Schau, was heute bei mir angekommen ist.*

Kurz darauf erschien ein Foto von ihm auf meinem Display, wie er mein Kochbuch in den Händen hielt – und mir blieb die Luft weg. Doch dieses Mal war es nicht Luciens feines Lächeln, das mein Herz zum Stocken brachte, sondern die Tatsache, dass er auf dem Foto kein Shirt trug! Seine Haut war von einem dünnen Schweißfilm überzogen, und an seinem rechten Oberarm war ein Pulsmessgerät befestigt, wie man es beim Sport trug. Mein Buch verdeckte einen Großteil seines Körpers, aber das hielt mich nicht davon ab, das Foto genau zu betrachten. Ich ließ meinen Blick über seine wohldefinierten Arme und seinen muskulösen Oberkörper gleiten. Und endlich konnte ich den Oktopus sehen, dessen Tentakel sich um Luciens Oberarm schlängelte. Er zog sich von Schulter zu

Schulter über seinen gesamten Brustkorb und war so detailgetreu gestochen wie die Porträts seiner Eltern. Man hatte fast den Eindruck, ein Foto anzuschauen, das geradewegs auf seine Haut kopiert worden war.

Lucien: *Wie ist es in New York?*

Ich griff nach der Wasserflasche, die neben mir auf dem Nachttisch stand, und trank einen Schluck, um das Kratzen in meiner schlagartig trockenen Kehle loszuwerden. Erst dann antwortete ich ihm, sein Bild immer im Blick.

Aliza: *Regnerisch. Aber das Hotel ist schön.*
Lucien: *Das freut mich.*
Lucien: *Wie geht es dir heute?*

Ich dachte einen Augenblick über meine Antwort nach, denn es war offensichtlich, dass er mir die Frage nicht aus Höflichkeit, sondern wegen meines gestrigen Nervenzusammenbruchs stellte. Das erste Feedback zu meinem Buch und die geradezu boshaften Kommentare darunter hatten mir wirklich zugesetzt und mir den finalen Stoß verpasst, der mich über eine Klippe befördert hatte, an deren Rand ich schon viel zu lang gestanden hatte, wenn ich ehrlich mit mir war. Und auch wenn dieser Zusammenbruch keine schöne Erfahrung gewesen war, so musste ich mir eingestehen, dass es sich im Nachhinein gut angefühlt hatte, einfach mal alles rauszulassen – nicht nur die Tränen, sondern auch die Worte, die mir auf der Seele gebrannt hatten. Das Gefühl der Überforderung und der Angst zu artikulieren hatte etwas Befreiendes an sich gehabt, auch wenn meine Probleme damit natürlich nicht schlagartig gelöst waren. Aber es war ein Anfang.

Aliza: *Gut. Ich bin nur ziemlich nervös.*
Lucien: *Wegen dem Buch oder der Premierenveranstaltung?*
Aliza: *Beidem, aber gerade vor allem wegen der Premiere.*
Lucien: *Mach dir keine Sorgen, das wird sicherlich großartig.*
Lucien: *Du schaffst das!*
Aliza: *Danke. <3*
Aliza: *Ich glaub, ich muss jetzt los.*
Lucien: *Viel Spaß!*

Ich warf einen letzten Blick auf das Foto von Lucien, bevor ich in meine Schuhe schlüpfte, mir meine Jacke schnappte und mich auf den Weg in die Lobby machte. Dieselbe Verlagsmitarbeiterin, die mich bereits am Flughafen abgeholt hatte, wartete dort bereits auf mich, und gemeinsam machten wir uns auf den Weg zu dem Café, in dem die Feier anlässlich meiner Veröffentlichung stattfand.

Das Café war traumhaft in den Farben meines Covers – Violett und Türkis – dekoriert. Papiergirlanden waren zwischen den Holzbalken an der Decke gespannt, und Luftballons, welche den Titel *A Story Served* buchstabierten, schwebten in der Luft. Es gab eine kleine Bühne und zwei lange gedeckte Tafeln für das anschließende Essen.

Ich traf noch mehr Mitarbeiter des Verlages und den Küchenchef des Cafés, der für den Abend Rezepte aus meinem Buch nachgekocht hatte. Ich durfte vorab probieren, und es schmeckte wirklich gut. Er war zwar etwas sparsam mit den Gewürzen umgegangen, aber darüber konnte ich hinwegsehen.

Nachdem ich eine kurze Einweisung bezüglich des Ablaufs des Abends bekommen hatte, wurden die Türen für die fünfzig geladenen Journalisten, Blogger und Influencer geöffnet. Einige von ihnen kannte ich bereits, und ihre vertrauten Gesichter zu sehen beruhigte meine Nerven.

Als wir vollzählig waren und jeder einen alkoholfreien Aperitif bekommen hatte, startete das Programm.

Zainab Singh, die für den *New Yorker* schrieb und offenbar eine Bekannte meiner Lektorin war, moderierte den Abend. Ich las die ersten zwei, drei Seiten meiner Familiengeschichte vor, ehe Zainab mich interviewte. Es war ihr anzumerken, dass sie Reporterin war, denn sie schaffte es, auch ein paar gesellschaftskritische Fragen in das Gespräch einzubinden, ohne dass der Spaß und die Leichtigkeit des Abends darunter litten. Anschließend durften mir die anwesenden Gäste Fragen stellen, bevor das Essen serviert wurde, was die Stimmung noch einmal um einiges ausgelassener werden ließ. Es wurde viel geredet und gelacht. Ich posierte für Fotos und durfte die ersten Exemplare meines Buchs signieren.

Am Ende der Veranstaltung taten mir die Wangen vom vielen Lächeln weh, dennoch konnte ich nicht aufhören zu grinsen. Es war ein fantastischer Abend gewesen. Ein Abend, der mich all die schlaflosen Nächte, Tränen und Anstrengungen vergessen ließ und mir vor Augen führte, warum ich all das hier machte.

Mein Herz war erfüllt von Freude.

»Danke für den schönen Abend«, sagte ich und umarmte meine Lektorin zum Abschied fest, als sie mich am Hotel absetzte.

Nach den letzten Stunden wünschte ich mir, noch mehr Zeit in New York zu haben, um in aller Ruhe mit ihr einen Kaffee zu trinken oder das Verlagsgebäude zu besichtigen, aber mein Flieger ging am Morgen in aller Frühe wieder zurück nach Washington, damit ich rechtzeitig für die Midterms zurück war. Doch selbst der Gedanke an die Prüfungen konnte mir in diesem Moment meine Laune nicht verderben.

Zurück im Hotel schälte ich mich umgehend aus meinen

Klamotten, stellte mich unter die Regendusche und drehte das Wasser auf, das erst lauwarm wie ein Frühlingsschauer und schließlich immer heißer auf mich herabregnete, bis Dampfwolken das Badezimmer vernebelten. Ich wusch mir das Make-up vom Gesicht und schwelgte in Erinnerungen an die Veranstaltung. Warum hatte ich nur solche Angst davor gehabt?

Eingewickelt in ein Handtuch tapste ich zu dem gigantischen Bett und kletterte auf die Matratze, die so weich war, dass ich das Gefühl hatte, auf einer Wolke zu liegen. Ich schielte zu meinen Lernkarten hinüber, die griffbreit auf dem Nachttisch lagen, schnappte mir dann aber doch mein Handy. Ich hatte noch keinen Kopf, um mich mit den Grundlagen des Strafrechts zu befassen.

Ich öffnete Instagram, um den vergangenen Abend mit all den Nachrichten, Kommentaren und Markierungen noch einmal Revue passieren zu lassen. Glückselig scrollte ich durch meinen Feed, als mich erneut eine Nachricht von Lucien erreichte, die ich, ohne zu zögern, öffnete.

Lucien: *Bist du schon wieder im Hotel?*
Aliza: *Ja.*

Kaum hatte ich die Nachricht abgeschickt, klingelte mein Handy.

»Hey«, begrüßte ich Lucien und biss mir auf die Unterlippe, als könnte ich so verhindern, dass er hörte, wie sehr ich mich über seinen Anruf freute.

»Hey«, gab er mit samtiger Stimme zurück. »Wie fühlst du dich jetzt?«

Ich seufzte und ließ mich tiefer in den Stapel aus Kissen sinken. »Erleichtert.«

»War es denn schön?«

»Es war unglaublich«, erwiderte ich und erzählte ihm von der liebevoll gestalteten Location, dem Essen, den Leuten und all den Gesprächen, die ich an diesem Abend geführt hatte. Ich kam aus dem Schwärmen gar nicht mehr raus, aber er drängte nicht, das Thema zu wechseln, sondern hörte mir einfach zu und stellte nur hin und wieder Fragen, die zumindest deutlich machten, dass ich ihn nicht zu Tode langweilte.

»Es freut mich, dass du eine gute Zeit hattest. Ich wäre gerne dabei gewesen«, sagte er, nachdem ich meine Erzählung beendet hatte, und klang dabei vollkommen aufrichtig.

»Das nächste Mal nehm ich dich mit.«

Erst nachdem die Worte meinen Mund verlassen hatten, wurde mir ihre Bedeutung klar. Sie waren gewiss kein festes Versprechen, zumal ich nicht einmal wusste, ob sich eine Veranstaltung wie die heutige wiederholen würde. Dennoch war es eine Einladung. Eine Möglichkeit. Eine Chance für etwas, das sein könnte. Lucien und ich. In New York. Zu zweit. Unwillkürlich stellte ich mir vor, wie es wäre, gemeinsam mit ihm in diesem gigantischen Bett zu liegen. Ein Gedanke, der ein ungewolltes, warmes Gefühl in mir auslöste, das sich jedoch nicht so abwegig und erschreckend anfühlte wie noch vor ein paar Wochen.

»Und was machst du gerade?«, fragte ich zur Ablenkung, bevor Lucien etwas auf meine Einladung erwidern konnte.

»Ich lerne und schau nebenbei *Brooklyn Nine-Nine*.«

Ich atmete erleichtert aus, dankbar für das unverfängliche Thema. »Das guckt meine Schwester auch, aber ich hab noch nie eine Folge gesehen. Ist es gut?«

»Ja, das ist eine meiner Lieblingsserien. Es gibt einen Charakter, Charles, den du sicher mögen würdest. Er bloggt auch über Essen und Restaurants. Er bewertet sogar das Mundgefühl.«

»Das Mundgefühl?«

»Ja, wie sich das Essen im Mund anfühlt. Logisch.«

»Logisch«, echote ich mit einem Lachen. »Klingt auf jeden Fall witzig. Ich werd mal reinschauen.«

Einen Augenblick war es still in der Leitung, dann räusperte sich Lucien verhalten, als wäre er sich seiner nächsten Worte unsicher. »Wenn du Lust hast, können wir uns zusammen die erste Folge anschauen.«

»Jetzt?«, fragte ich überrascht.

»Ja. Natürlich nur, wenn du willst.«

»Aber du steckst doch schon mittendrin.«

»Das macht nichts.«

Ich zögerte kurz. Eigentlich hätte ich noch für meine Prüfungen lernen sollen. Aber ich war komplett ausgelaugt und mein Kopf ganz matschig. Außerdem hatte ich morgen noch einen sechsstündigen Flug zum Lernen.

»Okay. Ich hol meinen Laptop.«

Bevor Lucien etwas erwidern konnte, legte ich mein Handy beiseite und sprang von der Matratze. Eilig tauschte ich das Handtuch, in das ich noch immer eingewickelt war, gegen meinen Pyjama und zog meinen Laptop aus dem Handgepäck. Dann kuschelte ich mich ins Bett, stellte das MacBook auf meinen Schoß und versuchte, die überschwängliche Freude, die ich wegen des spontanen gemeinsamen Serienabends verspürte, irgendwie in Schach zu halten. Und ich hatte gedacht, der Abend könnte nicht noch besser werden.

»Wieder da!«

»Perfekt. Wollen wir gleich loslegen?«

»Ich bin bereit.«

Wir starteten *Brooklyn Nine-Nine*, und es dauerte keine fünf Minuten, bis ich Jake, Amy und Co. verfallen war. Die Serie war wirklich witzig, und ich verstand, wieso Lucien sie so sehr mochte. Die erste Folge war viel zu schnell vorbei, und ohne große Worte darum zu machen, sahen wir uns auch die zweite, dritte und schließlich die vierte Episode an.

Am liebsten wäre ich die ganze Nacht wach geblieben und hätte alle Folgen auf einmal angeguckt, so sehr liebte ich es, Lucien lachen zu hören – sei es über Charles' Zweideutigkeiten oder Holts roboterhafte Art. Er wirkte so zufrieden und entspannt, und das war genau, was ich gebraucht hatte, um runterzukommen. Weshalb dieser kleine Serienmarathon für mich der krönende Abschluss eines ohnehin schon perfekten Tages war.

13. Kapitel

Scheiße.

Scheiße.

Scheiße.

Scheiße!

Es war das einzige Wort, das durch meinen Kopf geisterte, als ich aus dem Taxi sprang und über den Campus rannte, um es rechtzeitig zu meiner ersten Prüfung zu schaffen. Drecksbaustelle! Ich hatte diesen Morgen und meinen Besuch bei der Morning-Show genau durchgeplant und sogar großzügige fünfzig Minuten für eine Fahrt einkalkuliert, die eigentlich nur fünfzehn dauern sollte, da die Studios im Herzen von Mayfield lagen. Es war kein langer Weg bis zum Campus, doch was ich nicht mit einberechnet hatte, war die neue Baustelle an der Cypress Lane, welche den gesamten Verkehr lahmlegte und für Chaos auf den Straßen sorgte.

Ich hechtete über das Grün in Richtung der juristischen Fakultät. Für gewöhnlich drückten sich immer noch ein paar Studenten vor dem Eingang herum, aber heute war es menschenleer. Alle hatten sich bereits in den Sälen eingefunden. Ich sprintete – immer zwei Stufen auf einmal nehmend – die Treppe hoch, stürzte den Flur entlang und brüllte »Stopp!«, als ich sah, dass mein Professor bereits dabei war, die Tür zu schließen.

Er hielt in der Bewegung inne, während ich die letzten Meter zurücklegte und mich ohne Rücksicht auf Verluste an ihm vorbei in den Saal schob aus Angst, er könnte mir die Tür vor der Nase zuknallen.

Missmutig sah mein Dozent mich an. »Mrs Malik, wie schön, dass sie uns auch noch beehren.«

»Entschuldigung«, murmelte ich. »Der Verkehr war die Hölle.«

»Nicht mein Problem. Und jetzt setzen Sie sich. Wir wollen anfangen.«

Mit eingezogenem Kopf und unter den neugierigen Blicken meiner Kommilitonen wählte ich einen freien Platz in der ersten Reihe. Ich atmete schwer. Der Sprint und die Angst, es nicht rechtzeitig zu schaffen, hatten mir den Schweiß auf die Stirn getrieben. Ich tupfte mein Gesicht mit einem Taschentuch ab und holte meine Stifte heraus, während uns das Prozedere der Klausur erläutert wurde. Anschließend machte sich der Assistent unseres Professors daran, die Prüfungsunterlagen auszuteilen.

Mein Mund war auf einmal staubtrocken, und in meinem Magen rumorte es. Ohne dass sich mein Herzschlag auch nur einen Deut verlangsamte, schlug die Angst, den Test zu verpassen, in Panik um, ihn nicht zu bestehen. Ich hatte jede Sekunde, die mir zur Verfügung gestanden hatte, genutzt, um zu lernen, aber auf einmal fühlte ich mich unglaublich unvorbereitet und ahnungslos. Mein Kopf war wie leer gefegt, und ich versuchte, mich krampfhaft an etwas zu erinnern. Irgendetwas.

»Sie haben hundertfünfzig Minuten Zeit. Ab jetzt!«, verkündete unser Prof, nachdem wir alle unsere Klausur erhalten hatten.

Mit zitternden Fingern drehte ich das Blatt Papier um und schluckte trocken. Ich schrieb meinen Namen und meine Studenten-ID auf den Zettel, bevor ich mir alle Fragen durchlas, so wie Nazia es mir bereits in der Schule geraten hatte.

Lies dir alles durch und kümmere dich dann zuerst um die Fragen, auf die du sicher eine Antwort weißt.

Und genau das tat ich. Ich beantwortete Nummer vier, sieben und neun und wechselte dann zur letzten Frage, die ich zumindest halbwegs sicher beantworten konnte. Das aufzuschreiben, was ich wusste, half meinen Nerven dabei, sich zu beruhigen, und schließlich konnte ich mich, ohne komplett durchzudrehen, den Fragen widmen, bei denen ich mir unsicher war. Was leider noch jede Menge waren. Die hundertfünfzig Minuten vergingen viel zu schnell.

Der Assistent sammelte unsere Klausuren ein, und kurz darauf brach wildes Durcheinander im Saal aus.

»Was hast du bei Frage fünf hingeschrieben?«

»Ich fand die Zeit viel zu kurz!«

»Echt? Ich war schon vor einer halben Stunde fertig.«

»Ich hab Frage drei ganz anders verstanden, sonst hätte man ja bei drei und sieben dasselbe hinschreiben müssen.«

Ich blendete die Stimmen um mich herum aus und packte meine Sachen zusammen. Doch gerade, als ich den Saal verlassen wollte, tippte mir jemand auf die Schulter. Ich drehte mich um und entdeckte Ethan, der neben mir in Gleichschritt verfiel.

»Und, wie lief's?«

»Okay«, antwortete ich und zuckte mit den Schultern. Das war die ehrlichste Antwort, die ich ihm geben konnte. Es war nicht die Katastrophe geworden, die ich befürchtet hatte, würde aber garantiert auch nicht meine beste Note werden. Vielmehr hatte ich das Gefühl, dass mein Bestehen oder Nicht-Bestehen von wenigen Punkten abhängen würde; hoffentlich wurde großzügig korrigiert. »Und bei dir?«

Überschwänglich rückte Ethan den Träger seines Rucksacks zurecht. »Ganz gut. Nur mit Frage zwei hatte ich zu kämpfen, aber ich hab mir für diese Prüfung auch wirklich den Arsch aufgerissen.«

»Mhm«, brummte ich, da ich dasselbe nicht unbedingt von mir behaupten konnte. Zwar hatte ich mir den Arsch aufgerissen, aber nicht ausschließlich für diese Klausur, und dafür würde ich jetzt womöglich büßen. Doch daran ließ sich jetzt nichts mehr ändern, weshalb ich den Gedanken verdrängte, um mich auf das zu konzentrieren, was ich noch beeinflussen konnte. Zuallererst würde ich die nächsten Einheiten meiner Arabisch-Lern-App absolvieren, welche ich in den letzten Tagen sträflich vernachlässigt hatte, und anschließend einen neuen Insta-Beitrag für Essence Food verfassen. Ich hatte dank meines Buchs gerade einen guten Zulauf auf dem Kanal und wollte den Traffic unbedingt nutzen, um auf das Projekt aufmerksam zu machen.

Als wir das Café am Campus erreichten, verabschiedete ich mich von Ethan, um mir einen Kaffee zu holen, der mir hoffentlich genug Energie geben würde, den Rest des Tages zu überstehen.

Leider schienen gerade viele Studenten an Schlafentzug zu leiden, denn es hatte sich eine lange Schlange vor dem Tresen gebildet. Seufzend reihte ich mich ein und holte mein Handy hervor. Ich war gerade dabei, die überschwänglichen Lobeshymnen meiner Familie zu meinem TV-Auftritt zu lesen, als eine Nachricht von Micah reinkam.

Micah: *Hey, hast du Samstag schon was vor?*
Aliza: *Wieso?*
Micah: *Ja oder Nein?*
Aliza: *Vielleicht.*
Micah: 🙄
Micah: *Wir wollen ins Escape gehen.*

Aliza: *In den Club?*
Micah: *Ja.*
Micah: *Kommst du mit?*
Micah: *Bitte?*
Micah: *Sag ja.*

Unentschlossen starrte ich auf Micahs flehende Nachrichten. Es war eine wahnsinnig lange Woche gewesen, und eigentlich hatte ich noch immer einiges zu erledigen, zumal mich meine Eltern für Sonntag zum Essen eingeladen hatten. Doch nach all dem Stress der letzten Tage sehnte ich mich danach, meine Freunde zu sehen und etwas Dampf abzulassen, vor allem wenn ich an meinen Nervenzusammenbruch zurückdachte. Vielleicht wäre eine kleine Auszeit ganz gut, um die Energiereserven wieder aufzufüllen.

Ich stieß ein schweres Seufzen aus und antwortete Micah.

Aliza: *Einverstanden, ich komm mit.*

Ich konnte die Vibrationen des Bodens bereits spüren, als ich aus dem Taxi stieg. Es war Samstagabend, und vor dem Escape hatte sich eine lange Schlange partywütiger Menschen gebildet. Ich stellte mich hinten an und umklammerte meine Clutch, in welcher der Ausweis meiner Schwester steckte, da der Club erst ab einundzwanzig war.

Nazia hatte zuerst Widerstand geleistet, mir ihre ID schließlich aber doch überlassen, da sie wusste, dass ich nicht trinken würde und nur eine gute Zeit mit meinen Freunden haben wollte. Ich hatte etwas Spaß verdient, auch wenn ich aktuell noch nichts davon spürte. In diesem Moment war mir vor allem kalt, und ein wenig nervös war ich auch. Es war zwar nicht das erste Mal, dass ich den Ausweis meiner Schwester benutzte, dennoch bangte ich jedes Mal aufs Neue, ob die Täuschung klappen würde. Ich verschränkte die Arme vor der Brust und trat im Takt der Bässe von einem Fuß auf den anderen, um mich warm zu halten, bis ich an der Reihe war.

Der Türsteher, ein muskulöser Kerl im Anzug, musterte mich. Mein Haar hatte ich geglättet, sodass es mir in seidigen Strähnen über die Schultern fiel, und mein Make-up war dunkel und rauchig, wie geschaffen für eine Nacht im Club. Dazu trug ich ein knielanges Kleid, das über und über mit goldenen Pailletten überzogen war und das in Kombination mit der mattschwarzen Strumpfhose und den langen Ärmeln vielleicht prüde hätte wirken können, wenn es nicht so eng gewesen wäre, dass es meinen Körper wie eine zweite Haut umschmeichelte. Ich war zufrieden mit meinem Look, und auch dem Türsteher schien zu gefallen, was er sah. Er nahm mir die ID aus der Hand, aber sein Blick streifte die Karte nur flüchtig, bevor er mich hineinwinkte und mir viel Spaß wünschte.

Mit einem erleichterten Seufzen trat ich an ihm vorbei ins Innere des Clubs. Der Raum war abgedunkelt, jedoch erzeugten bunte Lichter ein schummriges Zwielicht in allen Farben des Regenbogens. Es war nicht mein erster Besuch in einem Club, aber es war mein erster in diesem, und ich musste mich in der neuen Location erst zurechtfinden.

Mein Blick glitt über die Tanzfläche, die beinahe den gesamten Raum einnahm. Menschen bewegten sich rhythmisch im Takt der Musik. Sie rieben ihre Körper aneinander und warfen die Arme in die Luft, wie um das Leben selbst zu feiern. Ich entdeckte auch einige Paare, die hemmungslos rummachten und die vermutlich schon bald aufbrechen würden, um irgendwo gemeinsam in ein Bett zu fallen.

An der rückwärtigen Wand lag eine Bar, neben der sich eine Wendeltreppe befand, die auf eine bestuhlte Galerie führte, von wo aus man mit Sicherheit einen guten Blick auf die Tanzfläche hatte.

Ich schob mich am Rand an den Tanzenden vorbei Richtung Treppe und wünschte mir beinahe, ein paar Ohrenstöpsel mitgenommen zu haben. Die Musik war unglaublich laut, und ich war mir sicher, dass ich den Club mit einem Klingeln in den Ohren verlassen würde.

Auf der Galerie angekommen, sah ich mich nach meinen Freunden um, und entdeckte als ersten Auri in einer Sitzecke an der Wand. Mit seinen zwei Metern Körpergröße und seiner athletischen Figur war er nur schwer zu übersehen.

Ich schlängelte mich an den Tischen vorbei und sah, dass nicht nur Cassie und Micah bei ihm waren, sondern auch Lucien. Vollkommen unvorbereitet auf seinen Anblick geriet ich ins Stolpern. Ich hatte nicht damit gerechnet, ihn heute zu sehen, aber es war eine schöne Überraschung, die mein Herz dazu brachte, erfreut auf und ab zu hüpfen. Wir hatten uns seit dem Abend im Hotel nicht mehr gesprochen, aber ein paar belanglose Nachrichten hin- und hergeschickt.

»Hey, da bist du ja!«, rief Cassie, die mich zuerst entdeckte, über die Musik hinweg.

Ich lächelte und winkte in die Runde. »Hey. Sorry für die Verspätung. Ich war noch bei Nazia.«

»Das Kleid ist ja der Hammer«, begrüßte mich Micah. Sie hatte ihr schwarzes Haar ebenfalls geglättet, und statt eines T-Shirts mit Comic-Aufdruck trug sie heute ein Top aus schwarzer Spitze. Ihre Haut funkelte im Licht der blinkenden Lampen, als hätte sie sich mit schimmernder Bodylotion eingecremt.

»Danke.« Ich strich über den paillettenbesetzten Stoff. »Ist noch Platz für mich?«

»Klar.« Cassie rutschte näher an Auri heran, und Micah und

Lucien rückten ebenfalls auf, sodass ich neben ihm noch Platz auf der halbrunden Sitzbank fand.

Auf dem Tisch standen bereits einige leere Shotgläser. Cassie und Micah hatten einen bunten Cocktail in der Hand, und Auri knibbelte am Etikett einer Bierflasche herum. Vor Lucien stand ein Eistee.

Interessante Wahl.

Er sah mich an. Ein kleines Lächeln umspielte seine Lippen. Seine Augen wirkten im dämmrigen Licht des Clubs beinahe schwarz. Allerdings verweilte sein Blick nicht auf meinem Gesicht, sondern wanderte langsam nach unten.

Auch wenn ich keine nackte Haut zeigte, schoss mir unter seiner Musterung augenblicklich Hitze in die Wangen und meine Haut begann zu kribbeln.

»Du siehst fantastisch aus«, sagte er so leise, dass ich ihn kaum verstehen konnte.

»Danke, du auch«, gab ich verlegen zurück, und es stimmte. Er sah verdammt gut aus, auch wenn sich sein Outfit nicht wesentlich von dem unterschied, was er an normalen Tagen trug. Eine schwarze Jeans in Kombination mit einem schlichten dunklen Shirt, das die Aufmerksamkeit zielführend auf seine Tattoos lenkte.

»Danke, ich habe mir heute besonders viel Mühe gegeben.«

»Das sieht man. Dieses schwarze Shirt ist ganz anders als deine anderen schwarzen Shirts.«

Lucien schmunzelte. »Schön, dass es dir aufgefallen ist.«

»Ich wusste gar nicht, dass du heute mitkommst.«

»Ich auch nicht. Cassie hat mich überredet.«

»Was nicht sonderlich schwer war«, grätschte diese dazwischen. »Er hat sich sofort breitschlagen lassen, als ich ihm gesagt habe, dass du dabei bist.«

Lucien warf Cassie einen finsteren Blick zu, den sie mit einem schelmischen Grinsen abtat. Es war ziemlich offensichtlich, dass sie bereits angetrunken war, ihre Wangen waren rosig und ihre Augen etwas glasig. Was nicht verwunderlich war, da Cassie für gewöhnlich nicht trank oder zumindest nur selten. Außerdem war sie ein totales Leichtgewicht. Alkohol stieg ihr sofort in den Kopf.

Ich jedoch war froh über Cassies ungefilterte Ehrlichkeit. Lucien war meinetwegen mitgekommen? Das Wissen löste ein aufgeregtes Ziehen in meiner Brust aus. Ich konnte fühlen, wie die Freude an meinen Mundwinkeln zerrte und sie zu einem breiten Lächeln zwingen wollte. Doch ich riss mich zusammen, um die anderen nicht wissen zu lassen, wie sehr ich mich über diesen Umstand freute.

Auri räusperte sich und sah zu mir. »Was willst du trinken?«

»Nur ein Wasser, aber das kann ich mir auch selbst holen.«

»Unsinn. Ich geh. Möchte noch jemand was?«

»Ich würde noch einen Eistee nehmen«, sagte Lucien.

»Und ich ein Glas davon«, ergänzte Micah und deutete auf das inzwischen leere Getränk, das vor ihr stand.

»Kommt sofort.«

Ich zückte meinen Geldbeutel, aber Auri machte eine wegwerfende Handbewegung und meinte, er würde diese Runde übernehmen. Ich bedankte mich bei ihm und sah zu, wie er an den Tischen vorbei zur Wendeltreppe lief, die gewiss schon für den ein oder anderen Sturz in diesem Club verantwortlich gewesen war.

Ich sah zu Micah. »Wo ist eigentlich Julian?«

Sie verdrehte die Augen. »Zu Hause. Er muss eine Präsentation für die Firma vorbereiten.«

»Und das hast du ihm durchgehen lassen?«

»Nein, aber der Sturkopf hat sich nicht überreden lassen. Sein Pech.«

Cassie nickte bestätigend, und kurz darauf wandte sich das Gespräch meiner Premierenfeier in New York und meinem Fernsehauftritt zu, der erstaunlich hohe Wellen geschlagen hatte und in einigen Artikeln erwähnt und zitiert worden war. Eine Tatsache, die mich ziemlich stolz machte. Ich hatte mich darauf eingestellt, mit der Moderatorin vor allem über meinen Blog und meine Rezepte zu sprechen; lockere Themen eben. Aber anknüpfend an den Artikel im *Goddess*, der letzte Woche erschienen war, und die Berichte über meine Premierenveranstaltung in New York hatte sie mir auch viele Fragen zu meinem persönlichen Werdegang und dem Migrationshintergrund meiner Familie gestellt sowie den Hindernissen, die sich mir dadurch in den Weg gestellt hatten. Es war ein intensives Gespräch gewesen, das deutlich länger als fünfzehn Minuten hätte dauern können, umso mehr freute es mich, dass es von anderen Medien aufgegriffen wurde.

»Das ist wirklich toll«, sagte Cassie und nippte an ihrem Cocktail.

Micah nickte. »Ja, sogar Mrs Harvey hat mich auf dich angesprochen.«

Ich runzelte die Stirn. »Mrs Harvey?«

»Die alte Frau, die bei uns im Erdgeschoss wohnt. Sie hat den Bericht auch gesehen und mich im Treppenhaus abgefangen, um mich zu fragen, ob das in der Sendung nicht ›die hübsche Inderin‹ war, die mich öfter besucht«, erklärte Micah und malte dabei Anführungszeichen in die Luft.

Ich wusste, dass es die alte Dame in Micahs Wohnhaus nicht böse meinte, dennoch verspürte ich einen kleinen Stich bei dem Wort »Inderin«. Es war nicht das erste und würde gewiss auch nicht das letzte Mal sein, dass man mir meine pakistanische Herkunft aus Unwissenheit absprach. Die Leute dachten oft, dass es keinen Unterschied machte. Indien. Pakistan. Afghanistan. Alles dasselbe. Aber so war es nicht.

»Sorry, an der Bar ist viel los.« Auri war zurück und stellte das Tablett ab, das man ihm für unsere Getränke mitgegeben hatte. Er hatte auch eine Schale mit Nüssen dabei, die er kommentarlos zwischen Micah und Cassie stellte.

Micah ignorierte die Knabbersachen und schnappte sich ihren zweiten Cocktail, kaum dass sich Auri wieder auf die Bank gesetzt hatte. »Lasst uns anstoßen. Auf einen wunderbaren Abend und auf Alizas Buch, auf dass es sich Millionen Male verkaufen wird. Cheers!«

»Cheers!«, echoten wir anderen und ließen unsere Gläser klirrend zusammenstoßen.

Auri nippte an seinem Bier. »Hast du schon Rückmeldungen bekommen, wie es läuft?«

»Dafür ist es noch zu früh.« Bestimmt hatte der Verlag schon irgendwelche Zahlen vorliegen, aber ich kannte sie nicht und war darüber auch ganz froh. Auf diese Weise konnte ich das Wochenende in fröhlicher Unwissenheit verbringen, anstatt mich der harten Realität zu stellen, sollte sich das Buch nicht entwickeln wie erhofft. Zwar waren meine Erwartungen nicht allzu hoch, schließlich war das mein erstes Kochbuch, aber ich hatte Hoffnungen, vor allem mit dem Rückenwind durch meine Follower, die mich bisher immer unterstützt hatten.

Anschließend wandte sich unsere Unterhaltung Cassies Arbeit im Tattoostudio zu, und Lucien erzählte von dem Job, den Keith ihm besorgt hatte und bei dem er einmal die Woche für das Make-up in einem kleinen Theater verantwortlich sein würde. Ich versprach ihm, zu einer der Aufführungen zu kommen, und Micah und Cassie schlossen sich an. Irgendwann machten wir Fotos, die Micah neckisch an Julian schickte, doch dieser ließ sich nicht locken und blieb zu Hause.

»Ich muss pinkeln«, verkündete Micah, nachdem Auri mit der dritten Runde Drinks zurückgekommen war.

Ich schnappte mir meine Clutch. »Ich komm mit.«

»Ich auch!«, meldete sich Cassie.

Auri machte Platz, um die beiden rauszulassen.

Zu dritt begaben wir uns auf den Weg zu den Toiletten, vor denen sich eine Schlange gebildet hatte. In diesem Bereich des Clubs gab es keine Lautsprecher. Zwar war die Musik von der Tanzfläche noch immer zu hören, aber ich war dankbar für die kurze Pause.

Cassie lehnte sich gegen die Wand und musterte mich eindringlich.

Fragend erwiderte ich ihren Blick.

»Was läuft da zwischen Lucien und dir?«

»Nichts«, stammelte ich, obwohl mich die Frage nicht wirklich überraschte.

»Ach nein?« Cassie hob die Augenbrauen. »Micah meinte, ihr hattet ein Date.«

Die Toilettenschlange rutschte auf, was mir die Möglichkeit gab, zwei, drei Sekunden über meine nächsten Worte nachzudenken. »Wir hatten kein Date. Wir haben nur einen freien Nachmittag zusammen verbracht, nachdem er mir mit dem Make-up für das *Goddess*-Shooting geholfen hat.«

»Und was habt ihr gemacht?«

»Wir waren im Kino und Sushi essen.«

Micah grunzte. »Klingt nach einem Date.«

»Es war aber keins«, beteuerte ich und sah, nach Unterstützung suchend, zu Cassie. »Wie oft warst du in den letzten zwei Jahren mit Auri im Kino und was essen, ohne dass es ein Date war?«

»Oft«, gestand Cassie widerwillig.

»Da habt ihr eure Antwort. Zwischen Lucien und mir läuft nichts«, betonte ich noch einmal, doch obwohl ich in der Theorie die Wahrheit sagte, fühlte ich mich wie eine Lügnerin. Es stimmte zwar, dass wir körperlich noch keine Intimitäten ausgetauscht hatten, aber da war etwas anderes zwischen uns – eine Verbindung, die sich nicht nach reiner Freundschaft anfühlte. Mit ihm war es vollkommen anders, als wenn ich mit Auri oder Julian Zeit verbrachte. Und auch wenn ich Lucien noch nicht geküsst hatte, war der Wunsch, es zu tun, allgegenwärtig.

»Schade«, schnaubte Micah. »Ihr wärt ein süßes Paar.«

Cassie hielt die Tür zu den Toiletten auf. »Was nicht ist, kann ja noch werden.«

Ich verdrehte die Augen, da ich nicht wusste, was ich darauf erwidern sollte, und verschwand schnell in einer der Kabinen.

Als ich zwei Minuten später wieder herauskam, standen Micah und Cassie vor den Waschbecken und kontrollierten ihr Make-up. Ich betrachtete mich im Spiegel, während ich mir die Hände wusch. Mein Lidschatten saß noch perfekt, weshalb ich mir nur etwas Lippenbalsam auf den Mund tupfte.

Der Club schien von Minute zu Minute voller zu werden. Hand in Hand bahnten wir uns einen Weg zurück zu unserer Sitzecke, um uns nicht zu verlieren. Auf der Galerie angekommen, mussten wir allerdings feststellen, dass Lucien und Auri nicht mehr allein waren. Eine Frau in einem engen roten Kleid stand an unserem Tisch. Ich konnte ihr Gesicht nicht ausmachen, aber sie war groß und hatte tolle Beine. Was immer sie sagte, brachte Auri zum Schmunzeln und Lucien dazu, den Kopf zu schütteln, was die Frau veranlasste, den Tisch wieder zu verlassen, bevor wir ihn erreichten.

»Willkommen zurück!« Auri rutschte von der Bank, damit Cassie und Micah sich wieder in die Mitte setzen konnten.

Im Vorbeigehen hielt er Cassie kurz am Unterarm fest, um ihr einen innigen Kuss auf die Lippen zu drücken.

Mit verträumtem Blick lächelte sie ihn an und ließ ihre Hand langsam über seine Brust gleiten.

Ich hatte den Verdacht, dass die beiden uns nicht mehr lange mit ihrer Gesellschaft beehren würden.

»Wer war das?«, fragte Micah und nickte in die Richtung, in welche die Frau davongegangen war.

Lucien griff in die Schale mit den salzigen Nüssen. »Eine Kundin. Ich hab vor ein paar Monaten das Make-up für ihre Hochzeitsfotos geschminkt. Anscheinend sind die beiden inzwischen geschieden.«

»Und jetzt hat sie es auf Lucien abgesehen«, fügte Auri hinzu.

Cassie nippte an ihrer Cola. »Was hast du gesagt?«

Er zuckte mit den Schultern. »Dass ich nicht interessiert bin.«

Bei seinen Worten verspürte ich eine ungeahnte Erleichterung, auch wenn es mir eigentlich gleichgültig hätte sein sollen, ob und mit wem er sich traf. Ich hatte keinen Anspruch auf ihn, dennoch freute ich mich über sein Desinteresse.

Zum Glück blieb es mir erspart, mich weiter mit meinen verworrenen Gefühlen auseinanderzusetzen, denn Micah wechselte das Thema und erzählte von irgendeinem Horror-Game, das ein *Stranger-Things*-Update bekommen hatte, wodurch man Nancy und Steve als Demogorgon töten konnte. Ich hatte keine Ahnung, wovon sie redete, denn *Die Sims* waren das einzige Computerspiel, das ich je gespielt hatte.

Mit fortschreitender Stunde wurden die Gespräche an unserem Tisch immer absurder, obwohl Micah und Cassie zunehmend ausnüchterten. Wir lachten viel, bis mir der Bauch wehtat und meine Wangen glühten. Die Stimmung war ausgelassen, und auch wenn es im Club stickig und laut war, fühlte ich mich wohlig und entspannt, da ich für eine Weile die Welt dort draußen, hinter den Bässen, vergessen konnte. Es war, als hätte jemand die Pausetaste in meinem Leben gedrückt, und für ein paar wertvolle Stunden existierte nur das Hier und Jetzt.

14. Kapitel

Wie nicht anders zu erwarten gewesen war, begannen Cassie und Micah irgendwann, über die Albtraumlady, ihre gemeinsame Graphic Novel, zu diskutieren. Ich verstand nur die Hälfte von dem, was sie sagten, denn wenn ich von einer Sache noch weniger Ahnung hatte als von Videospielen, dann von Graphic Novels. Dennoch war es amüsant, den beiden zuzuhören. Cassie hatte eine unglaublich ruhige, gelassene Persönlichkeit, aber wenn es um die Albtraumlady ging, konnte sie richtig rasend werden.

»Das. Ergibt. Überhaupt. Keinen. Sinn!«, rief Micah empört und schlug bei jedem Wort auf den Tisch, was unsere Getränke, die daraufstanden, gefährlich ins Wanken brachte.

»Natürlich!« Verzweifelt warf Cassie die Hände in die Luft, als würde sie zu einem Gott beten, der Micah Verstand einpflanzen sollte. »Lies dir Kapitel zwei, vier und acht noch mal durch. Dann verstehst du es vielleicht.«

Micah schnaubte. »Ich kenne die Kapitel.«

»Offenbar nicht gut genug! Warte, ich habe sie da …«

Eine Berührung an der Schulter löste meine Aufmerksamkeit von dem Streit, der vermutlich in ein paar Minuten vergeben und vergessen wäre.

Ich sah zu Lucien, der mich eingehend musterte, und ein schüchternes Lächeln stahl sich auf meine Lippen. »Hey.«

»Hey«, gab er zurück. In seinen Mundwinkeln zuckte es leicht. »Hast du Lust zu tanzen?«

Seine Frage traf mich vollkommen unerwartet. »Du willst tanzen?«

Er nickte knapp.

Nichts von dem, was ich über Lucien wusste, hätte mich darauf schließen lassen, dass er zu den Typen gehörte, die in einem Club freiwillig tanzten. Allerdings gab es so vieles, was ich nicht über ihn wusste, und er hatte ein merkwürdiges Talent dafür, mich zu überraschen. Bei ihm hätte es mich auch nicht gewundert, wenn er mir morgen erzählt hätte, dass er mit Malia, der Tochter von Barack Obama, befreundet war. Warum auch nicht?

»Gerne, aber ich bin keine gute Tänzerin.«

»Keine Sorge, ich bin auch kein guter Tänzer«, erwiderte Lucien und reichte mir seine Hand.

Ich griff danach, und unsere Finger verflochten sich so natürlich und selbstverständlich, als hätten wir schon Dutzende Male Händchen gehalten.

Als wir von der Sitzbank rutschten, verstummten die Gespräche der anderen.

Stirnrunzelnd sah Cassie zu uns auf. »Wo geht ihr hin?«

»Tanzen«, antwortete Lucien und legte mir eine Hand in den Rücken.

Ohne die Reaktion unserer Freunde abzuwarten, delegierte er mich sanft die Treppe nach unten auf die Tanzfläche. Es lief ein Remix von irgendeinem Travis-Scott-Song, den ich schon öfter gehört hatte, aber nicht beim Namen nennen konnte. Wir suchten uns einen Platz in der Masse. Überall um uns herum rieben sich schwitzende, alkoholisierte Menschen aneinander, denen gleichgültig war, was die anderen Leute von ihnen dachten. Ich selbst fühlte mich plötzlich jedoch eigenartig befangen in Luciens Gegenwart und wusste überhaupt nicht, wie ich anfangen sollte, mich zu bewegen.

Meine Unsicherheit blieb von Lucien nicht unbemerkt. Er schenkte mir ein ermutigendes Lächeln und trat näher, um mir einen Arm um die Taille zu legen. Ein heißer Schauder brachte meinen Körper zum Erzittern, und als Lucien bemerkte, dass ich voll und ganz mit seiner Berührung einverstanden war, zog er mich enger an sich. Instinktiv schnappte ich nach Luft, aber die wummernden Bässe verschluckten den leisen Laut zum Glück.

»Okay so?«, fragte Lucien.

Ich nickte, und er begann sich langsam zu bewegen und versetzte damit unsere Hüften in Schwingung. Ich legte ihm die Hände auf die Schultern und ließ mich von ihm führen. Rhythmisch bewegten wir uns im Takt der Musik. Es war kein raffinierter, kein ausgeklügelter, kein choreografierter Tanz, aber er brachte meinen Körper in Wallung und mein Herz zum Rasen, was nicht an der Bewegung lag, sondern allein an Lucien.

Er beugte sich zu mir, bis seine Lippen vor meinem Ohr schwebten. Sein heißer Atem kitzelte mich und brachte die Härchen in meinem Nacken dazu, sich aufzurichten. »Du siehst heute Abend wirklich fantastisch aus«, wisperte er. Dabei streifte er mein Ohrläppchen, und ich musste mir auf die Unterlippe beißen, um nicht erneut einen peinlichen Laut von mir zu geben.

»Das sagtest du bereits.«

»Ich weiß. Aber ich wollte es noch einmal sagen. Dieses Kleid …«

»Was ist damit?«

Er schüttelte den Kopf und blieb mir eine Antwort schuldig. Stattdessen passte er die Geschwindigkeit unserer Bewegungen dem wechselnden Rhythmus der Musik an.

Ich ließ mich voll und ganz darauf ein, und bereits nach wenigen Sekunden waren all die Fremden um mich herum vergessen und ich hatte nur noch Augen für meinen Tanzpartner. Er hatte eindeutig gelogen, als er behauptet hatte, kein guter Tänzer zu sein. Seine Bewegungen waren sanft und geschmeidig und sorgten dafür, dass sich sein Körper auf ziemlich verlockende Art und Weise an meinem rieb. Besser als die Reibung selbst war nur das Wissen, dass auch ich Lucien nicht kalt ließ. Sein Blick brannte auf meiner Haut, und mir war auch nicht entgangen, dass er versuchte, seine Hüfte von mir wegzudrehen, als gäbe es da etwas, das ich nicht spüren sollte.

Bei der Vorstellung, was sich womöglich unter dem Stoff seiner Jeans abspielte, wallte Hitze in mir auf. Eine Stimme in meinem Kopf sagte mir, dass das hier eine ganz schlechte Idee war und ich unbedingt Abstand zwischen uns bringen sollte, aber ich ignorierte sie und schlang stattdessen einen Arm um Luciens Schultern, was uns einander wieder näherbrachte.

Oh, hallo ... Ich grinste, als ich seine Erektion spürte. Ich war vielleicht noch Jungfrau, aber ganz bestimmt nicht unschuldig, und ich war stolz darauf, dass ich Lucien eine solche Reaktion entlocken konnte.

Erwartungsvoll sah er mich an, als wartete er darauf, dass ich zurückschreckte oder irgendeinen Kommentar fallen ließ, der dem Ganzen hier ein Ende bereitete.

Doch ich sagte nichts und klammerte mich nur noch entschlossener an ihm fest. Das war vielleicht ein Fehler, aber nur heute, nur für eine Nacht, wollte ich unvernünftig sein und einen Fehler begehen. Leute in meinem Alter erlaubten sich ständig Fehltritte. Ich nicht. Dafür war ich zu beschäftigt, zu gestresst, zu durchgeplant. Aber nicht heute. Heute war ich nicht Aliza, die Jurastudentin, die Food-Bloggerin und Kochbuch-Autorin, die versuchte, alles unter einen Hut zu bekommen. Heute war ich einfach nur Aliza. Eine junge Frau, die ihr

Herz über ihren Verstand stellte und sich erlaubte, mit dem Typen zu tanzen, den sie wirklich gerne mochte.

Ich schloss die Augen, um mich vollkommen in Lucien und der Musik zu verlieren. Ich fühlte in diesem Moment nichts. Und gleichzeitig alles. Da waren keine Sorgen, keine Bedenken, keine Ängste. An ihre Stelle traten Luciens Finger, die sich einen Weg von meiner Taille abwärts bahnten.

Er packte meinen Hintern und presste mich an sich. Meine Bewegungen gerieten ins Stocken, aber mit Luciens Hilfe fand ich meinen Rhythmus wieder. Er ließ seinen Kopf nach vorne sinken und vergrub sein Gesicht an meiner Halsbeuge. Sein Atem kitzelte mich, ebenso wie seine Lippen, die nur Millimeter über meiner Haut schwebten. Mir wurde schwindelig von dem Ansturm der Empfindungen, die Lucien in mir auslöste.

»Lasst mich durch!«, erscholl auf einmal Micahs Stimme irgendwo hinter mir.

Ich schlug die Augen auf. Lucien musste sie auch gehört haben, denn seine Hand glitt von meinem Hintern und er wich ein Stück zurück. Sofort vermisste ich seine Nähe. Blinzelnd sah ich mich um und entdeckte Micah, die sich einen Weg durch die Tanzenden zu uns kämpfte.

»Hey!«, brüllte sie gegen die Musik an, als sie uns erreicht hatte. »Auri, Cassie und ich verschwinden. Julian ist da, um uns abzuholen. Sollen wir dich mitnehmen?«, fragte sie an mich gerichtet.

Lucien antwortete an meiner Stelle. »Ich fahr Aliza heim.«

Davon hörte ich gerade zum ersten Mal, dennoch nickte ich zustimmend.

»Okay. Dann euch noch viel Spaß«, säuselte Micah mit einem wissenden Lächeln. Sie winkte uns zum Abschied, bevor sie wieder in der Masse der tanzenden Menschen verschwand.

Ich sah zu Lucien, der meinen Blick auffing, und ein erwartungsvolles Ziehen breitete sich in meiner Brust aus. Seine Augen wirkten beinahe schwarz, so tief ging das Verlangen, das ich darin erkennen konnte.

Ich schluckte trocken. »Willst … Willst du gehen?«

»Ich *will* nicht«, gestand Lucien. »Aber ich glaube, wir *sollten.*«

Ich nickte widerwillig. Es war schon spät, und ich hatte mir zwar diesen freien Abend gegönnt, aber morgen warteten die üblichen Aufgaben und Pflichten auf mich, und die würde ich unmöglich erfüllen können, wenn ich bis in die Morgenstunden mit Lucien tanzte. Auch wenn es genau das war, was ich wollte.

Er ergriff meine Hand und führte mich von der Tanzfläche zur Garderobe, um seine Lederjacke zu holen, die er mir wortlos um die Schultern legte, als er realisierte, dass ich mir nichts zum Überziehen mitgebracht hatte.

Die Nacht war klar und die Luft erfrischend kühl. Mein Körper, der noch ganz erhitzt war, erschauderte in der Kälte, aber lange musste ich nicht frieren. Lucien führte mich zu seinem Wagen, der nur ein paar Schritte entfernt stand und drehte die Heizung auf, kaum dass wir darin saßen. Erneut hüllte mich Wärme ein, und ich ließ mich tief in den Sitz sinken, während Lucien den Motor startete.

Die Fahrt zu mir nach Hause verlief schweigend. Doch es war keine sanfte Stille, in die ich mich fallen lassen wollte, sondern eine erdrückende. Sie betonte all die unausgesprochenen Worte, die zwischen Lucien und mir standen, denn in diesen letzten Stunden hatte sich etwas zwischen uns verändert. Wir hatten der allgegenwärtigen Versuchung nachgegeben, und ohne die ohrenbetäubende Musik, die den Verstand lahmlegte, wurde uns das beiden bewusst.

Verstohlen schielte ich zu Lucien hinüber. All meine Sinne verlangten nach ihm. Trotz der Distanz zwischen uns konnte ich die Hitze spüren, die sein Körper ausstrahlte, und ich vernahm den unverkennbaren Duft nach Bergamotte und Leder, der ihm anhaftete. Ich registrierte jede seiner Bewegungen und wünschte mir dabei, wir wären noch immer im Club, wo mir die Musik ein willkommener Grund gewesen war, mich an ihm festzuklammern. Meine Fingerspitzen kribbelten, und am liebsten hätte ich meine Hand nach ihm ausgestreckt. Es war ein beinahe übermächtiges Verlangen, und mit jeder Sekunde, die verging, fiel es mir schwerer, dagegen anzukämpfen. Noch nie in meinem Leben hatte ich mich so danach gesehnt, einen anderen Menschen zu berühren. Beinahe bereute ich es, meine Kein-Alkohol-Regel nicht gebrochen zu haben. Dann hätte ich diese irrwitzigen Gefühle darauf schieben können. Doch ich war vollkommen nüchtern, und alles, was ich fühlte, war echt und ungefiltert.

Mein Herz hämmerte wie wild und beruhigte sich den ganzen Weg über nicht. Auch als Lucien den Wagen vor meiner Wohnung parkte, pochte es noch immer viel zu heftig in meiner Brust.

Der Motor verstummte und ließ die Stille zwischen uns noch dichter werden. Ich wollte mich gerade bei Lucien dafür bedanken, dass er für mich einen Umweg auf sich genommen hatte, als ich bemerkte, dass er seinen Gurt gelöst hatte.

Er fing meinen verwunderten Blick auf. »Ich bring dich noch zu Tür.«

Ich sah von ihm zu meinem Wohnhaus und räusperte mich. »Das … Das sind nur zehn Meter.«

»Ich weiß«, erwiderte Lucien. Ohne sich von meiner Frage beirren zu lassen, stieg er aus und umrundete den Wagen, um die Autotür für mich zu öffnen. Er reichte mir eine Hand, um mir aufzuhelfen. Warm und sicher schlossen sich seine Finger um meine.

Seite an Seite schlenderten wir den gepflasterten Weg bis zu meiner Haustür. Die Lampe am Eingang reagierte auf unsere Bewegungen und schaltete sich automatisch ein.

Das Licht vertrieb die Schatten von Luciens Gesicht. Ob er es jemals leid wurde, sich selbst im Spiegel zu sehen? Ich jedenfalls würde seines Anblicks nie überdrüssig werden, vor allem nicht in Momenten wie diesem. Sein schwarzes Haar war zerzaust, und seine Wangen waren von der Hitze im Club noch immer leicht gerötet. Und obwohl sich kleine, nachdenkliche Falten in seine Stirn gegraben hatten, war das Leuchten in seinen braunen Augen unverkennbar.

»Danke fürs Nach-Hause-Bringen«, murmelte ich mit belegter Stimme und klammerte mich an Luciens Lederjacke fest, die noch immer über meinen Schultern lag.

»Gerne. Ich bin froh, dass ich heute mitgekommen bin«, erwiderte Lucien leise, als wollte er die nächtliche Ruhe um uns herum nicht stören. Sein Blick ruhte dabei unentwegt auf meinem Gesicht, als wäre auch er fasziniert von dem, was das Licht offenbarte.

Meine Kehle fühlte sich auf einmal staubtrocken an und meine Lippen wie ausgedörrt. Schnell befeuchtete ich sie mit der Spitze meiner Zunge.

Es war nur eine kleine Bewegung, dennoch entging sie Lucien nicht. Sein Blick wanderte zu meinem Mund, und das Leuchten in seinen Augen wurde zu einem Funkeln, bei dem mir ganz anders wurde.

Ich wollte diese Sache zwischen ihm und mir nicht kompliziert machen, aber im Moment war *kompliziert* das Einzige, woran ich denken konnte.

Lucien trat einen Schritt auf mich zu. Seine Hand hielt meine noch immer fest umschlossen. Und selbst wenn ich es in diesem Moment gewollt hätte, wäre es mir nicht möglich gewesen, vor ihm zurückzuweichen – ich war zwischen ihm und der Haustür gefangen. Doch während sich die Tür kalt in meinem Rücken anfühlte, glühte meine Brust von der Nähe zu Lucien.

Quälend langsam hob er seinen Blick von meinen Lippen und sah mir fest in die Augen. »Aliza …«

Mein Puls schoss in ungeahnte Höhen. »Ja?«

Er kam noch ein kleines Stück näher, worauf mir ein Laut von der Zunge rutschte, der irgendwo zwischen Erstaunen, Freude und Panik lag und der Luciens Mundwinkel dazu brachte, amüsiert zu zucken. »Ich würde dich gerne küssen.«

Atemlos hielt ich die Luft an. »Und warum tust du es nicht?«

Er neigte den Kopf, bis sich unsere Münder beinahe berührten. Es fehlten nur noch drei oder vier Zentimeter, sodass ich seinen warmen Atem bereits auf meinen Lippen spüren konnte.

»Weil ich Angst habe«, raunte er.

»Wovor?«

»Nicht wieder aufhören zu können.«

Mein Verstand setzte aus, und mit ihm verabschiedete sich jegliche Vernunft. Das war die einzige Erklärung für die Worte, die ich als Nächstes aussprach. Vor allem wenn ich daran dachte, wie lange ich gegen dieses Verlangen angekämpft hatte.

»Wieso denkst du ans Aufhören, bevor du überhaupt angefangen hast?«

Es war unmöglich zu sagen, wer von uns sich zuerst bewegte. War es Lucien, der sich zu mir herabbeugte? Oder war ich es, die ihm auf den Zehenspitzen entgegenkam? Ich wusste es nicht, aber auf einmal berührten sich unsere Lippen. Der Kuss war anders, als ich ihn erwartet hatte. Nicht hart und stürmisch, wie es Luciens Aussehen vielleicht hätte vermuten lassen, aber auch nicht lieblich und sanft wie seine Seele. Die Wahrheit lag irgendwo dazwischen. Die perfekte Mischung. Verlangend und heiß, aber gleichzeitig unglaublich zärtlich bewegten sich seine Lippen auf meinen.

Er kam noch einen halben Schritt näher. Mit seiner rechten Hand hielt er noch immer meine fest, mit der anderen umfasste er mein Kinn.

Es war eine halbe Ewigkeit her, seit mich das letzte Mal jemand so innig geküsst hatte. Ein vertrautes und zugleich fremdartiges, aufregendes Gefühl. Nun fühlte ich mich wirklich berauscht. Luciens Finger glitten in meinen Nacken. Meine Haut prickelte überall dort, wo er mich berührte. Und seine Lippen brannten auf meinen. Er schmeckte nach süßem Eistee und den salzigen Nüssen, die er den ganzen Abend über geknabbert hatte.

Ich seufzte. Eine Chance, die Lucien nicht ungenutzt ließ. Sanft fuhr er mit seiner Zunge in meinen leicht geöffneten Mund. Meine Knie wurden weich, und ich klammerte mich mit meiner freien Hand an ihm fest.

Nur die sich verändernden Schatten hinter meinen Augenlidern verrieten mir, dass das Licht über uns erlosch und wir in Dunkelheit gehüllt wurden, aber weder Lucien noch ich unterbrachen den Kuss. Er war alles, was zählte. Alles, was ich wollte. Alles, woran ich denken konnte. Ich drängte mich ihm entgegen, obwohl wir einander kaum mehr näher sein konnten. Ein animalischer Laut entwich seiner Kehle und vibrierte durch meinen Körper, bis sich mein Magen zusammenzog und sich ein verheißungsvolles Kribbeln zwischen meinen Beinen ausbreitete. Dieser Mann war mein Untergang, und er ließ sich von mir bereitwillig mit in die Tiefe ziehen.

Keine Ahnung, ob es eine unserer Regungen war oder eine Motte, die am Bewegungsmelder vorbeiflatterte, aber das Licht über dem Hauseingang schaltete sich wieder ein und riss uns wie ein Wecker aus einem Traum. Ein letztes Mal fuhr Lucien mit seiner Zunge über meine Unterlippe, bevor er sich zurückzog.

Blinzelnd öffnete ich die Augen und sah ihn an. Seine Brust hob und senkte sich im selben atemlosen Rhythmus wie meine.

Ein paar Sekunden verharrten wir reglos, gefangen im Nachbeben unseres Kusses. Luciens Lippen waren gerötet und sein Haar war noch zerzauster als zuvor. Er war mir noch immer ganz nahe, und am liebsten hätte ich ihn gepackt und wieder an mich gezogen. Doch ich hielt mich zurück. Wenn wir jetzt weitermachten, würde ich Lucien vielleicht erlauben, etwas mit mir zu tun, wozu ich noch nicht bereit war, auch wenn mein Körper danach verlangte.

Ich räusperte mich. »Du … Du konntest ja doch wieder aufhören.«

Luciens Stimme klang rau und belegt. »Ja, es war aber nicht leicht.«

»Ich bewundere deine Selbstbeherrschung.«

»Und ich bewundere dich«, gab er zurück, ohne den Blick abzuwenden. »Du hast Tolles geleistet und kannst stolz auf dich sein. Ich jedenfalls bin es.«

Mein Herz, das bis eben so schnell gepocht hatte, geriet ins Stocken, und in meiner Brust wurde es eng, aber auf eine wohltuende Art und Weise, als würde mich Lucien mit seinen Worten in einer sehr festen Umarmung gefangen nehmen.

»Danke«, krächzte ich heiser. Zu mehr war ich nicht in der Lage.

Lucien lächelte sanft, beugte sich zu mir herab und gab mir einen unschuldigen Kuss auf die Wange, vermutlich um seine und meine Selbstbeherrschung nicht auf die Probe zu stellen. Vorsichtshalber trat er anschließend auch noch rasch einen Schritt zurück. »Gute Nacht, Aliza. Träum was Süßes.«

Ich nickte, denn ich wusste, dass ich von ihm träumen würde. »Gute Nacht.«

15. Kapitel

Flatternd öffnete ich die Augenlider und rekelte mich genüsslich in meinem Bett. Während andere Studenten nach einer durchzechten Nacht in einem Club wie The Escape erschlagen und verkatert waren, fühlte ich mich so ausgeruht und erholt wie schon lange nicht mehr. Ich hatte mir heute keinen Wecker gestellt und mir erlaubt, richtig auszuschlafen, weshalb ich keine Ahnung hatte, wie spät es war, aber ausnahmsweise war mir das gleichgültig. Die Midterms waren überstanden, wenn auch nicht zwangsweise *be*standen, und sowohl ein Blogartikel als auch ein Instagram-Posting über meine Veranstaltung in New York waren für den heutigen Tag bereits vorgeplant.

Ich tastete nach meinem Handy und kniff die Augen zusammen, als mich das helle Display anstrahlte. Es war bereits kurz nach zwölf. Ich konnte mich nicht daran erinnern, wann ich das letzte Mal so spät aufgestanden war, aber es war nicht verwunderlich, dass ich so lange geschlafen hatte. Erst um zwei Uhr nachts war ich in mein Bett gefallen, und die erste halbe Stunde war überhaupt nicht an Schlaf zu denken gewesen. Immer wieder waren meine Gedanken zu Lucien und dem Kuss zurückgewandert.

Mit einem Gähnen öffnete ich den Messenger und entdeckte einige Nachrichten meiner Mom, die mich daran erinnerte, dass ich heute Abend bei ihnen zum Essen eingeladen war. Sie wollten mit mir die Veröffentlichung meines Buchs feiern, und wie hätte ich ihnen diesen Wunsch abschlagen können? Ich schrieb ihr, dass ich das Essen natürlich nicht vergessen hatte und mich sehr darauf freute.

Anschließend öffnete ich meinen Chat mit Lucien, ohne zu wissen, was ich ihm überhaupt sagen wollte, als ich entdeckte, dass er mir bereits vor zehn Minuten eine Nachricht geschickt hatte.

Lucien: *Wir haben uns geküsst.*

Ein Grinsen breitete sich auf meinem Gesicht aus, und meine Wangen begannen bei der Erinnerung an den Kuss zu glühen. Ich biss mir auf die Unterlippe und überlegte mir, was ich darauf erwidern sollte. Denn obwohl der Kuss nicht geplant gewesen war, bereute ich ihn nicht – ganz und gar nicht.

Aliza: *Ja, das haben wir …*

Ich konnte beobachten, wie drei Punkte in der Ecke meines Displays begannen, nervös auf und ab zu hüpfen, als Lucien eine Antwort tippte, als hätte er nur darauf gewartet, dass ich ihm schrieb. Ungeduldig richtete ich mich in meinem Bett auf, doch plötzlich verschwanden die Punkte wieder. Für einige Sekunden regte sich nichts, dann erschienen sie wieder. Nur um kurz darauf erneut zu verschwinden. Dieses Spiel wiederholte sich mehrmals, als würde Lucien seine Nachricht immer wieder löschen und neu formulieren.

Ich runzelte die Stirn, und unweigerlich keimte Unsicherheit in mir auf. Wieso wusste er nicht, was er sagen sollte? Das sah ihm überhaupt nicht ähnlich. Was, wenn er den Kuss bereute? *Wir haben uns geküsst*, hatte er geschrieben. Das war eine Feststellung ohne jede Wertung. Womöglich korrigierte er seine Nachricht immer wieder, weil er nach einem möglichst sanften Weg suchte, mir zu sagen, dass der Kuss ein Fehler gewesen war.

Mein leerer Magen zog sich zusammen. Ich versuchte, der Enttäuschung, die sich in meiner Brust auszubreiten drohte, keinen Raum zu geben, als mein Handy plötzlich zu vibrieren begann.

Lucien rief an.

Unentschlossen, ob ich rangehen sollte, starrte ich auf seinen Namen, da ich nicht wusste, ob ich hören wollte, was er zu sagen hatte. Die Sache zwischen uns war nichts Ernstes. Immerhin hatten wir nur einen fieberhaften Kuss miteinander geteilt. Dennoch wollte ich Lucien nicht aussprechen hören, dass er den Kuss bereute und wir ihn vergessen sollten. Andererseits sollte ich es in dem Fall wohl lieber schnell hinter mich bringen, um zumindest nicht mit der quälenden Ungewissheit leben zu müssen.

Ich holte tief Luft, wappnete mich innerlich gegen das Schlimmste und berührte den grünen Button, um den Anruf anzunehmen.

»Hey.«

»Guten Morgen. Hast du gut geschlafen?«

Ich schaltete meine Nachttischlampe ein. »Ja. Du?«

»Ich auch.« Luciens Stimme klang leicht und unbeschwert. Ich wusste nicht, wieso, aber er hörte sich nicht wie ein Mann an, der plante, einer Frau das Herz zu brechen. »Also der Kuss …«

Ich wartete, ob er noch etwas hinzufügen würde, aber er ließ den Satz unvollendet in der Luft hängen. »Was ist damit?«

»Er war schön.«

Bei seinen Worten kehrte mein Grinsen zurück, und ich nickte zustimmend. »Das war er.«

Erleichtert atmete Lucien aus. »Puh, ich hatte schon Angst, du bereust es.«

Überrascht hob ich die Augenbrauen. Lucien war sich ebenfalls unsicher gewesen? Das war irgendwie süß, und es beruhigte mich, denn ich war noch nie in einer solchen Situation gewesen. Bisher hatte ich nur zwei Männer geküsst. Irfan und Shahid, bei einer Runde Flaschendrehen auf der Party von Layla Clarke. In beiden Fällen waren die Umstände eindeutig gewesen, ohne Raum für Fragen und Zweifel, anders als mit Lucien. »Nein, ich bereue nichts. Du kannst toll küssen.«

»Das Kompliment gebe ich gerne zurück. Und dieses Kleid, das du gestern anhattest …«

»Das geht dir nicht mehr aus dem Kopf, oder?«

»Nein, ich habe die ganze Nacht davon geträumt.«

Hitze wallte bei seinem Geständnis in mir auf, und ich fragte mich, wie genau dieser Traum ausgesehen hatte. War das Kleid die ganze Zeit über an meinem Körper geblieben, oder hatte Traum-Lucien mir dabei geholfen, mich des Stoffes zu entledigen?

»Du kannst es dir gerne ausleihen«, scherzte ich. Die Vorstellung von Lucien, der versuchte, sich in ein goldenes Paillettenkleid zu quetschen, hatte etwas ziemlich Amüsantes an sich.

»Nein, danke. Ohne dich ist das Kleid wertlos.«

Die Hitze in mir wurde zu einer wohltuenden Wärme, ähnlich der eines prasselnden Kaminfeuers im Winter, nachdem man stundenlang im Schnee herumgestampft war. Wie konnte es sein, dass Lucien genau die Worte sagte, die ich von ihm hören wollte, ohne dass ich mir dessen überhaupt bewusst gewesen war?

Er räusperte sich. »Vermutlich hast du schon Pläne, aber falls nicht, hättest du Lust, frühstücken zu gehen?«

»Ich hätte große Lust.«

»Perfekt. Wo möchtest du hin?«

Ich überlegte kurz. »Kennst du die Unique Cafeteria?«

»Ja. Soll ich dich in einer Stunde abholen?«

»Das musst du nicht. Wir können uns gerne dort treffen.«

»Bist du dir sicher?«, hakte Lucien nach.

Ich nickte entschlossen. »Absolut.«

»Okay, dann … bis gleich.«

Ich hetzte die Straße zur Unique Cafeteria entlang, da ich bereits zehn Minuten zu spät war – mal wieder. Ich hatte die Zeit zum Duschen, Mich-fertig-Machen und Hierherlaufen doch etwas unterschätzt.

Mit eiligen Schritten näherte ich mich dem Café und entdeckte sogleich Lucien, der vor dem Eingang auf mich wartete. Er hatte die Hände in die Taschen seiner Jeans geschoben und sah in seiner Lederjacke wie immer fantastisch aus. Ich liebte diesen Look an ihm – und das mehr denn je, seit ich wusste, wie es unter all dem Stoff aussah. Wenn er gewusst hätte, wie oft ich das Bild, das er mir geschickt hatte, bewunderte, hätte er vermutlich schreiend Reißaus genommen.

Seine Lippen verzogen sich zu einem Lächeln, als er mich bemerkte. »Hey.«

»Hey«, grüßte ich atemlos zurück und blieb vor ihm stehen. »Sorry, dass ich zu spät bin.«

»Nicht schlimm, ich warte noch nicht lange.«

»Gut.« Ich rückte den Riemen meiner Handtasche zurecht, unentschlossen, wie es jetzt weitergehen sollte. Beließen wir es bei dem »Hey« zur Begrüßung? Oder sollte ich Lucien umarmen, ihn vielleicht sogar küssen? Wie sahen die gesellschaftlichen Konventionen in einer solchen Situation aus? Ich war mir unsicher. Doch zu meiner Erleichterung nahm mir Lucien die Entscheidung ab, indem er die Tür zum Café aufzog und mir bedeutete einzutreten.

Wie an einem Sonntagmittag nicht anders zu erwarten, war das Unique gut besucht, trotzdem ergatterten wir noch einen Tisch im hinteren Teil des Raumes. Es war nicht der beste Platz, da er sich in der Nähe der Toiletten befand, aber das war mir gleichgültig, denn hier gab es mit Abstand das beste vegane Bananenbrot der Stadt, das mit einer hausgemachten Creme aus dunkler Schokolade serviert wurde.

»Herzlich willkommen in der Unique Cafeteria«, begrüßte uns eine Kellnerin, kaum dass wir saßen. Sie war deutlich älter als wir, vermutlich um die fünfzig, aber ihr Lächeln und das Funkeln in ihren Augen verliehen ihr etwas sehr Jugendliches. »Wisst ihr schon, was ihr trinken wollt? Alle Kaffeespezialitäten können wahlweise auch mit Mandel- oder Hafermilch zubereitet werden.«

»Für mich einen Latte Macchiato mit Hafermilch.«

»Und für mich einen großen Cappuccino«, sagte Lucien.

Die Kellnerin nickte und machte sich auf zum nächsten Tisch.

Lucien griff nach den Speisekarten und reichte mir eine davon. Obwohl ich bereits wusste, was ich wollte, studierte ich die Auswahl. Vielleicht war ja etwas Neues dazugekommen, was ich noch nicht probiert hatte. Doch ich konnte mich nicht wirklich auf die Karte konzentrieren. Meine Gedanken schweiften immer wieder zu Lucien und unserem Kuss von letzter Nacht. Das Gefühl seiner Finger in meinem Nacken hatte sich in meinen Verstand eingebrannt.

»Sind die Protein-Pancakes hier gut?«

Eilig senkte ich den Kopf, bevor Lucien bemerken konnte, dass ich ihn angestarrt hatte. »Die hatte ich noch nicht. Aber ich wurde hier noch nie enttäuscht.«

Lucien klappte entschlossen die Karte zu. »Weißt du schon, was du willst?«

»Ich nehme das Bananenbrot mit Schokoladencreme.«

»Hört sich gut an.«

»Du kannst gerne probieren.«

Lucien grinste mich schief an und weckte damit auch die letzten Schmetterlinge in meinen Magen aus dem Tiefschlaf. Während sie aufgeregt umherflatterten, musste ich an das denken, was Cassie bei unserer Möbelaufbau-Aktion gesagt hatte. *Er hat dich an dem Abend öfter angelächelt als mich in den zwei Jahren, die wir uns kennen.* Wenn das stimmte, war es bedauerlich, denn Lucien hatte ein wunderbares Lächeln. Es war zu erfüllend, als dass er sparsam damit umgehen sollte.

Ich nestelte an der Serviette herum, die vor mir auf dem Tisch lag. »Wo hast du Amicia gelassen?«

»Ich habe sie auf dem Weg hierher bei Brooklyn abgesetzt.«

»Die beiden sind also noch zusammen?«

Er nickte, sagte aber nichts weiter, denn in diesem Moment trat die Kellnerin bereits erneut an unseren Tisch. Sie stellte unseren Kaffee ab sowie zwei Gläser mit Leitungswasser.

»Habt ihr euch schon entschieden?«

»Ich bekomme das Bananenbrot mit Schokoladencreme.«

»Und ich die Protein-Pancakes«, sagte Lucien und steckte die Speisekarte zurück in die Halterung.

Die Kellnerin lächelte ihn an. »Zwei, vier oder sechs?«

Nachdenklich neigte er den Kopf. »Hmmm … vier.«

»Kommt sofort«, erwiderte die Kellnerin fröhlich und rauschte davon.

Ich steckte meine Karte ebenfalls zurück, doch als ich meine Hand zurückziehen wollte, ergriff Lucien sie. Überrascht sah ich auf. Sein Blick war eindringlich, beinahe stählern, und stand in starkem Kontrast zu seiner sanften Berührung, aus der ich mich jederzeit hätte befreien können. Nur dass ich das gar nicht wollte. Stattdessen drehte ich meine Hand, sodass sie vollständig in der von Lucien lag. Sofort verflocht er seine Finger mit meinen.

»Ist das so in Ordnung?«

Mehr als in Ordnung, schoss es mir durch den Kopf, aber ich gab nur ein zustimmendes Brummen von mir. Offensichtlich raubte er mir mit seiner Berührung die Fähigkeit, einigermaßen sinnvolle Worte mit meiner Zunge zu formen.

Zärtlich streichelte Lucien mir mit dem Daumen über meinen Handrücken.

Ich erschauderte.

»Können wir noch einmal über das reden, was gestern Nacht passiert ist?«

Ich nickte, immer noch zu benommen, um zu sprechen.

Lucien räusperte sich. »Also ... ähm ... ich mag dich.«

»Ich dich auch«, sagte ich schnell. Anscheinend funktionierte meine Zunge wieder.

»Das ist gut, sonst würde der Rest meiner Ansprache jetzt ziemlich peinlich werden«, gestand Lucien mit einem verlegenen Lächeln, bei dem mir ganz warm ums Herz wurde. »Du bist eine tolle Frau, und unser Kuss hat mich noch eine Weile beschäftigt ... Die ganze Nacht, um ehrlich zu sein.«

Mein Herz machte einen kleinen Freudensprung, landete jedoch ziemlich unsanft, als ich realisierte, dass der Satz noch nicht zu Ende war und ein »Aber« folgen würde.

»Aber ich möchte ehrlich mit dir sein, weil es das ist, was du verdient hast«, fuhr Lucien fort. »Mein Leben ist chaotisch, und sosehr ich dich auch mag, ich kann dir nichts versprechen. Amicia kommt für mich an erster Stelle. Immer. Daran wird sich in den nächsten Jahren auch nichts ändern, aber wenn du möchtest und dir das reicht, würde ich gerne öfter Zeit mit dir verbringen. Nur mit dir. Nicht in der Gruppe und auch nicht mit anderen Frauen … wenn du verstehst.«

Es dauerte einen Moment, bis Luciens Worte meinen Verstand erreichten und ich ihre Bedeutung begriff. Er mochte mich, und er wollte Zeit allein mit mir verbringen. Zeit, in der er mich küsste. Die Vorstellung beschleunigte meinen Puls, und ich hoffte, dass Lucien nicht bemerkte, wie meine Hand in seiner vor Aufregung feucht wurde.

Ich sah ihn an, und obwohl er es zu verbergen versuchte, konnte ich die Nervosität in seinen Zügen erkennen. »Okay.«

Erstaunt hob Lucien die Augenbrauen, als könnte er nicht glauben, dass ich so schnell zu einer Entscheidung gekommen war, vor allem einer, die zu seinen Gunsten ausfiel. »Okay?«

»Ja, ich mag dich, Lucien. Und auch wenn wir beide nicht immer so viel Zeit haben – ich seh dich lieber selten als gar nicht.« Ich verbrachte gerne Zeit mit ihm – sehr gerne. Und das nicht nur, weil er nett anzuschauen war und wir uns eindeutig körperlich zueinander hingezogen fühlten.

»Du meinst es wirklich ernst.« Luciens Stimme war samtig und rau zugleich, als würde er sich bereits vorstellen, wie es wäre, mich um den Verstand zu küssen.

Sanft zog er mich an der Hand zu sich.

Ich folgte der stummen Aufforderung und lehnte mich über den Tisch. Er kam mir entgegen, und der vertraute Duft seines Aftershaves stieg mir in die Nase. Ich seufzte und konnte sehen, wie Lucien lächelte, kurz bevor unsere Münder aufeinandertrafen. Die Berührung war federleicht. Dennoch begann mein Herz heftig zu pochen, und ein angenehmes Zittern durchfuhr meinen Körper, während Luciens Lippen meine liebkosten. Dieser Kuss war nicht einfach nur ein Kuss. Er war ein Versprechen. Ein Zugeständnis. Aber vor allem war er ein Vorgeschmack auf mehr. Viel, viel mehr.

16. Kapitel

»Wie war es in New York?«, fragte meine Mom, kaum dass ich am Tisch Platz genommen hatte.

Ich hatte es gerade so pünktlich zum Abendessen bei meiner Familie geschafft, nachdem ich die letzten Stunden mit Lucien verbracht hatte. Ich trug noch immer dieselbe verwaschene Jeans und den grauen Off-Shoulder-Pullover wie im Café, da ich keine Zeit mehr gehabt hatte, mich umzuziehen.

»Großartig«, antwortete ich und schaufelte mir etwas von dem Biryani auf den Teller. Meine Mom hatte den gewürzten, gelb leuchtenden Reis extra für mich mit Gemüse statt mit Fleisch zubereitet. Dazu gab es Tikki, Laibchen aus Linsenbrei. »Der Abend war toll organisiert, und die Leute vom Verlag waren supernett. Außerdem meinte meine Lektorin, dass wir schon bald in die zweite Auflage gehen.«

Meine Mom lächelte. »Das ist wirklich toll, Aliza.«

»Ich freue mich einfach, dass es so gut läuft.«

»Wie viele Leuten waren denn auf der Party?«, erkundigte sich mein Dad und biss von einem der Dal Tikki ab.

»Es wurden fünfzig Einladungen rausgeschickt, aber es waren auch viele Leute aus dem Verlag dort.« Inzwischen hatte ich das Gefühl, bereits ein Dutzend Mal erzählt zu haben, wie die Premiere gelaufen war, aber ich durchlebte den Abend immer wieder gerne. Er hatte einen besonderen Platz in meinem Herzen, und ich konnte kaum glauben, dass mein Besuch in New York noch keine Woche her war.

Anschließend erkundigten sie sich nach meinen Prüfungen – ein Thema, das mir weit weniger gefiel. Zwar hatte ich kein allzu schlechtes Gefühl, aber ich war auch nicht selbstbewusst genug, um zu behaupten, dass ich auf alle Fälle bestehen würde, obwohl es genau das war, was meine Eltern hören wollten. Ich konnte es ihnen nicht verdenken. Obwohl die Woche einen besseren Lauf genommen hatte als erwartet, war ich nicht vollkommen zufrieden. Ich hatte das Gefühl, von einer Sache zur nächsten gehetzt zu sein, ohne mir für irgendetwas richtig Zeit genommen zu haben. Vor allem nicht für die Midterms.

»Es scheint, als hättest du eine wirklich aufregende Woche hinter dir«, stellte Nazia fest, wobei ein feines Lächeln, das ich nicht ganz deuten konnte und das mich irgendwie nervös machte, ihren Mund umspielte.

Nazia und ich standen uns nahe, und für gewöhnlich konnte ich in ihren Gesichtszügen lesen wie in einem offenen Buch. Wir hatten keine Geheimnisse voreinander. Ich hatte herausgefunden, dass sie für den Kratzer im Holzboden im Wohnzimmer verantwortlich war, und sie wusste, dass ich mir mit dreizehn vor einem One-Direction-Konzert das erste Mal die Beine und Teile des Intimbereichs rasiert hatte. (Was hatte ich damals bloß geglaubt, was auf dem Konzert passieren würde?) Doch in diesem Augenblick war mir der Ausdruck auf Nazias Gesicht ein Rätsel.

»Ja, die letzten Tage waren sehr aufregend.«

»Und, ist diese Woche sonst noch etwas Spannendes passiert?«

Meine Gedanken wanderten zu Lucien, aber von ihm konnte ich Nazia nicht erzählen. Vor allem nicht in Anwesenheit unserer Eltern und Ammi. »Nein.«

»Sicher?«, hakte sie nach.

Ich runzelte die Stirn. »Ja, sicher.«

Einen Moment hielt sie meinen Blick noch fest, dann schnappte sie sich die Schale mit dem Biryani und schaufelte sich noch eine Kelle auf den Teller.

Ein ungutes Gefühl, das ich nicht genauer benennen konnte, beschlich mich, doch ich verdrängte es rasch und wandte mich stattdessen an Ammi, die bisher sehr ruhig gewesen war.

»Nazia hat erzählt, dass du gerade wieder fleißig puzzelst?«

Ammi nickte, sagte aber nichts.

So leicht ließ ich nicht locker. »An welchem Motiv arbeitest du gerade?«

»An einem Sonnenblumenfeld.« Es waren die ersten Worte, die sie an diesem Abend direkt an mich richtete.

Ich lächelte. »Ah, ich erinnere mich. Das Puzzle mit den zweitausendfünfhundert Teilen?«

Ammi nickte abermals.

»Das hab ich dir letztes Jahr geschenkt.« Ich wusste noch genau, wie ich eine halbe Stunde vor dem Regal im Laden gestanden und mir den Kopf darüber zerbrochen hatte, welches Bild ihr gefallen könnte. »Wenn du willst, können wir nach dem Essen zusammen weiterpuzzeln.«

Bei meinem Angebot hob sie überrascht den Kopf. »Wirklich?«

»Klar. Warum nicht?« Ich zuckte mit den Schultern. Was meinen Workload betraf, war der Tag eh nicht mehr zu retten, warum die verbleibende Zeit also nicht mit meiner Familie verbringen? Außerdem zeigte mir Ammis Reaktion deutlich, dass ich in den letzten Wochen und Monaten viel zu wenig Zeit mit ihr verbracht hatte. Und das war ganz allein meine Schuld. Kein Wunder, dass sie so kühl wirkte, seit ich ausgezogen war.

Ein Lächeln trat auf Ammis Gesicht. Es ließ die Fältchen um ihre Augen und um die Lippen herum tiefer werden, dennoch wirkte sie dadurch jünger als ihre dreiundsiebzig Jahre. »Ich würde mich über deine Hilfe freuen. Dieses ganze Gelb auf dem Bild macht mich verrückt.«

»Ich hoffe, ich kann dir helfen«, sagte ich und schob mir etwas von dem gewürzten Reis in dem Mund.

Anschließend erzählte mein Dad von all den Aufgaben, die er in der Firma übernehmen musste, nachdem seinem Kollegen gekündigt worden war. Und meine Mom philosophierte darüber, wie das diesjährige Thanksgiving-Dinner aussehen sollte.

Wir feierten Thanksgiving nicht im klassischen Sinne mit Truthahn und Dankbarkeit, die ihren Ursprung in der Ausbeutung indigener Völker hatte. Stattdessen nutzten wir den freien Tag, um einfach als Familie zusammenzukommen, manchmal in großer, manchmal in kleiner Runde. Dieses Jahr wollte meine Mom ein Essen nur für uns fünf zubereiten, wogegen ich nichts einzuwenden hatte. Ich liebte meine große Familie, aber etwas mehr Ruhe und Gemütlichkeit waren mir im Moment sehr recht.

Meine Mom sah zu Nazia. »Hakim kann auch gerne kommen, wenn er möchte.«

»Ich frag ihn, aber ich glaube, seine Familie hat auch ein Essen geplant«, erwiderte Nazia und sah zu mir. »Vielleicht möchte Aliza jemanden mitbringen.«

»Was?«, platzte ich überrascht heraus. »Nein!«

Nazia zuckte mit den Schultern, als wäre ihr meine Antwort egal, aber da war eindeutig etwas im Busch. Misstrauisch behielt ich sie für den Rest des Abends im Auge. Meine Eltern und Ammi schienen jedoch nichts Verdächtiges hinter ihren Fragen zu vermuten.

Nach dem Essen half ich meiner Mom in der Küche, während Ammi das Puzzle vorbereitete. »Ich muss noch kurz ins

Bad!«, rief ich ihr zu und huschte den Flur entlang in Nazias Zimmer.

Meine Schwester saß an ihrem Schreibtisch und recherchierte irgendwas an ihrem Laptop.

Überrascht hob sie den Kopf. »Heh! Hast du schon mal was von Anklopfen gehört?«

Ich verdrehte die Augen und lehnte mich von innen gegen die geschlossene Tür. »Warum hast du mir beim Essen all diese komischen Fragen gestellt?«

Nazia drehte sich auf ihrem Stuhl herum und betrachtete mich mit abschätzender Miene. Das schwarze Haar hatte sie zu einem Pferdeschwanz zusammengefasst, damit es ihr nicht ins Gesicht hing. »Das weißt du ganz genau.«

»Nein, keine Ahnung«, erwiderte ich und klammerte mich an die Hoffnung, dass ich mit meiner Vermutung falsch lag.

»Hakim hat dich in der Unique Cafeteria gesehen.«

Sämtliche Farbe wich mir aus dem Gesicht. Wie konnte es sein, dass er mir nicht aufgefallen war? Andererseits hatte ich im Café nur Augen für Lucien gehabt. Vermutlich hätte Shah Rukh Khan persönlich neben mir stehen können, und ich hätte ihm keine Beachtung geschenkt.

»Wer ist der Typ?«, hakte Nazia nach.

Ich presste die Lippen aufeinander, unsicher, wie viel ich meiner Schwester verraten wollte, konnte und durfte. Lucien und ich hatten nicht darüber gesprochen, ob und falls ja, wem wir von uns erzählen würden, andererseits hatte er auch mit keinem Wort erwähnt, dass wir ein Geheimnis waren. Und selbst wenn, Nazia und Lucien kannten einander nicht, und ich wollte nicht, dass meine Schwester Spekulationen über Lucien anstellte oder mein Schweigen zum Anlass nahm, Mom und Dad einzuweihen.

Ich seufzte. »Sein Name ist Lucien.«

Nachdenklich runzelte Nazia die Stirn, als versuchte sie sich zu erinnern, ob ich den Namen ihr gegenüber schon einmal erwähnt hatte. Sie fixierte mich mit ihrem Blick. »Und dieser Typ, Lucien, ist er dein Freund?«

»Nein.«

»Hakim meinte, ihr hättet euch geküsst.«

Ich schnaubte. »Man muss keine Beziehung führen, um sich zu küssen.«

Ich hätte nicht in Nazias skeptisches Gesicht schauen müssen, um zu wissen, dass ihr meine Antwort nicht gefiel. »Hast du mit ihm geschlafen?«

Ich verdrehte die Augen. Das war so typisch für Nazia. Manchmal schien sie zu vergessen, dass ich keine neun mehr war, sondern neunzehn, und auf mich selbst aufpassen konnte. Ich schätzte ihre Fürsorglichkeit, aber bei manchen Themen war sie mir einfach unangenehm.

»Nein, und davon bin ich auch noch weit entfernt.« Zwar hatte ich mir schon ein-, zweimal vorgestellt, wie es womöglich mit Lucien wäre, aber ich war noch lange nicht dazu bereit, meine Fantasien Wirklichkeit werden zu lassen.

Meine Antwort schien Nazia zumindest bis zu einem gewissen Grad zu beruhigen, denn ich konnte beobachten, wie die Anspannung aus ihren Schultern wich. »Und wie habt ihr euch kennengelernt?«

Ich stieß mich von der Tür ab, setzte mich auf Nazias ordentlich gemachtes Bett und schnappte mir eines der Dekokissen, das ich mir fest an die Brust drückte. »Lucien ist ein Freund von Cassie. Wir haben uns vor ein paar Monaten auf dem Sommerfest des Jugendzentrums, für das Julian arbeitet, kennengelernt. Und vor einigen Wochen haben wir uns im Café auf dem Campus zufällig wiedergesehen.«

»Und seitdem trefft ihr euch?«

»Nein, ganz so einfach war es nicht«, erwiderte ich und berichtete ihr vom Fotoshooting mit *Goddess*, wie Lucien mir den Arsch gerettet hatte und von unserem anschließenden Besuch im Kino. Auch von seinen süßen Nachrichten erzählte ich und dem Abend im Club, wobei ich ihr die Details unserer Make-out-Session ersparte. »Ich habe es nicht darauf angelegt, dass etwas zwischen uns passiert, aber ich mag Lucien wirklich gerne. Und ich glaube, du wirst ihn auch mögen.«

»Werde ich ihn denn kennenlernen?«

Shit, diese Falle hatte ich mir selbst gestellt.

»Vielleicht«, antwortete ich ausweichend und stand entschlossen vom Bett auf. Unbeholfen wedelte ich mit der Hand in Richtung Tür. »Ich sollte jetzt besser zu Ammi gehen, sie wartet sicherlich schon auf mich.«

»Jaja, geh puzzeln«, sagte Nazia in einem Tonfall, der deutlich machte, dass dies nicht das letzte Gespräch war, das wir über Lucien geführt hatten. Doch für den Moment ließ sie mich vom Haken, was ich ausnutzte, um mich aus dem Staub zu machen.

Im Esszimmer wartete Ammi bereits auf mich. Sie hatte eine Decke über ihrem Schoß liegen. Das ergraute Haar, das ihr in Wellen über die Schultern fiel, leuchtete rötlich von dem Henna, das sie benutzte, um die hellen Strähnen zu kaschieren.

Sie lächelte mich an und reichte mir einen Chai, den ich dankend entgegennahm.

»Also, mal sehen, was wir hier haben«, sagte ich. Ich stellte die Tasse ab und inspizierte das Puzzle. Ammi war schon weit gekommen. Sie hatte den kompletten Rand und ein paar Flächen in der Mitte zusammengesetzt, aber ich konnte verstehen, wieso sie ihre Schwierigkeiten hatte. Das Bild bestand zur einen Hälfte aus gelben Sonnenblumenköpfen und zur anderen aus blauem Himmel.

»Das gehört, glaube ich, da hin«, Ammi deutete auf ein paar Teile, »und das hier hin.«

»Ja, das könnte passen.« Ich nahm ein Puzzlestück in die Hand und versuchte, damit irgendwo anzuknüpfen, während Ammi das Gleiche tat.

In einvernehmlichem Schweigen arbeiteten wir an dem Puzzle, während aus dem Wohnzimmer die Stimme eines pakistanischen Nachrichtensprechers erklang, dem ich mit halbem Ohr lauschte. Es kam mir wie eine halbe Ewigkeit vor, dass wir das letzte Mal alle unter einem Dach auf diese Weise unsere Zeit zusammen verbracht hatten. Eine Tatsache, die mich irgendwie wehmütig werden ließ.

Ammi entging mein Stimmungsumschwung nicht. Sie sah mich an und hob leicht die buschigen Brauen. Der Blick, mit dem sie mich aus ihren braunen Augen musterte, wirkte besorgt. »Geht es dir gut?«

Ich lächelte sie an, merkte aber, wie meine Muskeln dabei verkrampften. »Ja, alles bestens.«

Ammi nickte und wandte sich wieder dem Puzzle zu. Sie steckte zwei, drei Teile ineinander; dann begann sie wieder zu sprechen, mit gesenkter Stimme, als wollte sie nicht, dass Mom und Dad uns hörten. »Du sahst die letzten Male, die du hier warst, immer sehr müde und gestresst aus.«

Natürlich war Ammi das nicht entgangen; und das, obwohl sie gerade nur einen Bruchteil von all dem mitbekam, was sich in meinem Leben abspielte. Sie war schon immer sehr feinfühlig und aufmerksam gewesen, vielleicht eine der Nebenwirkungen ihrer ersten schwierigen Jahre in Amerika. Damals hatte sie kaum ein Wort Englisch verstanden und sich ganz auf die Gesten und Mienen der Menschen um sie herum verlassen müssen.

»Ja, gerade ist einiges los«, erwiderte ich ausweichend.

»Du arbeitest sehr viel.«

Ich zuckte mit den Schultern. »Es gibt eben viel zu tun.«

Ammi hielt, ein Puzzleteil zwischen den Fingern, in der Bewegung inne. Ihr Blick war so intensiv, dass es unmöglich war, ihm auszuweichen. Zwei, drei, vier Herzschläge lang sah sie mich einfach nur an, ihr Gesicht ein Spiegel meiner Zukunft. »Ich mache mir Sorgen um dich, Aliza.«

Scheiße. Wieso war dieser Satz von Ammis Lippen so viel mächtiger, als wenn Micah oder irgendjemand sonst ihn zu mir sagte? Schlagartig schnürte es mir die Kehle zu, und ich konnte spüren, wie mir Tränen in die Augen stiegen. Hastig blinzelnd bemühte ich mich, sie zurückzuhalten. Ich wollte Ammi keinen Kummer bereiten, vor allem nicht heute. Es war einer der besten Tage seit Langem, die wir zusammen verbrachten.

»Das musst du nicht«, krächzte ich, meine Stimme zu gebrochen, um meine Gefühle zu verbergen.

»Ich tue es trotzdem.« Ammi streckte den Arm aus und legte ihre Hand auf meine. Ihre Finger waren schwielig und rau, aber angenehm warm. Eine vertraute Berührung, die mich an meine Kindheit erinnerte. »Wenn du noch hier wohnen würdest, könnten wir dir unter die Arme greifen.«

Ich schüttelte den Kopf. »Das kann ich nicht von euch verlangen.«

»Wir helfen dir gerne.«

Ich schluckte schwer. Es war nicht so, dass ich nicht schon selbst darüber nachgedacht hatte zurückzukommen. Seit meinem Auszug hatte der Gedanke immer wieder meinen Verstand gestreift. Aber so war es besser. Meine Wohnung verlieh mir die Freiheit, die ich brauchte, und sie sorgte dafür, dass ich mit meinen absurden Arbeitsstunden niemandem zur Last fiel. Ammi konnte es vielleicht egal sein, da sie nicht mehr arbeitete, aber mein Dad musste jeden Morgen um sechs Uhr aufstehen, um ins Büro zu gehen.

»Danke, Ammi, aber ich schaff das.«

»Ich will nur, dass es dir gut geht.«

»Das weiß ich.« Ich lächelte sie an – ein echtes, aufrichtiges Lächeln –, als ich mich zu ihr beugte und sie in eine Umarmung schloss.

Es war ein vertrautes Gefühl, sie zu halten. Tief atmete ich ihren typischen Geruch nach Nelke und Henna ein, der sich wie Balsam auf meine Seele legte. Ich vergrub meine Nase in ihrem Haar und war in diesem Moment unendlich dankbar dafür, dass ich mich entschieden hatte, noch zu bleiben.

17. Kapitel

»Wie war dein Tag?«, hallte Luciens Stimme durch mein Bad.

Ich hatte mein Handy auf die Ablage neben dem Waschbecken gelegt und auf Lautsprecher gestellt, da ich mich nebenbei abschminkte. Es war bereits zwei Uhr nachts, und ich musste dringend ins Bett, wenn ich morgen überhaupt lebensfähig sein wollte.

»Stressig, wie immer«, antwortete ich und erzählte Lucien von meinen Kursen und dem Telefonat mit Joshua, der mich darum gebeten hatte, ein Konzept für mein nächstes Buch zu skizzieren. Ich hatte auch schon ein paar Ideen, aber diese waren noch lange nicht spruchreif. »Und bei dir?«

»Dasselbe wie immer. Ich sitz gerade im Keller und arbeite an einer neuen Maske, die bis Halloween fertig werden muss – was knapp werden könnte.«

»Schickst du mir ein Foto?«

»Klar.«

Einen Augenblick später bekam ich eine Nachricht mit Bild im Anhang. Ich öffnete es und erschauderte beim Anblick der grausamen Fratze. Sie war nicht blutig, wie viele von Luciens Werken, sondern hatte eine ganz eigene, gefährliche Ausstrahlung. Es war schwierig zu sagen, was genau sie darstellte. Sie hatte blasse, von bläulich-violetten Adern durchzogene Haut und abgerissene Lippen, sodass eine Reihe bedrohlich aussehender Zähne, die erschreckend echt wirkten, zu erkennen war. Das Abscheulichste an der Maske waren allerdings die herausquellenden Augäpfel, die von zahlreichen blutigen Äderchen durchzogen waren und so verdammt real aussahen, dass mir fast ein wenig schlecht wurde. Es war mir ein Rätsel, wie Lucien das hinbekam.

»Wow, das sieht heftig aus.«

»Auf eine gute Art und Weise heftig?«

Ich nickte. »Absolut.«

»Danke«, sagte Lucien und klang beinahe etwas verlegen. »Ich finde, das ist eine meiner bisher besten Arbeiten. Schade, dass ich sie hergeben muss.«

Ich warf mein benutztes Abschminktuch in den Mülleimer und begann, eine Feuchtigkeitscreme aufzutragen. »Wie viel verlangst du für die Maske?«

»Vierhundertfünfzig Dollar. Normalerweise kosten meine Masken um die dreihundert, aber dann sind sie auch deutlich weniger aufwendig. Ich weiß gar nicht, wie lange ich schon an dieser sitze. Eigentlich hätte ich noch mehr berechnen sollen.«

»Ich würde gerne mal eine deiner Masken anprobieren.«

»Du bist immer in meinem Keller willkommen.«

»Aww, das ist irgendwie süß und gruselig zugleich.« Ich lachte und wusch mir dabei die Cremereste von den Händen. »Hättest du denn irgendwann die Woche Zeit?«

Lucien grübelte kurz. »Wie wäre es morgen?«

»Geht leider nicht, da hab ich eine Gruppenarbeit, und anschließend bin ich mit Nazia zum Essen verabredet. Vielleicht übermorgen? Ich könnte so ab siebzehn Uhr.«

»Ich hab um sechs einen Termin für ein Testschminken bei einer Braut. Wie wäre es Donnerstag?«

»Warte …« Ich öffnete den Planer auf meinem Handy und musste enttäuscht feststellen, dass mein Donnerstag ziemlich voll aussah, da ich zwei Online-Kampagnen planen musste. Aber ich wollte Lucien unbedingt sehen, und wenn ich die Kampagnen übermorgen erledigte, während Lucien beim Testschminken war, sollte das klappen. »Donnerstag sieht gut aus. Soll ich etwas zu essen mitbringen?«

»Nicht nötig. Ich koch für dich.«

Ich hob die Augenbrauen. »Wirklich?«

»Ja. Unsere Wette. Schon vergessen?«

»Stimmt, da war was.« Ich schnappte mir mein Handy, lief hinüber in mein Schlafzimmer und kuschelte mich ins Bett. »Und was willst du für mich kochen?«

»Dein Lieblingsessen natürlich, immerhin ist dein Buch bereits in der zweiten Auflage – das ist eindeutig ein Erfolg«, antwortete Lucien stolz. »Also, was wünschst du dir?«

Ich musste nicht lange nachdenken. »Pizza.«

»Das ist niemals dein Lieblingsessen.«

Ertappt verzog ich die Lippen. »Erwischt.«

Lucien stieß ein empörtes Schnauben aus, aber ich konnte das Lachen dahinter hören. »Vertraust du meinen Kochkünsten nicht?«

»Um ehrlich zu sein? Nein.«

»Hm, vermutlich ist das klüger. Also Pizza?«

»Pizza klingt hervorragend«, antwortete ich schon jetzt voller Vorfreude darauf, Lucien bald wiederzusehen. Doch das Pochen in meiner Brust verstärkte sich mit seinen nächsten Worten noch einmal.

»Also haben wir am Donnerstag ein Date?«

Ich lächelte. »Ja, das haben wir.«

Drei Tage später

Lucien: *Fuck my life.*
Aliza: *Was ist los?*
Lucien: *Ich muss unser Treffen heute leider absagen.*
Lucien: *Amicias Mathelehrerin will mich sehen.*
Lucien: *Sie hat ihren Test nicht bestanden.*
Lucien: 🙂🔫
Aliza: *Schade, aber so was kann passieren. Das ist kein Weltuntergang.*
Lucien: *Nein, so etwas passiert nicht einfach. Sie hat nach fünf Minuten ein leeres Blatt abgegeben.*
Lucien: *Sie hat es nicht mal versucht.*
Aliza: *Oh. Warum hat sie das gemacht?*
Lucien: *Weiß ich noch nicht. Ich warte gerade darauf, dass sie nach Hause kommt und wir reden können.*
Lucien: *Dieses Mädchen treibt mich noch in den Wahnsinn.*
Aliza: *Halte durch!*
Aliza: *Kann ich irgendwas für dich tun?*
Lucien: *Schick mir ein Foto von dir.*
Aliza: *Was?*
Lucien: *Bitte.*
Aliza: *Ich weiß nicht …*
Lucien: *Ich meine ein normales Foto. Kein Nacktfoto.*
Aliza: *Ach so* 🙈
Lucien: *Wobei ich mich über ein bisschen nackte Haut nicht beschweren würde.*
Aliza: *Haha, das glaub ich sofort.*

Vier Stunden später

Aliza: *Hast du mit Amicia gesprochen?*

Lucien: *Ja.*

Aliza: *Wie lief es?*

Lucien: *Furchtbar, aber ich hatte nichts anderes erwartet. Sie hat den Rest der Woche Hausarrest … und ich auch.*

Aliza: *Wieso?*

Lucien: *Sobald ich weg bin, wird sie sich aus der Wohnung schleichen. Also sitz ich hier fest.*

Aliza: *Shit.*

Lucien: *Macht nichts, ich habe viel Arbeit und dein Foto für harte Stunden.* 😊

Aliza: *HARTE Stunden? Ist das zweideutig?*

Lucien: *Vielleicht.*

Mit einer Dose voller Cookies bewaffnet, machte ich mich am Freitag auf den Weg zu Micah. Sie, Cassie und ich hatten uns verabredet, um gemeinsam nachzusehen, wie wir bei den Midterms abgeschnitten hatten – um siebzehn Uhr sollten die Noten hochgeladen werden. Ich war ziemlich nervös, genau wie Micah. Ich hatte sie noch nie so erlebt, aber das Kunststudium bedeutete ihr wirklich viel, und sie wollte nicht versagen. Eine Angst, die ich nur zu gut kannte.

Im Bus versuchte ich mich mit Malalais neustem Podcast abzulenken und las Nachrichten zum Weltgeschehen. Ich bemühte mich, möglichst auf dem aktuellsten Stand zu sein, um zu wissen, was in Amerika und Pakistan vor sich ging, aber das war nicht immer leicht. Oft fehlte mir die Zeit, weshalb ich mir viele Links abspeicherte, um sie in Momenten wie diesem aufzurufen. Ich schaffte zwei Artikel, bevor der Bus Micahs Haltestelle erreichte.

Im Nieselregen huschte ich zu ihrem Wohnhaus, wo mir mit einem Summen die Tür geöffnet wurde. Dann joggte ich die Treppe in den dritten Stock hoch, wo Micah bereits auf mich wartete. Sie hielt Laurence im Arm, der vermutlich mal wieder versucht hatte, der Wohnung zu entfliehen.

»Hey«, begrüßte ich sie und kraulte dem Kater, der sich meinen Fingerspitzen genüsslich entgegensteckte und augenblicklich zu schnurren begann, den Kopf.

»Hey«, gab Micah zurück und trat einen Schritt beiseite, um mich reinzulassen. Sie trug eine schlichte Leinenhose und einen kuschelig aussehenden Superhelden-Pullover. Mein Outfit sah ähnlich aus, nur dass ich geschminkt war, da ich kurz zuvor noch Fotos für Instagram gemacht hatte.

Ich schlüpfte aus meinen Schuhen und stellte die mitgebrachte Dose auf dem Couchtisch ab.

»Ich habe doch gesagt, du musst nichts mitbringen.«

»Das sind nur Cookies.« Ich öffnete die Dose und hielt sie Micah entgegen, die trotz ihres Protests einen nahm.

Cassie, die auf der Couch saß, lehnte mit einem Kopfschütteln ab.

Wir machten es uns zu dritt auf dem Sofa bequem, und ich holte meinen Laptop aus der Tasche. Die der anderen standen schon bereit.

Cassie klickte sich gerade durch Angebote für Airbnbs in Vancouver, und auf meinen neugierigen Blick hin erzählte sie mir, dass Auri und sie im nächsten Frühjahr einen Pärchenurlaub planten. Was dazu führte, dass wir über all die Orte redeten, die wir gerne einmal bereisen würden. Ganz oben auf meiner Liste stand das Heimatland meiner Großeltern – Pakistan –, da ich noch nie dort gewesen war, dicht gefolgt von Finnland, Kuala Lumpur und den Malediven.

Kurz nach fünf klingelte Micahs Handywecker, der uns daran erinnerte, dass die Noten inzwischen online sein sollten.

Schlagartig begann mein Herz zu flattern, und ich konnte spüren, wie meine Hände feucht wurden.

Nervös loggten wir uns alle in das Online-Portal des MFC ein.

»Bereit?«, fragte Cassie.

Micah nickte. »Ja, auf drei. Eins, zwei, drei!«

Ich aktualisierte die Seite, die plötzlich eine gefühlte Ewigkeit brauchte, neu zu laden. Angespannt hielt ich den Atem an, was das Pochen in meiner Brust heftiger werden ließ, bis schließlich meine Noten auf dem Bildschirm erschienen.

Ich … Ich hatte bestanden.

Okay.

Ich starrte auf meinen Laptop und wartete darauf, dass mich Freude und Erleichterung überschwemmten, doch da war nichts. Ich hatte bestanden, und das war gut. Sehr gut sogar.

Aber die erwartete Euphorie angesichts des Ergebnisses stellte sich nicht ein. Merkwürdig.

»Und?«, fragte Micah neugierig und mit so aufgeweckter und fröhlicher Miene, dass ich mir ihr Prüfungsergebnis bereits denken konnte.

Cassie grinste. »Bestanden. Du?«

»Ich auch. Richtig gut sogar. So super Noten hatte ich schon lange nicht mehr. Was ist mit dir, Aliza?«

»Ich hab auch bestanden.«

Micah runzelte die Stirn. »Warum guckst du dann so zerknirscht? Das sind doch tolle Neuigkeiten!«

Ich seufzte schwer. »Ich weiß, aber … Keine Ahnung.«

Mitfühlend lächelte Micah mich an. »Mach dir keinen Kopf. Das liegt sicherlich nur am Stress der letzten Zeit. Warte ein, zwei Tage, dann freust du dich sicher.«

»Ja, vermutlich hast du recht«, erwiderte ich und zwang mich zu einem Lächeln, um die Begeisterung der beiden zu imitieren, aber das passende Gefühl dazu wollte sich einfach nicht einstellen.

Was stimmte nicht mit mir? Lag es vielleicht an den Noten selbst? Ich war nur knapp durchgekommen und lag weit hinter den Erwartungen, die ich am Anfang des Studiums an mich selbst gestellt hatte. Andererseits, ich hatte bestanden. Und das war doch vorerst alles, was zählte. Oder?

Drei Stunden später

Lucien: *Hast du deine Ergebnisse heute auch bekommen?*
Aliza: *Ja.*
Lucien: *Auch. In Buchhaltung sogar mit voller Punktzahl.*
Aliza: *Das sollten wir feiern.*
Lucien: *Was schwebt dir vor?*
Aliza: *Ich weiß nicht. Morgen Frühstück?*
Lucien: *Geht leider nicht.*
Lucien: *Abendessen?*
Aliza: *Schlecht, ich hab für morgen einen Livestream angekündigt. Und übermorgen?*
Lucien: *Nope.*
Lucien: *Mittagessen in der Mensa am Montag?*
Aliza: *Bin schon mit Cassie verabredet. Aber du kannst dich uns gerne anschließen.*
Lucien: *Ich würde mich lieber mit dir allein treffen, um ehrlich zu sein. Glaube, wenn Cassie bei unserem ersten Date dabei ist, wäre das komisch.*
Aliza: *Da hast du auch wieder recht.*
Aliza: *Und wie wäre es am Tag darauf?*
Lucien: *Da würde es gehen!*
Aliza: *Yeah!*
Lucien: *Oh nein, warte … doch nicht. Da hab ich eine Gruppenarbeit. Voll vergessen. Mittwoch?*
Aliza: *Arzttermin :(*
Aliza: *Und nächstes Wochenende?*
Lucien: *Bin ich auf der Hochzeit, für die neulich das Testschminken war.*
Aliza: *Wir werden uns wohl nie wiedersehen.* 🤷‍♀️

Ein Tag später

Lucien: *Ich habe mir gerade* Karan Arjun *angeschaut.*
Aliza: *Wirklich?*
Lucien: *Ja, ich wollte wissen, was es damit auf sich hat.*
Aliza: *Und?*
Lucien: *Es war eine Erfahrung …*
Lucien: *Sind alle Bollywood-Filme so?*
Aliza: *Nur die alten, die neuen sind mehr Hollywood.*
Lucien: *Was ist dein Lieblings-Bollywood-Film?*
Aliza: Devdas.
Aliza: *Schaust du dir den jetzt auch an?*
Lucien: *Nein. Ich hab erst mal genug von Bollywood.*
Aliza: *Schade.*
Lucien: *Wir können ihn uns aber gerne mal zusammen anschauen.*
Aliza: *Das willst du nicht.*
Lucien: *Wieso nicht?*
Aliza: *Ich heul bei dem Film immer Rotz und Wasser.*
Aliza: *So richtig hässlich.*
Lucien: *Damit komm ich klar.*
Aliza: *Du vielleicht. Ich aber nicht.*

Zwei Tage später

Lucien: *Amicia ist zu einer Halloweenparty eingeladen.*
Aliza: *Ist ihr Hausarrest vorbei?*
Lucien: *Ja.*
Aliza: *Das freut mich für sie – und dich.*
Lucien: *Willst du vorbeikommen?*
Aliza: *Ich kann leider nicht.* ☹️
Lucien: *Feierst du mit den anderen?*
Aliza: *Ich wünschte, es wäre so … Ich muss arbeiten.*
Lucien: *Das könntest du auch bei mir machen.*
Aliza: *Ich weiß nicht …*
Lucien: *Ich könnte dich bekochen, immerhin bin ich dir noch immer ein Abendessen schuldig.*
Aliza: *Das klingt verlockend.*
Lucien: *Bitte?*
Lucien: *Ich würde dich wirklich gerne wiedersehen.*
Aliza: *Wie könnte ich dazu Nein sagen?*
Lucien: *Dann sehen wir uns an Halloween?*
Aliza: *Ja.* ❤️
Lucien: *Ich freu mich darauf.*

»Süßes, sonst gibt's Saures!«, grölten das Gespenst und der Vampir wie aus einem Mund, als Lucien ihnen die Tür öffnete.

Die beiden Kids waren eilig vor mir durch das Gartentor gehuscht, um klingeln zu können, bevor ich es tat. Doch nun traten sie einen Schritt zurück, als sie Luciens abscheuliche Maske erblickten. Es war keine von den billigen aus dem Supermarkt, sondern eine seiner eigenen Kreationen. Was genau sie darstellen sollte, konnte ich nicht sagen, aber sein Gesicht war abscheulich deformiert. Seine Augenhöhlen saßen schief, seine Nase war nicht vorhanden, und seine Haut war fahl und löchrig.

Ohne ein Wort zu sagen, griff Lucien in einen schwarzen Eimer und hielt den beiden Schokoriegel entgegen.

Die Kids zögerten merklich, doch ihr Wunsch nach Süßem war anscheinend größer als ihre Angst. Eilig schnappten sie sich die Riegel und rannten an mir vorbei zurück zu ihrem Dad, der auf dem Gehweg wartete.

»Ich glaube, du hast diese Kinder gerade dauerhaft traumatisiert.«

»Sie werden drüber hinwegkommen.«

Lucien schloss die Tür hinter uns und fasste unter den Saum seines Shirts, um die Maske zu greifen, die er sich in einer fließenden Bewegung über den Kopf zog. Er warf sie in den Eimer mit den Süßigkeiten und sah mich an. Sein Haar war vollkommen verwuschelt. Am liebsten wäre ich mit den Fingern hindurchgefahren, um es für ihn zu bändigen.

Ein Lächeln trat auf seine Lippen, das mir sofort zu Kopf stieg und in starkem Kontrast zu seiner dunklen Erscheinung stand. »Hey.«

Ich konnte nicht anders, als sein Lächeln zu erwidern. »Hey.«

Er trat einen Schritt auf mich zu, bis wir Brust an Brust

standen, und strich mir langsam eine Strähne meines schwarzen Haars hinters Ohr, die sich aus meinem Zopf gelöst hatte. »Du siehst wunderschön aus.«

»Danke«, erwiderte ich etwas kurzatmig, denn ich hatte keinen Zweifel daran, dass Lucien sein Kompliment ernst meinte, obwohl ich meinen alten hellgrauen Parka trug und gänzlich ungeschminkt war.

Er legte einen Arm um meine Mitte und beugte sich zu mir hinunter. Die erste Berührung unserer Münder war nicht mehr als ein sanftes Streicheln, doch dann erhöhte er den Druck seiner Lippen auf meinen.

Ich schloss die Augen und kam ihm auf Zehenspitzen entgegen, um mich vollkommen in unseren Kuss fallen zu lassen. Doch da löste sich Lucien bereits wieder von mir.

Verständnislos blinzelte ich zu ihm auf. »Was ist los?«

»Nichts.« Er streichelte mir über die Wange, bevor er einen Schritt zurückwich. »Aber ich habe dir versprochen, dass du hier arbeiten kannst, und das wird nicht passieren, wenn ich dich noch eine Sekunde länger küsse.«

Mir entfuhr ein enttäuschtes »Oh«, dennoch gefiel es mir, wie rücksichtsvoll er war und dass er nicht versuchte, mich von meinem Vorhaben abzubringen – auch wenn ihm das ohne viel Mühe und allein mithilfe seiner Lippen gelungen wäre.

»Wo willst du lieber arbeiten, am Tisch oder auf der Couch?«

»Couch«, erwiderte ich, ohne zu zögern. Ich hatte schon oft versucht, es mir anzutrainieren, an meinem Schreibtisch zu arbeiten, und hin und wieder gelang es mir. Es war außerdem besser für den Rücken und die Trennung von Job und Freizeit, aber ich liebte es einfach herumzulümmeln. Ganz abgesehen davon, dass ich meine Couch sonst wahrscheinlich überhaupt nicht benutzt hätte, denn was war Freizeit?

»Perfekt. Ich hol uns schnell was zu trinken.«

Ich nickte, und Lucien huschte davon, vermutlich Richtung Küche.

Während ich meinen Parka und meine Schuhe auszog, sah ich mich neugierig um. Bisher hatte ich Luciens Haus nur von außen gesehen, als ich ihm die Cupcakes vorbeigebracht hatte. Überrascht stellte ich fest, dass es völlig anders eingerichtet war, als ich erwartet hatte. Ich hatte mit einem modernen, minimalistischen Stil gerechnet, kühl und mit wenig Farbakzenten, passend zu Lucien. Doch stattdessen herrschten Holz und warme Farben vor. Auf den Dielen lagen florale Teppiche, und an den Wänden hingen allerlei Bilder und Fotos. Das war eindeutig nicht Luciens Stil, sondern der seiner Eltern. Er hatte seit ihrem Tod offensichtlich nichts verändert, was irgendwie süß war, mich aber auch traurig stimmte.

Lucien kam zurück. Er hielt zwei Flaschen Wasser in der einen Hand, auf der anderen balancierte er einen Teller.

Meine Augen wurden groß. »Was ist das?«

Er grinste. »Das solltest du eigentlich wissen.«

»Du … Du hast Laddus gemacht?«

»Ja, aus deinem Buch. Ich dachte, ich könnte dir damit eine Freude machen.«

Mein Herz begann kräftig gegen meine Rippen zu schlagen, als ich Lucien ansah, wie er dastand, mit einem Teller meines liebsten Desserts in der Hand. Selbst gemacht! Nicht, weil ich ihn darum gebeten hatte, sondern weil er mir eine Freude machen wollte. Mir wurde ein bisschen schwindelig von dem Ansturm der Gefühle, die urplötzlich auf mich einprasselten. Und das erste Mal überhaupt kam mir der Gedanke, dass ich womöglich nicht in der Lage wäre, Lucien körperlich nahe zu sein, ohne ihm auch emotional näherzukommen.

Und was dann? Er will keine Beziehung. Und du auch nicht, erinnerte mich die Stimme in meinem Kopf.

Ich räusperte mich. »Das wäre wirklich nicht nötig gewesen.«

»Ich weiß.« Auffordernd hielt Lucien mir den Teller entgegen.

Ich schnappte mir eine der Kugeln und versuchte, nicht länger darüber nachzudenken, was seine Geste in mir auslöste. Stattdessen biss ich in das Laddu und kaute. Es war ziemlich trocken und nicht süß genug, aber ich versteckte meine Gedanken hinter einem Lächeln.

»Und?«, fragte Lucien erwartungsvoll.

Ich schluckte. »Nicht schlecht für den ersten Versuch.«

»Oh je, so schlimm?«

»Was? Nein, das hab ich nicht gesagt.«

»›Nicht schlecht für den ersten Versuch‹ ist eine nette Umschreibung für: nicht gut.«

»Na ja«, druckste ich. »Sie sind etwas trocken und könnten süßer sein, aber man kann sie essen.«

Lucien starrte zornig auf die Laddus.

Ich lachte, nahm ihm den Teller ab und steuerte auf den Raum zu, in dem ich das Wohnzimmer vermutete. Wenn es sein musste, würde ich jedes dieser Laddus essen, nur um ihm zu beweisen, wie sehr ich seine Aufmerksamkeit schätzte.

Ich hatte mit dem Wohnzimmer tatsächlich richtig geraten. Eine lange Couch stand einem großen Fernseher gegenüber, der wirkte, als wäre er die einzige Anschaffung in diesem Haus, die Lucien nach dem Tod seiner Eltern getätigt hatte. Es gab auch einen Sessel und einen Kamin, und die Wände waren von unzähligen Regalen gesäumt. Darin standen Bücher, Bilderrahmen und jede Menge Schnickschnack, den ich mir gerne genauer angeschaut hätte, aber ich wollte nicht unverschämt sein, also setzte ich mich auf das Sofa und stellte den Teller neben Luciens aufgeklappten Laptop auf den Couchtisch.

»Hast du auch noch was zu tun?«, fragte ich und holte mein MacBook hervor.

Er nickte und hockte sich auf den Sessel, wie um einen gewissen Mindestabstand zu mir zu wahren. »Ja, ich muss ein paar Sachen nachbestellen und Mails abarbeiten, die während der Midterms liegen geblieben sind. Und du?«

»Ich muss das Reporting für die Essence-Food-Kampagne machen.«

»Cool«, sagte Lucien, hakte aber nicht weiter nach. Entweder weil es ihn nicht interessierte oder weil er genau wusste, von was für einer Kampagne ich redete. Ich tippte auf Letzteres.

Ich klappte meinen Laptop auf und machte mich an die Arbeit. Die ersten Minuten fiel es mir nicht ganz leicht, mich auf die Zahlen zu konzentrieren, da Luciens Anwesenheit mich ablenkte. Doch er hatte eine so ruhige und gelassene Art, dass sie auf mich abfärbte und mich schließlich nicht einmal mehr die Kinder ablenken konnten, die ständig klingelten. Ich erstellte eine Excel-Tabelle, und als ich damit fertig war, lud ich das Dokument in dem Team-Management-Programm hoch, welches die Organisation für die Aktion nutzte. Die Kooperation würde zwar noch eine Weile laufen, aber wir hatten uns darauf geeinigt, bereits nach ein paar Tagen ein Reporting zu erstellen, um bei Bedarf Änderungen vornehmen zu können.

Ich wollte mich gerade wieder ausloggen, als das Nachrichtenfenster aufploppte.

Ebru: *Danke für das Reporting.*
Ebru: *Deine Zahlen sind wirklich umwerfend.*
Ebru: *Wir bezahlen dir zu wenig.*
Aliza: *Ihr bezahlt mir gar nichts.*
Ebru: *Sag ich ja … zu wenig.*
Aliza: *<3*

Ebru: *Ernsthaft. Ist das noch okay für dich?*
Ebru: *Die anderen bekommen auch was.*
Aliza: *Ich weiß, aber das Geld könnt ihr anderswo besser investieren.*
Aliza: *Außerdem bekomm ich dafür ein Empfehlungsschreiben von dir.*
Ebru: *Ja, das beste Empfehlungsschreiben, das jemals existiert hat.*
Ebru: *Man hat mich schon nach dir gefragt.*
Aliza: *Wer hat nach mir gefragt?*
Ebru: *Malalai Johnson von Irresistible Future.*
Aliza: *Wirklich?!?*
Ebru: *Ja, sie hat deinen TV-Auftritt gesehen und war sehr begeistert.*
Aliza: *Ich hatte mich erst kürzlich für ein Praktikum bei IF beworben, wurde aber leider abgelehnt.* ☹
Ebru: *Schade. Jetzt würde Malalai dich sicherlich nehmen.*
Aliza: *Glaubst du?*
Ebru: *Ja!*
Ebru: *An wen hast du deine Bewerbung geschickt?*
Aliza: *An die Personalabteilung.*
Ebru: *Du solltest dich noch mal direkt bei Malalai bewerben. Ich schick dir ihre E-Mail-Adresse.*
Aliza: *Ernsthaft?*
Ebru: *Klar. Du wärst ein Gewinn für IF.*
Aliza: *Danke!*
Ebru: *Nichts zu danken. Ich schick dir die Daten gleich per Mail.*
Ebru: *Anderes Thema: Wie läuft es denn mit deinem Buch?*
Aliza: *Fantastisch. Wir gehen bald in die 4. Auflage. Und mich erreichen jeden Tag so viele liebe Nachrichten. Am Anfang gab es noch einige böse Kommentare, aber die Hater haben schnell das Interesse verloren.*

Ebru: *Und genau deswegen sind sie Hater.*
Ebru: *Die haben gar nicht die Disziplin und Ausdauer, um sich was Eigenes aufzubauen.*
Aliza: *Gut möglich.*
Aliza: *Ich muss mich wieder an die Arbeit machen.*
Ebru: *Keine Halloween-Party?*
Aliza: *Nope. Du?*
Ebru: *Ja, mein Verlobter schleppt mich mit auf die Party seiner Schwester.*
Aliza: *Viel Spaß!*
Ebru: *Danke. Und dir viel Erfolg.*

Ich loggte mich aus dem Programm aus, bevor mich noch jemand anschreiben konnte, und öffnete umgehend mein Postfach. Tatsächlich wartete dort bereits eine Mail von Ebru mit Malalais Kontaktdaten auf mich.

Kurzerhand verwarf ich mein Vorhaben, den Redaktionsplan der nächsten Wochen auszuarbeiten, und begann stattdessen, meine Bewerbung durchzusehen, die ich bereits vor ein paar Wochen an die Personalchefin geschickt hatte. Zwar suchten Irresistible Future laut ihrer Homepage noch immer niemanden, aber ich vertraute Ebrus Einschätzung. Und ich wollte die Chance nutzen, vor allem jetzt, da mein TV-Auftritt Malalai noch frisch im Kopf war.

Ich war voll und ganz in meine Arbeit versunken, als Lucien von seinem Platz aufstand und ankündigte, dass er das Abendessen für uns vorbereiten würde. Im Vorbeigehen drückte er mir einen Kuss auf den Scheitel und nahm die Laddus mit, die ich vollkommen vergessen hatte.

Ich prüfte noch einmal all meine Zeugnisse und Urkunden und packte sämtliche relevanten Empfehlungsschreiben dazu, die ich bisher bekommen hatte. Anschließend ging ich mein

Anschreiben noch mindestens fünfmal durch, ehe ich den Mut fand, auf »Senden« zu drücken – nur um die Mail in meinem Postausgang dann noch einmal zu lesen aus panischer Angst, all die Male zuvor womöglich einen Tippfehler übersehen zu haben. Zum Glück war das nicht der Fall.

Seufzend klappte ich den Laptop zu und blickte auf. Erst jetzt bemerkte ich den leckeren Duft, der in der Luft lag. Ich stand auf und dehnte meine Glieder, bevor ich dem Geruch in die Küche folgte.

Lucien war gerade dabei, den Esstisch zu decken, der in der Küche stand.

»Das riecht gut.« Ich spähte in den Ofen. Darin befand sich ein Blech Pizza, die dem Anschein nach mit Mais, Paprika und Pilzen belegt war und zu einer Hälfte noch zusätzlich mit Jalapeños. Darüber war eine helle, dickflüssige Soße verteilt, die nach veganem Schmelzkäse aussah. Mir lief das Wasser im Mund zusammen, und mein Magen gab prompt ein Knurren von sich. Die Bewerbung zu schreiben hatte mich viel Energie gekostet.

Zum Glück musste ich mich nicht lange gedulden. Keine fünf Minuten später holte Lucien die Pizza aus dem Ofen und teilte sie in kleine Quadrate, von denen er je zwei auf unsere Teller packte. Dazu gab es Salat mit einem Balsamico-Olivenöl-Dressing.

»Das sieht fantastisch aus«, sagte ich und setzte mich auf den Stuhl, den Lucien mir zurückgezogen hatte.

Er schob mich an den Tisch heran. »Ich hoffe, es schmeckt besser als die Laddus.«

»Bestimmt«, versicherte ich ihm zuversichtlich und nahm eines der Stücke in die Hand. Ich pustete ein paarmal darauf, ehe ich vorsichtig einen Bissen nahm, um mir nicht die Zunge zu verbrennen. Aufgrund der Hitze schmeckte ich nicht viel, aber was ich schmeckte, war gut. »Hast du den Teig selbst gemacht?«

Lucien blies ebenfalls auf seine Pizza. »Das kommt darauf an. Findest du ihn gut oder schlecht?«

»Gut.« Er war knusprig in der Mitte und fluffig am Rand, genau wie ich es mochte.

»Wenn das so ist, hab ich ihn selbst gemacht.«

Ich nahm noch einen Bissen. »Wirklich?«

Lucien lachte. »Ja, ich bin bestimmt nicht der beste Koch, aber ich füttere Amicia und mich seit zwei Jahren durch. Ein bisschen was hab ich dazugelernt, und Pizza ist immer ein sicherer Weg, einen Teenager zufriedenzustellen.«

Ich nickte und legte mein Pizzastück auf den Teller, um einen Schluck von meinem Wasser zu trinken. »Bist du denn mit deiner Arbeit gut vorangekommen?«

Er nickte. »Ja, die Sachen sind bestellt und alle Mails beantwortet. Jetzt im Herbst kommen eh weniger Anfragen rein. Die Hochzeitssaison ist rum, und nach Halloween brauchen die Leute auch keine Masken mehr. Ich bin im Winter also immer ziemlich arbeitslos.«

»Ist das denn finanziell okay?«

Lucien machte eine vage Handbewegung. »Es geht. Mir bleibt ja noch das Theater.« Er verzog die Lippen, redete aber sofort weiter, offensichtlich um schnell das Thema zu wechseln. »Und wie lief's bei dir?«

»Wie man's nimmt.«

»Bedeutet?«

Ich zögerte eine Sekunde. Wenn er von der Bewerbung erfuhr, würde er mich in Zukunft garantiert öfter danach fragen, und wenn ich erneut eine Absage kassierte, würde ich ihm auch das beichten müssen. Andererseits hatte es etwas Befreiendes, solche Dinge mit jemandem zu teilen. »Ich habe mein Reporting abgegeben, aber statt an meinem Redaktionsplan zu arbeiten, hab ich eine Bewerbung abgeschickt.«

Überrascht sah Lucien mich an. »Wofür?«

Ich erzählte ihm von Irresistible Future und fasste in aller Kürze meine Historie mit der Organisation zusammen, bevor ich gestand, wie unbedingt ich in der dortigen Rechtsabteilung arbeiten wollte, um gesetzlich gegen diskriminierende Einstellungsverfahren und unrechtmäßige Bevorzugung vorzugehen. »Ich wollte dort schon immer ein Praktikum machen, aber sie haben mich nie genommen. Ebru hat mich dazu ermutigt, mich bei der Vorsitzenden Malalai direkt zu bewerben. Ich hoffe, es klappt.«

»Das klingt toll«, sagte Lucien mit einem Lächeln, das seine Augen nicht ganz erreichte. Er hatte Vorbehalte, das konnte ich ihm ansehen, und seine nächsten Worte bestätigten meine Vermutung. »Aber hast du überhaupt Zeit für noch einen Job? Du bist jetzt schon ziemlich ausgelastet.«

Das war ein Detail, über das ich mir noch keine Gedanken gemacht beziehungsweise das ich zu verdrängen versucht hatte. Zuerst musste ich den Job überhaupt bekommen. Und sollte tatsächlich eine Zusage in meinem Postfach landen, würde ich das alles schon irgendwie auf die Reihe bekommen. Ein Praktikum bei Irresistible Future war es mir wert, mir noch einmal für ein paar Monate den Arsch aufzureißen. Es würde nicht leicht werden, aber ich wusste, dass ich es schaffen konnte. Wofür gab es schließlich sonst Koffein und Energydrinks?

»Das wird schon irgendwie klappen«, erwiderte ich in dem Versuch, meinen Zeitmangel kleinzureden. »Immerhin ist mein Buch jetzt erschienen, und der Aufwand für die verbleibenden Marketingaktionen ist überschaubar.«

Lucien gab ein unbestimmtes Brummen von sich, während er auf einem Bissen Pizza herumkaute. Es war ihm deutlich anzusehen, dass ihn mein Argument nicht wirklich überzeugte, aber er schwieg und versuchte nicht, mich von irgendetwas abzubringen. Dennoch war die Stimmung durch das Gespräch irgendwie gekippt. Dabei konnte ich Lucien nicht einmal verdenken, dass er alles andere als Feuer und Flamme für meine Idee war, mir noch einen Job zu suchen. Immerhin war er Zeuge meines Zusammenbruchs geworden. Er wollte mich bestimmt nicht ausbremsen, sondern machte sich nur Sorgen, aber seine Sorge lastete schwer auf mir. Ich wollte ihm keinen Kummer bereiten, aber ebenso wenig wollte ich die Chance ungenutzt lassen. Vielleicht machte ich mir auch vollkommen umsonst einen Kopf – immerhin war noch nichts entschieden, womöglich wollte mich Malalai überhaupt nicht.

Schweigend aßen wir den Rest unseres Abendessens. In der Küche war es, bis auf das Ticken einer Wanduhr, vollkommen ruhig. Draußen erklangen noch immer die Stimmen grölender Kinder, die von Haus zu Haus streiften, um Süßigkeiten zu ergattern.

Ich fragte mich, was Micah und die anderen heute machten. Sie hatte noch ein paarmal versucht, mich zu überreden, mit ihnen auf irgendeine Party zu gehen, aber nachdem ich ihr mehrere Körbe gegeben hatte, hatte sie irgendwann nicht mehr nachgehakt.

»Willst du noch ein Stück?«, fragte Lucien, nachdem nur noch ein paar Brösel auf unseren Tellern lagen.

Ich schüttelte den Kopf.

Er machte Anstalten aufzustehen, um abzuräumen und zu spülen, aber ich stoppte ihn in der Bewegung.

»Lass mich das machen«, sagte ich und nahm ihm das dreckige Geschirr aus der Hand.

Lucien blinzelte, sagte aber nichts, als ich zur Spüle ging, in der sich bereits dreckige Teller, Tassen und Töpfe stapelten.

Nachdem er für mich gekocht hatte, war es das Mindeste, was ich tun konnte.

Ich ließ Wasser in die Spüle laufen, während ich die Reste der Pizza auf einen Teller schichtete, um auch das Blech zu schrubben. Dabei konnte ich Luciens Blick in meinem Rücken spüren, und ich musste mich zusammenreißen, nicht über die Schulter zu ihm zu spähen.

Konzentrierter, als eigentlich nötig war, tauchte ich einen der Teller ins Wasser, spülte ihn ab und stellte ihn anschließend auf ein Abtropfgitter. Diese Prozedur wiederholte ich einige Male, bis ich plötzlich hörte, wie Lucien seinen Stuhl zurückschob und aufstand. Wortlos durchquerte er die Küche und trat hinter mich. Meine Muskeln spannten sich an, wurden aber sofort wieder weich, als Lucien von hinten seine Arme um mich schlang und mich an seine harte Brust zog.

»Es tut mir leid, was ich vorhin gesagt habe«, hauchte er in mein Ohr. Sein warmer Atem streifte meine Haut und jagte einen wohligen Schauder mein Rückgrat hinab. »Wenn du den Job bei Irresistible Future willst, hoffe ich, dass du ihn bekommst, und wenn ich dich irgendwie dabei unterstützen kann, musst du es mir nur sagen.«

Lucien hatte wirklich ein Talent dafür, die richtigen Worte zu finden.

Ich ließ den Schwamm ins Wasser fallen und drehte mich in seinen Armen um. Er war mir so nahe, dass ich jeden Millimeter seines Gesichts genau erkennen konnte. Die feinen Fältchen zwischen seinen Augenbrauen, die kreisrunde Narbe an seinem rechten Nasenflügel, die an ein Piercing erinnerte, und den leichten Bartschatten, der sich um seinen Kiefer abzeichnete. »Danke. Es bedeutet mir viel, dass du das sagst«, wisperte ich und legte eine Hand auf seine Brust. Unter meinen Fingerspitzen glaubte ich sein Herz pochen zu spüren. »Ich weiß, dass es mit noch einem Job nicht leichter wird, aber für Irresistible Future zu arbeiten ist ein lang gehegter Traum von mir. Und ich will, dass er wahr wird.«

»Das wird er. Du bekommst das Praktikum, ganz sicher«, flüsterte Lucien und sah mir dabei direkt in die Augen. Sein Blick war warm und ehrlich, und ich wusste, dass er es genauso meinte, wie er es sagte.

Seine liebevollen Worte ließen mich mutig werden. Ohne nachzudenken, stellte ich mich auf die Zehenspitzen und küsste ihn. Es war das erste Mal, dass ich die Initiative ergriff, aber in diesem Moment fühlte es sich richtig an.

Beim ersten Kontakt unserer Lippen stieß Lucien einen tiefen, kehligen Laut aus, der durch meinen ganzen Körper vibrierte. Ich antwortete mit einem leisen Keuchen und krallte meine Finger in den Stoff seines Shirts, während ich den anderen Arm um seinen Nacken schlang, um ihm noch näher zu sein.

Dieser Kuss war absolut nicht mit jenem zu vergleichen, den wir an der Haustür miteinander geteilt hatten. Er war tiefer, fordernder und intensiver. Er versetzte meinen ganzen Körper in Schwingung und brachte mein Herz dazu, kräftig gegen meine Rippen zu pochen.

Lucien stützte sich links und rechts neben meinem Körper auf der Küchenzeile ab und lehnte sich voll und ganz in unseren Kuss. Ich seufzte an seinem Mund, als er die Lippen teilte, um meiner Zunge mit seiner entgegenzukommen. Ein sinnlicher Tanz, der mich am ganzen Körper erzittern ließ.

Während Lucien noch beherrscht genug schien, um seine Hände bei sich zu behalten, bewegten sich meine Finger wie von selbst zu seinem flachen Bauch. Ich konnte fühlen, wie sich seine Muskeln unter meiner Berührung anspannten und der Rhythmus seines Kusses leicht ins Stolpern geriet. Ich verzog die Lippen zu einem Lächeln und genoss es, dass ich Lucien anscheinend ebenso sehr um den Verstand bringen konnte wie er mich. Kühn ließ ich die Finger unter den Stoff seines Shirts gleiten. Ich ertastete den Pfad aus Härchen, die im Bund seiner Hose verschwanden. Ihm so nahe zu sein war ein berauschendes Gefühl, von dem ich einfach nicht genug bekam.

Trotzdem unterbrach ich unseren Kuss keuchend und wartete, bis Lucien mich ansah. Sein Blick war verhangen, und ich konnte darin das gleiche Verlangen erkennen, das unser Kuss auch in mir entfacht hatte. Ich hatte absolut nicht geplant, heute so tief in diese neu gefundene Verbindung einzutauchen, aber nun, da ich bereits den kleinen Zeh im Wasser hatte, konnte ich mich auch noch etwas weiter vorwagen.

»Lucien«, hauchte ich atemlos und fuhr mit dem Mund sanft über seine Lippen, jedoch ohne ihn erneut zu küssen. Ich zupfte an seinem Shirt. »Darf ich dir das ausziehen?«

Er schluckte schwer, dann nickte er und hob bereitwillig die Arme, um mir zu helfen.

Ich griff nach dem Saum seines Shirts und zog es ihm über den Kopf. Achtlos warf ich es neben mich.

Luciens nackte Brust hob und senkte sich immer schneller, und auch mein eigener Puls schoss bei seinem Anblick in die Höhe. Das Foto, das er mir einmal geschickt hatte und auf dem er halb nackt gewesen war, reichte nicht annähernd an die Wirklichkeit heran. Leicht gebräunte, von schwarzer Tinte verzierte Haut spannte sich über harten Muskeln. Ich bewunderte den Oktopus, der auf Luciens Brust saß, und streckte wagemutig meine Hand danach aus. Sachte fuhr ich die Linien nach. Seine Haut schien unter meinen Fingerspitzen zu glühen, obwohl er unter meiner Berührung erschauderte. Ich ließ meine Hand langsam nach oben gleiten, über seine Brust bis zu seiner Schulter und der Spitze eines der Tentakel. Wie es sich wohl anfühlen würde, seine nackte Haut nicht nur an meiner Hand, sondern an meinem ganzen Körper zu spüren? Das Verlangen danach, die Antwort darauf herauszufinden, war groß, und ein sehnsuchtsvolles Ziehen breitete sich in meiner Magengrube aus.

Ich biss mir auf die Unterlippe, was von Lucien nicht unbemerkt blieb. Er gab einen Laut von sich, der wie ein Knurren klang, und plötzlich befanden sich seine Lippen wieder auf meinen – noch hungriger und leidenschaftlicher als zuvor. Urplötzlich nahm er seine Hände von der Küchenzeile und packte meine Hüfte. Überrascht keuchte ich auf, als er mich auf die Arbeitsplatte neben dem Waschbecken hob, ohne unseren Kuss auch nur für eine Sekunde zu unterbrechen.

Ich legte die Arme um ihn, während sich seine Finger in meine Oberschenkel gruben. Automatisch schlang ich die Beine um seine Hüfte, um ihn noch enger an mich zu ziehen und hoffentlich nie wieder gehen lassen zu müssen. Dabei spürte ich deutlich seine Erektion, die sich gegen meine Mitte drängte. Lust schoss durch meine Adern und sammelte sich in meinem Unterleib, bis ich keinen klaren Gedanken mehr fassen konnte.

Wir küssten uns lang und fieberhaft, während zwischen unseren Körpern eine bittersüße Reibung entstand. Doch schließlich wurden Luciens Küsse langsamer, zärtlicher, als hätte er seinen ersten Hunger nach mir gestillt. Sanft berührte er meine Mundwinkel, meine Wangen und meinen Kiefer mit den Lippen, ehe er sich Kuss für Kuss einen Weg meinen Hals hinabbahnte.

Ich ließ den Kopf in den Nacken sinken und stieß ein Seufzen aus.

»Ist das okay?«, murmelte Lucien an meinem Hals.

»Mhm«, erwiderte ich, kaum in der Lage zu sprechen. »Mehr als okay.«

Meine Antwort schien ihm zu gefallen, denn er begann nun, fester an meiner Haut zu saugen. Dabei löste sich seine Hand von meinem Oberschenkel und fand langsam einen Weg unter meinen Pullover. Seine Finger kitzelten auf meinem Bauch, jedoch auf eine Art und Weise, die mich nicht zum Lachen brachte.

Ich schloss die Augen und vergrub die Finger in Luciens Haaren, als dieser seine Hand weiter nach oben in Richtung meiner Brüste wandern ließ. Ich konnte bereits spüren, wie seine Fingerspitzen meinen BH streiften, als plötzlich ein Handy zu klingeln begann, zu laut und schrill, um ignoriert zu werden.

Lucien ließ den Kopf nach vorne auf meine Schulter fallen. »Fuck! Muss ich da rangehen?«

»Du musst nicht …«, säuselte ich und fuhr mit den Fingern durch sein Haar.

»Doch, shit, ich muss. Es könnte Amicia sein.« Er stieß ein Knurren aus und zog die Hände unter meinem Pullover hervor.

Augenblicklich vermisste ich das Gefühl seiner Finger auf meiner Haut.

Lucien ließ sich auf einen der Stühle am Esstisch fallen und schnappte sich das Handy. »Ja«, bellte er, hörbar genervt von der Unterbrechung.

Ich konnte die Stimme am anderen Ende hören, aber nicht verstehen. Doch was immer sie sagte, sorgte dafür, dass sich Luciens Blick verfinsterte. Er nickte und brummte, sagte aber kein Wort, wodurch ich keinen Hinweis darauf bekam, wer ihn da gerade anrief. Allerdings war nicht zu übersehen, dass ihn der Anruf aufwühlte. Sein Mund stand leicht offen, und er knetete angestrengt seinen Nasenrücken, als würde ihm das Gespräch Kopfschmerzen bereiten.

Sorge stieg in mir auf.

»Okay, ich komme sofort«, sagte Lucien schließlich und beendete das Telefonat.

Ich rutschte von der Küchenzeile. »Was ist los?«

Resigniert warf Lucien sein Handy auf den Tisch und sah zu mir auf, die Lippen fest aufeinandergepresst. Zorn blitzte in seinen Augen auf. »Amicia … Sie wurde verhaftet.«

18. Kapitel

Ich hatte Lucien noch nie so ungehalten und wutentbrannt erlebt. Was nichts heißen musste, immerhin kannten wir uns erst seit ein paar Monaten. Doch mein Gefühl sagte mir, dass er diesen Zustand nur selten erreichte und viel dazu gehörte, ihn hineinzuversetzen. Er hatte die Hände fest um das Lenkrad geballt, als müsste er sich davon abhalten, darauf einzuschlagen. Seit wir losgefahren waren, hatte er kein Wort mehr gesagt. Aus den Lautsprechern des Wagens grölte irgendein Metal-Song, doch er schien voll und ganz in seinen eigenen Gedanken versunken.

Amicia … Sie wurde verhaftet.

Das war alles, was ich wusste. Lucien hatte mir nicht gesagt, was geschehen war, und ich musste zugeben, ich hatte etwas Angst, danach zu fragen. Dennoch hatte mich das nicht davon abgehalten, mich zu ihm ins Auto zu setzen und ihn zur Polizei zu begleiten. Er war sichtlich aufgebracht, und ich wollte für ihn da sein. Außerdem wollte ich verhindern, dass er etwas Unüberlegtes tat.

Lucien parkte den Wagen vor der Polizeistation, die an diesem Abend wirkte wie eine allgemeine Auffangstation für heimatlose Horror-Clowns, Prinzessinnen und Cowboys. Eine als Catwoman verkleidete Frau wurde gerade von zwei Polizisten in Handschellen abgeführt, während jemand im Deadpool-Kostüm aus dem Gebäude kam und so schnell die Treppen nach unten sprang, als wäre er auf der Flucht.

Wortlos stieg Lucien aus dem Auto.

Einen kurzen Moment zögerte ich, dann schnallte ich mich ab und folgte ihm in das Revier. Die Luft dort war abgestanden, und es stank nach Schweiß, Alkohol und Erbrochenem. Augenblicklich drehte sich mir der Magen um. Mir taten die Polizisten leid, welche diesen Gestank die ganze Nacht ertragen mussten.

»Hallo, ich bin Lucien Saint-Yves. Ich wurde wegen meiner Schwester angerufen«, sagte Lucien, der mit energischen Schritten auf einen der Schalter zugelaufen war.

Die Frau, die dahintersaß, war vermutlich in ihren Zwanzigern. Sie hatte langes braunes Haar und trug einen Brautschleier, doch dies war eindeutig nicht der glücklichste Tag ihres Lebens. Sie sah genervt aus, und ihre Stimme klang träge, als sie antwortete.

»Name?«

»Amicia Saint-Yves.«

Die Frau, die dem Schild nach auf den Namen Heather Martin hörte, hackte wild auf ihre Tastatur ein.

Ungeduldig trat Lucien von einem Fuß auf den anderen. Er sah aus, als läge ihm eine spitze Bemerkung auf der Zunge, doch Heather ließ sich von seiner explosiven Ausstrahlung nicht aus der Ruhe bringen. Schließlich wandte sie sich von ihrem Computer ab und rollte mit ihrem Stuhl zu einem offenen Schrank, der hinter ihr an der Wand stand und in dem in einem Fach eine Reihe Akten lagen. Sie blätterte den Stapel durch, bis sie fand, wonach sie suchte.

»Ah, Amicia Saint-Yves, da haben wir sie.« Heather schob sich zurück an ihren Tisch. Sie blätterte durch die Akte und blickte dann zu Lucien auf. »Und Sie sind der Bruder?«

»Ja.«

»Wo sind eure Eltern?«

»Unter der Erde.«

Heather runzelte die Stirn, bis ihr die Bedeutung von Luciens Worten dämmerte und ein betroffener Ausdruck ihr Gesicht weich werden ließ. »Das tut mir leid zu hören. Dann nehme ich an, dass Sie der Erziehungsberechtigte sind?« Lucien nickte, und Heathers Blick zuckte kurz zu mir, bevor sie weitersprach. »Ihrer Schwester geht es gut. Sie wurde wegen des Konsums und Besitzes von Alkohol festgenommen.«

»Das hat man mir bereits am Telefon gesagt«, erwiderte Lucien. »Wie geht es weiter?«

»Sie müssen dieses Formular ausfüllen, dann können Sie Ihre Schwester für heute mitnehmen«, antwortete Heather und schob ihm ein Klemmbrett über den Tresen zu. »In den nächsten Tagen wird Sie eine Vorladung vor Gericht erreichen; diesen Termin müssen Sie und Ihre Schwester wahrnehmen. Das Strafmaß für ein Vergehen dieser Art liegt bei vierundzwanzig Stunden Sozialdienst und einer Gebühr von zweihundertfünfzig Dollar. Sollten Sie mit der Höhe der Strafe nicht einverstanden sein, können Sie in Revision gehen, aber da Ihre Schwester den Whisky bei ihrer Festnahme noch in der Hand hatte, würde ich Ihnen davon abraten.«

»Danke«, sagte Lucien mit einem Knurren, schnappte sich das Klemmbrett und setzte sich in den Wartebereich.

Ich folgte ihm und ließ mich, ohne ein Wort zu sagen, auf den Stuhl neben ihm fallen, meine Handtasche an die Brust gedrückt.

Vornübergebeugt, sein Knie als Ablage benutzend, füllte Lucien das Formular aus. Sein Kiefer war angespannt, und es war nicht zu übersehen, wie fest er den Stift umklammerte. Gerne hätte ich etwas Beruhigendes oder Tröstendes gesagt, aber ich konnte mir gar nicht vorstellen, wie es für ihn sein musste, hier zu sein, um seine Schwester abzuholen. Vermutlich hätte meine Mom ihm einen guten Rat geben können, zwar hatte sie Nazia und mich nie von einem Polizeirevier einsammeln müssen, aber wir hatten ihr auf andere Weise jede Menge Ärger beschert.

Ich starrte auf meine Füße, um Lucien etwas Privatsphäre beim Ausfüllen der Daten zu geben, als neben mir ein Räuspern erklang. Ich hob den Kopf und entdeckte die Frau vom Empfang. Im ersten Moment dachte ich, dass sie noch etwas von Lucien wollte, doch ihr Blick ruhte auf mir.

»Ja?«

»Du bist Aliza Malik, oder?«

Ich nickte verunsichert.

»Oh, zum Glück hab ich gefragt! Ich war mir gerade nicht ganz sicher«, sagte Heather und drückte sich erleichtert die Hand auf die Brust. Ihr Blick wanderte zu Lucien, der uns jedoch keine Beachtung schenkte und ganz konzentriert darauf war, das Formular auszufüllen. »Es ist vielleicht unangebracht«, fuhr Heather fort und sah nun wieder mich an. »Aber ich liebe deinen Blog. Und ich liebe es zu kochen. Auf deine Rezepte ist immer Verlass. Ich habe mir auch dein Buch gekauft. Leider hab ich es nicht da, daher wollte ich fragen, ob du mir vielleicht hier drauf ein Autogramm geben könntest.« Sie hielt mir ein weißes Blatt entgegen.

Ich zögerte und schielte zu Lucien. Der Kugelschreiber in seiner Hand kratzte nicht länger über das Papier, und obwohl er Heather und mich nicht beachtete, wusste ich, dass er uns zuhörte. Es erschien mir irgendwie unangemessen, jetzt ein Autogramm zu geben, aber Heather schien eine treue Followerin zu sein, und das Letzte, was ich wollte, war, dass sie Lucien womöglich einen Strick drehte, weil ich sie verärgerte.

Ich setzte ein Lächeln auf. »Gerne. Auf den Namen Heather?«

Sie nickte aufgeregt, und ich schrieb einen Gruß auf das Papier: *Für Heather. Danke für deine Unterstützung. In Liebe, Aliza*

Ich reichte ihr den Zettel im selben Moment, in dem Lucien ihr das Klemmbrett mit dem fertig ausgefüllten Formular entgegenhielt. Etwas verlegen nahm Heather beides an sich. »Danke«, sagte sie, wobei nicht ganz klar war, an wen von uns beiden sich ihr Dank richtete. Sie musterte Lucien. »Ihre Schwester wartet in Aufenthaltsraum drei.«

»Gott sei Dank«, murmelte Lucien erleichtert, als hätte er erwartet, dass Amicia in einer der Arrestzellen festgehalten wurde. Dann sprang er auf und eilte davon.

Dieses Mal folgte ich ihm nicht, sondern wartete im Eingangsbereich, wobei ich mir den Blicken, die Heather mir über den Empfang hinweg zuwarf, nur allzu bewusst war. Es war nicht das erste Mal, dass man mich erkannte, aber es war das erste Mal, dass ich mich nicht darüber freute, dafür war die Situation einfach zu merkwürdig.

Nach fünf Minuten, die sich eher nach fünfzig anfühlten, kam Lucien zurück – Amicia im Schlepptau. Er sah stinksauer aus. Sein Blick hatte etwas Wildes, und seine Wangen waren vor Zorn gerötet. Amicia hingegen wirkte klein, gebrochen und irgendwie verängstigt. Sie hatte die Arme um ihre Mitte geschlungen, und es war nicht zu übersehen, dass sie geweint hatte, auch wenn ihre Tränen mittlerweile getrocknet waren.

Als die beiden am Wartebereich vorbeigingen, schloss ich mich ihnen an, und gemeinsam verließen wir das Polizeirevier.

Kaum dass wir eingestiegen waren, startete Lucien den Motor und fuhr los. Die ganze Zeit über sagte er kein einziges Wort. Die Atmosphäre war zum Zerreißen gespannt. Es lief nicht einmal mehr Musik, und langsam fragte ich mich, ob es die richtige Entscheidung gewesen war, Lucien zu begleiten. Ich war mitgekommen, weil ich ihm eine Hilfe hatte sein wollen, aber gerade fühlte ich mich eher wie ein Klotz am Bein. Das hier war eine Familienangelegenheit. Und ich gehörte nun mal nicht zur Familie.

»Lucien …«, setzte Amicia an, doch ihr Bruder unterbrach sie.

»Kein. Wort«, fauchte er und warf ihr im Rückspiegel einen finsteren Blick zu, der sie abrupt zum Schweigen brachte.

Ich konnte hören, wie sie schniefte, und schielte über die Schulter nach hinten. Sie hatte wieder die Arme um ihre Mitte geschlungen und starrte beschämt zu Boden. Es brach mir das Herz, aber ich konnte Luciens Strenge verstehen. Sie war gerade einmal fünfzehn, und wären sie und ihre Freunde nicht von der Polizei gestört worden, hätten noch sehr viel schlimmere Dinge passieren können.

Nach einer Weile bemerkte ich, dass Lucien nicht zurück zu sich fuhr, sondern meine Wohnung ansteuerte.

Kurz darauf parkte er den Wagen vor meinem Apartmentkomplex und drehte sich zu Amicia um. »Warte hier«, mahnte er mit eiserner Stimme und stieg dann aus.

Ich schenkte Amicia ein aufmunterndes Lächeln zum Abschied, bevor ich ihrem Bruder folgte. An der Haustür angekommen, erwachte das Licht über unseren Köpfen zum Leben, und ich musste unweigerlich an unseren ersten Kuss denken. Doch die schöne Erinnerung verblasste schnell, als ich in Luciens angespanntes Gesicht blickte.

»Es tut mir leid, dass der Abend so enden musste«, sagte er.

»Das ist nicht deine Schuld.«

Sein Blick zuckte zu seinem Wagen, Richtung Amicia. »Nein, ist es nicht.«

»Sei nicht so hart zu ihr.«

Lucien schnaubte. »Gerade würde ich sie am liebsten in unserem Keller einsperren und erst wieder rauslassen, wenn sie einundzwanzig ist«, zischte er und fuhr sich fahrig mit der Hand durchs Haar. »Was hat sie sich nur dabei gedacht? Erst diese Sache mit dem Joint, dann der Mathetest und jetzt das. Sie muss Sozialdienst leisten. Sozialdienst! Will sie, dass das Jugendamt sie mir wegnimmt?«

In diesem Moment erkannte ich, dass Luciens Wut nur die Fassade des Hauses war, in dem seine Angst lebte. Angst davor, Amicia zu verlieren.

Ich lächelte traurig, und weil ich nicht wusste, was ich sagen sollte und ihm keine leeren Versprechungen machen wollte, umarmte ich Lucien. Ganz fest. Ich drückte ihn an mich und vergrub mein Gesicht an seiner Brust, bis er nachgab und seine Arme um mich legte.

Am liebsten hätte ich ihn die ganze Nacht festgehalten, aber Amicia wartete. Ich löste mich von ihm und sah zu ihm auf. »Ihr schafft das.«

19. Kapitel

Micah: *Freitag. 20 Uhr. Mädelsabend bei mir.*

Aliza: *Soll ich irgendetwas mitbringen?*

Micah: *Nein, wir bestellen.*

Micah: *Lilly ist auch mit dabei!*

Aliza: *Lilly ist da?*

Micah: *Leider nicht. Wir schalten sie über Skype dazu.*

Aliza: *Besser als nichts. <3*

»Hello!«, begrüßte uns Lilly, Micahs beste Freundin aus Kindheitstagen, als wir ihren Videoanruf annahmen. Fröhlich winkte sie in die Kamera. Das blonde Haar hatte sie zu einem Knoten auf dem Kopf zusammengebunden, und sie trug einen Pullover, an dessen Saum ein Fleck saß, den vermutlich Link – ihr Sohn – dort hinterlassen hatte. »Na, wie geht es euch?«

»Bestens«, erwiderte Micah, die ein Glas Sekt in der Hand hielt. Ich rutschte näher an sie heran, um Lilly besser sehen zu können. »Wie läuft es in New Jersey?«

»Ganz gut. Es ist immer noch alles sehr ungewohnt, aber langsam leben wir uns ein. Vergangenes Wochenende haben wir die letzten Kartons ausgepackt, und neben uns sind neue Nachbarn eingezogen – Georgina und Kay. Die beiden haben auch einen Sohn. Dennis ist nur ein Jahr älter als Link. Die beiden sind jetzt schon beste Freunde. Warte, ich hab ein Foto …« Lilly scrollte durch ihr Handy und hielt kurz danach ein Bild von Link und einem anderen Jungen in die Kamera, die gemeinsam mit Bauklötzen spielten. Es war wirklich süß.

»Georgina hat schon vorgeschlagen, dass wir uns hin und wieder beim Babysitten abwechseln«, fuhr Lilly fort. »So können sie und Kay mal wieder ausgehen, und Tanner und ich haben auch ab und zu etwas Zeit für uns.«

Micah wich zurück, da Laurence versuchte, sich vor den Laptop zu drängen, um neugierig an der Webcam herumzuschnüffeln. »Klingt nach einem guten Deal.«

»Das hab ich auch gesagt«, erwiderte Lilly. Sie erzählte noch eine Weile von Link und zeigte uns weitere Fotos, bevor Cassie ebenfalls ihr Handy hervorholte, um Lilly ihre Babys zu zeigen – ihre Katzen.

Wir unterhielten uns über alles und nichts – die Midterms, die neuen Gerichte auf der Speisekarte des Wild Olive –, und Micah erzählte von ihren neuen PS4-Spielen und von Julians Arbeit in der Architekturfirma. Cassie berichtete von ihren und Auris Plänen für den Vancouver-Urlaub, und anschließend diskutierten wir darüber, ob Nachos oder Popcorn der bessere Snack im Kino waren.

Schließlich verabschiedete sich Lilly, um noch etwas Zeit mit Tanner zu verbringen, ehe sie beide ins Bett mussten, um zumindest ein paar Stunden Schlaf zu bekommen, bevor Link sie in aller Frühe weckte, weil er Hunger hatte und Cartoons gucken wollte. Zumindest dieses Problem blieb Lucien mit seiner Teenager-Schwester erspart.

Wir beschlossen, noch einen Film anzuschauen. Bei der Auswahl gingen wir nach einem Rotationssystem vor, bei dem jeder mal entscheiden durfte, was wir uns ansahen. Dieses Mal war Micah an der Reihe, und es war nicht im Geringsten überraschend, dass ihre Wahl auf eine Marvel-Verfilmung fiel. Wir machten uns Popcorn *und* Nachos und kuschelten uns zusammen auf die Couch.

Micah und Cassie waren von der ersten Minute an von dem Film gebannt, doch meine Gedanken schweiften immer wieder ab. Das Gespräch mit Lilly hatte mich wunderbar von der Tatsache abgelenkt, dass es in den letzten Tagen, eigentlich Wochen, ziemlich still um Lucien geworden war. Er antwortete kaum mehr auf meine Nachrichten, und wenn, war er kurz angebunden.

Schließlich hielt ich es nicht mehr aus und holte mein Handy hervor, um zum vermutlich hundertsten Mal an diesem Tag unseren ziemlich einseitigen Nachrichtenverlauf der vergangenen Wochen durchzulesen.

Aliza: *Hey, was machst du heute?*
Aliza: *Geht es dir gut?*
Aliza: *Ist alles klar bei dir?*
Lucien: *Sorry. Ja. Alles bestens.*
Lucien: *Gerade ist nur viel los.*
Aliza: *Das kenn ich. Amicia oder Studium?*
Lucien: *Beides, aber mehr Amicia.*
Aliza: *Habt ihr schon einen Gerichtstermin?*
Aliza: *Lucien?*
Aliza: *Ist wirklich alles in Ordnung?*
Aliza: *Soll ich euch was Warmes zu essen vorbeibringen?*
Aliza: *Ich mach mir etwas Sorgen …*
Aliza: *Möchtest du mich anrufen, wenn du Zeit hast?*
Lucien: *Mach ich.*

Das war's. Mehr hatte ich nicht von ihm bekommen, und selbstverständlich hatte er nicht angerufen, obwohl er mir bereits vor drei Tagen zugesichert hatte, es zu tun.

Ich wollte nicht aufdringlich erscheinen, zumal wir uns am Morgen nach unserem ersten Kuss versichert hatten, die Sache locker angehen zu wollen. Trotzdem war mir Lucien bisher nie unzuverlässig erschienen, ganz im Gegenteil. Ein solches Verhalten sah ihm einfach nicht ähnlich. Wäre Lucien nicht Lucien gewesen, hätte ich womöglich vermutet, dass dies seine Art war, mir zu sagen, dass unsere Zeit miteinander abgelaufen war, aber so war er nicht. Er würde mir nicht einfach aus dem Weg gehen, um ein unbequemes Gespräch zu vermeiden. Wenn er mich nicht mehr sehen wollte, würde er es mir sagen.

Ich räusperte mich und sah zu Cassie hinüber, welche die Beine an den Oberkörper gezogen hatte und gespannt den Film verfolgte.

Es dauerte einige Sekunden, bis sie meinen Blick bemerkte und mir langsam den Kopf zuwandte. »Ja?«

»Hast du in letzter Zeit was von Lucien gehört?«

Cassie runzelte die Stirn und dachte kurz nach. »Nein, schon eine Weile nicht mehr. Wieso?«

Ich überging ihre Frage. »Wann hast du das letzte Mal mit ihm geredet?«

»Ich weiß nicht genau.«

»War das vor oder nach Halloween?«

Sie dachte einen Moment nach. »Davor.«

»Das heißt, ihr wisst es gar nicht?« Ich sah von Cassie zu Micah, die inzwischen den Film gestoppt hatte und mich mit wachsendem Interesse ansah.

»Wir wissen was nicht?«

Ich presste die Lippen aufeinander, zögerte, unsicher, ob ich die anderen in den Vorfall einweihen sollte. Aus irgendeinem Grund war ich fest davon ausgegangen, dass Lucien zumindest Cassie davon erzählt hatte. Dass er auch den Kontakt mit ihr mied, bereitete mir Sorgen, verschaffte mir gleichzeitig aber auch ein Gefühl der Erleichterung. Anscheinend lag es wirklich nicht an mir, dass er nicht auf meine Nachrichten antwortete.

Erwartungsvoll sahen Cassie und Micah mich an. Mir war klar, dass sie mich so leicht nicht würden davonkommen lassen, dafür hatte ich schon zu viel gesagt.

»Amicia wurde verhaftet«, antwortete ich schließlich.

Cassies Augen weiteten sich. »Was? Wann? Wieso?«

»An Halloween. Sie war bei Freunden auf einer Party. Die Polizei hat sie beim Trinken erwischt und festgenommen. Lucien und ich mussten aufs Revier fahren, um sie abzuholen.«

Micahs Augenbrauen schossen in die Höhe. »Du warst an Halloween bei Lucien?«

Ich nickte. »Ja. Er wollte für mich kochen.«

»Das klingt nach einem Date.«

»War es auch irgendwie«, gestand ich.

Micah schnappte nach Luft. »Seit wann läuft das mit euch?«

Ich biss mir verlegen auf die Unterlippe. »Seit dem Abend im Club.«

Mein Geständnis ließ Cassies Augen noch größer werden. »Das ist schon Wochen her!«

»Wieso hast du nichts gesagt?«, fragte Micah.

Unruhig rutschte ich auf der Couch hin und her. Ich wusste, dass dieses Gespräch unvermeidbar war und ich mich ihm irgendwann ohnehin stellen musste, warum es also nicht gleich hinter mich bringen?

»Wir wollten keine große Sache daraus machen. Wir mögen uns, aber es ist nichts Festes.«

Micah und Cassie starrten mich so fassungslos an, als wäre mir ein zweiter Kopf gewachsen.

Ich ignorierte ihre Verwirrung und redete einfach weiter. »Seit Amicias Verhaftung hat er sich sehr zurückgezogen. Er hat mir versichert, dass alles bestens sei, aber er ruft nicht an, obwohl er es versprochen hat. Das sieht ihm überhaupt nicht ähnlich.«

Cassie nickte beipflichtend. »Vielleicht ist sein Handy kaputt.«

»Das kann ich mir nicht vorstellen.« Und selbst wenn dem so wäre, hätte Lucien es sofort reparieren lassen, und sei es nur, damit seine Schwester und Kunden ihn erreichen konnten.

»Warst du schon bei ihm zu Hause?«, fragte Micah.

Ich schüttelte den Kopf.

»Dann solltest du ihm vielleicht mal einen Besuch abstatten.«

»Wäre das nicht zu aufdringlich?«, fragte ich und sah dabei explizit zu Cassie, die Lucien nicht nur besser kannte als Micah, sondern im Gegensatz zu ihr auch mehr Gespür für Privatsphäre und persönliche Grenzen hatte, etwas, woran Micah noch arbeiten musste.

Cassie dachte eine Sekunde über ihre Antwort nach. »Nein, finde ich nicht. Ihr steht euch ja offensichtlich nahe, und wenn er dir nicht explizit gesagt hat, dass er dich nicht sehen will, sollte das klargehen.«

Ich nickte langsam, geradezu erleichtert über ihre Antwort.

»Aber falls du dich nicht wohl dabei fühlst, kann ich auch gerne bei ihm vorbeischauen. Wäre nicht das erste Mal, dass ich unerwartet vor seiner Tür stehe«, fügte Cassie hinzu. Sie spielte damit auf die Zeit an, bevor sie mit Auri zusammengekommen war. Damals hatte es einen großen Streit zwischen den beiden gegeben, und Cassie war für ein paar Tage bei Lucien eingezogen, um Auri aus dem Weg zu gehen, was in ihrer gemeinsamen Wohnung nicht möglich gewesen wäre.

»Nein, schon in Ordnung. Ich werde nach ihm sehen«, sagte ich entschlossen. Zwar kannten sich die beiden schon länger, aber bei dem Gedanken, dass Lucien Cassie sein Herz ausschüttete und nicht mir, wurde mir eng um die Brust. Obwohl ich Cassie voll und ganz vertraute und sie Lucien immer eine gute Freundin gewesen war, wollte ich diejenige sein, die für ihn da war; so wie er für mich da gewesen war.

»Hey, Lucien, ich hoffe, dir geht's gut. Ich wollte dich nur wissen lassen, dass ich Cupcakes gebacken habe und dachte, ich bring dir später welche vorbei. Sag Bescheid, falls das nicht klargeht. Bis dann!«, verabschiedete ich mich und stoppte die Aufnahme auf meinem Handy. Ich zögerte kurz, dann drückte ich auf »Senden«, und kurz darauf wurde die Sprachnachricht als an Lucien übermittelt angezeigt.

Hoffentlich hörte er sie an.

Ich holte das angerührte Frosting aus meinem Kühlschrank und machte mich daran, die Cupcakes zu verzieren, die ich natürlich nicht einfach so gebacken hatte, sondern ausschließlich für Lucien. Um die Zeit optimal zu nutzen, stellte ich mir meine Arabisch-Lern-App an und wiederholte die Sätze, welche die Sprecherin mir vorgab, während ich essbare Perlen auf den Cupcakes verteilte. Mithilfe von Lebensmittelfarbe hatte ich den Teig grau eingefärbt, und das Frosting war schwarz. Nun ja, dunkelgrau. Doch wenn es einen Cupcake gab, der zu Lucien passte, dann dieser hier. Ich war ziemlich zufrieden mit meiner Kreation und beschloss, zwei oder drei der Cupcakes zu behalten, um Fotos für meinen Blog davon zu schießen.

Gerade als ich die Spritztüte erneut auffüllen wollte, vibrierte mein Handy. Überrascht blickte ich auf, und sogleich schoss mein Puls in die Höhe, angetrieben von der Hoffnung, dass Lucien sich endlich meldete. Doch als ich auf das Display sah, las ich zu meinem Bedauern nicht Luciens Namen, sondern entdeckte nur eine mir unbekannte Nummer mit einer Vorwahl, die nicht zu Mayfield gehörte. Merkwürdig. Kurz überlegte ich, den Anruf einfach abzulehnen, aber meine Neugierde siegte.

»Hallo?«, sagte ich zögerlich in den Hörer.

»Hallo. Spreche ich mit Aliza Malik?«, fragte eine Frau. Ihre Stimme kam mir entfernt bekannt vor, aber ich konnte mich nicht erinnern, wo ich sie schon einmal gehört hatte.

»Ja.«

»Ah, schön, dass ich dich erreiche. Hier spricht Malalai Johnson von Irresistible Future. Entschuldige den spontanen Anruf, ich hoffe, er kommt dir nicht ungelegen.«

Mein Herz stockte. War das ein Scherz? Fassungslos nahm ich das Handy vom Ohr und starrte noch einmal auf die Nummer, bevor ich Malalai antwortete, wobei ich ziemlich kurzatmig klang. »Nein, alles bestens. Ich habe Zeit.«

»Das freut mich«, erwiderte Malalai, und meine Gedanken begannen zu rasen. Wenn sie sich freute, mit mir zu sprechen, konnte ich doch gewiss positive Neuigkeiten von ihr erwarten, oder? »Ich wollte gerne über deine Bewerbung bei Irresistible Future sprechen, die hier gerade vor mir auf dem Tisch liegt.«

»Mhm«, murmelte ich und begann, aufgeregt in meiner Küche auf und ab zu laufen.

»Dein Anschreiben hat mir wirklich gefallen, und dein Lebenslauf ist ziemlich beeindruckend. Außerdem hat mir Ebru Karayel nur Gutes über dich erzählt. Sie ist sehr begeistert von der Zusammenarbeit mit dir«, sagte Malalai. Ich konnte hören, wie sie tief Luft holte. »Und ich wünschte, ich hätte eine Stelle frei und könnte dir einen Job anbieten, aber leider haben wir aktuell kein Praktikum oder Volontariat mehr zu vergeben. Bis Sommer nächsten Jahres sind alle Plätze besetzt.«

Ich erstarrte in der Bewegung, als mich eine Welle der Enttäuschung erfasste und die Hoffnung davonspülte, die ich Sekunden vorher noch empfunden hatte. »Oh, verstehe. Schade, aber danke, dass Sie sich die Zeit genommen haben, mich persönlich anzurufen.«

»Um ehrlich zu sein, ist die Absage nicht der eigentliche Grund, aus dem ich dich anrufe.«

Ich runzelte die Stirn. »Ach nein?«

»Nein. Ich wollte gerne über etwas anderes mit dir sprechen. Ist dir FeFu ein Begriff?«

»Leider nicht«, gestand ich. Mir kam die Abkürzung zwar vertraut vor, aber ich wollte keine falschen Schlüsse ziehen.

»FeFu steht für Female Future und ist ein Event unserer Organisation speziell für Mädchen und junge Frauen, auf dem wir Möglichkeiten und Wege für ihre Zukunft aufzeigen. Die FeFu findet zweimal jährlich statt – im Frühjahr in Los Angeles und im Winter in Seattle. Und ich würde dich gerne nach Seattle einladen«, erklärte Malalai. »Ich habe dich in dieser Morning Show gesehen und den Artikel über dich im *Goddess* gelesen. Mir hat wirklich gefallen, was du da gesagt hast, und ich bin beeindruckt davon, was du mit deinen neunzehn Jahren bereits geleistet hast. Ich glaube, dass du eine große Inspiration für viele junge Mädchen und Frauen bist. Daher würde ich mich sehr freuen, wenn du Ende November, am Wochenende nach Thanksgiving, bei unserem diesjährigen FeFu-Event eine Rede halten könntest.«

»Eine Rede? Worüber soll ich denn reden?«

Malalai lachte, als wäre die Antwort offensichtlich. »Über dich, deinen Werdegang, deine Familie. Erzähl von deinem Blog und deinem Buch. Berichte von den Hindernissen und Hürden, die sich dir in den Weg gestellt haben, und davon, wie du sie überwunden hast. Das wird vielen jungen Frauen Mut machen und ihnen eine Perspektive geben.«

Ich wusste nicht, was ich darauf erwidern sollte. Ich hatte mit vielem gerechnet, aber gewiss nicht damit.

Malalai schien mein Schweigen als Unentschlossenheit zu interpretieren, nicht als Verwunderung, denn sie redete schnell weiter. »Selbstverständlich wirst du für deine Zeit und Mühe auch bezahlt. Unsere Redner bekommen standardmäßig zweitausend Dollar, von denen sie Flug und Hotel selbst bezahlen. Wie klingt das?«

Verdammt gut.

»Seid ihr euch sicher, dass ihr mich wollt? Ich habe noch nie eine Rede gehalten.«

»Das macht nichts. Es gibt für alles ein erstes Mal, und was ich bisher von dir gehört habe, hat mir sehr gefallen, Aliza. Du kannst mit Worten umgehen; und noch viel wichtiger, du hast etwas zu sagen, was es wert ist, gehört zu werden, und darauf kommt es an. Du kannst mir den Entwurf deiner Rede gerne vorab schicken, wenn du dir unsicher bist und meine Einschätzung dazu haben möchtest.«

»Danke.«

»Ist das ein Ja?«

Ich nickte, bis mir einfiel, dass sie mich nicht sehen konnte. »Ja. Ich freu mich!«

»Ich mich auch«, erwiderte Malalai fröhlich. »Deine Anwesenheit wird FeFu auf jeden Fall bereichern. Ich lasse dir das Angebot mit allen Infos auch noch einmal schriftlich per Mail zukommen, und dann sehen wir uns bald in Seattle.«

»Ich kann es kaum erwarten.«

Malalai und ich verabschiedeten uns, und kaum dass ich das Telefonat beendet hatte, entwich mir ein erfreutes Quietschen. Malalai-fucking-Johnson hatte mich gerade eingeladen, eine Rede für Irresistible Future zu halten. Ich konnte es nicht fassen.

Noch immer im Schock starrte ich auf mein Handy. Hätte der Anruf nicht im Verlauf gestanden, hätte ich vermutlich angenommen, ihn mir nur eingebildet zu haben. Ich durfte mit Malalai Johnson zusammenarbeiten, auch wenn es nur für ein einziges Event war. Davon hatte ich immer geträumt …

20. Kapitel

Drei.

Zwei.

Eins.

Null.

Lucien war nicht zu Hause. Ich hatte schon dreimal an seiner Tür geklingelt und mir geschworen, dass ich umkehren und nach Hause gehen würde, sobald ich ein letztes Mal von zehn rückwärts gezählt hatte. Doch ich rührte mich nicht vom Fleck, und ehe ich michs versah, landete mein Finger erneut auf der Klingel.

Lucien hatte sich meine Sprachnachricht nicht angehört. Er war wie vom Erdboden verschluckt, und mit jeder Stunde, die er sich nicht bei mir meldete, wuchs meine Sorge. Was Amicia getan hatte, war falsch gewesen. Sie hätte nicht trinken dürfen, und dass sie deswegen vor einen Richter treten musste, war sicherlich nicht leicht für Lucien, immerhin gab er sein Bestes, ihr ein guter Ersatzvater zu sein. Aber dass er sich deswegen so abschottete, fühlte sich falsch an.

Ich starrte auf die Tür und lauschte auf Schritte. Nichts.

Kurz entschlossen stieg ich von der Veranda und trat an das Fenster, hinter dem das Wohnzimmer lag. Ich drückte meine Nase an der Scheibe platt und legte meine Hände um das Gesicht, um besser ins Innere sehen zu können. Doch im Haus war es dunkel und still. Amicia und Lucien waren eindeutig nicht da.

Enttäuscht richtete ich mich auf und entdeckte eine alte Frau mit einem Dackel auf dem Gehweg, die mich skeptisch beäugte. Ich lächelte sie an, während ich ein stummes Stoßgebet aussprach, nicht die Nächste zu sein, die wegen auffälligen Verhaltens auf dem Polizeirevier landete. Höchste Zeit zu gehen.

Ich stellte die Dose mit den Cupcakes auf der Veranda ab, rückte den Riemen meiner Tasche zurecht und setzte meine Sonnenbrille auf.

Es war ein warmer, sonniger Herbsttag, und ich beschloss, zu Fuß zu gehen, anstatt den Bus zu nehmen. Ich steckte mir meine AirPods in die Ohren, schaltete einen meiner Podcasts ein und machte mich auf den Weg in die Bibliothek, da ich mich zu Hause einfach nicht richtig motivieren konnte, etwas für die Uni zu machen. Ohnehin fiel es mir seit den Midterms schwer, mich für das Studium aufzuraffen. Meine nüchterne Reaktion auf das Prüfungsergebnis, für die ich immer noch keine rechte Erklärung hatte, hing mir nach. Noch vor einem Jahr hatte ich für dieses Studium gebrannt, oder etwa nicht?

Ich erreichte die Bibliothek auf dem Campus, die zu jeder Tageszeit gut besucht war, und suchte mir einen Platz mit Steckdose, um mich auf die finalen Prüfungen im Dezember vorzubereiten. Zwar hatte ich darauf überhaupt keine Lust, aber ich wollte zumindest versuchen, dieses Mal besser als bei den Midterms abzuschneiden. Doch meine Gedanken wanderten immer wieder zu Lucien, und ich fragte mich, ob er meine Cupcakes schon entdeckt hatte. Alle fünf Minuten checkte ich mein Handy, aber die Nachricht von ihm, auf die ich wartete, blieb aus.

Ich schaffte es, ein paar Folien aufzubereiten und fünf Seiten Notizen anzufertigen, bis ich mir eingestehen musste, dass das alles war, was ich heute auf die Reihe bekommen würde, also packte ich meine Sachen wieder ein. Doch anstatt nach Hause zu gehen, fuhr ich zu meiner Familie in der Hoffnung, dass sie mir etwas Zerstreuung brachte und mich von Lucien ablenkte.

»Salām Aleikum«, rief ich laut, als ich das Haus betrat.

»Wa aleikum as-Salām«, erwiderte eine einzelne Person.

Ammi.

Ich streifte mir die Schuhe von den Füßen und lief ins Wohnzimmer, wo ich vermutete, dass die Stimme hergekommen war.

Ammi saß auf der Couch, eine Decke über dem Schoß, und naschte Nüsse, während ein alter Bollywood-Film im Fernsehen lief. »Was machst du hier? Ich habe heute gar nicht mit dir gerechnet.«

»Es ist ein spontaner Besuch«, erwiderte ich, hockte mich neben sie auf die Couch und klaute mir eine Nuss aus ihrer Hand. »Wo sind die anderen?«

»Nazia ist bei Hakims Familie, und deine Eltern machen Besorgungen.«

»Und du bist nicht mitgefahren?«

Sie schüttelte den Kopf und wandte sich wieder dem Fernseher zu. »Samstag ist mir immer viel zu viel los. Außerdem wollte ich mir *Muqaddar Ka Sikandar* anschauen. Den Film habe ich schon so lange nicht mehr gesehen. Ich glaube, das letzte Mal mit deinem Großvater. Das ist also schon eine ganze Weile her.«

Ich zog die Beine auf die Couch und schaute mir das Ende des Films gemeinsam mit Ammi an. Ich konnte mich daran erinnern, ihn als Kind öfter gesehen zu haben, aber das lag tatsächlich schon ein paar Jahre zurück.

Als der Abspann lief, kamen meine Eltern vom Einkaufen zurück. Ich half meiner Mom, die Sachen einzuräumen, und erzählte ihr, Dad und Ammi dabei von Malalais Anruf. Sie freuten sich unheimlich für mich, da sie wussten, wie viel mir die Organisation bedeutete. Wir redeten über das FeFu-Event und stellten Überlegungen an, wie ich meine Rede aufbauen könnte. Ich fragte Ammi um Erlaubnis, wie viel ich von ihrer Geschichte mit einbringen durfte, und anschließend kamen wir in der Küche zusammen, um gemeinsam zu kochen. Dabei folgten wir einer Routine, die wir seit Jahren beibehielten. Ammi und ich bereiteten das Essen zu, und Mom machte die Rotis und kümmerte sich später um den Chai.

Als das Essen fertig war, richtete ich einen Teller hübsch an, um ihn für meinen Blog zu fotografieren. Ammi schimpfte ein bisschen herum und meckerte, dass das Essen in der Zeit, in der ich es ablichtete, kalt wurde. Aber das war nur ihr typisches Gerede, viel wichtiger war, dass ich sie immer wieder dabei erwischte, wie sie lächelte. Es freute und beruhigte mich, dass sie anscheinend allmählich zu akzeptieren lernte, dass ich nicht mehr zu Hause wohnte. Das machte die Zeit, die wir miteinander verbrachten, umso kostbarer.

Nachdem ich dabei geholfen hatte, die Küche aufzuräumen, bestand mein Dad darauf, mich nach Hause zu fahren, denn aus dem schönen Herbsttag war eine regnerische Nacht geworden. Trommelnd prasselten die Tropfen auf das Autodach, während die Scheibenwischer nervös hin und her hüpften.

»Ist bei dir alles in Ordnung?«, fragte mein Dad, als wir an einer roten Ampel zum Stehen kamen.

Ich lächelte ihn an. »Klar.«

Seine braunen Augen wurden schmal, kurz bevor er den Blick abwandte und wieder auf die Straße schaute, auf der sich die Fahrzeuge nun wieder in Bewegung setzten. »Sicher? Du hast heute etwas abgelenkt gewirkt.«

Natürlich war ihm das nicht entgangen. Ich hatte mein Bestes gegeben, nicht an Lucien zu denken, und das gemeinsame

Kochen mit Ammi und Mom hatte geholfen, aber ganz hatte ich ihn nicht vergessen können. Immer wieder waren meine Gedanken zu ihm zurückgekehrt. Mehrfach hatte ich auf mein Handy geschaut, und kurz vor dem Essen hatte ich ihm sogar noch einmal heimlich eine Nachricht geschrieben.

Ich will dich nicht nerven, aber bitte melde dich.

Mein Lächeln fühlte sich unglaublich unnatürlich an, als ich sagte: »Nein, alles bestens.«

Mein Dad öffnete den Mund und schloss ihn wieder. Eine kleine Falte trat zwischen seine Brauen, dann entschied er sich, doch etwas zu sagen. »Hat es etwas mit dem Jungen zu tun, von dem Nazia erzählt hat?«

Ich riss den Kopf hoch. Sie hatte unseren Eltern von Lucien erzählt? Diese Schlange, ich würde sie umbringen!

Erwartungsvoll sah mein Dad mich an, und ich erkannte, dass es keinerlei Sinn machen würde, die Sache abzustreiten.

Ich seufzte schwer. »Ja, es hat etwas mit ›dem Jungen‹ zu tun, aber nicht auf die Art, wie du vielleicht denkst. Er hat mir nicht das Herz gebrochen oder so. Er hat Probleme, und ich mach mir Sorgen um ihn.«

Mein Dad wirkte erleichtert. Er parkte den Wagen vor meinem Wohnhaus und zog die Handbremse an. »Steckt er in Schwierigkeiten?«

»Nein, es ist schwer zu erklären.«

Mein Dad stützte sich auf dem Lenkrad ab. »Du könntest es versuchen.«

Ich schüttelte den Kopf. »Das würde nichts bringen. Ihr könnt ihm nicht helfen. Vertrau mir.«

Nachdenklich sah mein Dad mich an. Und vielleicht zum ersten Mal in meinem Leben fühlte ich mich in seiner Gegenwart nicht wie ein Kind, sondern wie eine junge Erwachsene, die wirklich von ihm gehört wurde. »Okay, aber wenn sich daran etwas ändert und wir helfen können, kannst du jederzeit zu uns kommen. Wir sind auch für deine Freunde da.«

»Danke, Dad.« Ich beugte mich über die Mittelkonsole und umarmte ihn fest, ehe ich ausstieg. Ich konnte seinen Blick auf mir spüren, bis ich ins Haus trat, und erst als ich in meiner Wohnung das Licht einschaltete, hörte ich den Motor seines Wagens aufheulen.

Mit einem leisen Seufzen ließ ich meine Tasche zu Boden fallen und schleppte mich ins Badezimmer. Obwohl es noch Stunden vor meiner normalen Zeit zum Schlafengehen war, fühlte ich mich wie erschlagen. Dieses emotionale Auf und Ab zwischen Freude und Sorge raubte einem jegliche Energie.

Ich zog mir die dunkle Jeans und den senfgelben Pullover aus. Es war derselbe, den ich an Halloween bei Lucien getragen hatte. Dann stellte ich mich unter die Dusche und ließ warmes Wasser auf mich herabregnen. An Tagen wie heute bedauerte ich, keine Badewanne zu besitzen, in der ich voll und ganz abtauchen konnte, aber das hier war auch schön. Ich stand bestimmt eine halbe Stunde unter dem heißen Strahl und tüftelte in Gedanken bereits an meiner FeFu-Rede, die anders als die zahlreichen Oscar-Dankesreden, die ich in meinem Kopf bereits formuliert hatte, wirklich das Licht der Welt erblicken würde.

Ich stieg aus der Dusche und wickelte mich in ein Handtuch. Dann gab ich ein pflegendes Öl in mein Haar und cremte meinen gesamten Körper mit einer nach Cherry Blossom duftenden Bodylotion ein, die mir eine Firma vor einigen Tagen ungefragt zugeschickt hatte. Sie roch wirklich gut und fühlte sich angenehm samtig auf meiner Haut an. Ich kämmte mir das Haar, schlüpfte in eine bequeme Leggins und zog mir ein altes Sweatshirt mit Kapuze über, das früher meinem Dad gehört hatte und mir bis über die Oberschenkel reichte. Bewaffnet mit Notizblock und Stift machte ich es mir auf der Couch bequem, um die Rede, die ich unter der Dusche vorformuliert hatte, zu Papier zu bringen.

Ich hatte erst zwei Sätze geschrieben, als plötzlich das Klingeln an der Haustür durch meine Wohnung schallte. Irritiert von dem späten Besuch trat ich an die Gegensprechanlage. Womöglich handelte es sich nur um ein paar betrunkene Studenten, die sich einen Scherz erlaubten.

»Hallo?«, fragte ich verwirrt.

»Hey«, begrüßte mich eine blecherne Stimme, die ich ohne jeden Zweifel erkannte, auch wenn sie vom Lautsprecher der Anlage verzerrt wurde.

Erleichterung flutete meinen Körper, und ich konnte gar nicht schnell genug auf die Taste mit dem kleinen Schlüssel drücken, welche die Haustür für Lucien entriegelte.

Ich öffnete meine Wohnungstür und wartete, bis er die Treppen nach oben gelaufen kam. Seine Schritte klangen träge und schwer, und als wäre das nicht Indiz genug, erkannte ich spätestens bei seinem Anblick, dass etwas nicht stimmte. Er sah traurig und wütend aus. Ängstlich und besorgt. Enttäuscht und gebrochen. Alles auf einmal. Seine Haut war fahl, und die Schatten unter seinen Augen tief, als hätte er tagelang nicht geschlafen, dafür aber nächtelang geweint. Seine Lider wirkten geschwollen, und das Weiß seiner Augen hatte eine rosa Färbung angenommen.

Verängstigt starrte ich ihn an und klammerte mich am Türrahmen fest, während ein Dutzend Horrorszenarien gleichzeitig durch meinen Verstand rauschten. Was war passiert?

Mit hängenden Schultern blieb Lucien vor mir stehen. »Darf … Darf ich reinkommen?«

Der Geruch von Regen stieg mir in die Nase. Ich hatte es zuvor nicht bemerkt, da Lucien wie immer komplett in

Schwarz gekleidet war, nun wurde mir allerdings bewusst, dass seine dunklen Sachen klitschnass waren. »Oh Gott, du bist ja ganz durchgeweicht.«

»Ja, es regnet«, erwiderte er, als wäre das Begründung genug. Er war völlig neben der Spur.

Ich griff nach seiner Hand, um ihn in die Wohnung zu ziehen. Seine Finger waren nass und eiskalt. Ich erschauderte. Wie lange war er im Regen herumgeirrt? Und warum war er bei diesem Unwetter überhaupt zu Fuß unterwegs?

Im Flur blieben wir stehen. »Kannst du deine Sachen ausziehen?«

»Sorry, ich tropf hier alles voll.« Er zog sich die Lederjacke aus und streifte sich das T-Shirt über den Kopf, das feucht an seiner Haut klebte. Gänsehaut überzog seinen Oberkörper. Er verschränkte die Arme vor der Brust.

Ich starrte ihn an. »Die Jeans auch.«

Lucien stellte meine Forderung nicht infrage, und kurze Zeit später stand er nur in Boxershorts vor mir.

Ich sammelte seine nasse Kleidung auf und bat ihn, kurz zu warten. Dann huschte ich ins Badezimmer und hängte seine Sachen zum Trockenen über den Heizkörper. Ich schnappte mir ein Handtuch, das ich bei Lucien ablieferte, bevor ich ins Schlafzimmer ging, um eilig meinen Kleiderschrank nach etwas zu durchwühlen, das er anziehen konnte. Ich fand eine Jogginghose mit Gummibund, die ihm womöglich passen könnte. Bei meinen Pullis hatte ich dagegen weniger Erfolg. Letztlich zog ich das Sweatshirt meines Dads aus, unter dem ich das Top trug, in dem ich geplant hatte, in zwei, drei Stunden schlafen zu gehen.

Mit den Sachen unter dem Arm ging ich zu Lucien zurück, der sich inzwischen abgetrocknet hatte. Das abgerubbelte Haar stand ihm wirr vom Kopf ab. Ich reichte ihm die saubere Kleidung. Falls er bemerkte, dass ich ihm das Sweatshirt gegeben hatte, das ich kurz zuvor noch selbst getragen hatte, ließ er sich nichts anmerken.

Meine Sachen sahen ulkig an ihm aus. Die Hose war ihm viel zu kurz, und es war merkwürdig, ihn in einer anderen Farbe als Schwarz zu sehen. Dennoch war mir nicht zum Lachen zumute, als ich ihm gegenüberstand. Ich fühlte mich hilflos ohne eine Ahnung, was ich sagen oder tun sollte. Es war offensichtlich, dass Lucien litt, aber der Schmerz entsprang einer unsichtbaren Wunde, die in seinem Inneren blutete, und wie sollte ich sie versorgen, wenn ich sie nicht sehen konnte?

Ich fragte mich, was Lucien hier wollte. Was er von mir wollte. Er war gewiss aus einem bestimmten Grund hergekommen, ich wusste nur nicht, welcher das war.

Unsicher trat ich von einem Fuß auf den anderen, als Lucien plötzlich einen Schritt nach vorne machte, die Distanz zwischen uns überbrückte, und mich an sich zog. Er schloss seine Arme fest um mich und drückte mich an sich, sein Gesicht in meinem noch leicht feuchten Haar vergraben. Ich konnte hören, wie er tief einatmete und meinen Duft inhalierte, als würde er Frieden darin finden.

Ich erwiderte die Umarmung, obwohl sie unbequem war. Was nicht daran lag, dass ich es nicht genoss, Lucien nahe zu sein. Ich mochte es, ihn zu halten. Sehr sogar. Aber diese Umarmung trug einen Schmerz und eine Verzweiflung in sich, die ich mir nicht erklären konnte. Irgendetwas war vorgefallen, von dem ich nicht wusste, was es war, und diese Unwissenheit nagte an mir. Dennoch – oder vielleicht gerade deswegen – erwiderte ich die Umarmung. Hielt den Mann fest, der sich so verzweifelt an mich klammerte, als würde eine Welt, *seine* Welt, untergehen, wenn er mich losließ.

»Lucien …«, wisperte ich an seiner Brust, verstummte jedoch, als er seinen Griff um mich verstärkte und mich noch fester an sich drückte. Es war eine stumme Bitte, der verzweifelte Wunsch, dass ich ihn noch einen Augenblick länger in der Sicherheit meiner Umarmung verweilen ließ, bevor er sich der unausweichlichen Realität stellen musste. Wie hätte ich ihm diesen Wunsch verwehren können?

Eine Ewigkeit verging, bis Lucien es schließlich über sich brachte, sich von mir zu lösen. Langsam rutschten seine Hände von meinem Rücken, und er wich einen halben Schritt zurück. Seine Augen waren glasig, und erst jetzt wurde mir klar, dass er stumme Tränen vergossen hatte.

In meinem Hals bildete sich ein Kloß. Ich bekam kein einziges Wort mehr heraus, obwohl mir Hunderte Fragen im Kopf herumgeisterten.

»Es … Es ist ihr Todestag«, flüsterte Lucien heiser. Seine Stimme war von Schmerz durchzogen.

Oh Shit, das erklärte einiges, machte aber rein gar nichts besser. Ich wusste bis heute nicht, welche Umstände seine Eltern so früh aus dem Leben gerissen hatten, aber was auch immer zu ihrem Tod geführt hatte, es konnte nicht leicht für ihn sein.

Unsicher griff ich nach Luciens Hand, drückte seine inzwischen wieder etwas wärmeren Finger und führte ihn sanft aus dem Flur ins Wohnzimmer. Dies war kein Gespräch, das man im Stehen und schon gar nicht zwischen Tür und Angel führen sollte. Ich delegierte ihn zur Couch und bedeutete ihm, sich zu setzen.

»Möchtest du einen Tee?«

Er schüttelte den Kopf. Dennoch ging ich in die Küche und machte zwei Tassen, denn mein Gefühl sagte mir, dass er heute wahrscheinlich noch so gut wie gar nichts zu sich genommen hatte.

Nach ein paar Minuten kehrte ich mit zwei dampfenden Bechern ins Wohnzimmer zurück, die ich auf dem Couchtisch abstellte, bevor ich mich neben Lucien setzte. Ich warf ihm einen Blick zu, doch er schien kaum Notiz von mir zu nehmen. Abwesend starrte er auf den ausgeschalteten Fernseher, als würde er in Gedanken einen Film aus seiner Vergangenheit sehen.

Ich räusperte mich. »Wo ist Amicia?«

Lucien schwieg. Erst als ich bereits glaubte, keine Antwort mehr zu bekommen, begann er zu reden. »Ich hab sie zu Brooklyn gebracht. Ich wollte nicht, dass sie mich so sieht.« Er ließ den Kopf nach vorne fallen und vergrub das Gesicht in den Händen.

Es brach mir das Herz. Sogleich ging ich vor ihm in die Hocke und umfasste seine Arme. Vorsichtig zog ich ihm die Hände vom Gesicht. Er sollte sich seiner Trauer nicht allein stellen müssen.

Sanft lächelte ich ihn an. »Gibt es irgendetwas, das ich für dich tun kann?«

Er schüttelte den Kopf, doch ich konnte ihn in diesem Zustand unmöglich sich selbst überlassen. Langsam beugte ich mich vor und küsste sanft seine Stirn. Seine Nase. Seine linke Wange, seine rechte. Seine Haut schmeckte salzig von den Tränen, die er vergossen hatte. Zuletzt küsste ich ihn auf den Mund. Unsere Lippen verschmolzen miteinander. Es war ein bittersüßer Kuss, der weder von Begierde noch von Leidenschaft getrieben war, sondern von einem anderen, zärtlicheren Gefühl.

Ich krabbelte auf Luciens Schoß, und er legte einen Arm um meine Taille. Mit der anderen Hand umfasste er meinen Oberschenkel und hielt mich fest, während wir uns küssten. Mit jeder Bewegung unserer Lippen, mit jedem Schlag unserer Zungen teilte er sein Leid mit mir. Ich konnte seine Verzweiflung schmecken, sie war blutig und gnadenlos.

Tränen sammelten sich hinter meinen Augenlidern, die ich fest zusammenkniff, um nicht loszuheulen. Doch ich musste einen Laut von mir gegeben haben, denn Lucien löste unseren Kuss.

Hoffnungslos traf sein Blick auf meinen, bevor ich auch nur den Hauch einer Chance hatte, meine Tränen zu verbergen. Seine Hand löste sich von meinem Oberschenkel, und mir stockte der Atem, als er mit dem Daumen über meine Wange strich, um eine meiner Tränen aufzufangen.

Ein Prickeln ging durch meinen Körper und nistete sich als warmes Glühen in meiner Brust ein. Die eisige Kälte der Verzweiflung war auf einmal um ein Vielfaches erträglicher.

Lucien schien es ebenfalls zu spüren. Er schob seine Hand in meinen Nacken, zog mich wieder an sich und küsste mich erneut, dieses Mal tiefer und leidenschaftlicher, als wollte er seinen Kummer in mir ertränken.

Ich ließ mich von der Welle mitreißen und verlor mich in dem Kuss, der so stürmisch war, dass er sämtliche Tränen vertrieb. Nach ein paar Sekunden schlang ich meine Arme um Luciens Hals, worauf er mich noch enger an sich presste und meine Lippen mit der Zunge teilte. Ich seufzte in seinen Mund, und ehe ich michs versah, hob er mich von seinem Schoß und drehte uns herum, bis ich diejenige war, die auf der Couch saß.

Er beugte sich über mich. Die Spitzen seiner Haare, die vom Regen noch feucht waren, streiften kühl meine Stirn – ein starker Kontrast zu seiner warmen Hand, die an meiner Hüfte lag. Der Stoff meines Tops war nach oben gerutscht, und seine Finger drückten in meine nackte Haut. Ein wohliges Zittern durchlief meinen Körper, was dafür sorgte, dass Lucien mich noch fester packte. Unser Kuss war heiß und fieberhaft und raubte mir den Atem, bis mir schwindelig wurde.

Irgendwann tauchte Lucien aus unserem Kuss auf, aber nicht um aufzuhören, sondern um mit seinen Lippen auf Wanderschaft zu gehen. Drängend küsste er meine Stirn, meine Nase und meine Wangen, so wie ich es zuvor bei ihm getan hatte, aber seine Bewegungen waren nicht länger von Verzweiflung angetrieben, sondern von der Hoffnung, den Schmerz zu lindern.

Anstatt mit seinen Küssen zu meinem Mund zurückzukehren, streiften seine Lippen meinen Kiefer empor, bis er die Stelle hinter meinem Ohr küssen konnte. »Ich denke seit Halloween ständig an dich«, raunte er und begann, an meinem Ohrläppchen zu knabbern.

Ich seufzte und ließ den Kopf in den Nacken fallen, während er seinen Mund an meinen Hals presste. Andächtig küsste er eine Spur von meinem Schlüsselbein hinunter bis zu meinen Brüsten, während seine Hand, die bisher auf meiner Hüfte verweilt hatte, sich langsam unter dem Stoff meines Tops nach oben schob, um seinen Küssen entgegenzukommen.

Ein angenehmer Schauer lief über meine Haut. Ich hatte das Gefühl, mein Herz müsste jeden Moment explodieren.

Kurz bevor Luciens Finger meine Brüste erreichten, hielt er in der Bewegung inne. Es war nur ein kurzes Zögern, das mir dennoch nicht verborgen blieb. Ich hob den Kopf und sah ihn an. Trauer, Wut und Enttäuschung waren gänzlich aus seinem Blick verschwunden und durch Verlangen und Lust ersetzt worden. Er wollte mich, und als er an meinem Körper herabsah, konnte ich spüren, wie sich meine Brustwarzen unter seiner Musterung aufrichteten.

Ich biss mir auf die Unterlippe und sah zu, wie Lucien mein Top die verbleibenden Zentimeter nach oben schob, bis der Stoff über meine Brüste rutschte. Mir wurde heiß, als sein auskostender Blick über meine entblößte Haut glitt, und ich glaubte, ihn etwas murmeln zu hören, ohne die Worte zu verstehen. Gänsehaut kroch über meine Arme, und ehe ich michs versah, lagen Luciens Lippen wieder auf mir.

»Oh Gott …« Ich keuchte auf und schloss die Augen, als er mit seiner Zunge meine erigierten Brustwarzen zu umspielen begann und sie sanft in seinen Mund saugte. Wie konnte sich das nur so gut anfühlen? Meine Haut war wie elektrisiert, und zwischen meinen Beinen breitete sich ein warmes Prickeln aus, das nach Luciens Aufmerksamkeit verlangte. Ich fragte mich, ob sich das immer so anfühlte oder nur mit ihm. Eine Frage, die sich in Luft auflöste, als er von meinen Brüsten abließ und sich langsam, Stück für Stück, meinen Bauch hinabküsste, wo er sich der Quelle meiner Sehnsucht näherte.

Meine Finger krallten sich in die Kante der Couch, als er mit seinen Lippen den Bund meiner Hose erreichte. Gespannt hielt ich den Atem an und wartete darauf, was als Nächstes geschehen würde. In keiner von mir erdachten Version des heutigen Tages hätte ich erwartet, dass meine Nacht so enden würde – mit Lucien, der zwischen meinen Beinen kniete und fragend zu mir aufsah, um Erlaubnis bittend.

Er schluckte hart und fuhr mit den Fingern über den Bund meiner Leggins. »Darf ich?« Seine Stimme klang rau.

Ich nickte. Begehren flammte in seinem Blick auf, und er atmete erleichtert aus, als würde sein Leben davon abhängen, mir heute Nacht näher zu sein. Ich wusste nicht, wie weit ich bereit wäre zu gehen, aber das, was sich gerade abspielte, fühlte sich richtig an. Ich vertraute Lucien, nicht nur mit meinem Herzen, sondern auch mit meinem Körper.

Er hakte die Finger in den Bund meiner Hose und meines Slips darunter, und als ich meine Hüfte leicht anhob, zog er mir beides in einer geschmeidigen Bewegung vom Körper.

Befangen schloss ich die Beine. Zwar fühlte ich mich mit Lucien sicher, aber es war dennoch ein merkwürdiges Gefühl, so entblößt vor ihm zu sitzen, während er noch vollständig bekleidet war.

Er sah von meinen zusammengepressten Beinen zu mir auf. Seine Augen glänzten dunkler als jemals zuvor, als er seinen Blick langsam über mein Gesicht gleiten ließ, als würde er nach Hinweisen suchen, dass ich das hier womöglich nicht wollte.

Er würde keinen solchen Hinweis finden.

Langsam beugte sich Lucien wieder herab und küsste mein linkes Knie, dann mein rechtes. Dabei schlossen sich seine Hände sanft um meine Knöchel. Ein letztes Mal hielt er inne, gab mir noch eine Sekunde, um mich anders zu entscheiden, aber ich hegte keine Zweifel, sondern schenkte ihm ein ermutigendes Lächeln. Das war alles, was er brauchte, um fortzufahren. Behutsam schob er meine Beine auseinander und stieß einen leisen Fluch aus, als er die Feuchtigkeit erblickte, die sich zwischen meinen Oberschenkeln gesammelt hatte.

In meinem Magen zog sich alles zusammen. Ich konnte nicht glauben, dass das hier passierte. Ein Wimmern kam mir über die Lippen, als Lucien zwischen meine Beine abtauchte und begann, Küsse auf der Innenseite meiner Schenkel zu verteilen, wobei er dem Zentrum meiner Lust immer näher kam. Ich erschauderte vor Aufregung, als würde ich in eine Achterbahn mit tausend Loopings steigen, und ein klein wenig Angst vor dem Ungewissen mischte sich unter mein Verlangen.

»Bitte sei vorsichtig«, wisperte ich leise.

Lucien sah mir fest in die Augen. »Ich würde dir niemals wehtun, Aliza. Niemals«, versprach er. Sein heißer Atem streifte meine empfindlichste Stelle, und dann waren seine Lippen auf mir. Er küsste mich federleicht, und was er mit seiner Zunge anstellte, löste in mir eine Empfindung aus, die völlig gegensätzlich zu Schmerz war.

Ich biss mir auf die Unterlippe, um nicht laut aufzustöhnen, dennoch drangen verzweifelte Laute aus meiner Kehle. Meine Augenlider flatterten, als Lucien den Druck seiner Lippen verstärkte. Während ich mich unter ihm wand, keuchte ich seinen Namen. »Lucien …«

»Gefällt es dir?« Seine Stimme vibrierte an meiner Mitte.

»Mhm«, brummte ich und biss mir abermals auf die Unterlippe, während ich gleichzeitig heftig nickte.

Lucien hakte seine Arme um meine Oberschenkel und legte seine gespreizten Hände an meinen Bauch, um mich festzuhalten, während er mich gnadenlos mit seiner Zunge und seinen Lippen verwöhnte.

Ich vergrub die Finger in seinem Haar und packte fest zu, während ich versuchte, dem Ansturm aus Empfindungen standzuhalten, die mich auf eine Klippe zutrieben, von der ich ohne Zweifel stürzen würde. Doch war da keine Angst vor dem Fall, nur unendliches Vertrauen, dass Lucien da sein würde, um mich aufzufangen.

Meine Beine begannen heftig zu zittern, als sich eine unerträgliche Spannung in mir aufbaute. Ich stöhnte und keuchte immer lauter und wollte Lucien von mir wegschieben. Es war einfach zu viel. Ich drohte zu explodieren. Mein Höhepunkt näherte sich unaufhaltsam. Pure Hitze strömte durch meine Adern. Es war kaum zu ertragen, doch plötzlich löste sich die Anspannung in mir mit einem Schlag und mein ganzer Körper erbebte …

Als ich wieder zur Besinnung kam, kniete Lucien noch immer vor mir auf dem Boden. Mit einem zufriedenen Ausdruck auf dem Gesicht betrachtete er mich. Seine Augen glänzten, ebenso wie seine Lippen. Nach Atem ringend, beobachtete ich, wie er einen letzten Kuss auf meinen rechten Oberschenkel drückte, dann lehnte er sich zurück, und zu meinem Erstaunen begann er, mich wieder anzuziehen. Zärtlich und ohne ein Wort zu sagen, umfasste er erst meinen einen, dann meinen anderen Fuß und führte meine Beine durch die Leggins, bis sie wieder an Ort und Stelle saß. Anschließend richtete er sich auf, zog mein Top nach unten, bis meine Brüste bedeckt waren, und küsste mich sanft.

»Danke«, hauchte er an meinen Lippen.

»Sollte ich mich nicht bei dir bedanken?« Ich lächelte, erschöpft, aber glücklich. Mein ganzer Körper prickelte auf eine herrliche Art und Weise. Und ich hatte das wohlige Gefühl, jeden Augenblick einschlafen zu können.

»Nein. Du hast mich für ein paar Minuten vergessen lassen, und das bedeutet mir alles«, erwiderte Lucien und setzte sich wieder neben mich. Als er die Arme um mich schlang, konnte ich spüren, wie sich sein Glied hart gegen meinen Oberschenkel drückte.

Ich atmete scharf ein. Und mein Herz, das ohnehin schon wild pochte, begann noch heftiger zu schlagen. Deutlicher als je zuvor spürte ich, wie sehr Lucien mich wollte. Doch obwohl ich ihm gerade ziemlich viel von mir gegeben hatte, musste ich mir eingestehen, dass ich für diesen nächsten Schritt noch nicht bereit war, da dieser nicht rückgängig gemacht werden könnte, und das musste ich ihm sagen.

»Luc…«, setzte ich an, verstummte aber gleich wieder, als er sein Gesicht an meiner Halsbeuge vergrub und tief Luft holte.

Sein Atem streifte über die Stelle, an der mein Puls noch immer heftig pochte. Er machte keine Anstalten, sich oder mich auszuziehen, was mich irgendwie erleichterte, aber auch besorgte, da es nur umso deutlicher machte, dass es Lucien nicht gut ging. Denn ganz offensichtlich war er nicht auf Sex aus, sondern hatte nur nach Nähe gesucht. Nähe, auf die er sich anscheinend ebenfalls nicht vollständig einlassen konnte.

Ich hob die Hand und streichelte ihm sanft mit einem Finger über die Wange. »Willst du darüber reden?«

Er schüttelte den Kopf und atmete tief ein, als könnte er einfach nicht genug von mir bekommen. »Später vielleicht, aber nicht jetzt, ich will das hier nicht kaputt machen.«

Er zog mich enger an sich, und in diesem Augenblick war es die leichteste Sache auf der Welt nachzugeben, sich in seine Umarmung zu schmiegen und den Moment zu genießen. Die traurige Realität, die Lucien gebrochen hatte, konnte warten.

21. Kapitel

Am nächsten Morgen weckte mich das Trampeln in der Wohnung über meiner, doch es gab schlimmere Arten aufzuwachen, solange ich wie in diesem Moment von Lucien eng umschlungen in meinem Bett lag. Er hatte im Schlaf einen Arm um mich gelegt und schmiegte sich an meinen Rücken. Sein warmer Atem kitzelte meinen Nacken und rief Erinnerungen an den vergangenen Abend herbei.

Ich konnte nicht glauben, was er getan hatte … was ich ihm erlaubt hatte zu tun, aber ich bereute nichts. Mir war es immer nur wichtig gewesen, diese ersten Erfahrungen mit einem Mann zu teilen, dem ich vertraute und der etwas Besonderes für mich war – und das war Lucien, das ließ sich nicht länger abstreiten. Die letzten Wochen hatte er meine Gedanken- und Gefühlswelt beherrscht wie keiner vor ihm, und mit ihm fühlte ich mich sicher.

Ich seufzte zufrieden in mein Kissen …

»Guten Morgen«, hauchte eine raue Stimme in mein Ohr.

Ich drehte mich in Luciens Armen herum und musste unweigerlich lächeln, als ich ihn sah. Er war mit dem halben Gesicht in meinem Kissen versunken, und seine Haare waren herrlich zerzaust.

»Du bist ja wach.«

»Schon eine ganze Weile. Benutzen deine Nachbarn den Boden als Trampolin?«

»Ich glaube, das ist ihre Rache für die Zeit, als ich meine

Möbel aufgebaut habe«, erwiderte ich und spielte mit der Kordel an Luciens Sweatshirt herum, um seinem Blick auszuweichen. Es freute mich, dass er bei mir war und ich neben ihm hatte aufwachen können, dennoch war es eigenartig zu wissen, wo er seine Lippen, die mich nun anlächelten, gestern gehabt hatte. Mein Gott, er wusste, wie ich untenrum schmeckte, das war seltsam.

»Ist alles in Ordnung?«, fragte Lucien, dem offensichtlich nichts entging.

Ich hob den Kopf und betrachtete seine mir inzwischen vertrauten Gesichtszüge, die im blassen Licht, das sich seinen Weg durch die Vorhänge meines Schlafzimmers gesucht hatte, sanft wirkten. »Ja, ich musste nur daran denken, dass noch nie ein Mann in meinem Bett geschlafen hat.«

Luciens Mundwinkel zuckten. Er streckte eine Hand nach mir aus und schob zärtlich eine Haarsträhne hinter mein Ohr, wobei seine Fingerspitzen federleicht über meine Wange streiften. Die Wärme in seinem Blick brachte mein Herz zum Rasen. »Und, wie war dein erstes Mal?«

»Perfekt«, antwortete ich und redete dabei nicht nur vom gemeinsamen Schlafen in meinem Bett.

Ich beugte mich vor und legte meine Lippen auf seine. Sogleich verschmolzen unsere Münder wieder miteinander, als hätten wir niemals aufgehört, uns zu küssen. Und augenblicklich kehrte das warme Gefühl der letzten Nacht zurück, breitete sich nach und nach in meinem gesamten Körper aus.

Lucien lehnte seine Stirn an meine. »Ich hoffe, das gestern war okay für dich.«

Ich lächelte. »Es war perfekt.«

Etwas Schelmisches blitzte in seinen Augen auf. »Warte ab, das ist nur eines meiner vielen Talente als Liebhaber.«

»Das glaube ich dir gerne«, erwiderte ich.

Mir war klar, dass er es als Scherz gemeint hatte, gleichzeitig wusste ich, dass es ein Versprechen auf all das war, was noch kommen würde. Aber ein Schritt nach dem anderen. Denn auch wenn ich es sehr genoss, mit ihm zu scherzen und mir auszumalen, was für einen Sturm er mit seinen Fingern und seiner geschickten Zunge in mir auslösen konnte, hatte ich nicht vergessen, was ihn am vergangenen Abend zu mir geführt hatte.

Ich räusperte mich und wurde ernst. »Warum hast du mich nicht angerufen? Ich habe mir Sorgen gemacht.«

Bedauern flackerte über Luciens Gesichtszüge. »Es tut mir leid. Ich wollte dich nicht versetzen, aber es waren ein paar harte Tage. Ich hatte so irre viel zu tun, und die Sache mit Amicia …« Er schüttelte den Kopf. »Das hat mich irgendwie überfordert und völlig aus der Bahn geworfen. Ich wollte dich da nicht mit reinziehen.«

»Schon in Ordnung«, murmelte ich. Schließlich konnte ich ihm schlecht einen Vorwurf aus seiner Abwesenheit machen, immerhin hatte er mir am Tag in der Unique Cafeteria ganz genau gesagt, dass er wenig Zeit hatte und Amicia für ihn an erster Stelle kam. Und das war okay für mich, auch wenn es sich vielleicht im Nachhinein als etwas schwerer erwies als erwartet. »Und wie geht es dir heute?«

Lucien blinzelte, und die Dunkelheit, die ich am Abend zuvor in seinen Augen gesehen hatte, kehrte zurück, wenn sie auch weniger finster wirkte. »Etwas besser. Dank dir. Gestern war wirklich kein guter Tag. Diese Zeit des Jahres ist immer hart, und als mich gestern lauter Menschen angerufen haben, um nachzufragen, ob es Amicia und mir gut geht, bin ich ausgerastet. Ich habe mein Handy ausgeschaltet und bin untergetaucht.«

Wir waren einander so nah – Nasenspitze an Nasenspitze –, dass ich sein Gesicht nur noch verschwommen erkennen konnte, dennoch war sein Schmerz für mich nicht zu übersehen, und das war etwas Kostbares. Denn er zeigte mir einen Teil von sich, den niemand anderes zu sehen bekam. Nicht Amicia. Nicht Cassie. Niemand. Nur ich.

»Willst du jetzt darüber reden?«

Er antwortete mir nicht sofort, sondern schien sich für ein paar Minuten in seine Gedanken zurückzuziehen, während derer ich mir wünschte, es gäbe einen Weg zu erfahren, was sich in seinem Kopf abspielte, ohne dass er die quälenden Worte aussprechen musste.

»Sie sind gestern vor drei Jahren gestorben«, sagte Lucien, seine Stimme ein kaum hörbares Wispern. Obwohl er mich ansah und sich seine Finger, die noch immer auf meiner Hüfte lagen, fester in meine Haut gruben, hatte ich das Gefühl, dass er mich nicht wirklich wahrnahm. »Es war ein regnerischer Tag. Sie sind losgefahren, um fürs Abendessen einzukaufen – meine Mom wollte Galette machen. Amicia und ich sind zu Hause geblieben. Ich lag in meinem Zimmer und habe *Fade to Black* von Metallica gehört, als es plötzlich an der Tür geklingelt hat. In diesem Moment dachte ich, es wären meine Eltern, die zurück sind. Ich weiß auch nicht, warum, schließlich hatten sie einen Hausschlüssel. Warum hätten sie klingeln sollen?«

Es schnürte mir die Kehle zu, während ich Lucien lauschte, und am liebsten hätte ich ihn mit einem Kuss zum Schweigen gebracht, um uns beiden diese Folter zu ersparen. Es war ihm anzusehen, wie sehr ihn jedes einzelne Wort quälte; der Schmerz stand ihm in die Augen geschrieben, klarer als schwarze Tinte auf weißem Papier. Doch so qualvoll die Erzählung auch war, ich wollte wissen, was damals geschehen war.

»Ich bin nach unten, um die Tür aufzumachen. Amicia saß im Wohnzimmer und hat sich *Hannah Montan*a angeguckt. Es war ein ganz normaler Samstag – bis ich die Tür aufgemacht habe und zwei Polizisten davorstanden. Ich hab mich erschrocken, denn ich dachte zuerst, sie wären meinetwegen gekommen. Ich hatte mir ein paar Tage zuvor illegal ein Album runtergeladen, das es nicht auf Spotify gab.« Lucien stieß ein trockenes, humorloses Schnauben aus. »Gott, ich wünschte, sie wären deswegen gekommen.«

»Aber das sind sie nicht.«

»Nein. Ein einziger Blick in ihre Gesichter hat mir verraten, dass es um etwas Schlimmeres ging«, erwiderte Lucien. Tränen, die seinen Blick dunkler und weicher zugleich erscheinen ließen, schimmerten in seinen Augen. »Die Polizisten haben mich vor die Tür gebeten, damit Amicia uns nicht belauschen kann, und mir erzählt, dass unsere Eltern tot sind. Ein LKW ist auf der Passage Bridge von der Fahrbahn abgekommen und in den Gegenverkehr gerast. Er hat den Wagen meiner Eltern erwischt und von der Brücke gestoßen. Sie sind mehrere Meter in die Tiefe gestürzt. Mein Dad war sofort tot. Meine Mom sollte mit einem Rettungswagen ins Krankenhaus kommen, aber sie hat es nicht bis dorthin geschafft. Ihr Herz hat aufgehört zu schlagen. Man hat versucht, sie zu reanimieren, aber die Verletzungen waren zu schwer.«

»Das tut mir so leid, Lucien.«

»Mir auch.« Er lächelte traurig, kurz darauf begannen seine Lippen unkontrolliert zu beben. Zitternd holte er Luft. Und dann weinte er.

Ich schlang die Arme um ihn, und er erwiderte die Geste. Verzweifelt klammerte er sich an mir fest und schluchzte an meiner Brust. Ich kniff die Augen zusammen, um selbst nicht auch loszuheulen, während mein Herz für Lucien blutete. Ich zog ihn enger an mich und hielt ihn fest, hielt ihn zusammen, damit er brechen konnte. Sein ganzer Körper erzitterte unter seinen Tränen, und ich wusste, dass ich die gequälten Laute, die seinen Mund verließen, wohl nie wieder würde vergessen können. Sie trugen einen Schmerz in sich, der so tief und gewaltig war, dass er sich geradewegs in mein Herz bohrte.

Nach einer Weile, ich wusste nicht, wie viel Zeit vergangen war, wurde Luciens Atmung ruhiger und seine Klagelaute verstummten, dennoch hielt ich ihn weiterhin fest, und auch er ließ mich nicht los. Seine Lippen streiften über meinen Hals, als er den Kopf leicht anhob, und als er sprach, klang seine Stimme kratzig und rau. »Es tut mir leid. Ich wollte nicht …«

»Es gibt nichts, wofür du dich entschuldigen musst«, fiel ich ihm ins Wort und wich ein kleines Stück zurück, nur so viel wie nötig war, damit ich ihn ansehen konnte. Seine Augen waren rot geschwollen und seine dichten schwarzen Wimpern von Tränen verklebt. »Du hast zwei der wichtigsten Menschen in deinem Leben verloren, und das viel zu früh. Es ist okay zu weinen.«

Lucien begegnete meinem Blick. »Ich vermisse sie einfach so sehr.«

Ich wusste nicht, was ich darauf erwidern sollte. Nichts, was ich sagte, würde seine Eltern zurückbringen. Er würde seinen Dad nie wieder lachen hören, seine Mom nie wieder umarmen können. Nichts würde daran etwas ändern, und das brach mir das Herz.

»Aber weißt du, was ich noch mehr vermisse?«, fragte Lucien. »Jemanden zu haben, der für mich da ist. Das ist vermutlich ein verdammt egoistischer Gedanke, aber ich hasse es, mich dieser Welt allein stellen zu müssen.«

Ich runzelte die Stirn. »Was ist mit Amicia?«

Lucien schüttelte den Kopf. »Ich liebe meine Schwester, aber sie ist nicht … *Sie* verlässt sich auf *mich*, weil ich ihr älterer Bruder bin. Ich kann nicht zu ihr gehen, wenn es uns an

Geld fehlt. Wenn ich einen schlechten Tag habe. Oder einen Rat brauche. *Ich* bin für *sie* da, nicht umgekehrt. Ich vermisse es, jemanden zu haben, der für mich alles stehen und liegen lässt. So wie meine Eltern es für mich getan haben. So wie ich es für Amicia tue.«

Es lag mir auf der Zunge, Lucien zu versichern, dass ich diese Person für ihn sein wollte, aber ich konnte mich gerade noch davon abhalten. Mein Leben war unglaublich hektisch. Ich hatte meinen Job, meine Familie, das Studium, und jeder Tag brachte eine neue Überraschung mit sich, so wie den Anruf von Malalai. Unter diesen Umständen konnte ich Lucien unmöglich versprechen, dass ich immer für ihn da sein würde; und das Letzte, was ich wollte, war, ihm falsche Hoffnung zu geben. Das würde ihn endgültig brechen.

»Gib Amicia noch ein paar Jahre«, sagte ich stattdessen und begann erneut, an der Kordel des Kapuzenpullis herumzuspielen. »Irgendwann wird sie erwachsen, und wenn ihr euch dann auf Augenhöhe begegnet, wird sie auch für dich da sein. Daran hab ich keinen Zweifel.«

Lucien lächelte schwach. »Ich würde es mir wünschen.«

»Wie geht es Amicia?«

»Den Umständen entsprechend. Sie hat viel geweint, als wir ihr Grab besucht haben, aber danach ging es ihr besser. Und ich glaube, sie hat sich gefreut, dass ich ihr erlaubt habe, die Nacht bei Brooklyn zu verbringen. Nicht im Haus unserer Eltern zu sein hilft.«

»Bist du deswegen gestern Nacht im Regen herumspaziert?«

»Deswegen und weil ich getrunken habe«, gestand Lucien, und es machte beinahe den Eindruck, als würde er sich dafür schämen. »Ich habe es nicht geplant, aber als ich die Bar gesehen habe, konnte ich nicht anders. Es waren nur zwei Bier, aber ich trinke und fahre nicht am selben Tag. Niemals.«

Was mich nicht wunderte, vor allem nicht nachdem ich nun wusste, dass seine Eltern bei einem Autounfall ums Leben gekommen waren. Ich an seiner Stelle hätte vermutlich Angst davor gehabt, überhaupt Auto zu fahren, und Amicia hätte ich vermutlich niemals zu jemand anderem in den Wagen steigen lassen. Die Furcht davor, dass ihr womöglich etwas zustieß, wäre für mich zu allgegenwärtig.

Lucien sah sich um. »Wie viel Uhr ist es überhaupt?«

Ich rollte mich herum und tastete nach meinem Handy. Meine To-do-Liste würde mich später so was von in den Arsch treten, aber daran wollte ich jetzt noch nicht denken. »9:47 Uhr.«

»Gut, dann habe ich noch ein bisschen Zeit.«

Ich hob die Brauen. »Wofür?«

»Ich weiß nicht«, brummte Lucien unschuldig. Doch seine Hand, die unter mein Top wanderte, machte deutlich, dass er eine ganz genaue Vorstellung von dem hatte, was er tun wollte. »Wir könnten vielleicht da weitermachen, wo wir gestern aufgehört haben.«

»Oooder …« Ich lächelte. »Ich mache dir Frühstück. Wann hast du zuletzt was gegessen?«

Lucien zögerte, vermutlich weil seine letzte Mahlzeit schon viel zu lange zurücklag.

»Ich hoffe, du magst Bananen-Pancakes.« Ich schlug die Bettdecke zurück und gab ihm einen flüchtigen Kuss auf die Lippen, bevor ich aufstand. »Kommst du?«

Lucien blinzelte, dann schwang er ebenfalls die Beine über die Bettkante und folgte mir in die Küche.

Ich wusste nicht, ob er es komisch fand, dass ich Frühstück einer Make-out-Session mit ihm vorzog, aber ich wollte ihm etwas Gutes tun, und durch Essen zeigte ich meine Zuneigung, so war es schon immer gewesen. Und auch wenn ich Lucien nichts hatte versprechen können, sollte er trotzdem wissen, dass ich auf seiner Seite stand. Ich war für ihn da und würde mein Bestes geben. Ich wusste nur nicht, ob mein Bestes gut genug sein würde.

Vier Stunden später

Lucien: *Danke – für alles.*
Aliza: 🩶

Zwei Tage später

Lucien: *Hast du meine Webseite auf deinem Instagram geteilt?*

Aliza: *Ja … Ich hoffe, das war okay.*

Aliza: *Du meintest nur, dass du weniger Aufträge bekommst, jetzt wo Halloween und die Hochzeitssaison vorbei sind, und ich dachte, das würde dir vielleicht helfen.*

Lucien: *Ich war nur gerade etwas überrascht von all den Anfragen. Es sind über vierzig!*

Aliza: *So viele? Das ist doch super, oder?*

Lucien: *Ja, nur leider werde ich die meisten Aufträge ablehnen müssen.*

Aliza: *Wieso?*

Lucien: *Die Anfragen kommen teils aus Wyoming und sogar aus Texas. Das ist viel zu weit weg.*

Aliza: *Aber wenn dir die Anreise bezahlt wird?*

Lucien: *Ich kann Amicia nicht so lange allein lassen.*

Lucien: *Das hat sie eindeutig bewiesen. Mehrfach.*

Aliza: *Und was ist, wenn ich ein Auge auf sie habe?*

Lucien: *Das kann ich nicht von dir verlangen.*

Aliza: *Du verlangst es nicht. Ich biete es dir an.*

Aliza: *Ich pass gut auf sie auf. Versprochen.*

Lucien: *Ich weiß …*

Lucien: *Lass mich darüber nachdenken.*

Drei Tage später

Aliza: *Ich hasse Wirtschaftsrecht.*
Lucien: *Warum?*
Aliza: *Weil es eine Erfindung des Teufels ist!*
Aliza: *Ich wäre bei den Midterms beinahe durchgerasselt, was bedeutet, dass ich mich für die Finals besonders anstrengen muss, um meinen Schnitt zu heben.*
Lucien: *Shit. Lust auf ein Lern-Date?*
Aliza: *Ich halte das für keine gute Idee.*
Aliza: *Du lenkst mich zu sehr ab.*
Lucien: *Ich verspreche, ich werde brav sein.*
Aliza: *Schön, dass du das versprechen kannst – ich nämlich nicht. Ich muss ziemlich oft an diese Sache denken, die du da mit deiner Zunge gemacht hast.*
Lucien: *Ach ja?* 😏
Aliza: *Ja.*
Lucien: *Gut zu wissen …*

Ein Tag später

Lucien: *Hast du am Wochenende schon was vor?*
Aliza: *Nur das Übliche. Ich wollte ein bisschen an meiner Rede arbeiten.*
Lucien: *Was für eine Rede?*
Aliza: *Hab ich dir davon noch nicht erzählt?*
Lucien: *Nein.*
Aliza: *Du erinnerst dich doch sicherlich an die Bewerbung, die ich an Irresistible Future geschickt habe?*
Lucien: *Ja …*
Aliza: *Sie haben keinen Job für mich.*
Lucien: *Das tut mir leid :(*
Aliza: *Das ist noch nicht alles …*
Aliza: *Sie haben zwar keinen Job innerhalb der Organisation für mich, aber sie haben mich als Rednerin gebucht. Ich soll Ende November bei einer Veranstaltung in Seattle vor rund fünfhundert jungen Frauen sprechen und ihnen von meinem Werdegang als Woman of Color erzählen, um ihnen Mut zu machen.*
Lucien: *Das hört sich toll an.*
Lucien: *Ich kann mir das bei dir richtig gut vorstellen!*
Aliza: *Etwas Ähnliches hat Malalai auch gesagt.*
Lucien: *Darf ich deine Rede lesen?*
Aliza: *Sie ist noch nicht fertig.*
Lucien: *Darf ich sie lesen, wenn sie fertig ist?*
Aliza: *Vielleicht … Aber zurück zum Thema. Was ist am Wochenende?*
Lucien: *Amicia ist bei der Mathe-Nachhilfe und im Anschluss bei Freunden. Ich wollte in die Boulderhalle gehen und fragen, ob du mitkommen möchtest.*
Aliza: *Bouldern? Also klettern?*

Lucien: *Ja.*
Aliza: *Das hab ich noch nie gemacht.*
Lucien: *Keine Sorge, es ist nicht schwer, und du bist gesichert.*
Lucien: *Es kann dir also nichts passieren.*
Lucien: *Ich fang dich auf.*
Aliza: *Ein wahrer Gentleman.*

Ich hatte mich nie für eine besonders sportliche Person gehalten, aber immer angenommen, ich wäre fit dank der Home-Work-outs, die ich regelmäßig absolvierte, um zwischen Studium und Arbeit zumindest ein bisschen in Form zu bleiben. Ich hatte mich getäuscht. Nach kaum zehn Minuten an der Kletterwand zitterten meine Arme, und ich musste der Versuchung widerstehen, die bunten Griffe nicht einfach loszulassen. Die Gurte um meine Brust und meine Hüfte würden mich auffangen ebenso wie die unzähligen weichen Matten am Boden, doch mein Ehrgeiz erlaubte es mir nicht aufzugeben, auch wenn ich keine Chance gegen Lucien hatte, der bisher noch nicht mal richtig ins Schwitzen gekommen war. Anscheinend ging er mehrmals wöchentlich in diese Kletterhalle mit angrenzendem Fitnessstudio, womit auch das Geheimnis seiner tollen Oberarme gelüftet war.

»Du schaffst das!«, rief Lucien mir zu, der bereits das Ende der Wand erreicht hatte und nun an der oberen Kante saß, die Füße baumeln ließ und auf mich herabblickte, ein verschmitztes Grinsen auf den Lippen.

Am liebsten hätte ich ihm einen bösen Blick zugeworfen, aber das war schwer, wenn alles, woran ich denken konnte, war, wie gerne ich ihm das Grinsen aus dem Gesicht küssen wollte. Er sah einfach verdammt umwerfend in seinen Trainingsklamotten aus – das ärmellose Shirt, das besagte Oberarme betonte, und die kurze Sporthose, die erahnen ließ, was sich darunter befand, lösten ein Flattern in meiner Magengrube aus.

Ich kämpfte mich das letzte Stück die Kletterwand hoch, wo ich mich erschöpft neben Lucien sinken ließ. Obwohl wir für den Einstieg eine Wand mit geringem Schwierigkeitsgrad gewählt hatten, atmete ich schwer. »Irgendwie hatte ich mir das leichter und weniger anstrengend vorgestellt«, keuchte ich und wischte mir einen Schweißtropfen von der Stirn.

»Du gewöhnst dich daran.«

»Daran gewöhnen? Du glaubst, dass ich das hier öfter machen werde?«

Lucien lachte. »Ich werde dich schon noch überzeugen.«

In deinen Träumen, dachte ich, erwiderte aber nichts. Sollte er eben in dem Glauben leben. Ich dagegen war mir sicher, dass mir das Bouldern viel zu anstrengend war. Außerdem hatte ich das Gefühl, dass mich alle beobachteten. Ich wusste schon, wieso ich meine Home-Work-outs einem Fitnessstudio vorzog.

»Amicia hat nächste Woche ihren Gerichtstermin«, sagte Lucien plötzlich wie aus dem Nichts heraus.

»Oh.«

Er schnaubte. »Ja, das steigert die Freude und Dankbarkeit an Thanksgiving ungemein.«

Ich sah nach unten, hob meinen Blick aber sogleich wieder, denn die fünf Meter wirkten von hier oben weitaus tiefer als gedacht. »Soll ich mitkommen?«

Er schüttelte den Kopf. »Ich will keine große Sache daraus machen, auch wenn sie das in meinem Kopf längst ist. Ich habe in den letzten Wochen wohl alle Reddit-Foren zu dem Thema durchgelesen. Von meinen Albträumen, dass Amicia im Jugendknast landet, will ich gar nicht erst anfangen.«

»Sie wird nicht in den Knast geschickt«, sagte ich versichernd und legte ihm eine Hand auf den Arm. »Heather hat gesagt, sie muss nur mit ein paar Stunden Sozialdienst rechnen. Das schafft sie. Und wer weiß, vielleicht tut es ihr sogar gut.«

»Vielleicht«, echote Lucien, wirkte allerdings alles andere als überzeugt.

Ich biss mir auf die Unterlippe. »Du weißt, dass das, was Amicia getan hat, nicht bedeutet, dass du als Bruder oder Ersatz-Vater versagt hast, oder? Sie ist alt genug, um ihre eigenen Entscheidungen zu treffen.«

»Aber es ist meine Verantwortung, ihr beizubringen, die richtigen Entscheidungen zu treffen.«

»Jeder muss sich mal falsch entscheiden, nur so kann man aus seinen Fehlern lernen.«

Lucien dachte kurz nach. »Und was ist, wenn sie nicht daraus lernt?«

»Das wird sie. Sie ist ein kluges Mädchen.«

»Gerade ist sie vor allem ein rebellischer Teenager.«

»Ja, aber das ist nur eine Phase. Gib ihr etwas Zeit«, redete ich Lucien gut zu. Es machte mich traurig, dass er so wenig Vertrauen in Amicia, sich selbst und seine Erziehung hatte. Ich hatte die beiden noch nicht oft zusammen erlebt, aber was ich gesehen hatte, und die Art, wie Lucien immer über seine Schwester redete, zeigten mir, dass die beiden auf dem richtigen Weg waren. Es war eben nur kein gerader Weg, sondern ein holpriger mit etlichen Kurven.

Nachdenklich runzelte Lucien die Stirn, und ein paar Sekunden wirkte es, als wollte er noch etwas zu der Sache sagen, doch dann wechselte er erneut abrupt das Thema. »Was machst du an Thanksgiving?«

»Dasselbe wie alle: essen. Meine Familie feiert Thanksgiving zwar nicht im traditionellen Sinn, das widerspricht ihrem Glauben, aber da alle frei haben, bietet es sich einfach an, zusammenzukommen und etwas Zeit miteinander zu verbringen. Und zu essen. Der Sport heute kommt also vielleicht doch ganz gelegen.«

»Du sagst, das widerspricht *ihrem* Glauben. Du bist also nicht religiös?«

Ich schüttelte den Kopf. Zwar hatte ich eine muslimische Erziehung genossen, vor allem durch Ammi, aber ich hatte mich dem Islam nie wirklich zugehörig gefühlt, und meine Eltern hatten mir stets die Freiheit gelassen, für mich selbst zu entscheiden. Zumal mein Dad selbst nicht besonders religiös war. »Meine Schwester, Nazia, und meine Großmutter sind gläubig, und meine Mom zu gewissen Anlässen auch. Die Feiertage sind ihr wichtig. Aber ich komme da eher nach meinem Dad. Ich habe diese Verbundenheit zum Islam noch nie gespürt, und auch zu keiner anderen Religion. Ich bin einfach kein besonders gläubiger Mensch, würde ich behaupten. Was ist mit dir? Bist du religiös?«

»Nein, meine Mom war Jüdin und mein Dad wie gefühlt alle Franzosen katholisch, aber nur auf dem Papier. Wir haben nie Hanukkah gefeiert, aber Weihnachten – weil es jeder macht, nicht weil der Tag für uns eine tiefschürfende Bedeutung hat.« Er zuckte mit den Schultern und warf einen Blick nach unten, wo viele andere Kletterer herumwuselten. »Wollen wir wieder runter?«

Ich nickte und beobachtete Lucien dabei, wie er sich umdrehte und wieder nach unten hangelte, um es ihm nachzumachen. Dabei fiel es mir deutlich leichter, nach unten als nach oben zu klettern. Ich wusste nicht, ob es daran lag, dass es wirklich einfacher war, oder daran, dass ich vollkommen in Gedanken versunken war. Mir konnte schließlich ohnehin nichts passieren, im schlimmsten Fall fiel ich und wurde von den Sicherungen aufgefangen.

Ich konnte nicht aufhören, an das Gespräch über Amicia zu denken und daran, wie resigniert Lucien gewirkt hatte. Ihre Gerichtsverhandlung. Der Todestag ihrer Eltern. Und dann noch die Sache mit seinen Aufträgen. Das alles schien ihm ziemlich zuzusetzen. Außerdem wollte mir sein Geständnis, dass er es hasste, sich Problemen allein zu stellen, nicht mehr aus dem Kopf gehen. Ich bemühte mich meistens auch, mein Leben allein auf die Reihe zu bekommen und möglichst selbstständig zu handeln, aber das war eine Entscheidung, die ich freiwillig traf. Ein Luxus, den Lucien im Gegensatz zu mir nicht hatte. Im Notfall hatte ich meine Eltern, Nazia und Ammi, die mir bedingungslos den Rücken stärkten und mich unterstützten, wenn ich sie darum bat.

Am Boden angekommen, trat Lucien an mich heran, hakte mich vom Sicherungsseil ab und half mir dabei, die Gurte zu lösen, die um meinen Körper geschnallt waren. Dabei entging mir nicht, wie gut er trotz des Kletterns roch und wie merkwürdig vertraut mir dieser Duft inzwischen war.

»Hast du über mein Angebot nachgedacht?«, fragte ich mit gesenkter Stimme.

»Welches Angebot?«

»Auf Amicia aufzupassen, während du für Aufträge unterwegs bist.«

Er löste die letzte Schnalle an meiner Sicherung und reichte den Gurt einem Mitarbeiter, der bereits darauf wartete, die Halterung dem nächsten Besucher anzulegen. Dann wandte er sich wieder mir zu. »Ich halte das für keine gute Idee.«

»Wieso nicht? Vertraust du mir nicht?«

»Natürlich vertraue ich dir«, antwortete er ohne das geringste Zögern. »Aber Amicia ist gerade unberechenbar. Und du hast schon genug Stress. Ich würde mich nicht wohl damit fühlen, sie bei dir abzuladen.«

»Aber ich mach das gerne für dich. Wirklich«, versicherte ich. »Amicia und ich werden uns sicherlich gut verstehen. Wir können zusammen backen, uns einen Film anschauen, die Nägel machen und Gesichtsmasken ausprobieren. Ich bin mir sicher, es würde ihr Spaß machen, mal Zeit mit jemandem zu verbringen, der nicht ihr grumpy Bruder ist.«

»Du findest mich grumpy?«

Ich hob eine Augenbraue. »Du dich etwa nicht?«

Luciens Mundwinkel zuckten, aber er versuchte, das Lächeln zu unterdrücken. Ich jedoch lachte und schlang die Arme um seinen Hals.

Sofort legte er seine Hände auf meine Hüfte. Es war eine völlig natürliche, geradezu instinktive Geste, die auf mich wirkte, als würden wir uns bereits seit ein paar Monaten und nicht erst seit ein paar Wochen treffen. Ob wir auf Außenstehende denselben Eindruck machten?

Drei Tage später

Aliza: *Wie war es im Gericht?*
Lucien: *Unspektakulär. Wir waren nach fünf Minuten fertig. 24 Stunden Sozialdienst – wie erwartet.*
Aliza: *Wisst ihr schon, was Amicia machen soll?*
Lucien: *Suppenküche.*
Aliza: *Das klingt doch gar nicht so übel.*
Lucien: *Sag das Amicia …*
Aliza: *Wie geht es ihr?*
Lucien: *Jetzt okay, vorhin hat sie geweint, aber vielleicht ist ihr das eine Lehre.*
Aliza: *Sei nicht so hart zu ihr.*
Lucien: *Ich finde nicht, dass ich zu hart bin.*
Lucien: *Hier geht es schließlich nicht nur um eine geschwänzte Schulstunde.*
Aliza: *Das weiß ich.*
Lucien: *Sorry, das Thema regt mich immer noch ziemlich auf.*
Lucien: *Ich will nur ihr Bestes, auch wenn sie das nicht immer erkennt.*
Aliza: *Irgendwann wird sie es erkennen und dir danken – glaub mir.*

22. Kapitel

Lilly: *Happy Thanksgiving aus New Jersey.*
Cassie: *Euch auch!*
Micah: *Happy Thanksgiving!*
Lilly: *Wo feiert ihr?*
Micah: *Adrian, Keith, Julian und ich feiern bei uns zu Hause.*
Cassie: *Ich bin bei meinen Eltern.*
Auri: *Ich auch.*
Lilly: *Ihr feiert nicht zusammen?*
Cassie: *Leider nicht. Wir wollten unsere Familien nicht vor den Kopf stoßen.*
Aliza: *Ich bin auch bei meiner Familie.*
Auri: *Ich dachte, ihr feiert kein Thanksgiving?*
Aliza: *Tun wir auch nicht, aber Familie + Essen geht immer.*
Lilly: *Stimmt. Was gibt's bei euch?*

»Leg dein Handy weg und hilf mir«, sagte meine Mom. Sie hatte ihr schwarzes Haar zu einem Knoten gebunden und trug eine Schürze, da sie gerade dabei war, Teig auszurollen.

»Sorry!«, entschuldigte ich mich und legte mein Telefon beiseite.

Wir standen in der Küche und bereiteten alles für unser Nicht-Thanksgiving-Thanksgiving-Dinner vor, das aus einigen der fettigsten Gerichte bestand, welche die pakistanische Küche hergab: Samose, Pakore, Dahi Balle, Jalebi und noch viel mehr.

Es war genug, um zwanzig Leute zu füttern, dabei waren wir zu fünft. Aber das war mir nur recht. Vor allem auf die Samose freute ich mich. Sie erinnerten mich an unsere großen Familientreffen, bei denen wir alle zusammenkamen. Dann wurde es zwar laut und chaotisch, dennoch freute ich mich immer über das herzliche Beisammensein mit meiner ganzen Familie. Allerdings waren die Treffen seltener geworden, seit meine Cousins und Cousinen, aber auch Nazia und ich, älter geworden waren und wir alle unserem eigenen Leben nachgingen. Zwar kamen wir noch immer regelmäßig zusammen, aber meistens nur in kleinerer Runde. An manchen Tagen vermisste ich die wilden Diskussionen, den Tratsch und das Gefühl der Zusammengehörigkeit sehr. Fast, aber nur fast, vermisste ich sogar die aufwendige Kleidung und das stundenlange Herrichten.

Ich machte dort weiter, wo Nazia aufgehört hatte, die gerade mit Ammi beim Gebet war, und schnitt den Salat für das Dahi Balle. Dabei quatschten meine Mom und ich über das letzte Eid-Fest und schwelgten in Erinnerungen an frühere Familienfeiern, bis Ammi und Nazia zurückkamen, um wieder mitzuhelfen. Es wurde voll und wuselig in der Küche. Jemand anderes wäre davon vielleicht genervt gewesen, aber ich genoss diese familiäre Hektik, die ich in meiner eigenen Küche nicht mehr erlebte. Nazia übernahm wieder den Salat und das Gemüseschneiden, während ich eine Imli-Soße anrührte und Ammi den Herd überwachte.

Als Samose und Pakore in der Pfanne brutzelten, begannen Nazia und ich, die Küche schon mal ein bisschen aufzuräumen, bevor wir alle zusammen eine kurze Pause einlegten und uns mit einer Tasse Chai an den Tisch setzten, um den Moment zu genießen.

Nazia regte sich gerade mal wieder über die Umbauten im

Museum auf, als ich mir erlaubte, erneut auf mein Handy zu spicken.

Der Gruppenchat explodierte, alle unterhielten sich über Thanksgiving und teilten Bilder von ihrem Essen oder dessen Vorbereitungen. Allerdings fiel mir auf, dass eine Person sehr schweigsam war: Lucien. Normalerweise brachte er sich früher oder später immer in die Unterhaltungen ein, auch wenn er nicht der redseligste Mensch war, und plötzlich wurde mir bewusst, dass ich ihn nie gefragt hatte, was Amicia und er heute vorhatten. Ich konnte mir vorstellen, dass ein solcher Feiertag, den die meisten mit ihrer Familie verbrachten, nicht einfach für die beiden war. Rasch öffnete ich unseren Chatverlauf und schrieb ihm eine private Nachricht.

Aliza: *Hey, alles klar bei euch?*
Lucien: *Jup, ich lieg im Bett und schau* Brooklyn Nine-Nine.
Aliza: *Gibt's bei euch gar kein Festessen?*
Lucien: *Nope, ich schieb gleich eine Pizza in den Ofen.*
Aliza: *Und Amicia?*
Lucien: *Die ist nicht da.*
Aliza: *Wo ist sie?*
Lucien: *Bei Brooklyn. (Mir fällt jetzt erst auf, dass die Freundin meiner Schwester wie eine meiner Lieblingsserien heißt. Zufall???)*
Aliza: *Ihr feiert nicht zusammen? (Stimmt, irgendwie war mir das bisher auch nicht so klar!)*
Lucien: *Nein. Sie hat gefragt, ob sie zu Brooklyn darf, und ich dachte, es wäre für sie vielleicht ganz schön, mal mit einer richtigen Familie zu feiern, mit Truthahn und allem, was dazugehört.*
Aliza: *Du bist also allein?*
Lucien: *Ja.*

Ich presste die Lippen aufeinander. Zögerte. Es gefiel mir nicht, dass Lucien glaubte, Amicia und er seien keine richtige Familie, denn das waren sie, auch wenn sie nicht in die Schablone passten, welche die Gesellschaft vorgab. Ebenso wenig gefiel es mir, dass er heute allein war, an einem Tag, den fast alle mit ihren Liebsten verbrachten. Und das, nachdem er ein paar echt harte Wochen hinter sich hatte.

Ich hob den Kopf und sah zu meiner Mom.

Sie bemerkte meinen Blick und fing ihn auf. »Ist alles in Ordnung?«

Ich nickte langsam. »Ja, ich habe mich gerade nur gefragt, ob es okay wäre, wenn ein Freund von mir zum Essen vorbeikommt?«

»Ist das der Freund, von dem Nazia erzählt hat?«

Ich schnaubte und warf meiner Schwester einen finsteren Blick zu. »Ja. Lucien. Er hat mir gerade geschrieben, dass er allein zu Hause ist.« Ich zuckte mit den Schultern, als wäre es keine große Sache, dabei war es eine verdammt große Sache, Lucien zu meinen Eltern einzuladen. Noch vor ein paar Stunden wäre ich niemals auf die Idee gekommen. Doch die Vorstellung, wie er allein auf seinem Bett saß, eine Tiefkühlpizza aß und nichts hatte, wofür er dankbar sein konnte, ertrug ich einfach nicht.

»Genug zu essen haben wir auf jeden Fall da«, säuselte Nazia, die von meiner Idee ziemlich angetan schien. Vermutlich konnte sie es kaum erwarten, ihn ins Kreuzverhör zu nehmen.

»Und woher kennst du diesen Lucien?«, fragte meine Mom.

»Er ist ein Freund von Cassie. Wir haben uns auf dem Sommerfest des Jugendzentrums kennengelernt, für das Julian arbeitet. Und er hat mir bei meinem Fotoshooting mit *Goddess* mit dem Make-up ausgeholfen. Er ist wirklich nett«, fügte ich hinzu, einfach weil ich das Verlangen danach spürte.

»Und wie alt ist er?«

»Einundzwanzig.«

»Studiert er auch am MFC?«

»Ja, BWL«, antwortete ich hoffnungsvoll. Zumindest schmetterte sie meinen Vorschlag, einen für sie Fremden einzuladen, nicht sofort ab.

Meine Mom brummte und sah zu Ammi. »Was meinst du?«

Ammi schürzte nachdenklich die Lippen, und ihr Gesicht nahm denselben skeptischen Ausdruck an wie jedes Mal, wenn ich zu lange über meinen Blog redete. »Ist er Amerikaner?«

»Er wurde in Frankreich geboren, aber … ja.«

Ammi schnaubte, als würde sie meine Antwort nicht überraschen, aber vielleicht ein wenig enttäuschen. Ich wusste, dass es ihr lieber gewesen wäre, wenn ich mich wie Nazia mit einem Pakistani getroffen hätte. Und ich hatte auch gar nichts dagegen, einen pakistanischen Mann zu daten, aber im Moment war da eben Lucien.

Abwartend sah ich Ammi an. »Also, was meinst du?«

Sie seufzte. »Wenn du willst, dass er kommt, darf er kommen.«

»Danke!«, erwiderte ich mit einem Grinsen, das meine Freude darüber, Lucien heute zu sehen, nicht verbergen konnte.

Sofort schrieb ich ihm eine Nachricht.

Aliza: *Magst du vorbeikommen?*
Lucien: *Ich dachte, du wärst bei deiner Familie?*
Aliza: *Ja, bin ich auch, aber für sie ist es okay, wenn du kommst. Du bist eingeladen.*
Lucien: *Ist das dein Ernst?*
Aliza: *Klar, aber du musst natürlich nicht, wenn du nicht willst.*
Lucien: *Wissen deine Eltern von uns?*
Aliza: *Irgendwie schon …*

Lucien: *Was soll das heißen?*
Aliza: *Der Freund meiner Schwester hat uns zusammen gesehen, als wir in der Unique Cafeteria waren. Er hat es Nazia erzählt, die es natürlich unseren Eltern gepetzt hat. Sorry.*

Als Lucien nicht gleich antwortete, machte ich mir sofort Sorgen, dass ich vielleicht zu weit gegangen war. Schließlich hatten wir vereinbart, dass das zwischen uns nichts Festes war, keine Beziehung. Ihn meinen Eltern, Nazia und Ammi vorzustellen gab dem Ganzen allerdings schon eine sehr offizielle Note.

Verunsichert starrte ich auf mein Handy. Wartete. Bis schließlich die drei Punkte erschienen, die mir verrieten, dass Lucien eine Antwort tippte.

Gespannt hielt ich den Atem an.

Lucien: *Bist du dir sicher, dass du das willst?*
Aliza: *Ich denke schon …*
Lucien: *Okay. Wie ist die Adresse?*

Nervös zuckte mein Blick immer wieder zur Uhr an der Wand. Eigentlich hätte Lucien längst hier sein sollen.

Wieso hatte ich es bloß für eine gute Idee gehalten, ihn einzuladen? In dem Moment, als ich die Entscheidung getroffen hatte, hatte sie sich richtig angefühlt. Nun jedoch fragte ich mich, ob er allein zu Hause nicht besser dran gewesen wäre, anstatt sich dem Verhör meiner Familie zu stellen. Außerdem keimte in mir mehr und mehr die Sorge auf, dass meine Eltern und Ammi Lucien womöglich nicht mögen könnten. In meinen Augen gab es keinen Grund dafür. Auf den ersten Blick war er vielleicht nicht der zugänglichste Typ, und ja, er war kein Pakistani, aber er war hilfsbereit, höflich, gebildet und so vieles mehr. Ich hoffte inständig, dass meine Familie das erkannte und mit Lucien einverstanden war. Falls nicht, würde ich mich zwar trotzdem weiterhin mit ihm treffen, aber ohne ihre Zustimmung wäre es einfach nicht dasselbe.

Als es klingelte, zuckte ich erschrocken zusammen, obwohl ich die ganze Zeit nur auf dieses eine Geräusch gewartet hatte.

»Ich mach auf!«, brüllte ich und sprang von der Couch auf. Hinter mir hörte ich Nazia lachen, aber ich wollte auf keinen Fall, dass Lucien zuerst ihr oder meiner Mom in die Arme lief.

Vor der Tür sammelte ich mich eine Sekunde und atmete tief ein, bevor ich Lucien öffnete.

Sein Anblick ließ mein Herz, das die ganze Zeit wie wild gepocht hatte, stocken und mich sogleich ruhiger werden. Ich lächelte. »Hey.«

»Hey«, grüßte er mit einem Zucken in den Mundwinkeln zurück, was ein nervöses Flattern in meinem Magen auslöste.

Anstelle seiner Lederjacke trug er heute eine schwarze Kapuzenjacke über einem ebenso dunklen Hemd, und auch seine Jeans war – Überraschung – schwarz. Doch einen Farbfleck gab es: den herbstlichen Blumenstrauß in seinen Händen.

Als Lucien meinen Blick bemerkte, räusperte er sich verlegen und streckte mir den Strauß in einer abrupten Bewegung entgegen. »Den hab ich für deine Mom mitgebracht. Und deine Oma und deine Schwester. Und natürlich auch für dich. Ich fand die Vorstellung, hier mit vier Sträußen anzutanzen, irgendwie merkwürdig, also hoffe ich, dass einer reicht.«

Seine Verlegenheit ließ mein Grinsen breiter werden. »Danke. Komm rein. Und zieh die Schuhe aus.«

Lucien gehorchte.

Als ich mich umdrehte, entdeckte ich Nazia, die neugierig aus dem Wohnzimmer spähte. Ich verdrehte die Augen, was sie anscheinend als Aufforderung verstand, sich zu uns zu gesellen. Lucien hatte kaum seine Jacke abgelegt, da war sie schon bei uns.

Sie hob die Hand zum Gruß. »Hallo, ich bin Nazia.«

»Lucien. Freut mich, dich kennenzulernen.«

Neugierig musterte sie ihn von Kopf bis Fuß. Das Hemd betonte seine athletische Figur; die Ärmel hatte er nach oben geschoben, sodass seine Tattoos sichtbar waren. Zwar war Lucien überhaupt nicht Nazias Typ, aber selbst sie musste seine Attraktivität erkennen.

Ein kleines, wissendes Lächeln trat auf ihre Lippen, bevor ihr Blick kurz zu mir und dann wieder zu Lucien zuckte. »Und mich erst.«

»Komm, ich stell dir meine Eltern und Ammi vor«, sagte ich und drückte Nazia den Blumenstrauß in die Hand, damit sie sich darum kümmerte.

Als ich Luciens Hand ergriff, hatte ich den Eindruck, dass er mir mehr Halt gab als andersherum. Ich war unheimlich nervös, als ich ihn ins Wohnzimmer führte, wo sich alle versammelt hatten.

Die Augenbrauen meiner Mom wanderten in die Höhe, als sie Lucien sah, und der Blick meines Dads heftete sich sogleich auf unsere verflochtenen Finger. Ihre Reaktionen wirkten nicht negativ, aber überrascht, was mich nicht wunderte, schließlich hatte ich sie in keiner Weise auf Lucien vorbereiten können.

Ich räusperte mich. »Das ist Lucien«, sagte ich und deutete auf ihn, als könnten irgendwelche Zweifel daran bestehen, von wem ich redete. »Und das sind meine Mom Lubna, mein Dad Ashraf und Ammi. Ihr ist mein Kochbuch gewidmet.«

»Danke für die Einladung«, sagte Lucien und schüttelte meinen Eltern die Hand. Ammi schenkte er ein Lächeln.

Sie erwiderte die Geste, aber ich konnte ihr ansehen, dass sie Lucien nicht sonderlich zugetan war, was nicht ungewöhnlich war. Sie war Fremden gegenüber immer etwas zurückhaltend, was ihr niemand verdenken konnte, da sie in der Vergangenheit nicht nur gute Erfahrungen mit Amerikanern gemacht hatte. Aber vermutlich lag ihre Zurückhaltung auch an Luciens Tätowierungen, denn die mochte Ammi überhaupt nicht.

»Wir freuen uns, dass du da bist. Als Aliza gesagt hat, dass du heute allein bist, konnten wir gar nicht anders, als dich einzuladen. Ich hoffe, du hast Hunger mitgebracht«, sagte meine Mom.

Lucien nickte. »Jede Menge.«

»Fantastisch, aber es dauert noch ein paar Minuten. Kann ich dir was zu trinken anbieten?«

»Ähm, Wasser?« Es klang fast wie eine Frage.

Meine Mom lächelte. »Kommt sofort.«

Lucien sah ihr nach und packte meine Hand ein wenig fester, als könnte er den bisherigen Verlauf des Gesprächs ebenso wenig einschätzen wie ich.

In diesem Moment kam Nazia zurück ins Wohnzimmer und stellte den Blumenstrauß auf den Couchtisch. »Die hat Lucien mitgebracht«, erklärte sie auf Ammis fragenden Blick hin.

»Wirklich schön«, erwiderte diese auf Panjabi.

»Sie gefallen ihr«, übersetzte ich.

»Das freut mich. Ich weiß aus deinem Buch, dass es ihre Lieblingsblumen sind.«

Ammi hob erstaunt die Augenbrauen. »Du hast das Buch gelesen?«, fragte sie nun auf Englisch und direkt an Lucien gewandt.

Er nickte. »Ja, ich habe auch schon versucht, ein paar der Rezepte nachzukochen, was in den meisten Fällen leider in einer ungenießbaren Katastrophe geendet hat. Ich bin kein guter Koch.«

Ich lachte. »Deine Laddus waren wirklich furchtbar.«

Lucien schnaubte. »Danke für die Erinnerung. Ich weiß bis heute nicht, was schiefgegangen ist. Ich schwöre, ich hab mich ans Rezept gehalten. Wort für Wort.«

Nazia lachte. »Wenn du sie nett fragst, gibt Ammi dir vielleicht ein paar Tipps. Sie macht die besten Laddus.«

Meine Mom kam zurück und reichte Lucien ein Glas Wasser, verabschiedete sich dann aber schnell zurück in die Küche, um dafür zu sorgen, dass das Essen auf den Tisch kam. Ammi begleitete sie, sodass nur Nazia, mein Dad, Lucien und ich im Wohnzimmer zurückblieben.

Einige Herzschläge lang war es still im Raum, und ich versuchte, mich daran zu erinnern, ob die Stimmung auch so seltsam gewesen war, als Nazia das erste Mal Hakim mit nach Hause gebracht hatte. Andererseits war die Familie von Hakim seit Jahren mit unserer befreundet, und Ammi und unsere Eltern hatten ihn schon mehrmals getroffen, bevor Nazia und er ein Paar geworden waren.

»Also, Lucien«, sagte mein Dad und bedeutete ihm, sich auf die Couch zu setzen. Ich nahm neben ihm Platz. »Aliza hat erzählt, du studierst BWL?«

Lucien nickte und stellte sein Wasserglas ab. »Ja, im fünften Semester.«

»Gefällt es dir?«

Er zögerte kurz, bevor er antwortete und beichtete, dass das Studium seine zweite Wahl war. Mein Dad guckte etwas verdutzt, als er ihm offenbarte, dass er sich vorwiegend für Make-up interessierte. Doch seine Verwirrung legte sich, als Lucien ihm die Sache mit dem Special-Effekt-Make-up erklärte und ihm auf dem Handy sogar sein Portfolio zeigte.

Falls mein Dad es merkwürdig fand, dass Lucien es mochte, blutige Wunden und eitrige Blasen nachzustellen, so ließ er es sich zumindest nicht anmerken. Auch Nazia klebte gebannt an seinen Lippen und ließ es sich nicht nehmen, ihn nach seinem Lieblings-Eyeliner zu fragen.

Mit der Zeit lockerte das Gespräch die Stimmung etwas auf, und ich konnte mich ein bisschen entspannen. Noch war es zu früh zu sagen, was mein Dad wirklich von Lucien hielt. Aber er war ihm eindeutig nicht unsympathisch, und es gefiel ihm, dass Lucien nicht nur antwortete, sondern selbst auch Interesse zeigte. Er fragte Nazia nach ihrer Arbeit im Museum und erkundigte sich nach dem Job meines Dads. Dabei wirkte er schon um einiges weniger nervös als bei seiner Ankunft vor einer halben Stunde. Wir redeten noch ein bisschen über Luciens missglückte Kochversuche, bis Ammi zurück ins Wohnzimmer kam, um uns zum Essen zu holen.

»Wo kann ich mir die Hände waschen?«

»Warte, ich komm mit«, sagte ich und führte Lucien den Flur entlang ins Bad. Nebeneinander stellten wir uns ans Waschbecken. »Bereust du es schon, hergekommen zu sein?«, fragte ich über das Rauschen des Wassers hinweg.

Als er mich ansah, trat ein sanfter Ausdruck in seine Augen. »Absolut nicht. Ich mag deinen Dad. Er macht einen entspannten Eindruck.«

»Ja, er ist ein sanfter Riese. Respektiere ihn und sei freundlich, dann ist er es auch zu dir.«

Lucien sah auf und sein Blick traf meinen durch den Spiegel. Ein Lächeln trat auf seine Lippen. Nicht das höfliche Lächeln, mit dem er meine Familie bedacht hatte, sondern das warme, liebevolle Lächeln, das er immer nur mir schenkte. »Ich bin froh, dass du mich eingeladen hast.«

»Ja? Ich war mir unsicher, ob es angebracht ist. Immerhin wollten wir das zwischen uns locker halten.«

»Es war sehr aufmerksam von dir, mich zu fragen«, sagte

Lucien und spähte über die Schulter. Erst als er sich sicher war, dass wir noch immer allein und ungestört waren, hauchte er mir einen Kuss auf die Lippen, der jegliche meiner Zweifel vertrieb.

Ich ergriff seine Hand und führte ihn ins Esszimmer. Ein herrlicher Duft lag in der Luft, und mein Magen gab ein energisches Knurren von sich, als mein Blick auf die Samose fiel.

Kaum dass wir uns auf die beiden verbliebenen freien Plätze gesetzt hatten, bemerkte ich Luciens verwirrte Miene beim Anblick der vielen verschiedenen Speisen. »Möchtest du Besteck haben?«

Er lehnte sich leicht zu mir. »Benutzt ihr denn keines?«, flüsterte er, obwohl ich mir sicher war, dass dennoch jeder am Tisch unser Gespräch hören konnte.

»Nein, wir essen mit den Händen.«

Lucien wirkte etwas verdutzt. »Okay …«

Ich schmunzelte. »Du kannst aber gerne Besteck haben.«

»Nein, schon in Ordnung. Ich mach das wie ihr.«

»Sicher?«

Er nickte entschlossen, als stünde ihm eine große Aufgabe bevor, was mich zum Lachen brachte.

Ich nahm mir ein Roti und zeigte ihm, wie man ein Stück abriss, zusammenrollte und anschließend mit Aloo Gobi befüllte, um es zu essen. Lucien machte es mir nach, wobei er eindeutig noch an seiner Roti-Rolltechnik arbeiten musste.

Die nächsten Minuten bestanden aus dem Hin- und Herreichen von Schüsseln und Schalen und vielen gegenseitigen Komplimenten für das gelungene Essen.

»Lucien, wie kommt es eigentlich, dass du an Thanksgiving allein bist, wenn ich fragen darf?«, erkundigte sich meine Mom nach einer Weile. Sie hatte sich für das Essen extra umgezogen, ihre Schürze war einem festlichen Salwar Kamiz gewichen.

»Meine Schwester Amicia feiert dieses Jahr bei der Familie ihrer Freundin.«

»Und was ist mit euren Eltern?«

Lucien räusperte sich leise, und ich konnte ihm ansehen, dass es ihm unangenehm war, auf die Frage zu antworten. Nicht weil er die Wahrheit verheimlichen wollte, sondern weil er genauso gut wusste wie ich, dass es ein ziemlicher Stimmungskiller war. »Unsere Eltern sind nicht mehr am Leben.«

Meine Mom, die gerade dabei gewesen war, ein Stück Brot auseinanderzureißen, hielt mitten in der Bewegung inne und warf mir einen tadelnden Blick zu, als wäre es meine Verantwortung gewesen, ihr das vorab mitzuteilen. »Oh, das tut mir leid zu hören. Das wusste ich nicht.«

Lucien lächelte steif. »Schon in Ordnung. Es sind jetzt ein bisschen über drei Jahre.«

»Und wie alt ist deine Schwester?«, erkundigte sich Nazia.

Unter dem Tisch legte ich Lucien eine Hand auf das Knie in der Hoffnung, dass er meinen stummen Hinweis verstand. Er müsste mir nur ein kleines Zeichen geben, und ich würde das Verhör meiner Eltern unterbinden oder ihre Fragen zumindest in eine unbeschwertere Richtung lenken. Doch Lucien antwortete tapfer.

»Amicia ist fünfzehn, im Februar wird sie sechzehn.«

Die Augenbrauen meines Dads wanderten in die Höhe, und auch Ammi wirkte überrascht, obwohl sie nichts sagte.

Vielleicht wäre es doch besser gewesen, meine Familie etwas auf dieses Treffen vorzubereiten, aber dafür war es jetzt wohl zu spät.

»Und du kümmerst dich allein um sie?«, wollte meine Mom wissen.

Lucien nickte. »Ja, seit ich achtzehn bin.«

»Das muss schwer für dich sein.«

Er zuckte mit den Schultern. »Es ist nicht immer einfach, vor allem nicht mit einem Teenager, aber wir kommen über die Runden. Außerdem, was hab ich für eine Wahl?«

Die Antwort auf seine Frage lag auf der Hand. Er hätte die Wahl gehabt, seine Schwester in die Hände einer Pflegefamilie zu geben, aber er hatte sich dagegen entschieden.

Für eine kurze Weile wandte sich die Unterhaltung anderen Themen zu. Es dauerte allerdings nicht lange, bis Lucien erneut zur Hauptattraktion wurde. Meine Eltern wollten wissen, wie wir uns kennengelernt hatten, was dazu führte, dass wir erneut über das *Goddess*-Fotoshooting sprachen. Meine Mom schwärmte Lucien vor, wie hübsch ich auf den Fotos ausgesehen hatte, und es wurde erneut über Make-up gesprochen, was mein Dad geduldig über sich ergehen ließ.

Irgendwann wurde die Stimmung regelrecht ausgelassen. Wir lachten viel, und auch Ammi klinkte sich an der einen oder anderen Stelle in die Unterhaltung ein. Als wir alle satt waren und eigentlich keinen Bissen mehr essen konnten, wurde der Nachtisch serviert – der wiederum eine Diskussion darüber entfachte, welches Obst am besten auf Kuchen passte, bis es für Nazia und Ammi Zeit für das nächste Gebet wurde.

Lucien nahm dies zum Anlass, sich zu verabschieden. Ich sagte ihm, dass er nicht gehen musste, aber er wollte mir ein bisschen Zeit allein mit meiner Familie geben und versprach, mich später noch einmal anzurufen.

Ammi und Nazia waren noch nicht zurück, als ich in die Küche ging, um meiner Mom beim Abwasch zu helfen. Wortlos stellte ich mich neben sie an die Spüle und begann abzutrocknen.

»Was hältst du von Lucien?«, fragte ich, da ich es mir einfach nicht verkneifen konnte. Sie war den ganzen Abend über offen und höflich zu ihm gewesen, aber ich musste wissen, was sie wirklich dachte.

»Er macht einen netten Eindruck, und es war lieb von ihm, uns die Blumen mitzubringen«, antwortete meine Mom und reichte mir einen Teller. »Aber du solltest dir gut überlegen, ob er der Richtige für dich ist.«

Ihre Worte versetzten mir einen Stich. Ich senkte den Blick auf den Teller in meiner Hand. Obwohl mich die Aussage nicht im Geringsten überraschte. Ich hatte damit gerechnet, dennoch hatte ein Teil von mir auf einen anderen Gesprächsverlauf gehofft. Was natürlich reines Wunschdenken war. Meine Familie war eben nicht so wie die von Lucien oder Micah oder Cassie.

Meine Mom seufzte. »Bitte versteh das nicht falsch. Wenn er dich glücklich macht, bin ich es auch. Aber ihr führt sehr unterschiedliche Leben, das musst du zugeben.«

Ich nickte zustimmend.

»Ich meine, schau dir unsere Familie und seine an. Größer könnte der Unterschied kaum sein, ganz abgesehen davon, dass er kein Urdu spricht. Was glaubst du, wie er sich auf unseren Familienfesten fühlen wird?«

Darauf wusste ich nichts zu erwidern, so weit war ich noch gar nicht. Immerhin waren Lucien und ich noch nicht einmal richtig zusammen. Ihn meinen Eltern, Nazia und Ammi vorzustellen war eine Sache, ihn auf eine große Familienfeier mitzunehmen eine völlig andere.

»Ich will dir nichts verderben, mein Schatz, aber eine Beziehung zu führen ist immer schwer, selbst ohne diese kulturelle Barriere, das solltest du wissen.«

»Danke, Mom«, erwiderte ich mit einer Stimme, die dünner klang, als von mir beabsichtigt. »Ich weiß deine Sorge zu schätzen, und es stimmt, dass Lucien und ich oberflächlich betrachtet nicht viel gemeinsam haben, aber er versteht mich und ich weiß, dass ich mich auf ihn verlassen kann.«

»Das ist schön, wenn du glücklich bist, sind wir es auch. Sei dir einfach im Klaren darüber, dass ihr vermutlich einige Kompromisse eingehen werden müsst.«

Ich nickte und lächelte, auch wenn mir das Lächeln nicht mehr ganz so leichtfiel wie noch vor ein paar Minuten. »Vermutlich, aber das ist er mir wert.«

Am nächsten Tag begrüßte mich Lucien vor seiner Haustür mit einem innigen Kuss. Unsere Blicke waren sich kaum begegnet, da hatte er mich bereits fest an sich gezogen, beinahe so, als wollte er den Abschiedskuss nachholen, den er bei meinen Eltern nicht bekommen hatte.

Mein Herz machte einen freudigen Satz, und ich schlang die Arme um seinen Hals, um mich von seinem Kuss mitreißen zu lassen, während wir noch immer auf der Türschwelle standen.

»Hey«, murmelte Lucien an meinen Lippen.

Ich lächelte. »Hey. Werde ich ab jetzt immer so begrüßt?«

»Wenn du das möchtest.«

Ich gab ein zustimmendes Brummen von mir und stibitzte mir noch einen letzten Kuss, bevor ich mich von Lucien löste. Seine Nähe wirkte wie ein Aphrodisiakum, das mich vergessen ließ, weshalb ich eigentlich hergekommen war.

Ich streifte die Jacke von meinen Schultern. »Danke, dass du mir mit meiner Rede hilfst.«

»Klar doch, ich bin schon gespannt.« Lucien nahm mir die Jacke ab und führte mich in die Küche, wo er zwei Wasserflaschen aus dem Kühlschrank holte, von denen er mir eine reichte. »Und danke noch mal, dass ich gestern zu deinen Eltern kommen durfte.«

»Gerne, du bist immer willkommen. Meine Eltern mögen dich.«

»Wirklich?« Er klang ehrlich überrascht.

Ich nickte, auch wenn mir das Gespräch mit meiner Mom noch etwas nachhing. Doch Lucien musste nicht wissen, dass sie ihre Zweifel hatte, was uns betraf.

Erstaunt sah er mich an. »Hm, normalerweise bin ich nicht gerade der Typ, den Eltern mögen.«

Ich zuckte mit den Schultern. »Tja, meine Eltern sind eben anders.«

»Das ist gut zu wissen«, sagte er, dann legte er mir eine Hand auf den Rücken und dirigierte mich ins Wohnzimmer, wo er mir helfen würde, an meiner Rede zu feilen.

Ich stellte meine Tasche auf der Couch ab und holte meine ausgedruckten Notizen hervor. Die Zettel waren zerknittert, so oft wie ich sie bereits in der Hand gehabt hatte, und voller Markierungen, die ich noch sauber in das Dokument übertragen würde, bevor es nach Seattle ging.

Nervös trat ich von einem Fuß auf den anderen. Es war das erste Mal, dass ich jemand anderem erlaubte, meine Rede zu hören. Und ich hatte Angst davor, nicht die Reaktion zu bekommen, die ich mir davon versprach. Vor allem wenn ich daran dachte, wie viel Malalai mir dafür bezahlte.

»Soll ich stehen?«

Lucien setzte sich auf den Sessel vor mir. »Wie du möchtest.«

Ich nickte und beschloss zu stehen, immerhin würde ich das auf der FeFu auch tun. Mit einem letzten, tiefen Atemzug sammelte ich meine Gedanken.

»Hallo, auch ich möchte euch alle noch einmal herzlich auf der diesjährigen FeFu begrüßen. Mein Name ist Aliza Malik, ich bin neunzehn Jahre alt und studiere Jura in Mayfield, Washington«, begann ich, wobei ich Luciens Blick auf mir spüren konnte wie Regentropfen, die sanft auf meine Haut prasselten.

»Ich bin aber nicht nur Studentin, sondern auch Bloggerin, Influencerin und Autorin. Mein Kochbuch *A Story Served* ist im … im Oktober erschienen und befindet sich bereits in der dritten … ähm, ich meine vierten Auflage und hat viel mediale Aufmerksamkeit erhalten.« Ich räusperte mich. »Doch *A Story Served* ist nicht einfach nur … nur ein Kochbuch, es ist ein Buch über die …« Ich ließ die Zettel sinken und sah zu Lucien auf, der mich intensiv beobachtete. Der Blick aus seinen dunklen Augen bescherte mir eine Gänsehaut. Ich konnte förmlich hören, was in seinem Kopf vor sich ging. »Hör auf, mich anzuschauen. Das macht mich nervös.«

»Die Leute auf der FeFu werden dich auch anschauen.«

»Schon, aber nicht so.« Ich wedelte mit den Notizen in seine Richtung.

Er hob die Augenbrauen. »Wie schau ich dich denn an?«

Ich schluckte schwer, konzentriert darauf, nicht rot anzulaufen. »So, als würdest du mich ausziehen wollen.«

Ein verschmitztes Lächeln trat auf Luciens Lippen. »Ach ja?«

»Ja.«

»Hm, das liegt wohl dran, dass ich genau das gerne tun würde«, gestand er und musterte mich von oben bis unten, als würde ich sexy Dessous tragen und nicht irgendeinen alten, langweiligen Pullover.

In seinen Augen flackerte etwas Dunkles, Verlangendes auf, und ehe ich wusste, wie mir geschah, griff er nach meiner Hand und zog mich in einer fließenden Bewegung auf seinen Schoß.

»Heh …«, setzte ich an, um zu protestieren, aber Lucien versiegelte meinen Mund mit seinem. Zärtlich strichen seine Lippen über meine und eliminierten damit jeden Widerstand, den ich womöglich hätte aufbringen können.

Ich legte einen Arm um ihn, meine Notizen noch immer in der anderen Hand, während er mich küsste. Sanft strichen seine Hände meinen Körper entlang. Ein Schauer durchlief mich, als er begann, am Saum meines Pullovers zu nesteln, bevor er seine Finger darunterschob. Hingebungsvoll streichelte er die nackte Haut an meinem Bauch, meine Taille entlang, bis seine Hand flach auf meinem Rücken lag und er mich an sich presste. Achtsam fuhr er mit den Lippen von meinem Mundwinkel über meine Wange zu meinem Kiefer, zeichnete die Konturen meines Gesichts nach, bevor er meinen Hals küsste.

Er gab ein zufriedenes Brummen von sich. »Du schmeckst gut.«

Ich lachte. »Ähm, danke?«

»Ich meine es ernst. Und du riechst auch gut.« Er drückte seine Nase gegen meinen Hals.

Sein warmer Atem kitzelte meine Haut. Ich erschauderte und musste mich daran erinnern, meine Notizen festzuhalten, als ich seine Zunge auf mir spürte, anderenfalls wären sie zu Boden gesegelt.

In einem schwachen Protest schob ich meine freie Hand in Luciens Nacken. »Meine Rede …«

»Kann kurz warten.« Seine Stimme war samtig und rau zugleich. Seine Hand, die auf meinem Rücken verweilt hatte, schob sich tiefer und tiefer und tiefer, bis sie den Bund meiner Leggins berührte.

Stockend atmete ich ein, als seine Finger auch diese Barriere überwanden und sich langsam über meinen Hintern schoben. Überall dort, wo Lucien mich berührte, schien meine Haut augenblicklich in Flammen zu stehen.

Bestimmend drückte er seine Lippen gegen meinen Hals. »Wollen wir in mein Zimmer gehen?«

Seine Frage brachte meine Gedanken ins Stocken und ließ mich schlucken, denn ich wusste, was er damit eigentlich sagen wollte. Unsicherheit keimte in mir auf und drängte sich zwischen Lucien und meinen Wunsch, mit ihm zusammen zu sein. Mein Magen schlug Purzelbäume, und zwischen meinen Beinen begann es, heftig zu kribbeln. Mir schwirrte der Kopf. Ein Teil von mir wollte nichts sehnlicher, als Lucien an die Hand zu nehmen und in sein Schlafzimmer zu führen, aber ein anderer, weitaus größerer Teil, war dazu noch nicht bereit. Ich wünschte, ich wäre es, aber ich brauchte noch etwas mehr Zeit, um mich an den Gedanken zu gewöhnen, mit dem sich mein Körper offenbar längst angefreundet hatte.

»Lucien …«, raunte ich. »Ich muss dir etwas sagen.«

Er unterbrach seine Küsse an meinem Hals und sah abwartend zu mir auf.

Für zwei, drei Herzschläge schloss ich die Augen, bevor ich es wagte, die Worte auszusprechen, die mir aus unerklärlichen Gründen peinlich waren. »Ich hatte noch nie … Ich habe noch nie mit einem Mann … Du weißt schon.«

Lucien gab ein überraschtes »Oh« von sich und löste seine Hand von meinem Hintern. Mit gerunzelter Stirn und nachdenklichem Gesichtsausdruck sah er mich an. »Du hattest noch nie Sex?«

Ich schüttelte den Kopf.

Lucien nickte langsam, als müsste er diese Information erst einmal auf sich wirken lassen. »Und das, was wir bei dir zu Hause gemacht haben …«

Verlegen biss ich mir auf die Unterlippe. »Das war auch ein erstes Mal für mich.«

»Shit, warum hast du nichts gesagt?«

»Was hätte ich denn sagen sollen?«

»Nein zum Beispiel.«

»Aber das wollte ich nicht«, erwiderte ich und sah ihm dabei fest in die Augen. »Ich bin keine Jungfrau, weil ich mich für die Ehe aufsparen will oder Ähnliches. Es hat sich bisher einfach nicht richtig angefühlt. Ich will, dass mein erstes Mal etwas Besonderes wird. Und das, was wir gemacht haben, war etwas Besonderes.«

Luciens Augenbrauen zuckten. »Du würdest also mit mir schlafen?«

»Vielleicht«, gestand ich mit dem sicheren Gefühl, Lucien gegenüber absolut ehrlich sein zu können. Er war seit Langem der erste Mann, mit dem ich mir vorstellen konnte, wirklich zusammen zu sein. Ich vertraute ihm voll und ganz, anderenfalls hätte ich es zwischen uns niemals so weit kommen lassen. »Es wird nicht heute passieren und vermutlich auch nicht morgen. Ein bisschen Zeit brauch ich noch.«

»Das respektiere ich.«

»Wirklich?«

Lucien nickte. »Natürlich. Und nur damit du es weißt: Ich erwarte nichts von dir. Falls ich irgendetwas tue, das dir das Gefühl gibt, ich würde dich drängen, dann sag es mir, und ich höre sofort damit auf. Ich verbringe auch so gerne Zeit mit dir.«

»Bist du dir sicher?«

»Absolut sicher«, bestätigte er, und alles an ihm – von seinem aufrichtigen Gesichtsausdruck über seine Körpersprache – verriet mir, dass er es ernst meinte.

Ich gab ihm einen letzten innigen Kuss und kletterte dann von seinem Schoß, um ihn nicht weiter in Versuchung zu führen. Außerdem war ich schließlich hergekommen, um meine Rede zu üben, die mir wirklich wichtig war.

Lucien schien das zu begreifen, er versuchte kein zweites Mal, mich mit seinen Blicken aus der Fassung zu bringen. Er war sogar sehr hilfreich, gab mir Tipps zu meiner Körperhaltung und machte mir Vorschläge, wie ich meine Rede an zwei, drei Stellen noch etwas packender gestalten konnte.

Wir steckten gerade mitten im dritten Durchgang, als Amicia zur Tür hereinschneite. Ihr Blick zuckte von Lucien zu mir und wieder zurück zu ihrem Bruder. »Hey«, begrüßte sie uns und ließ ihre Tasche auf den Boden plumpsen.

»Und, wie war es in der Suppenküche?«, fragte Lucien.

Amicia zögerte kurz, dann setzte sie sich auf die Couch. »Ganz okay.«

Überrascht hob Lucien die Brauen. »Wirklich?«

»Irgendwie schon«, erwiderte sie kurz angebunden und sah zu mir. Ich stand noch immer mitten im Raum, meine Notizen in der Hand. »Was macht ihr hier?«

»Aliza übt gerade einen Vortrag.«

»Worüber?«, fragte Amicia und zog die Beine auf die Couch.

»Es geht um den Migrationshintergrund meiner Familie, aber vor allem um meinen Blog und mein Buch. Und darum, wie ich es geschafft habe, mir so viel Reichweite zu erarbeiten. Möchtest du die Rede hören?« Die Frage war nicht ganz uneigennützig, es konnte gewiss nicht schaden, die Meinung einer anderen Frau einzuholen, schließlich hieß das Event *Female* Future und nicht *Male* Future.

Amicia zuckte mit den Schultern. »Warum nicht.«

»Cool. Ich fang dann noch mal von vorne an?«

Lucien nickte tapfer. Es war ein Wunder, dass er noch nicht von mir gelangweilt war.

Erneut hielt ich meine Rede und stellte fest, dass ich nach den etlichen Durchläufen kaum noch auf meine Zettel schauen musste. Erst als Luciens Handy klingelte, geriet ich ins Stocken.

Um mich nicht weiter zu stören, huschte er aus dem Wohnzimmer und ließ mich mit Amicia allein. Unbeirrt redete ich weiter, bis mein Vortrag zehn Minuten später beendet war – noch bevor Lucien wieder zurück war.

Gespannt sah ich Amicia an. »Und, wie fandest du es?«

»Gut. Ich würde nichts daran ändern.«

»Ehrlich?«

»Nope, es hat mir wirklich gefallen.«

Ich ließ mich in den Sessel fallen, auf dem zuvor Lucien gesessen hatte. »Das freut mich.«

»Hast du schon öfter solche Reden gehalten?«

»Nein, das ist das erste Mal.«

»Merkt man überhaupt nicht.«

»Danke.« Ich schnappte mir meine Wasserflasche. »Und dir hat es in der Suppenküche wirklich gefallen? Oder hast du das nur gesagt, um deinen Bruder zu beruhigen?«

Amicia lachte. »Beides. Es war wirklich nicht so schlimm wie erwartet. Ich durfte beim Gemüseschneiden Musik hören, dadurch war es nicht ganz so langweilig.«

»Was hörst du denn gerne?«

»Billie Eilish, Camila Cabello, Doja Cat, Dua Lipa …«, begann Amicia aufzuzählen. Die Hälfte der Namen war mir vollkommen unbekannt. Es war offensichtlich, dass Amicia Musik ebenso sehr liebte wir ihr Bruder, doch ihr Musikgeschmack schien in eine völlig andere Richtung zu gehen. »Halsey, BTS, Marshmello, Lewis Capaldi, Drake, Cardi B … Oh, und Harry Styles. Ich liebe sein neues Album!«

»Wirklich? Ich war früher großer One-Direction-Fan.«

Aufgeregt richtete Amicia sich auf. »Ich auch! Was ist dein Lieblingssong?«

Nachdenklich tippte ich mir ans Kinn. »Ich weiß nicht, sie hatten so viele gute.«

»Meiner ist *They Don't Know About Us.* Oder *No Control.* Oder *End Of the Day* … Okay, es ist wirklich schwer, sich zu entscheiden. Wie findest du den neuen Song von Niall?«

»Ich glaube, den hab ich noch gar nicht gehört.«

Kaum dass ich den Satz ausgesprochen hatte, holte Amicia ihr Handy raus und spielte mir den Song vor. Anschließend klickten wir uns durch ihre Playlist, und ich zeigte ihr ein paar Künstler, die mir gefielen, auch wenn ich für gewöhnlich nicht besonders viel Musik hörte. Während ich kochte oder unterwegs war, liefen bei mir meist Podcasts, daher kannte ich auch nur wenige der Lieder, die Amicia erwähnte.

Nach einer geschlagenen halben Stunde kam Lucien schließlich von dem Telefonat mit einem seiner Kunden zurück. Er schien überrascht, Amicia und mich so einträchtig zusammen auf der Couch sitzen zu sehen. Aber ich mochte sie wirklich gerne. Sie war bei Weitem nicht so kompliziert und unverschämt, wie ich es mir nach Luciens Erzählungen ausgemalt hatte.

Wir bestellten uns etwas zu essen, und während wir auf unsere Lieferung warteten, hielt ich meinen Vortrag ein fünftes Mal. Nun war ich wirklich optimal vorbereitet.

23. Kapitel

Manche Menschen verspürten Ehrfurcht, wenn sie ein Football-Stadion besuchten, andere wenn sie eine Kirche oder Moschee betraten. Und ich empfand Ehrfurcht bei dem Anblick des Gebäudes, in dem Irresistible Future beheimatet war. Die Organisation hatte ihren Sitz in einem gläsernen Hochhaus, das sie sich mit anderen Firmen teilte. Am Eingang war ein Banner befestigt, das darauf hinwies, dass hier und heute das Female Future Event stattfinden würde.

Ich straffte die Schultern und betrat das imposante Gebäude. Irresistible Future saß der Plakette am Eingang nach im elften, zwölften und dreizehnten Stock, aber man konnte nicht einfach einen der Aufzüge nach oben nehmen. Diese lagen hinter einem Empfang, der von einer Frau besetzt war, bei der man sich offensichtlich zuerst anmelden musste. Sie hatte langes blondes Haar und trug ein Kostüm, das ziemlich kostspielig aussah.

»Guten Morgen«, begrüßte ich sie. »Mein Name ist Aliza Malik. Ich bin wegen des FeFu-Events hier.«

»Tut mir leid, der Einlass beginnt erst um 10:30 Uhr.«

»Oh, mir wurde aber gesagt, ich soll früher kommen«, erwiderte ich beunruhigt. Hatte ich mich in Malalais Mail verlesen? Sie hatte mir gesagt, ich sollte um neun da sein, damit genug Zeit blieb, die Technik zu prüfen und den Ablauf zu besprechen. »Ich bin eine der Rednerinnen.«

»Ach, sagen Sie das doch gleich. Einen Moment.« Die Empfangsdame griff nach dem Telefonhörer, wählte aus dem Kopf heraus eine Nummer und kündigte der Person am anderen Ende der Leitung an, dass ich da war, dann legte sie auf und richtete ihren Blick wieder auf mich. »Frau Johnson wird Sie abholen. Nehmen Sie noch einen Moment Platz.« Sie deutete auf die Sessel, welche im Eingangsbereich standen, der mit den zahlreichen Pflanzen, Bücherregalen und Obstschalen eher an ein Wohnzimmer als an eine Lobby erinnerte.

Ich bedankte mich und hockte mich auf einen der Sessel, obwohl ich viel lieber herumspaziert wäre. Ich bebte förmlich vor nervöser Energie. Meine Aufregung war noch um ein Vielfaches schlimmer als bei meiner Premierenlesung, damals waren es immerhin nur fünfzig und keine fünfhundert Leute gewesen und ich hatte nicht einem meiner großen Idole gegenübergestanden. Hoffentlich würde mich Malalai mögen. Bei dem Gedanken, sie könnte mich unsympathisch oder nervig finden, brach mir jedes Mal kalter Angstschweiß aus.

Verunsichert sah ich mich nach einem Waschraum um, in dem ich noch eine Schicht Deo und etwas Parfüm auftragen konnte, als sich die Türen einer der Aufzüge aufschoben und eine Frau aus der Kabine trat. Malalai Johnson. Ich erkannte sie sofort an ihrem hüftlangen schwarzen Haar, das von grauen Strähnen durchzogen war. Sie trug eine olivgrüne Anzughose und eine weiße Bluse, um ihren Hals baumelte ein Ausweis. Sie wechselte ein paar Worte mit der Empfangsdame, dann kam sie mit langen, zielstrebigen Schritten auf mich zu …

»Hallo Aliza, ich hoffe, du hast gut hergefunden«, begrüßte sie mich, bevor sie mich zu meinem Erstaunen umarmte, als wären wir alte Freundinnen.

Ich lächelte nervös. »Ja, ich komm nur aus dem Hotel am Ende der Straße.«

»Da ist es wirklich sehr schön, und das Frühstück ist auch ziemlich gut«, erwiderte Malalai und reichte mir ein Band, an dem ein Ausweis ähnlich ihrem hing. »Das ist ein Gästepass, damit kannst du dich den ganzen Tag über frei im Gebäude bewegen. Es gibt einige Türen im Haus, die mit einem Code gesichert sind. Er lautet sieben-zwei-acht-sechs. Ich hab ihn dir hinten auf den Ausweis geschrieben. Bitte lass den Pass also nirgendwo liegen, und sag sofort Bescheid, falls du ihn verlierst.«

Ich nickte. »Natürlich.«

»Schön, dann komm mit. Die anderen freuen sich schon darauf, dich kennenzulernen.« Malalai bedeutete mir, ihr zu folgen, und wir gingen zu den Aufzügen, die uns zu Irresistible Future nach oben brachten.

Die nächste Viertelstunde, in der mich Malalai allen möglichen Leuten vorstellte, verging wie im Rausch. Sie schien alle Mitarbeiter persönlich zu kennen, und bei jeder Begegnung hatte sie freundliche Worte für mich und meine Arbeit übrig. Immer wieder betonte sie, wie sehr sie sich auf meine heutige Rede freute. Ich fühlte mich wie in einem wunderbaren Traum, mit jeder Minute wurde ich etwas ruhiger und mein Lächeln breiter, und ich hatte beinahe das Gefühl, Zeit mit einer alten Freundin zu verbringen.

Malalai erzählte mir auch viel über Irresistible Future. Das meiste wusste ich schon, aber es waren auch einige neue Informationen dabei. Sie planten, die Organisation auszubauen und zusätzlich zu den Büros in Seattle und Los Angeles Dependancen in New York und London zu gründen. Malalai erwähnte auch ihren Mann Robert Johnson, der gerade in Brasilien unterwegs war, um sich dort um Straßenhunde zu kümmern, und ihre zehnjährige Tochter, die heute ebenfalls mit dabei sein würde. Zuletzt zeigte sie mir den Saal im Keller, in welchem das Event stattfinden würde, bevor sie sich verabschiedete und mich in die Hände des Technikers übergab, der mit mir den Soundcheck machen sollte.

Nachdem der Technik-Check beendet war, brachte man mich in einen Aufenthaltsraum. Dort lernte ich nach und nach die anderen Rednerinnen kennen. Einige von ihnen kannte ich bereits aus den Medien, andere nicht. Die wohl bekannteste Sprecherin war Parisa Milani, die in den Achtzigern nach Amerika geflohen war, nachdem ihr Heimatdorf angegriffen worden war. Sie war damals von einer Bombe verletzt worden, was ihr Gesicht gezeichnet hatte. Heute war sie die Inhaberin einer Kosmetikfirma, die spezielle Hautcremes für Brandopfer entwickelte. Mit diesem tragischen, aber zugleich Mut machenden Schicksal war Parisa regelmäßig in Talkshows zu Gast, und Anfang des Jahres war ihr zweites Buch veröffentlicht worden, das auch bei mir im Regal stand.

Parisa und ich verstanden uns auf Anhieb gut, und auch zu den anderen Rednerinnen hatte ich sofort einen Draht. Dafür, dass wir uns kaum kannten, hatten wir uns erstaunlich viel zu sagen, und ehe ich michs versah, kam Malalai zurück, um uns mitzuteilen, dass das Event gleich starten würde.

Beim Anblick der vielen Leute, die sich die Reden anhören würden, rutschte mir das Herz in die Hose. Lauter junge Frauen, die sich aufgeregt unterhielten und es kaum erwarten konnten, dass es losging. Es herrschte eine unglaublich positive Stimmung, und ich war auf eine ganz neue Art und Weise aufgeregt, als ich mich auf meinen reservierten Platz in der ersten Reihe setzte, um Malalais Begrüßung und Ansprache zu lauschen – sie selbst war die erste Rednerin des Tages.

Ihr zuzuhören gab mir einen unglaublichen Motivationsschub, und mir traten Tränen in die Augen – aber nicht weil ihre Geschichte traurig war, ganz im Gegenteil. Ihre Worte waren durch und durch positiv und bekräftigend und ließen mich einen ungeahnten Stolz empfinden – auf Malalai, mich selbst, die anwesenden Frauen und überhaupt mein ganzes Geschlecht –, und deswegen rührten sie mich so sehr. Ich hatte so etwas noch nie erlebt und hätte Malalai den ganzen Tag zuhören können.

Nachdem sie das letzte Wort gesprochen hatte, brach tosender Applaus im Saal aus. Einige Leute erhoben sich sogar von ihren Plätzen, und obwohl ich als Nächste an der Reihe war und wusste, dass ich diese Rede unmöglich übertrumpfen konnte, verspürte ich keine Nervosität. Malalai hatte sie mir genommen. An ihre Stelle waren Entschlossenheit und Zuversicht getreten, denn wir alle, die wir uns in diesem Saal befanden, saßen im selben Boot. Wir waren nicht hier, um einander zu verurteilen und kleinzuhalten – das tat die Gesellschaft schon viel zu oft. Wir waren hier, um uns gegenseitig den Rücken zu stärken. Niemand würde mich auslachen, weil ich mich verhaspelte, oder lästern, weil ich auf eine Instagram-Nachricht nicht geantwortet hatte. Das hier war echt. Das hier war unser Leben, und es war zu kurz und kostbar, um es von Sorgen bestimmen zu lassen.

Ich hielt meine Rede, die noch nie so gut geklungen hatte wie heute. Die Leute klebten an meinen Lippen, und nachdem ich das letzte Wort gesprochen hatte, herrschte zwei, drei Sekunden vollkommene Stille, bevor sie zu klatschen begannen. Mein Magen schlug Purzelbäume vor Freude, und ich konnte einfach nicht aufhören zu grinsen, denn in diesem Augenblick war ich wahrhaftig glücklich und zufrieden und hatte endlich das Gefühl, irgendwie angekommen zu sein.

Der Rest des Tages verging wie im Flug, und ich wünschte mir, es gäbe im Leben eine Pause-Taste, denn ich hätte gerne einen Gang runtergeschaltet, um diesen Zustand noch ein wenig länger genießen zu können. Die anderen Sprecherinnen hielten ebenfalls unglaubliche Reden, aber keine davon traf mich so tief ins Herz wie die von Malalai, was mich mehr denn je in dem Wunsch bestärkte, für Irresistible Future arbeiten zu wollen.

Nachdem alle Gäste die FeFu und das Gebäude verlassen hatten, lud uns Malalai zum Essen ein. Wir redeten über unsere Jobs und unsere Zukunft, aber auch über unsere Freunde und Familien. Es wurden Telefonnummern ausgetauscht und Pläne für Kollaborationen und Zusammenarbeit geschmiedet. Parisa bot mir sogar an, sie zu besuchen, um gemeinsam etwas für meinen Blog zu kochen.

»Danke für den schönen Abend«, sagte ich zu Malalai, als wir gemeinsam an der Garderobe standen. Ein paar der Rednerinnen waren bereits gegangen, aber ich und noch zwei andere waren bis zum Schluss geblieben. »Und überhaupt danke für die Einladung.«

Malalai rückte ihre Handtasche zurecht. »Nichts zu danken. Du hast es dir wirklich verdient, heute mit dabei gewesen zu sein. Deine Rede war großartig, und ich bin mir sicher, dir steht eine spannende Zukunft bevor.«

Verlegen strich ich mir eine Haarsträhne aus dem Gesicht und nahm all meinen Mut zusammen, um die nächsten Worte auszusprechen. »Ich würde mich sehr freuen, wenn Irresistible Future ein Teil dieser Zukunft wäre.«

Malalai lächelte mich an. »Gibt es denn einen Bereich, für den du dich besonders interessierst? Ursprünglich hattest du dich für die Rechtsabteilung beworben, nicht wahr?«

Ich nickte.

»Könntest du dir auch vorstellen, in einem anderen Bereich zu arbeiten? Public Relations? Oder Marketing? Ich könnte mir vorstellen, dass dir das gefällt, und es passt zu dir. Du bist sehr authentisch, und wenn ich mir dein Instagram anschaue, auch sehr gut in dem, was du machst.«

»Danke. Ich bin offen für alles«, gab ich zu, auch wenn mich mein Studium auf die Rechtsabteilung vorbereitete. Ich hatte mich für diesen Weg entschieden, weil ich immer den Eindruck gehabt hatte, nur dort Ungerechtigkeiten direkt an der Wurzel bekämpfen zu können, aber spätestens der heutige Tag hatte mir gezeigt, dass das eine Fehleinschätzung gewesen war. Jeder Mitarbeiter von IF, den ich heute hatte kennenlernen dürfen, leistete gleichermaßen seinen Anteil, das gemeinsame Ziel zu erreichen.

»Dann sehen wir mal, was sich machen lässt«, antwortete Malalai und gab mir damit wirklich Hoffnung. Es war der perfekte Abschluss eines ohnehin perfekten Tags.

Ich nahm mir ein Taxi, und zehn Minuten später erreichte ich das Hotel. Mit einem glücklichen Seufzen ließ ich die Tür meines Zimmers hinter mir ins Schloss fallen. Dieser Tag hatte sich angefühlt, wie auf Wolken zu schweben, und in meinem Kopf herrschte ein solch positives Chaos, dass ich gar nicht wusste, woran ich zuerst denken sollte. Am liebsten hätte ich direkt damit gestartet, all die neuen Projekte zu verwirklichen, die mir durch den Kopf geisterten. Doch so aufgekratzt meine Gedanken auch waren, so erschöpft war mein Körper.

Ich schälte mich aus meinen Klamotten, ging duschen und legte mich anschließend ins Bett. Erst als ich allein, in vollkommener Stille auf der Matratze lag und nach meinem Handy griff, wurde mir klar, dass ich den ganzen Tag kein einziges Mal daraufgeschaut hatte. Eigentlich hatte ich die FeFu dokumentieren wollen, aber ich war von Malalai und den anderen so gefesselt gewesen, dass es mir überhaupt nicht in den Sinn gekommen war, Fotos und Videos für Instagram zu machen.

Als ich nun mein Handy entsperrte, entdeckte ich, dass die roten Notification-Zahlen jenseits von Gut und Böse waren. Doch ich ignorierte die nach Aufmerksamkeit kreischenden

Ziffern und öffnete stattdessen meine privaten Nachrichten, um Lucien von meinem Tag zu berichten. Ich wusste nicht, wann es passiert war, aber still und heimlich war er zu der Person geworden, der ich alles als Erstes erzählen wollte.

Ich öffnete unseren Chatverlauf und entdeckte, dass ich zwei ungelesene Nachrichten von ihm hatte. Eine von heute Morgen, in der er mir viel Erfolg wünschte, und eine von vor einer halben Stunde, in der er mir Gute Nacht sagte und dass ich ihn gerne noch anrufen könnte, wenn ich wollte.

Und ich wollte.

Obwohl es schon ziemlich spät war, berührte ich den »Anruf«-Button. Aus Erfahrung wusste ich inzwischen, dass Lucien denselben verkorksten Schlafrhythmus hatte wie ich.

Es klingelte, aber er nahm nicht sofort ab. Und mit jedem weiteren Läuten fragte ich mich, ob er womöglich doch schon schlief. Da ich ihn nicht wecken wollte, beschloss ich schließlich aufzulegen – als die Leitung frei wurde.

»Hey«, begrüßte mich Lucien mit gepresster Stimme.

Ich lächelte und ließ mich tiefer ins Kissen sinken. »Hey. Hab ich dich geweckt?«

Luciens Antwort wurde von einem kurzen Zögern begleitet. »Nein.«

»Warst du beim Sport?« Er klang irgendwie atemlos.

Erneut ein kurzes Zögern. »Nein.«

Verwundert runzelte ich die Stirn. »Du klingst aber irgendwie abgehetzt.«

»Ach ja?«

»Ja«, erwiderte ich misstrauisch. Plötzlich war ich mir sicher, dass Lucien etwas vor mir zu verbergen versuchte. »Was hast du gerade gemacht?«

»Das willst du nicht wissen.«

»Doch, sonst würde ich nicht fragen.«

Lucien zögerte – schon wieder.

»Sag schon«, drängte ich.

»Ähm, also, ich habe an dich gedacht«, antwortete er schuldbewusst.

»Was? Ich … Oooh …«, unterbrach ich mich, und meine Augen weiteten sich, als mir plötzlich dämmerte, was Lucien mir zu sagen versuchte. Er hatte an mich gedacht-gedacht, während er … Oh mein Gott. Hitze schoss mir in die Wangen, als ich begriff, wobei ich ihn gerade gestört hatte. Ich blinzelte, aber es war bereits zu spät, um das Bild zu vertreiben, das sich vor meinem inneren Auge entfaltete. Lucien, wie er nackt in seinem Bett lag, die zerwühlte Decke zu seinen Füßen. Seine Hand um die Erektion geschlossen, welche von Erinnerungen an mich ausgelöst worden war. Und seine Muskeln, die sich im Rhythmus seiner Bewegungen an- und entspannten.

»Ich hoffe, das ist okay?«, fragte Lucien unsicher.

Beinahe hätte ich gelacht. Er hatte vor wenigen Tagen seinen Kopf zwischen meinen Beinen gehabt. Ich wäre gekränkt gewesen, wenn er nicht an mich, sondern an eine andere gedacht hätte.

»Aliza?« Seine Stimme klang plötzlich viel näher, obwohl das natürlich nicht möglich war.

Ich holte tief Luft. »Bist … Bist du fertig?«

»Nein, ich wollte deinen Anruf nicht verpassen.«

Keine Ahnung, ob es das Adrenalin des Tages war, das lustvolle Kribbeln zwischen meinen Oberschenkeln oder etwas völlig anderes, das mich dazu brachte, die nächsten Worte auszusprechen. »Dann mach weiter.«

Er schluckte. »Ist das dein Ernst?«

Ich biss mir auf die Unterlippe und nickte. »Ja, ich will dich hören.«

»Fuck«, fluchte er, wobei das Wort in ein Stöhnen überging, als würde bereits mein Wunsch, ihm zuzuhören, dafür sorgen, dass er gleich kam.

Laken raschelten, und Luciens tiefe Atemzüge drangen an mein Ohr, als er begann, sich erneut selbst zu streicheln. Obwohl ich ihn nur hören und nicht sehen konnte, hatte ich ein klares Bild vor Augen. Seine Lider waren gesenkt und seine Lippen geteilt. Schweiß stand ihm auf der Stirn, und seine Brust hob und senkte sich schneller in der Ekstase seines herannahenden Höhepunktes.

»Aliza«, keuchte Lucien flehentlich. »Sag etwas.«

Ich erstarrte. »Was?«

»Irgendetwas.«

Mein Herzschlag beschleunigte sich. Für einen Moment war ich sprachlos. Ich hatte so etwas noch nie gemacht. Um Himmels willen, ich hatte noch nicht einmal normalen Sex gehabt, von Telefonsex ganz zu schweigen. War das hier überhaupt Telefonsex? Immerhin hatte ich bisher nichts anderes getan, als Lucien zuzuhören.

Schließlich räusperte ich mich und beschloss, einfach das zu sagen, was ich dachte. »Ich wünschte, ich wäre bei dir. Und ich wünschte, deine Hand wäre meine«, begann ich mutig.

Luciens zustimmendes Brummen wurde rasch von einem schnellen, unregelmäßigen Keuchen abgelöst, das von Sekunde zu Sekunde intensiver und lauter wurde, ebenso wie das Rascheln.

Ein warmes Prickeln durchlief meinen Körper bei den Lauten, die er von sich gab – so roh und ehrlich und voller Lust. Er war dem Höhepunkt nahe, das konnte ich hören, geradezu spüren.

Lucien fluchte und ächzte, und dann stieß er ein Stöhnen aus, das von meinem Namen begleitet wurde. »Aliza …«

Ich würde diesen Klang niemals vergessen. Für immer und ewig brannte er sich in meinen Verstand ein. *Aliza. Aliza. Aliza …*

Ich wusste nicht, was ich sagen sollte, also schwieg ich und lauschte darauf, wie sich Luciens Atmung langsam wieder beruhigte. Dabei stellte ich mir vor, wie er matt, aber glücklich auf seinem Bett lag, ein kleines Lächeln auf den Lippen. Ich hätte alles dafür gegeben, in diesem Moment bei ihm zu sein.

»Ich bin gleich zurück«, sagte Lucien nach einem kurzen Augenblick der Stille. Erneut war das Rascheln seiner Laken zu hören, dann entfernten sich Schritte, die ein paar Sekunden später wieder näher kamen. »Sorry.«

Ich schmunzelte und rollte mich im Bett herum, das Handy am Ohr. »Und, wie fühlst du dich jetzt?«

»Sehr zufrieden«, gestand Lucien, und ich konnte ihm diese Zufriedenheit anhören. Seine Stimme klang samtig und weich, fast wie ein Schnurren. Als könnte er jede Minute in den Schlaf abdriften.

Aus irgendeinem Grund hatte ich erwartet, dass es sich komisch zwischen uns anfühlen würde, nachdem ich ihm zugehört hatte, aber dem war nicht so. Genauso wie an dem Morgen, als ich in seinen Armen aufgewacht war, fühlte sich das, was wir soeben miteinander geteilt hatten, völlig normal an.

»Wie war die FeFu?«, fragte Lucien nach einer kurzen Pause.

Als wäre nichts gewesen, geriet ich sogleich wieder ins Schwärmen. Ich erzählte ihm von Malalai, den anderen Rednerinnen und davon, wie sehr mich die ganze Veranstaltung beeindruckt hatte. Hin und wieder stellte er Fragen, aber vor allem ließ er mich reden und in den noch frischen, lebhaften Erinnerungen schwelgen.

»Das klingt, als hättest du eine gute Zeit gehabt.«

Ich nickte. »Ja, es war überwältigend.«

»Du könntest dir also vorstellen, so etwas künftig öfter zu machen?«, hakte er nach.

Darüber hatte ich noch nicht nachgedacht, aber abgesehen davon, dass das ganze Event eine großartige Erfahrung gewesen war, hatte es mir wirklich Spaß gemacht, vor all diesen jungen Frauen zu sprechen und mich im Anschluss noch mit einigen von ihnen zu unterhalten. Es war schön gewesen, sich auszutauschen und ihren Plänen für die Zukunft zu lauschen.

»Auf jeden Fall«, antwortete ich. »Vorausgesetzt man lässt mich.«

»Ganz bestimmt«, versicherte mir Lucien. »Womöglich kann Joshua ja was organisieren. Und sicher kommen mehr Anfragen rein, wenn du so etwas auf deinem Blog anbietest.«

»Aber auf meinem Blog geht es ums Kochen.«

»Bisher. Dein Blog kann sein, was immer du willst.«

Ich holte tief Luft und sammelte mich. »Ich weiß nicht so recht …«

»Überleg es dir einfach. Was hast du schon zu verlieren?«

Meine Follower.

Ich wollte sie nicht damit vor den Kopf stoßen, dass es auf meinem Blog plötzlich nicht mehr ums Kochen ging. Immerhin waren sie diejenigen, die mich groß gemacht und es mir dadurch überhaupt erst möglich gemacht hatten, heute an der FeFu teilzunehmen. Wäre es nicht undankbar, ausgerechnet jetzt den Fokus zu ändern? Ich war mir nicht sicher, aber das war auch ein viel zu schweres Thema für diese Uhrzeit.

Ich räusperte mich und lenkte das Gespräch in eine andere Richtung. »Apropos überlegen, hast du schon darüber nachgedacht, ob du eine der Anfragen annimmst?«

Lucien schien seine nächsten Worte sorgfältig zu wählen. »Ja, hab ich. Um ehrlich zu sein, wollte ich mit dir darüber reden, wenn du wieder zurück bist. Ich habe ein Angebot von

Dusk'n'Ink bekommen, das Make-up für eine ihrer Fotostrecken zu machen. Das ist ein ziemlich bekanntes Tattoomagazin, das mit dem *Goddess* in Verbindung steht. Die Bezahlung ist auch nicht ohne, und wir könnten das Geld wirklich gut gebrauchen. Amicia wächst gerade aus all ihren Sachen raus.«

Ich freute mich für Lucien. Zwar hatte ich von dem Magazin noch nie gehört, aber wenn er sagte, dass es groß war, dann glaubte ich ihm. Vielleicht könnte ich bei Gelegenheit Cassie danach fragen. Schließlich arbeitete sie seit einigen Wochen in demselben Tattostudio wie zuvor Julian.

»Das sind tolle Neuigkeiten!«

»Absolut, es gibt allerdings einen Haken: Das Shooting ist schon übernächstes Wochenende – in Nevada.«

Ich runzelte die Stirn. »Das Wochenende vor den Finals?«

»Ja. Der Redakteur meinte, sie planen immer relativ kurzfristig. Anscheinend haben sie auch erst vor drei, vier Tagen das Model für die Fotostrecke gecastet. Ich weiß, das ist superungünstig, du musst vermutlich lernen, aber …«

Ich ließ Lucien nicht aussprechen. »Ich passe gerne auf Amicia auf.«

»Bist du dir sicher?«, hakte er nach. »Ich kann auch Cassie fragen. Aber du hattest es …«

»Ich mach es«, unterbrach ich ihn wieder. »Amicia und ich werden eine tolle Zeit haben. Du solltest diese Chance auf jeden Fall nutzen. Bei den ganzen Opfern, die du bringst, hast du es verdient, auch mal etwas nur für dich zu tun.«

Lucien schnaubte amüsiert. »Das sagt genau die Richtige.«

»Pssst, hier geht es um dich, nicht um mich.«

Er lachte, und damit war die Sache beschlossen. Er würde am nächsten Tag einen Flug buchen und Amicia in unseren Plan einweihen.

Mir war klar, dass der Zeitpunkt ungünstig war, aber ich wollte das für Lucien tun. Er war mir wichtig, und ich wollte, dass er wusste, dass er sich auf mich verlassen konnte. Ich würde einfach die Tage vorher so viel lernen wie nur möglich, und irgendwie würde ich das dann schon auf die Reihe bekommen.

24. Kapitel

Mein Alltag hatte mich wieder zurück und fest im Griff. Die Erinnerung an Seattle erschien mir wie aus dem letzten Jahrhundert, obwohl die FeFu erst ein paar Tage zurücklag, doch ich ertrank in Arbeit. Gefühlt hatte ich vorgestern erst die Midterms gerade so bestanden, und jetzt saßen mir bereits die nächsten Prüfungen im Nacken. Ich nutzte jede freie Minute, um den Stoff zu lernen und mir ein freies Wochenende mit Amicia erlauben zu können. Wann immer es meine Zeit zuließ, las ich meine Lernkarten – im Bus, zwischen den Kursen oder zwei Bissen beim Lunch. Gott, selbst auf der Toilette hatte ich einen Stapel Karten liegen, den ich jedes Mal, wenn ich im Badezimmer war, durchging.

Die Tage rauschten nur so an mir vorbei, und ich fragte mich ernsthaft, wie mir das immer wieder passieren konnte. In der einen Minute war alles gut und ich halbwegs entspannt und in der nächsten wusste ich nicht mehr, wo mir der Kopf stand. Es war ein ständiges Auf und Ab, das an meinen Nerven zerrte. Und nicht nur einmal erwischte ich mich dabei, wie ich mich selbst dafür verfluchte, Lucien die Sache mit Amicia versprochen zu haben. Doch ich würde keinen Rückzieher machen, auch wenn ihr Besuch ungelegen kam. Nicht nur dass ich lernen musste, auch das Finale der *#doublethefood*-Kampage stand bevor, und Joshua wartete auf das Konzept für mein nächstes Buch, um es dem Verlag anzubieten, der bereits danach gefragt hatte. Eigentlich hätte ich mich darüber freuen sollen, aber in der Realität war ich viel zu gestresst, um den Erfolg zu genießen.

Mein einziger Lichtblick in diesen Tagen war Lucien, der mich zu einem Date überreden konnte. Er holte mich ab, und wir gingen in das Sushi-Restaurant, in dem wir nach dem *Goddess*-Fotoshooting gewesen waren. Anschließend stand ein Besuch im Kino auf dem Plan, den wir allerdings nicht wahrnahmen, stattdessen landeten wir auf meiner Couch, Arme und Beine verknotet, unsere Lippen miteinander verschmolzen. Es war eine Symphonie aus Küssen und Berührungen, und am liebsten hätte ich Lucien nie wieder gehen lassen, aber zu Hause hatte seine Schwester auf ihn gewartet.

Schneller, als mir lieb war, kam das Wochenende, an dem ich auf Amicia aufpassen sollte. Ich hockte gerade auf der Couch und versuchte, mir gewaltsam noch ein paar Infos zum Zivilrecht in den Kopf zu prügeln, als ein schrilles Klingeln durch meine Wohnung hallte.

Ich sprang auf und betätigte den Summer. Dann wartete ich an der geöffneten Wohnungstür auf Lucien und Amicia, die gemeinsam die Treppe nach oben kamen.

»Hey!«, begrüßte ich die beiden.

»Sorry, wir sind ein bisschen spät dran«, sagte Lucien und gab mir zur Begrüßung einen Kuss. Er schmeckte nach Kaffee und Zimt.

»Nicht schlimm, ich war eh am Lernen.«

Bei der Erwähnung der Prüfungen rümpfte Lucien die Nase; schließlich verlor auch er durch das Fotoshooting mit *Dusk'n'Ink* wertvolle Zeit.

»Kommst du gut voran?«

Ich machte eine vage Handbewegung. Ich hatte noch immer viel Stoff zu lernen und einige Artikel und Fachliteratur zu lesen, aber ich redete mir ein, das schaffen zu können. Etwas anderes blieb mir zu diesem Zeitpunkt sowieso nicht mehr übrig.

Ich wandte mich Amicia zu. »Du kannst dich fürs Wochenende in meinem Arbeitszimmer einquartieren. Ich hab dir die Schlafcouch ausgezogen. Ich hoffe, du störst dich nicht an dem ganzen Krempel, der da drin rumsteht.«

Amicia sah sich um. »Wo ist das Arbeitszimmer?«

»Zweite Tür links.« Ich deutete in die Richtung.

Sie schnappte sich die Tasche, die Lucien bis eben über der Schulter getragen hatte, und eilte in mein Büro.

Ich sah ihr nach, bis sie verschwunden war, dann wandte ich mich wieder Lucien zu. »Gibt es sonst noch was, das ich wissen sollte?«

»Nicht wirklich. Pass einfach auf, dass sie keinen Ärger macht. Morgen hat Brooklyn Geburtstag. Sie darf auf die Party, aber spätestens um elf muss sie wieder zu Hause sein. Sie wird versuchen, mit dir zu verhandeln. Lass dich nicht darauf ein.«

Ich nickte entschlossen. »Geht klar.«

»Und ruf mich an, wenn es etwas gibt.« Lucien griff in seine Hosentasche und zog einen Schlüssel hervor, den er mir reichte. »Hier, damit du sie zur Party fahren kannst. Das Wetter ist gerade grauenhaft.«

Ich nickte und nahm den Autoschlüssel an mich.

»Danke, dass du das machst«, sagte Lucien und küsste mich zum Abschied erneut. »Wir sehen uns Sonntag, wenn ich zurück bin.«

»Ich kann es kaum erwarten.« Mit einem Lächeln schloss ich hinter ihm die Tür.

Ich konnte Amicia in meinem Arbeitszimmer hören. Sie hatte die Tür offen stehen lassen, was ich als gutes Zeichen wertete.

»Hey.«

Amicia saß auf dem Schlafsofa und blickte von ihrem Handy auf. »Hey.«

Ich betrat das Zimmer und setzte mich auf meinen Bürostuhl. »Cooles Shirt.«

Das Kompliment ließ sie merklich aufhorchen. Sie hob den Kopf und fuhr sich mit einer Hand über das dunkelrote Oberteil, das ihr zu einer Seite über die Schulter fiel. »Danke. Lulu hat es mir letzte Woche gekauft.«

Ich runzelte die Stirn. »Lulu?«

»Lucien«, erwiderte Amicia, als ihr Handy einen leisen Signalton von sich gab. Sofort senkte sie den Blick wieder auf das Gerät.

Ich rollte mit dem Stuhl etwas näher an die Couch heran. »Hast du Hunger?«

»Ja. Ich hätte Lust auf Burger.«

»Gerne. Hier in der Nähe gibt es einen guten Laden, der auch liefert. Wir können auf dem Sofa essen und dabei einen Film schauen. Hast du Lust?«

»Was für einen Film?«

Ich zuckte mit den Schultern. »Darfst du gerne aussuchen.«

»Hast du *Slender Man* schon gesehen?«

»Nein, Horrorfilme sind nicht so mein Ding, aber wir können ihn uns gerne anschauen«, antwortete ich. Zumindest ließ mich der Titel des Films vermuten, dass sich dahinter Horror verbarg. Außerdem wusste ich, dass gruselige Filme eine Leidenschaft waren, die Lucien und seine Schwester miteinander teilten, auch wenn sie eigentlich noch viel zu jung dafür war; aber was diese Filme betraf, war Lucien weniger streng.

Ich holte meinen Laptop, der im Wohnzimmer bei meinen Lernsachen lag, und setzte mich neben Amicia auf das Sofa. »Ich glaube, wir sollten uns zwei Burger bestellen, dann haben wir noch einen Snack für die Nacht oder morgen Früh. Was meinst du?«

Amicia grinste mich an. Ihre Augen waren von demselben dunklen Braun wie die von Lucien. »Ich mag, wie du denkst.«

Wir bestellten vier Burger, zwei Milchshakes und genug Pommes, um eine halbe Armee damit zu füttern, und gingen anschließend ins Wohnzimmer, um den Film schon einmal zu starten, bevor unsere Bestellung kam.

Eine halbe Stunde später wurde unser Essen geliefert.

Schweigend aßen wir und schauten den Film weiter, der ein großer Haufen Müll war, wenn man mich fragte, was vermutlich auch der Grund dafür war, dass mein Blick vom Fernseher immer wieder zu den Lernkarten wanderte, die vor uns auf dem Couchtisch lagen. Ich hätte meine Zeit gerade sehr viel sinnvoller nutzen können, aber ich wollte Amicia nicht das Gefühl geben, unerwünscht zu sein. Um wenigstens irgendwie voranzukommen, begann ich, in Gedanken Dinge aufzuzählen und durchzugehen, die ich bereits wusste.

Der Film endete, ohne bleibenden Eindruck bei mir zu hinterlassen. Und als Amicia mich fragte, ob wir uns noch einen anschauen wollten, nickte ich nur abwesend. Begeistert startete sie den nächsten Film, von dem ich ebenso wenig mitbekam wie vom ersten.

Wir steckten gerade im zweiten blutigen Finale, als der Signalton eines Handys ertönte. Ich hatte eine Nachricht von Lucien bekommen.

Lucien: *Bin gelandet und im Hotel.*

Kurz darauf ploppte eine zweite Nachricht auf.

Lucien: *Alles klar bei euch?*

Aliza: *Alles bestens.*

Aliza: *Wir haben uns* Slender Man *angeschaut.*

Lucien: *Urg, der ist nicht gut.*

Aliza: *Das habe ich auch schon bemerkt …*

Aliza: *Aber Amicia schien er zu gefallen.*

Lucien: *Danke noch mal, dass du auf sie aufpasst.*

Aliza: *Gerne. <3*

Ich legte mein Handy beiseite, als ich bemerkte, dass Amicia die ganze Zeit über völlig unverfroren auf das Display geschaut hatte.

Unsere Blicke trafen sich, doch sie zuckte nicht zusammen und entschuldigte sich auch nicht dafür, dass sie heimlich mitgelesen hatte. Stattdessen überraschte sie mich mit einem sanften Lächeln. »Mein Bruder redet viel von dir.«

»Was?«

»Lucien … Er redet ständig von dir – ich weiß alles über dich und deinen Blog. Er hat mir auch von Thanksgiving und deiner Familie erzählt. Ausführlich. *Sehr* ausführlich. Er ist schwer in dich verliebt.«

Tief in meinem Magen breitete sich ein nervöses Flattern aus, das ich mir nicht so recht erklären konnte. Immerhin wusste ich, dass Lucien mich mochte. Aber dass er verliebt war? »Wirklich?«

Amicia schnaubte abfällig, als hätte ich eine dumme Frage gestellt. »Offensichtlich.«

Ich biss mir auf die Unterlippe, um mich davon abzuhalten, wie eine Irre zu grinsen. Mir war klar, dass ich hier mit einer Fünfzehnjährigen über mein Liebesleben redete, aber sie war schließlich Luciens Schwester, und wenn jemand ihn kannte, dann wohl sie.

»Stört es dich denn?«, fragte ich vorsichtig.

»Dass er mir ständig ungefragt von dir erzählt? Ein bisschen«, antwortete Amicia mit einem Schmunzeln. »Dass er endlich eine Freundin hat? Überhaupt nicht. Ich freu mich für ihn. Er hat es verdient, glücklich zu sein.«

»Ich bin nicht seine Freundin«, erwiderte ich aus Reflex.

»Mhm«, brummte Amicia unbeeindruckt, als würde sie mir kein Wort glauben, und sah wieder auf ihr Handy. »Das hat Lucien auch gesagt, aber nur weil man behauptet, eine Katze sei ein Hund, macht sie das nicht zu einem Hund ... wenn du verstehst.«

Auf merkwürdige Art und Weise tat ich das. Lucien und ich hatten uns darauf geeinigt, dass das zwischen uns nichts Ernstes war, nichts Festes, aber war es das wirklich nicht? Wir redeten und texteten ständig miteinander. Wenn ich etwas erlebte – gut oder schlecht –, war er der Erste, dem ich davon erzählen wollte. Er hatte mir während meines Zusammenbruchs beigestanden, und ich hatte ihn gehalten, als er mir am Todestag seiner Eltern das Herz ausgeschüttet hatte. Er hatte sich nicht davor gescheut, meine Familie kennenzulernen, und nun passte ich auf seine Schwester auf, die offenbar mehr von Beziehungen verstand als ich. All das waren Dinge, die man für seinen Partner tat, nicht für eine Affäre, oder? Aber wenn dem so war, was machte das aus Lucien und mir?

Amicia war eine Langschläferin, was mir am nächsten Morgen ein wenig Zeit verschaffte, für die bevorstehenden Prüfungen zu lernen. Mit einer Tasse Kaffee in der Hand saß ich auf der Couch und las jene Fachartikel, welche uns die Professoren empfohlen hatten. Sie beinhalteten zwar keinen zusätzlichen Lernstoff, aber sie boten hilfreiche Erklärungen und Bezüge zur Praxis, die alles etwas verständlicher machten.

Amicia schlummerte noch immer, als ich in die Küche ging, um mir eine zweite Tasse Kaffee zu machen. Ungeduldig beobachtete ich, wie das braune Lebenselixier aus der Maschine in meinen Becher tröpfelte, als ein eingehender Anruf mein Handy zum Vibrieren brachte.

Als ich Luciens Namen auf dem Display las, breitete sich ein Lächeln auf meinem Gesicht aus.

»Guten Morgen!«

»Guten Morgen. Da hat aber jemand gute Laune.«

»Heute ist einfach ein guter Tag«, sagte ich, wobei es vor allem Luciens Anruf war, der meine Laune soeben von einer soliden Sechs auf eine Zehn angehoben hatte.

Amicias Worte vom vergangenen Abend waren mir noch eine ganze Weile im Kopf herumgespukt, und ich hatte versucht, mir vorzustellen, Lucien als meinen *festen Freund* zu bezeichnen. Der Gedanke hatte einen ganzen Schwarm Schmetterlinge in meinem Bauch freigesetzt, denn er gefiel mir besser, als ich es vor ein paar Wochen für möglich gehalten hätte.

Lucien lachte. Amicia hatte recht, er klang wirklich glücklich. »Das freut mich, dann hat meine Schwester deine Wohnung also noch nicht in einen Nebenkriegsschauplatz verwandelt?«

»Nein, sie hat sich vorbildlich verhalten und mir außerdem so ein paar Dinge erzählt.«

»Was für Dinge?«

Ich griff nach meiner inzwischen vollen Kaffeetasse. »Dinge über dich.«

»Was immer sie gesagt hat, es stimmt nicht. Glaub ihr kein Wort!«

»Sicher? Es waren nämlich gute Dinge.«

Lucien atmete erleichtert aus. »Ach so, in dem Fall ist alles wahr.«

Ich lachte und überlegte, was für dunkle Geheimnisse Amicia mir wohl über ihn verraten könnte, wenn ich sie danach fragte. Doch ich zügelte meine Neugierde und erkundigte mich stattdessen: »Wie ist es in Nevada?«

»Keine Ahnung, ich war bisher nur am Flughafen und im Hotel.«

»Und wann geht es heute los?«

»Bald«, sagte er nach kurzem Zögern, als hätte er zuerst auf die Uhr schauen müssen. »Elaine und ich treffen uns gleich in der Lobby und fahren dann zusammen in das Schwimmbad, in dem wir shooten.«

»Elaine ist das Model?«, hakte ich nach.

»Ja, sie macht einen ganz netten Eindruck.«

Ich nippte an meinem Kaffee. »Cool, du kannst mir ja berichten, wie es gelaufen ist.«

»Gerne.« Im Hintergrund hörte ich ein Rascheln, als wäre Lucien dabei, sich seine Jacke überzuziehen. »So, ich muss jetzt los. Wir sehen uns morgen.«

»Klar. Viel Erfolg!«

»Danke. Grüß Amicia von mir.«

»Das werd ich machen. Bis dann.«

Gegen zwölf Uhr schaffte es Amicia schließlich auch aus dem Bett.

Wir frühstückten gemeinsam, und es gelang mir, sie davon zu überzeugen, etwas mit mir zu backen. Während der Kuchen im Ofen war, starteten wir mit der ersten Staffel *American Horror Story*, wobei ich mal wieder nur mit einem Auge hinsah. Mit dem anderen starrte ich auf mein Handy, mit dem ich Kommentare und Nachrichten auf Instagram beantwortete, von denen sich in den letzten Tagen wieder eine ganze Menge angesammelt hatten. Darunter waren auch einige Nachrichten von Mädchen und Frauen, die in Seattle mit dabei gewesen waren.

Danke für deine Rede auf der FeFu. Sie hat mich sehr inspiriert! Ich hoffe, du bist nächstes Jahr wieder dabei!

Es war schön, dich auf der FeFu zu treffen. Danke für deine Worte!

Hallo Aliza, deine Rede am Wochenende hat mir wirklich die Augen geöffnet. Danke. Mach weiter so!

Danke, dass du dir auf der FeFu so viel Zeit genommen hast. Ich war das Mädchen mit den grünen Haaren, falls du dich erinnerst. Meine Mom hat sich sehr über das signierte Kochbuch gefreut.

Liebe Frau Malik, Sie sind ein toller Mensch, machen Sie weiter so!

Mir ging das Herz auf, und obwohl sich Dutzende Nachrichten in meinem Postfach befanden, nahm ich mir die Zeit, jede ausführlich zu beantworten. Das Mädchen mit den grünen Haaren schrieb sofort zurück, und wir unterhielten uns eine Weile. Dabei erzählte sie mir von ihrem Plan, mit dem Rucksack durch Europa zu wandern. Ein Wunsch, den sie sich nach der FeFu endlich erfüllen wollte.

Den Rest des Tages aßen Amicia und ich Kuchen, machten uns die Nägel und schauten dabei einen Film meiner Wahl. Amicia hielt tapfer durch, obwohl er ihr ganz offensichtlich nicht gefiel.

Später am Nachmittag half ich ihr, sich für die Party fertig zu machen, und gegen fünf Uhr fuhr ich sie zu Brooklyn, da sie ihrer Freundin noch etwas bei den Vorbereitungen für die Feier helfen wollte. Es war ungewohnt, Auto zu fahren, da ich bereits eine Ewigkeit nicht mehr hinterm Steuer gesessen hatte, aber ich gewöhnte mich schnell daran und lieferte Amicia sicher bei Brooklyn ab.

Zurück in meiner Wohnung schaltete ich einen meiner Podcasts ein und kochte mir etwas zu essen, bevor ich es mir mit meinen Lernkarten auf der Couch bequem machte. Ich hatte das Gefühl, alles und nichts zu wissen. Einerseits konnte ich die Fakten nicht mehr sehen, andererseits entdeckte ich immer wieder Wissenslücken, die mich schier um den Verstand brachten.

Ich war gerade mit dem ersten Schwung Dateikarten fertig, als mein Handy klingelte, das ich auf die andere Seite des Raumes gelegt hatte, um mich nicht davon ablenken zu lassen. Ich vermutete, dass es Lucien war, der mir von seinem Tag erzählen wollte, doch stattdessen leuchtete auf dem Bildschirm eine Nummer aus Seattle auf.

Verwundert ging ich ran. »Hallo?«

»Hallo Aliza. Ich bin's, Malalai. Ich weiß, es ist Wochenende, hättest du trotzdem kurz Zeit?«

»Klar.« Die Dateikarten konnten einen Moment warten. »Worum geht's?«

»Zuerst: Das Video von deiner FeFu-Rede ist jetzt online, und wir würden uns natürlich sehr freuen, wenn du es teilen könntest. Aber das ist nicht der eigentliche Grund, aus dem ich anrufe. Es geht um unser Gespräch über deine Zukunft bei IF.«

»Oh … okay«, stotterte ich überrascht und mit schlagartig feuchten Händen. Malalai hatte zwar versprochen, sich umzuhören, ich hatte allerdings nicht damit gerechnet, so bald von ihr zu hören. Immerhin war sie eine viel beschäftigte Frau und ich gewiss nicht die oberste Priorität auf ihrer To-do-Liste, weshalb ich keine Ahnung hatte, was mich erwartete.

»Ich habe mit dem Leiter unserer Rechtsabteilung gesprochen, und er hat mir bestätigt, dass aktuell keine Stelle zu vergeben ist.«

Ich ging zurück zur Couch und setzte mich, sprang einen Moment später aber wieder auf, da ich viel zu fahrig war, um still zu sitzen. Nervös begann ich, durch den Raum zu tigern. »Auch keine unbezahlte?«

»Die Bezahlung ist nicht das größte Problem«, antwortete Malalai. »Sicher spielt die mit rein, aber es geht vor allem um die Auslastung der Abteilung. Ein Praktikant ist hilfreich, kostet aber auch Zeit. Tut mir leid.«

Ich unterdrückte ein Seufzen und fühlte mich an das letzte Telefonat erinnert, das ich mit Malalai geführt hatte. »Das versteh ich.«

»Ich habe allerdings auch mit den Leuten aus dem Marketing und der Abteilung für Öffentlichkeitsarbeit gesprochen, und wir würden dir gerne einen Job anbieten.«

Ich erstarrte in der Bewegung, und mein Herz setzte einen Schlag aus. Beinahe war ich mir sicher, mich verhört zu haben, aber das hatte ich nicht.

»Es ist nur ein Mini-Job, keine Festanstellung. Du wärst freiberuflich als Influencerin für uns tätig«, fuhr Malalai fort, ohne zu ahnen, was für einen Schock sie mir gerade verpasst hatte. »Der Job ist auf fünfzehn Stunden die Woche ausgelegt, und der Vertrag würde ein Jahr laufen. Du müsstest einmal im Monat nach Seattle kommen, könntest aber sonst von zu Hause aus arbeiten, was es dir ermöglichen würde, dein Studium wie gewohnt fortzuführen.«

»Okay«, sagte ich, noch immer nicht ganz in der Lage zu begreifen, was gerade passierte. Damit hatte ich überhaupt nicht gerechnet. »Und was wäre meine Aufgabe?«

»Du bist sehr nah an unserer jungen Zielgruppe dran. Es ginge vor allem darum, Aufmerksamkeit für Irresistible Future zu generieren und Aufklärungsarbeit zu leisten. Wer sind wir? Was machen wir? Wem können wir helfen? Wie können sich die Leute an uns wenden? Natürlich freuen wir uns, wenn es dir gelingt, Spender zu akquirieren. Und wir könnten uns auch vorstellen, dich an Schulen in einer bestimmten Region zu schicken, um dort mit Schülern mit Migrationshintergrund zu sprechen, die vielleicht Unterstützung brauchen. Falls das etwas ist, das du dir vorstellen kannst. Die Details werden der Leiter der Public Relations und die Personalabteilung mit dir besprechen.«

Fassungslos schüttelte ich den Kopf. Niemals hätte ich so etwas erwartet. Allein die Tatsache, dass sich Malalai die Zeit genommen hatte, das für mich zu klären, haute mich um. Offenbar hatte ihr meine Rede auf der FeFu wirklich gut gefallen.

»Danke. Ich weiß gar nicht, was ich sagen soll«, gestand ich. »Das kommt jetzt wirklich unerwartet.«

Malalai lachte. »Ich hab dich gerade ja auch ziemlich überfallen. Nimm dir gerne ein paar Tage Zeit. Niko Jimenez aus der PR meldet sich dann in ein, zwei Wochen bei dir. Wie klingt das?«

Zu gut, um wahr zu sein.

»Fantastisch.«

»Wunderbar, dann wünsch ich dir noch einen schönen Abend, und wir hören sicherlich bald wieder voneinander. Bye bye.«

»Bye«, echote ich, noch immer etwas sprachlos, und beendete das Telefonat.

Ich konnte nicht glauben, was da gerade passiert war. Träumte ich? Malalai hatte mir einen Job bei Irresistible Future angeboten. Nein, nicht *bei*, sondern *für* Irresistible Future. Ich wäre selbstständig und könnte in Mayfield, bei meiner Familie, bleiben, anstatt für ein Praktikum nach Seattle zu ziehen. Und ich wäre weiterhin bei Lucien. Er war mir in den vergangenen Wochen immer wichtiger geworden, und selbst wenn wir es nicht schafften, uns jeden Tag zu sehen, wollte ich nicht, dass uns Hunderte Meilen trennten.

Ich rief bei meinen Eltern an, um ihnen sofort von der guten Neuigkeit zu erzählen, und anschließend versuchte ich es bei Lucien, der allerdings nicht an sein Handy ging. Vermutlich steckte er noch mitten im Fotoshooting oder war mit den Leuten vom Magazin abendessen. Aufgeregt und wie auf Wolke sieben tänzelte ich durch die Wohnung, unfähig, weiterzulernen, dafür war ich viel zu aufgedreht.

Zur Feier des Tages aß ich noch etwas von dem Kuchen, den ich mit Amicia gebacken hatte, und schrieb mit Micah, die von meiner Neuigkeit ganz aus dem Häuschen war. Ich musste sie jedoch abwürgen, als es Zeit wurde, Amicia abzuholen.

Kurz darauf parkte ich Luciens Wagen am Straßenrand vor Brooklyns Haus und schrieb Amicia eine Nachricht, dass ich auf sie wartete.

Zwei Minuten später öffnete sich die Haustür. Amicia verabschiedete sich mit einem Kuss von einem Mädchen mit langem blondem Haar, das wohl Brooklyn sein musste.

»Hey«, begrüßte mich Amicia, als sie zu mir in den Wagen stieg. Sie grinste von einem Ohr zum anderen, und ihre Wangen glühten, als hätte sie den ganzen Abend gelacht und getanzt.

»Hey«, gab ich zurück und startete den Motor. »Wie war die Party?«

»Richtig cool. Brooklyn hat so viele Geschenke bekommen!«

»Und was gab's zu essen?«

»Pizzabrötchen, die man sich selbst belegen konnte. Das war ziemlich genial. Es gab ein Buffet mit allen Zutaten und kleine Pizzaöfen. Irgendwann haben wir die verrücktesten Kombinationen ausprobiert. Das war witzig.«

Ich schmunzelte und setzte den Blinker nach rechts, um abzubiegen, froh darüber, dass die Straßen um diese Uhrzeit so leer waren. »Das hört sich wirklich toll an.«

»Ja, Toby hat ein Brötchen mit Kuchen und Salami belegt.«

»Eww, klingt eklig.«

Amicia lachte und schüttelte mit angewiderter Miene den Kopf. »War es auch.«

»Und was hat Brooklyn geschenkt bekommen?«

»Ihre Eltern und Großeltern haben für ein Auto zusammengelegt, was einfach der Hammer ist! Von mir, Nancy und Callie hat sie einen Ausflug in einen Escape-Room geschenkt bekommen. Brooklyn und ich haben das vor ein paar Wochen mit Cassie gemacht und fanden es ziemlich cool. Cindy hat ihr einen Vorrat ihres Lieblingsmascaras gekauft. Von Steve hat sie ein Ariana-Grande-T-Shirt bekommen. Und Rory hat … Aliza, pass auf!«

25. Kapitel

Angespannt tigerte ich in Luciens Küche auf und ab. Mein Herz raste so schnell, dass ich fürchtete, es könnte mir jeden Augenblick vor Aufregung aus der Brust springen.

Scheiße, er würde jede Sekunde hier sein.

Ich hatte ihm geschrieben, dass wir uns bei ihm zu Hause und nicht bei mir treffen würden. Auf diese Weise saß er nicht in meiner Wohnung fest, wenn ich ihm offenbarte, dass sein Auto vorübergehend Schrott war.

»Entspann dich«, sagte Amicia, die seelenruhig am Küchentisch saß und eine Limo schlürfte, als hätte sie keine Sorge in der Welt. Und genau genommen hatte sie das auch nicht, schließlich war nicht sie diejenige gewesen, die hinter dem Lenkrad gesessen hatte, als die Katze über die Straße gerannt war. »Es war nur ein Stoppschild.«

Ich stieß ein heiseres Lachen aus. Stoppschild hin oder her, Luciens Auto stand mit einer ordentlichen Delle auf dem Hof des Abschleppdienstes, und noch viel schlimmer: Auch Amicia hatte etwas abbekommen. Ihr Kopf war beim Aufprall seitlich gegen die Scheibe gedonnert. Ich hatte sofort einen Krankenwagen gerufen. Es war nichts, nur eine winzige Platzwunde, aber für einen Moment hatte ich Todesangst um sie gehabt. Erst die Sanitäter hatten mich beruhigen können.

Nervös knetete ich meine Finger, als ich einen Schlüssel in der Haustür hörte. Ich erstarrte.

Lucien schob die Tür auf, und eine gefühlte Millisekunde

später stand er bereits auf der Schwelle zur Küche, die Reisetasche noch über der Schulter. Er war komplett in Schwarz gekleidet, wie ein Racheengel, aber sein Lächeln war strahlend. Er sah glücklich aus. »Hey, ihr zwei.«

»Hey«, grüßte ich mit gepresster Stimme zurück.

Amicia grinste. »Na, wie war Nevada?«

»Es war …« Lucien stockte, als sein Blick auf Amicias Stirn fiel, auf der ein Pflaster klebte. Seine Augen wurden schmal. »Was ist passiert?«, fragte er mit berechtigter Sorge.

Ich spürte, wie meine Kehle trocken wurde. »Es gab da einen kleinen Zwischenfall.«

Meine Worte ließen Luciens Lächeln ersterben. Es war, als hätte sich eine dunkle Wolkendecke vor die Sonne geschoben. Mit einem dumpfen Schlag ließ er seine Reisetasche zu Boden fallen und starrte mich an – abwartend und beunruhigt. »Was für ein Zwischenfall?«

Ich deutete auf den Stuhl gegenüber von Amicia. »Setz dich lieber.«

Ohne mich aus den Augen zu lassen, nahm Lucien Platz.

Ich räusperte mich und versuchte, mir selbst Mut zu machen. Es war nur ein Stoppschild gewesen, und Amicia ging es gut. Keine große Sache. Dennoch machte ich mir Vorwürfe. Lucien hatte schon genug zu tun und fühlte sich von der Welt und den Menschen darin im Stich gelassen, und nun kam ich daher und packte zusätzliches Gewicht auf seine Schultern. Und das, nachdem er mir mit seiner Schwester vertraut hatte.

»Also … dir ist vielleicht aufgefallen, dass dein Auto nicht vor der Tür steht«, setzte ich an und beobachtete Lucien dabei ganz genau. »Das liegt daran, dass wir einen kleinen Unfall damit hatten.«

Den Ausdruck, der schlagartig Besitz von Luciens Gesicht ergriff, konnte man nur als blankes Entsetzen bezeichnen. Panisch zuckte sein Blick von mir zu seiner Schwester. Angst spiegelte sich in seinen Zügen wider. »Geht es dir gut?«

»Ja, das ist nur ein Kratzer.«

Luciens Miene wurde weicher, allerdings nur zwei, drei Herzschläge lang – bis er wieder mich ansah. »Wann ist das passiert?«

»Gestern Abend, als ich Amicia von Brooklyn abgeholt habe.«

Er versteifte sich, und ich konnte förmlich spüren, wie er vor Wut erbebte. »Ist das ein Scherz? Warum hast du mich nicht angerufen?«

»Ich wollte dich nicht beunruhigen, und du hättest ohnehin keinen früheren Flug mehr bekommen.« Ich schüttelte den Kopf, enttäuscht von mir selbst, als ich erkannte, was für einen riesengroßen Fehler ich damit begangen hatte.

Fassungslos starrte Lucien mich an. »Amicia? Geh in dein Zimmer«, befahl er tonlos. Er gab die Anweisung, ohne seinen Blick von mir zu nehmen. Seine kühle, distanzierte Art ließ mir das Blut in den Adern gefrieren.

»Lucien …«, setzte Amicia an, doch er schnitt ihr das Wort ab.

»Geh. In. Dein. Zimmer.«

Shit. Ich wusste, dass ich Mist gebaut hatte, und ich war nervös gewesen, Lucien alles zu beichten. Doch in diesem Moment beschlich mich das ungute Gefühl, das Ausmaß meines Fehltrittes noch gehörig unterschätzt zu haben.

Amicia warf mir einen mitfühlenden Blick zu, der vermutlich sagen sollte, wie leid es ihr tat, mich im Stich zu lassen, aber dass ich von jetzt an auf mich allein gestellt war. Dann schnappte sie sich ihre Limo und eilte davon.

Lucien regte sich nicht. Erst als das Zufallen einer Tür zu hören war, kam wieder Leben in ihn. Ruckartig stand er von seinem Stuhl auf, der um ein Haar nach hinten umkippte. Wutentbrannt starrte er mich an. »Was zur Hölle, Aliza? Wie konnte das passieren?«

Ich zog den Kopf ein. »Ich …«

»Wie konntest du einen Unfall bauen, während Amicia im Wagen sitzt? Wie, Aliza? Wie?«, unterbrach mich Lucien, der einfach über mich hinwegredete. Er war in Rage. Sein Körper bebte, während er aufgebracht durch die Küche lief. Doch anders als zuvor ich wirkte er nicht nervös, sondern wie ein Soldat, der seine Stellung bezog, bereit, in den Kampf zu ziehen.

Ich öffnete den Mund, aber kein Ton verließ meine Lippen, denn Lucien brachte mich mit einem einzigen Blick zum Verstummen. In seinen Augen lag ein tiefer Zorn, der sich einzig und allein gegen mich richtete. Ich erschauderte. Diese Seite an ihm hatte ich noch nie erlebt. Sie war brutal und ungeschönt und passte zu den schaurigen Masken in seinem Keller. Unwillkürlich stellten sich die Härchen an meinen Armen auf.

Lucien blieb stehen und betrachtete mich. »Hast du nichts dazu zu sagen?«

Ich schluckte trocken. »Ich … Ich habe nur ein Stoppschild umgefahren.«

Das waren offensichtlich die falschen Worte gewesen. Er ballte die Hände zu Fäusten, bis seine Knöchel hell hervortraten. Ich hatte keine Angst. Ich wusste, er würde mir gegenüber niemals gewalttätig werden, dennoch zog sich etwas in meiner Kehle zusammen. »Du bist von der Fahrbahn abgekommen?«

»Es war nur ein kleiner Unfall.«

»Nur ein kleiner Unfall?«, echote Lucien. Er biss die Zähne so fest zusammen, dass sich seine Kiefermuskeln anspannten. »Amicia ist verletzt!«

Ich kämpfte gegen das Brennen in meinen Augen an. »Es ist nur eine Beule, kaum der Rede wert.«

»Sie hatte einen fucking Unfall. Deinetwegen!«

»Ich weiß, und es tut mir leid«, krächzte ich.

Ich erkannte Lucien nur noch verschwommen. Es waren vor allem Tränen der Enttäuschung, die mir in diesem Moment in die Augen stiegen. Ich hatte Lucien helfen wollen, stattdessen stand er nun wütend und zitternd vor mir, und dafür hasste ich mich. Mir war klar, dass sein Zorn nur Fassade war, dahinter lag Angst. Die Angst, Amicia zu verlieren. Dieselbe Angst, die er mich an dem Tag hatte sehen lassen, als wir Amicia vom Polizeirevier abgeholt hatten.

»Es tut mir leid«, setzte ich noch einmal an. »Es war wirklich keine Absicht.«

»Keine Absicht!«, brüllte Lucien so laut, dass ich zusammenzuckte. »Der LKW-Fahrer, der unsere Eltern von der Straße gedrängt hat, hat das auch nicht mit Absicht gemacht, aber das ändert nicht das Resultat.«

Ein heftiges Stechen breitete sich in meiner Brust aus. Ich hatte nicht vorgehabt, das Stoppschild zu rammen, das musste ihm doch klar sein.

»Es tut mir leid«, wiederholte ich noch einmal. »Ich weiß nicht, was ich sonst noch sagen soll.«

Lucien war stehen geblieben. Schweigend sah er mich an. Ich konnte erkennen, dass er mit seinen Gefühlen rang und versuchte, sich zu beruhigen. Zittrig fuhr er sich mit einer Hand durch das Haar. Sein gequälter Gesichtsausdruck war wie eine Faust, die sich um mein Herz schloss und zudrückte. Es tat weh, ihn so zu sehen, aber mein Schmerz war nichts im Vergleich zu seinem, und ich bedauerte es zutiefst, ihm solches Leid zuzufügen. Wäre das Stoppschild kein Stoppschild gewesen, sondern ein anderes Fahrzeug, hätte ich um ein Haar seinen schlimmsten Albtraum wahr werden lassen, das erkannte ich nun.

Ich machte einen Schritt auf ihn zu und noch einen und noch einen, bis ich direkt vor ihm stand und sein Gesicht mit beiden Händen umfassen konnte. Seine Wangen glühten, meine Finger hingegen waren eiskalt.

»Es tut mir leid«, sagte ich erneut, und ich würde die Worte noch hundertmal wiederholen, um Lucien begreiflich zu machen, wie sehr ich bereute, was geschehen war. »Kannst du mir verzeihen? Bitte?«

Er schüttelte den Kopf und wich vor mir zurück, sodass ich ihn loslassen musste. »Ich ... Ich glaube, das kann ich nicht.«

»Aber ... ich wollte das nicht. Ich würde Amicia niemals absichtlich wehtun«, flüsterte ich kaum hörbar. Eine Träne löste sich aus meinem Augenwinkel.

»Was du wolltest, spielt keine Rolle«, sagte Lucien. Seine Wut war verschwunden. An ihre Stelle war ein nüchterner, resignierter Gesichtsausdruck getreten. Er wirkte wie ein Fremder auf mich. »Ich habe auch nicht darum gebeten, der Ersatz-Vater für einen Teenager zu sein, und ich könnte mir weitaus Schöneres vorstellen, aber Amicia ist meine Verantwortung, weil unsere Eltern das so gewollt hätten. Und dafür habe ich bereits viele Opfer gebracht. Zu viele. Aber so ist das eben.«

Ich konnte nicht glauben, was hier gerade passierte. Ich hatte mich darauf eingestellt, dass Lucien böse sein würde, aber niemals hätte ich erwartet, dass unser Gespräch eine solche Richtung einschlug. Meine Beine drohten unter mir nachzugeben. Ich konnte Lucien nicht verlieren, nicht jetzt, wo ich dabei war, mich Hals über Kopf in ihn zu verlieben.

»Was ... Was willst du damit sagen?«

Seine Stimme war rau, kaum mehr als ein Flüstern. »Das weißt du ganz genau.«

»Lucien, bitte …«

Ausdruckslos sah er mich an und schüttelte den Kopf. »Ich kann das hier nicht.«

»Lucien …« Etwas in mir zog sich schmerzhaft zusammen, und mir versagte die Stimme. Aus der einen Träne waren viele geworden, unaufhaltsam rannen sie mir nun über die Wangen.

Mein Anblick ließ Luciens Gesichtszüge weicher werden, aber er kam nicht zu mir, nahm mich nicht in den Arm, streichelte mir nicht über die Wange, wie er es zuvor getan hätte. Er blieb auf Abstand, und das brach mir das Herz.

»Es tut mir leid, Aliza, aber Amicia muss für mich an erster Stelle kommen. Das war immer klar. Ich hätte die Sache zwischen uns niemals so weit gehen lassen dürfen. Das war ein Fehler.«

Du warst ein Fehler.

Obwohl er die Worte nicht aussprach, konnte ich sie hören. Etwas Endgültiges lag in seiner Stimme.

Ein Zittern durchlief meinen Körper und ließ nichts als eisige Kälte zurück, die alles in Besitz nahm.

Meine Hände.

Meine Beine.

Meine Brust.

Mein Herz …

Es gefror zu Eis. Wurde hart und kalt. Aber es waren Luciens nächste Worte, die es zersplittern ließen.

»Du solltest jetzt besser gehen. Das mit uns … das ist vorbei.«

26. Kapitel

Heiße Tränen rannen meine Wangen hinab, als ich nach Hause lief. Die Arme eng um mich geschlungen versuchte ich mich zu beruhigen, um den Anschein von Normalität zu wahren und die Leute nicht wissen zu lassen, wie gebrochen ich war. Doch es ging nicht. Meine Schluchzer waren unaufhaltsam, und ich spürte einen noch nie da gewesenen Schmerz, der sich wie eine Messerspitze in mein Herz bohrte. Ich vermisste Lucien schon jetzt.

Immer wieder spähte ich über die Schulter in der absurden Hoffnung, dass er mir folgen würde, um sich zu entschuldigen, um mir zu sagen, dass er seine Worte nicht ernst gemeint hatte, aber das hatte er. Ich hatte es in seinem Blick gesehen, der so dunkel und stürmisch gewesen war wie seine Gefühle. Lucien mochte mich, und er hatte seine Zeit gerne mit mir verbracht, daran zweifelte ich nicht, aber Amicia war sein Ein und Alles. Er hatte schon viele Opfer für sie bringen müssen, aber keines davon war ihm zu groß gewesen. Vermutlich würde er, ohne mit der Wimper zu zucken, sein eigenes Leben für sie geben. Und ich war so unachtsam mit diesem Leben umgegangen. Er hatte jeden Grund, deswegen wütend auf mich zu sein, dennoch tat es weh, so sehr, dass ich kaum atmen konnte. Ich hatte dieses verdammte Stoppschild zwar nicht mit Absicht gerammt, aber es war passiert, und ich konnte von Glück reden, dass es keine Mauer oder dergleichen gewesen war. Fuck. Ich hätte mich niemals hinters Steuer setzen dürfen.

Ich erreichte meine Wohnung, ohne wirklich auf den Weg zu achten. Meine Kehle war wie zugeschnürt, und egal wie schnell ich auch lief, ich konnte die Kälte nicht abschütteln, die von mir Besitz ergriffen hatte.

Mit zittrigen Fingern entriegelte ich das Schloss, und mit dem Schloss brachen auch die letzten Dämme. Ein lautes Schluchzen kam mir über die Lippen, und meine Knie gaben an Ort und Stelle unter mir nach. In Schuhen und Jacke sank ich in meinem Flur zu Boden, schlang die Arme um meine Beine und schluchzte hemmungslos.

Wäre Nazia, Micah oder eine andere Freundin aus der Highschool an meiner Stelle gewesen, hätte ich ihr vermutlich gesagt, sie solle sich zusammenreißen. Kein Typ war es wert, dass man ihm nachtrauerte, vor allem nicht nach so kurzer Zeit, aber genau das tat ich: Ich trauerte. Um das, was Lucien und ich gehabt hatten. Und um das, was wir noch hätten haben können. Ich hatte es nicht geplant, nicht mal erwartet, dass es passierte, aber ich hatte mich in Lucien verliebt. Still und heimlich hatte er sich in mein Leben und mein Herz geschlichen, und meine Wünsche und Träume für die Zukunft hatten bereitwillig Platz für ihn gemacht, denn sie wollten, dass er Teil dieser Zukunft wurde.

Aber dafür war es jetzt zu spät. Ich hatte es verbockt. Und ich konnte niemand anderem die Schuld geben außer mir selbst. Ich konnte noch nicht einmal wütend auf Lucien sein, er hatte nichts falsch gemacht. Er hatte sich für Amicia und gegen mich entschieden, und daran war nichts verkehrt. Er hatte getan, was er hatte tun müssen.

Ich weinte eine gefühlte Ewigkeit, so lange, bis ich einfach nicht mehr konnte und die Erschöpfung meine Tränen versiegen ließ. Meine Nase war zu, meine Kehle fühlte sich geschwollen an, und meine Augenlider waren schwer. Es kostete mich all meine Selbstbeherrschung, mich nicht einfach zu einer Kugel zusammenzurollen, um zu schlafen. Mit letzter Kraft stand ich auf, zog mir Schuhe und Jacke aus und schleppte mich ins Schlafzimmer, wo ich sofort unter die Bettdecke krabbelte. Mein Magen gab ein Knurren von sich, da ich den ganzen Tag noch nichts gegessen hatte, aber ich fühlte keinen Hunger. Nur Schmerz.

Blind starrte ich ins Nichts und spielte mit mir selbst eine Runde »Was wäre wenn?«. Was, wenn Amicia nicht auf die Party gegangen wäre? Was, wenn die Katze nicht über die Straße gerannt wäre? Was, wenn an genau der Stelle kein Stoppschild gestanden hätte? Ich malte mir diese Szenarien aus. Und Szenarien, in denen ich in diesem Augenblick glücklich mit Lucien auf der Couch gesessen und ihn geküsst hätte. Doch das gehörte jetzt der Vergangenheit an …

Schauen Sie noch?, leuchtete es mir von meinem Handydisplay entgegen, als ich die Augen öffnete.

Ich hatte *Brooklyn Nine-Nine* gestartet, um meinem Gedankenkarussell eine Pause zu gönnen. Irgendwann musste ich eingeschlafen sein, und das anscheinend schon vor einer Weile. Meine Wimpern waren noch immer verklebt von meinen Tränen, und hinter meinen Schläfen pochte ein dumpfer Schmerz.

Ich blinzelte und sah auf mein Handy. 22:18 Uhr. Sieben Stunden. Vor sieben Stunden hatte Lucien … Nein! Ich befahl mir, nicht an ihn zu denken, aber da war es bereits zu spät und die Erinnerungen stürzten von Neuem auf mich ein.

Ein Wimmern kam mir über die Lippen, und mit dem Wimmern kamen auch die Tränen zurück. Ich vergrub das Gesicht in den Kissen und schluchzte heftig, als ich ein Läuten hörte. Zuerst glaubte ich, es mir nur eingebildet zu haben, aber dann erklang es ein zweites, drittes und sogar viertes Mal. Irgendjemand drückte ziemlich ungeduldig auf die Klingel und wartete offensichtlich darauf, von mir reingelassen zu werden.

Mein Herz stockte und Hoffnung keimte in mir auf, aber ich erlaubte mir nicht, sie wachsen zu lassen. Es war garantiert nicht Lucien, der vor meiner Tür stand.

Kurz darauf hatte ich Gewissheit. Es waren Micah und Cassie, die gemeinsam die Treppe heraufkamen. Waren wir verabredet gewesen? Ich durchforstete mein Gehirn, konnte mich aber nicht erinnern.

»Was macht ihr hier?«, fragte ich überrascht. Meine Stimme klang rau und wund vom vielen Weinen.

Die beiden wirkten nicht im Geringsten verwundert darüber, mich völlig verheult vorzufinden. Ihre Mienen drückten Mitgefühl aus, aber keine Überraschung. Ohne zu zögern, trat Micah an mich heran, nahm mich wortlos in den Arm und drückte mich fest an sich.

Nachdem ich mich in den vergangenen Stunden mit letzter Kraft selbst zusammengehalten hatte, fühlte es sich verdammt gut an, von jemand anderem gehalten zu werden. Die Anspannung löste sich aus meinen Schultern, als die emotionale Last, die ich bis eben allein getragen hatte, plötzlich nicht mehr nur auf mir ruhte.

Micah löste die Umarmung, wich aber nicht zurück. Traurig lächelte sie mich an und schob mir eine Haarsträhne hinters Ohr. »Wir sind hier, um dich aufzumuntern.«

Ich starrte sie an. »Was?«

»Lucien hat mir erzählt, was passiert ist«, antwortete Cassie und umarmte mich ebenfalls, nachdem Micah Platz für sie gemacht hatte.

Ich konnte nicht glauben, dass die beiden hier waren, um mich aufzumuntern – besonders Cassie. Sie war vor allem Luciens Freundin. Sollte sie nicht bei ihm sein, um mich gemeinsam mit ihm zum Teufel zu schicken, nach allem, was ich angerichtet hatte?

»Komm, lass uns reingehen, dann können wir reden«, sagte Cassie.

Micah nickte und klopfte auf ihre große Handtasche. »Wir haben Eis und alkoholfreien Sekt dabei.«

Ich schniefte und trat zur Seite, wobei ich über meine Jacke stolperte. Ich hatte sie achtlos auf den Boden fallen lassen, da ich nicht einmal die Kraft besessen hatte, sie aufzuhängen. Nun bückte sich Micah, um das für mich zu erledigen, bevor sie ihre eigene Jacke auszog.

Cassie griff nach meiner Hand und führte mich ins Wohnzimmer, während Micah in der Küche verschwand. Ich hörte, wie sie Schränke und Schubladen öffnete, bevor sie kurz darauf mit drei Gläsern und Löffeln zurückkam. Dann holte sie den Sekt und zwei Becher mit veganem Eis aus ihrer Handtasche.

Doch ich hatte keinen Appetit. Reglos starrte ich auf den Löffel, den mir Micah in die Hand gedrückt hatte. Ich hatte kein Eis verdient. Und auch nicht, dass die beiden für mich da waren. Sie sollten zu Lucien gehen …

»Aliza?«, fragte Micah vorsichtig.

Ich blickte auf. »Hm?«

»Möchtest du kein Eis?«

Ich schüttelte den Kopf und legte meinen Löffel beiseite.

Es musste so einiges passieren, dass ich keine Lust mehr auf Essen verspürte. Besorgt sah Micah mich an, Cassie hatte nachdenklich die Lippen geschürzt. Wenn jemand wusste, wie ich mich fühlte, dann sie. Vor ein paar Monaten hatte Auri ziemlichen Mist gebaut und damit ihre Beziehung gefährdet. Sie kannte die Situation also, nur war ich in dieser Geschichte diejenige, die den Mist gebaut hatte.

Zögerlich legte Micah eine Hand auf mein Knie, was mich beinahe dazu brachte, erneut in Tränen auszubrechen.

»Ich hab alles verbockt«, murmelte ich mit belegter Stimme und senkte den Kopf, da ich es nicht ertrug, den mitfühlenden Blicken meiner Freundinnen ausgeliefert zu sein.

»Nein, hast du nicht«, versicherte mir Micah.

»Er hat gesagt, ich soll gehen. Dass das mit uns vorbei ist.« Bei der Vorstellung, Lucien nie wiederzusehen oder nur noch aus der Ferne, wenn wir uns zufällig auf dem Campus über den Weg liefen, wurde mir ganz anders zumute.

Cassie legte mir einen Arm um die Schultern. »Das hat er nicht so gemeint.«

»Doch, du hättest sein Gesicht sehen müssen«, flüsterte ich gebrochen.

Erst die Wut, dann die Enttäuschung und dann das Nichts, als er mich aufgefordert hatte zu verschwinden. Nachdem er erkannt hatte, dass ich ein Fehler gewesen war. Ein Fehler, der sich in sein Leben eingeschlichen hatte wie ein falsch programmierter Code auf einer Webseite, der alles zerstörte und verschob und für Chaos sorgte.

»Er war verletzt. Er wusste nicht, was er sagt.«

Ich schüttelte den Kopf. »Nein. Er hasst mich.«

»Er hasst dich nicht. Er liebt dich, und das macht ihm Angst.«

»Du irrst dich.«

»Glaub mir, ich kenne Lucien besser, als du denkst«, sagte Cassie, nun etwas eindringlicher. Der Ausdruck in ihren grünen Augen wirkte entschlossen und ehrgeizig, als wäre es ihre persönliche Mission, mich davon zu überzeugen, dass Lucien mich mochte. »Du müsstest ihn sehen, wenn er von dir spricht. Dieser Mann ist schwer in dich verliebt, aber …« Sie seufzte. »Liebe bedeutet für Lucien auch immer Schmerz und

Verlust, und damit weiß er manchmal einfach nicht umzugehen.«

Ich schluckte schwer. »Amicia wurde verletzt.«

Cassie schnaubte. »Ich habe das Pflaster gesehen, das ist nichts. Die Verletzung könnte genauso gut davon stammen, dass sie gegen einen Türrahmen gelaufen ist.«

»Genau!«, stimmte Micah zu. »Unfälle passieren. Du hast ein Stoppschild angefahren. Das hätte jedem passieren können. Julian hat neulich erst einen Zaun gerammt.«

»Aber es ist nicht Julian passiert und auch nicht Lucien, sondern mir.«

»Na und?« Cassie zuckte mit den Schultern. »Lucien hat dafür schon anderen Mist in seinem Leben gebaut. Niemand ist unfehlbar. Und natürlich hätte die Sache mit dem Stoppschild anders ausgehen können … ist sie aber nicht. Es macht keinen Sinn, sich über Dinge zu streiten, die womöglich in einem alternativen Universum passiert sind, aber nicht hier. Amicia geht es gut, und das wird auch Lucien erkennen, wenn er den ersten Schock überstanden hat und wieder klar denken kann.«

Ich wollte Cassies Worten gerne glauben, aber ich konnte nicht. Hätte Lucien eine andere Vergangenheit gehabt, hätte er mir vielleicht verzeihen können, dass ich Amicia in Gefahr gebracht hatte. Aber er hatte eine grausame Vorgeschichte, die ihn auf schreckliche Weise geprägt und traumatisiert hatte. Ich wollte mir gar nicht ausmalen, was für Erinnerungen und Ängste der Vorfall mit Amicia in ihm ausgelöst haben mussten. Und ich hasste mich dafür, dass ich ihm dieses Leid beschert hatte.

Cassie und Micah quartierten sich für die nächsten zwei Tage bei mir zu Hause ein. Sie versuchten ihr Möglichstes, mich abzulenken und aufzumuntern, aber es half nichts. Jedes Mal, wenn ich glaubte, dass es vielleicht besser wurde, erinnerte mich etwas an Lucien und ich wurde zurück an den Anfang geschleudert. Meist lag ich lethargisch in meinem Bett, während nebenbei *Brooklyn Nine-Nine* lief, auch wenn ich die Serie inzwischen kein bisschen mehr genoss. Sie war eine Art Selbstfolter, die mich an eine Zeit erinnerte, in der mit Lucien noch alles gut gewesen war.

Immer wieder versuchte ich, mich zum Lernen zu motivieren, aber es gelang mir nicht. Stattdessen wanderten meine Gedanken zu Lucien, aber auch den Midterms und den ernüchternden Gefühlen, die ich nach der Notenvergabe verspürt hatte. Schon damals hatte ich gedacht, dass ich mich eigentlich freuen sollte, bestanden zu haben, aber das hatte ich nicht. Ich tat es immer noch nicht. Und ich fragte mich, warum. Es wäre leicht gewesen zu sagen, dass es am Stress lag, aber ich wusste, dass das nicht stimmte, denn über Malalais Job-Angebot hatte ich mich trotz der ganzen Hektik drum herum sehr gefreut. Was wiederum nur den Schluss zuließ, dass es am Studium selbst lag, auch wenn ich diese Tatsache nicht wirklich wahrhaben wollte. Doch womöglich war es an der Zeit, sich ein Beispiel an Micah zu nehmen und sich umzuorientieren. Ein Gedanke, der wehtat, da es sich ein bisschen wie Aufgeben anfühlte, aber wenn ich ganz ehrlich zu mir war, hatte das Jurastudium immer nur als eine Art Mittel zum Zweck gedient. Mein eigentliches Ziel war Irresistible Future, und sicherlich gab es noch andere Wege, andere Kurse, die mich an dieses Ziel bringen konnten. Oder?

Am Tag der Prüfungen wachte ich lange vor dem ersten Weckerklingeln auf. Meine innere Uhr, die nervös tickte, hatte mich geweckt. Es machte keinen Sinn, noch länger im Bett liegen zu bleiben, zumal mich ohnehin nur Erinnerungen an Lucien überfallen hätten.

Ich ging ins Badezimmer und versuchte, meinem Spiegelbild nicht zu viel Beachtung zu schenken – mir war auch so klar, dass ich alles andere als gut aussah. Seit Tagen lagen dunkle Ringe unter meinen Augen, meine Haut war fahl und meine Haare stumpf. Ich machte mir allerdings nicht die Mühe, irgendetwas an meinem Äußeren zu richten, dafür fehlte es mir einfach an Energie, außerdem würde sich heute eh niemand für mich interessieren.

Eine ganze Stunde zu früh machte ich mich auf den Weg zum Café auf dem Campus, wo ich mich mit Micah, Julian, Cassie und Auri auf einen Kaffee treffen wollte, um noch etwas Ruhe und Kraft zu tanken, bevor es in den Hörsaal ging.

Mit einer Tasse in der Hand setzte ich mich in eine der hinteren Ecken. Aus einem Pflichtgefühl heraus nahm ich die Lernkarten aus meiner Handtasche und begann, sie mir durchzulesen, aber es blieb nicht wirklich etwas hängen, dafür war ich einfach zu abgelenkt. Sowohl von meinen Gefühlen für Lucien als auch meinen Gedanken an Malalai und daran, wie es mit meinem Studium weitergehen sollte.

»Guten Morgen!«

Ich blickte von meinem Handy auf und entdeckte Micah, Julian, Auri und Cassie, die zu mir an den Tisch getreten waren, jeweils bereits eine Tasse Kaffee in der Hand.

»Wie geht es dir?«, fragte Cassie und zog sich die Jacke aus, bevor sie neben mir auf die Sitzbank rutschte.

Ich zuckte etwas hilflos mit den Schultern. Das war keine leicht zu beantwortende Frage.

Meine Reaktion brachte mir mitleidige Blicke von Micah und den anderen ein, aber zu meiner Erleichterung bohrten sie nicht nach, sondern begannen sich über die Prüfungen zu unterhalten. Ich hörte nur mit einem Ohr zu, meine Lernkarten noch immer in der Hand. Sie waren inzwischen schon etwas wellig, da meine Finger von kaltem Angstschweiß überzogen waren.

Schließlich wurde es Zeit aufzubrechen. Cassie, Auri und Julian verabschiedete ich vor dem Café, Micah begleitete ich zur Kunst-Fakultät, die auf meinem Weg lag.

Auf dem Campus herrschte eine merkwürdig ernste Stimmung. Gespräche wurden leiser geführt als sonst, Gelächter erklang gedämpfter, und überall entdeckte man Studenten, die angespannt versuchten, sich letzte Fakten ins Gehirn zu prügeln. Auch Micah war erstaunlich ruhig, aber vielleicht wusste sie nur nicht, was sie zu mir sagen sollte.

Als wir ihr Gebäude erreichten, wünschte ich ihr viel Glück, bevor ich zur juristischen Fakultät weiterzog. Mit jedem Schritt wurde ich nervöser. Ich hatte keine Ahnung, wie ich die Prüfungen in meiner Verfassung bestehen sollte. Mein Kopf war leer und voll zugleich, und am liebsten wäre ich einfach zurück in mein Bett gekrochen.

Nein, das stimmte nicht. Am liebsten hätte ich mit Lucien gesprochen. Ich vermisste ihn. Er war in kürzester Zeit ein solch fester Bestandteil meines Lebens geworden, dass ich keine Ahnung hatte, wie ich zu meiner früheren Normalität zurückkehren sollte. Jeden Abend vor dem Schlafengehen mit ihm zu schreiben war für mich fast schon ein Ritual geworden, ebenso eine Gewohnheit wie der Impuls, meine Gedanken mit ihm zu teilen und ihm von meinen Plänen für den Tag zu erzählen.

Ich war völlig versunken in diesen Erinnerungen, als das Handy in meiner Jackentasche aufgeregt zu vibrieren begann. Ich holte es hervor und erstarrte mitten auf dem Gehweg, als ich Amicias Namen auf dem Display las.

»Pass doch auf!«, rief ein Typ, der mich beinahe über den Haufen gerannt hätte.

Ich murmelte eine Entschuldigung, aber eigentlich war mir der Kerl völlig egal. Warum rief Amicia mich an? Ein ungutes Gefühl breitete sich in meiner Magengrube aus, als ich den Anruf entgegennahm. Hätte sie um diese Zeit nicht eigentlich in der Schule sein sollen?

»Hallo?«

»Guten Tag«, grüßte mich eine männliche Stimme mit Südstaaten-Akzent. »Hier spricht Officer Wallace.«

Officer? Das konnte nichts Gutes bedeuten.

»Hallo Officer, ist alles in Ordnung?«

»Wie man es nimmt«, sagte der Polizist. Er klang streng, beinahe verärgert. »Ich habe hier eine Schulschwänzerin beim Diebstahl erwischt. Amicia Saint-Yves. Sind Sie die Mutter?«

»Nein«, stammelte ich und versuchte, meine Gedanken zu sortieren. Amicia hatte etwas gestohlen? Das musste ein Missverständnis sein … »Ich bin eine Freundin ihres Bruders. Er ist ihr Erziehungsberechtigter.«

Der Polizist brummte. »Lucien Saint-Yves?«

»Ja. Sie sollten besser ihn anrufen.«

»Ich habe schon mehrfach versucht, ihn zu erreichen. Er geht nicht ans Telefon.«

»Oh, okay …« Vermutlich hatte er sein Handy wegen der Prüfungen bereits ausgeschaltet.

»Könnten Sie Amicia abholen?«

Shit. Mein Blick zuckte zum Fakultätsgebäude. In ein paar Minuten würden die Türen zu den Vorlesungssälen geschlossen werden.

»Jetzt?«

»Ja. Oder ich nehme sie in Gewahrsam und mit auf das Revier.«

Ich biss mir auf die Unterlippe, als Erinnerungen an Halloween in mir aufstiegen, wie klein und verängstigt Amicia gewirkt hatte, als Lucien und ich sie von der Polizei abgeholt hatten. »Kann ich mit ihr sprechen?«

»Einen Moment.«

Ich hörte ein Rascheln und ein Murmeln, dann war Amicia am Handy.

»Aliza? Kannst du mich bitte abholen? Ich will nicht zur Polizei«, flehte sie. Ich konnte die Tränen in ihrer Stimme hören.

Verdammt, was dachte sich dieses Mädchen nur? Ich presste die Lippen aufeinander, hin- und hergerissen zwischen dem Wissen, dass ich in meine Prüfung musste, und dem Wunsch, Amicia zu helfen. Wer wusste schon, was passierte, wenn sie noch einmal auf dem Revier landete. Das wäre ihr zweiter Besuch innerhalb von zwei Monaten dort. Was wenn sie sich dadurch ihre Zukunft versaute?

Fuck!

»Gib mir noch einmal den Polizisten«, bat ich Amicia.

Sie sagte nichts.

Kurz darauf dröhnte wieder die Stimme von Officer Wallace durch die Leitung. »Ja?«

»Wenn ich Amicia abhole, muss sie nicht mit aufs Revier? Dann kann sie einfach gehen?«

»Genau. Der Ladenbesitzer verzichtet auf eine Anzeige, wenn sie abgeholt und für das Paar Schuhe bezahlen wird, das sie klauen wollte«, sagte der Polizist. Ekel schwang in seiner Stimme mit, als würde er sich beinahe wünschen, Amicia mit auf das Revier nehmen zu können, nur um ihr eins reinzuwürgen.

Bei dem Gedanken, meine Prüfung sausen zu lassen, um Amicia abzuholen, zog sich mein Magen zusammen. In dem Fall würde sie mit großer Wahrscheinlichkeit als nicht bestanden gelten, und ich konnte das Semester abschreiben. Doch vor allem nach unserem Unfall war der Wunsch, für Amicia da zu sein, stärker als der, eine Prüfung abzulegen, die ich – wenn überhaupt – sowieso nur mit Ach und Krach bestehen würde. Außerdem war ich Lucien nach dem, was am Wochenende passiert war, etwas schuldig.

Ich schluckte schwer und verdrängte die Folgen meiner Entscheidung, die ich soeben getroffen hatte.

27. Kapitel

Seite an Seite verließen Amicia und ich das Einkaufszentrum. In ihrer Hand baumelte die Einkaufstasche mit den Fünfzig-Dollar-Sportschuhen, die sie versucht hatte zu stehlen und die nun ich bezahlt hatte. Sie konnte wirklich von Glück reden, dass sie ausgerechnet an diesen Verkäufer geraten war und an keinen anderen. Anderenfalls hätte sie womöglich eine Klage wegen Diebstahls am Hals gehabt. So war sie mit einem Ladenverbot und einer Strafpredigt von Officer Wallace davongekommen. Dennoch sah sie ziemlich mitgenommen aus, und es war offensichtlich, dass sie geweint hatte.

Wortlos überquerten wir die Straße und setzten uns an die Bushaltestelle, von der aus wir den Eingang des Einkaufszentrums sehen konnten. Scharenweise strömten die Menschen in das Center. Ich kam nicht umhin, daran zu denken, dass meine Prüfung gerade in vollem Gang war. Und ich war nicht dabei. Irgendwo in der juristischen Fakultät gab es in diesem Moment einen freien Platz, der für mich reserviert gewesen war, und irgendwo lag ein Bogen mit Fragen herum, die nicht von mir beantwortet wurden. Weil ich hier war, bei Amicia.

Mein Blick wanderte zu ihr. Zusammengesunken saß sie neben mir auf der Sitzbank und starrte auf ihre Füße. Ihr war anzusehen, wie miserabel sie sich fühlte, was womöglich der Grund dafür war, dass ich keinerlei Wut verspürte. Enttäuschung ja, aber keine Wut.

»Wieso bist du nicht in der Schule?«

Amicia zuckte mit den Schultern.

Ich seufzte. »Und warum hast du die Schuhe geklaut?«

Ihre Hände ballten sich fester um die Henkel der Tüte, in der sich die Schuhe befanden. Das Plastik knirschte unter ihren Fingern, und ich sah, wie sie die Lippen fest aufeinanderpresste, als wollte sie die Worte zurückhalten, die ihr auf der Zunge lagen.

»Amicia …«, drängte ich sanft.

Zitternd holte sie Luft. Erst jetzt erkannte ich, dass sie erneut den Tränen nahe war und die Tüte nur so fest umklammerte, weil sie versuchte, Fassung zu bewahren. »Ich … Ich habe euren Streit belauscht. Lucien hat meinetwegen mit dir Schluss gemacht. Ich habe alles gehört.«

Ihre Antwort traf mich völlig überraschend. Damit hatte ich nicht gerechnet, und das nicht nur, weil ich angenommen hatte, sie wäre in ihrem Zimmer gewesen, als Lucien und ich gestritten hatten.

»Es ist nicht deine Schuld«, erwiderte ich und legte ihr eine Hand auf den Unterarm.

Sie blickte mit glasigen Augen zu mir auf. Das Pflaster war von ihrer Stirn verschwunden, die kleine Wunde, die mich an den Unfall erinnerte, gut sichtbar. »Doch, ist es, genau wie alles andere.«

»Wovon redest du?«

»Ich habe gehört, was Lucien zu dir gesagt hat, darüber, dass er mich nie wollte und so viel für mich opfern musste. Zu viel. Ich wollte ihm keine Last mehr sein. Ich dachte, wenn ich die Schuhe umsonst bekomme, müsste er sich nicht mehr darum kümmern und könnte das Geld sparen.«

Mein Herz verkrampfte sich, als mir bewusst wurde, wie alles zusammenpasste. Amicia hatte Lucien helfen wollen. Er hatte mir sogar erzählt, dass sie aus all ihren Sachen rauswuchs. Deswegen hatte sie die Schuhe geklaut, sie hatte ihn nicht um das Geld dafür bitten wollen. Was ein netter Gedanke war, nur hatte sie den vollkommen falschen Weg gewählt.

»Lucien würde nicht wollen, dass du stiehlst.«

Amicia senkte beschämt den Blick. »Ich wollte es auch nicht, aber die Schuhe haben so toll gepasst und … ich weiß auch nicht. Es war eine Kurzschlussreaktion. Ich will einfach nicht, dass Lucien wegen mir hier festsitzt.«

Ich hob eine Braue. »Was meinst du?«

»Ich war zwölf, als unsere Eltern gestorben sind, nicht taub. Ich weiß, dass er eigentlich nach Los Angeles ziehen wollte, um dort eine Ausbildung zum Make-up-Artisten zu machen, aber auch das hat er für mich geopfert …« Ein Klagelaut entwich ihrer Kehle. »Ich wollte ihm nie eine Last sein!«

Ich legte einen Arm um Amicia und zog sie sanft an mich. Die verwunderten Blicke der anderen Wartenden ignorierte ich. »Du bist ihm keine Last. Alles, was er tut, tut er gerne für dich.«

»Er hat gesagt, er will mich nicht.«

»Natürlich will er dich«, versicherte ich ihr. Jeder, der Lucien kannte, wusste das. Selbst wenn er Amicia manchmal verfluchte, das gehörte dazu. Ich wollte gar nicht wissen, wie oft Nazia und ich unsere Eltern an den Rand der Verzweiflung getrieben hatten. Und sicherlich hatten Luciens Eltern mit ihm zu Lebzeiten ähnliche Erfahrungen gemacht. »Er war nur wütend. Und ja, ich bin mir sicher, er hat sich sein Leben anders vorgestellt, aber das ändert nichts daran, dass du ihm das Wichtigste auf der ganzen Welt bist. Das hat er mir direkt nach unserem ersten Kuss gesagt. Dass du seine Nummer eins bist und ich nur Nummer zwei sein kann.«

Amicia schniefte. »Stört dich das nicht?«

»Überhaupt nicht. Ich wäre gerne seine Nummer zwei«, antwortete ich ohne jeden Zweifel. Dass Lucien seine Schwester an oberster Stelle sah, zeigte nur einmal mehr, was für ein Mensch er war – hilfsbereit und aufopferungsvoll, und das machte ihn in meinen Augen noch attraktiver. Außerdem hatte er mir keine Sekunde lang das Gefühl gegeben, zweitrangig zu sein.

Amicia nickte langsam, als würde sie über meine Worte nachdenken.

In diesem Moment kam der Bus. Wir stiegen ein, und ich kaufte uns zwei Tickets, bevor wir uns in eine der hinteren Reihen setzten.

»Glaubst du, ihr kommt wieder zusammen?«, fragte Amicia nach ein paar Sekunden.

»Ich weiß es nicht«, antwortete ich ehrlich. »Das ist Luciens Entscheidung.«

»Aber du magst ihn noch?«

»Ja, mehr als das.«

Amicia nickte, und wir unterhielten uns den gesamten Weg bis zu ihrer Schule – vor allem über ihre Beziehung zu Lucien. Sie erzählte mir, wie es für sie nach dem Tod ihrer Eltern gewesen war.

Es war interessant, auch ihre Perspektive zu erfahren, und ich fragte mich, ob sie jemals so offen mit Lucien darüber gesprochen hatte. Amicia trug das Herz eindeutig am rechten Fleck, aber im Laufe unseres Gesprächs wurde mir klar, dass Lucien nicht ganz unrecht damit hatte, sie als Kind zu bezeichnen. Sie hatte die richtigen Gedanken, aber noch fehlte ihr die Fähigkeit, diese Gedanken wie ein erwachsener Mensch richtig zu Ende zu führen.

Als der Bus vor der Schule hielt, stiegen wir zusammen aus, und ich begleitete Amicia noch bis zum Eingang.

»Da sind wir.«

Sie blickte zu dem grauen Gebäude auf. »Ja … Danke, dass du gekommen bist.«

Ich lächelte. »Gerne. Und jetzt gib mir die Schuhe.«

Verwirrt sah sie mich an. »Was?«

Ich nahm ihr die Tasche aus der Hand. »Ich nehme die Schuhe mit. Lucien kann sie bei mir abholen, nachdem du ihm erzählt hast, was heute passiert ist.«

Fassungslos starrte Amicia mich an.

»Was? Hast du geglaubt, wir verheimlichen das hier vor ihm?«

Amicia zog eine Grimasse. »Er wird mir Hausarrest geben.«

»Und du hast ihn verdient«, sagte ich und deutete auffordernd auf das Schultor.

Sie zögerte, doch dann gehorchte sie ohne weitere Widerworte.

Ich wartete, bis sie im Inneren des Gebäudes verschwunden war, erst dann erlaubte ich mir, die Schultern zu entspannen.

Mit einem schweren Seufzen holte ich das Handy aus meiner Tasche und wählte die Nummer des MFC – vielleicht hatte ich Glück und konnte meine Prüfung doch nachholen, wenn ich die Situation erklärte.

»Es tut mir leid, Frau Malik, aber ich kann Ihnen nicht helfen. Auf Wiederhören.«

»Bitte, ich …«

Die Leitung war tot. Die Frau aus der Verwaltung hatte aufgelegt.

Vermutlich war ich nicht die einzige Studentin, die heute ihre Prüfung verpasst hatte und um eine zweite Chance bettelte. Eine zweite Chance, die ich nicht bekommen würde. Ich stand in keinem Verwandtschaftsverhältnis zu Amicia, somit war sie kein Notfall für mich und ich hätte die Prüfung ablegen müssen. Hatte ich aber nicht. Womit sie als nicht bestanden galt. Ich war durchgefallen.

Durchgefallen …

Das Wort hallte in meinem Kopf wider, ohne wirklich anzukommen. Ich hätte traurig sein, ängstlich und vielleicht sogar vor Wut schäumen sollen, weil dieses ganze Semester für den Arsch gewesen war, aber da war nur Leere. Resignation. Ich hatte die Entscheidung getroffen, Amicia zu helfen, und hätte ich die Zeit zurückdrehen können, hätte ich mich wieder dafür entschieden. Denn selbst wenn ich der Aufforderung des Officers nicht gefolgt wäre, wäre ich vermutlich so abgelenkt gewesen, dass die Klausur nicht gut gelaufen wäre. Amicia zu helfen war die bessere, menschlichere Wahl gewesen, dennoch stand ich nun vor dem Trümmerhaufen meiner Zukunft.

Ich steckte mein Handy weg und ging zurück zur Haltestelle, um nach Hause zu fahren. Ich musste nicht lange auf den nächsten Bus warten, stieg jedoch kurz entschlossen nicht an meiner Haltestelle aus, sondern fünf Stopps früher. Ich fühlte mich nicht danach, allein mit meinen Gedanken in meiner Wohnung zu sitzen, dann würde ich nur panisch werden und anfangen, mir Sorgen zu machen. Immerhin hatte ich heute alles, wofür ich die letzten Monate gearbeitet hatte, in den Sand gesetzt. All die langweiligen Vorträge. All die komplizierten Fachartikel und Nachtschichten …

Vor dem Haus meiner Eltern angekommen klingelte ich, da ich meinen Schlüssel nicht dabeihatte. Ein paar Herzschläge vergingen, dann wurde mir die Tür von Ammi geöffnet.

Überrascht riss sie die Augen auf. »Aliza, was machst du hier?«

»Salām Aleikum«, begrüßte ich sie, ohne auf ihre Frage einzugehen.

»Wa aleikum as-Salām«, gab sie mit gerunzelter Stirn zurück und betrachtete mich skeptisch. Sie hatte nicht mehr als einen einzigen Blick gebraucht, um zu wissen, dass etwas nicht stimmte.

Ich schob mich an ihr vorbei und begann, meine Schuhe auszuziehen. Es war ungewöhnlich still im Haus.

»Wo sind die anderen?«

»Arbeiten.«

Oh, natürlich. Es war mitten am Tag.

Ich streifte mir die Jacke von den Schultern und folgte Ammi in die Küche. Einige Minuten herrschte Schweigen, während sie einen Chai anrührte.

Sie dabei zu beobachten hatte etwas Beruhigendes. Und die Welt war ein klein bisschen weniger schlimm, als sie eine herrlich duftende Tasse vor mir auf dem Tisch abstellte.

Ich nahm einen Schluck und seufzte zufrieden. Sie hatte dem Tee Kardamom hinzugefügt, was ich besonders mochte.

»Möchtest du reden?«, fragte sie und setzte sich mir gegenüber.

Wollte ich reden? Eigentlich nicht. Darüber zu reden machte es real. Dennoch hörte ich mich sagen: »Wir hatten heute Prüfungen, und wie es aussieht, muss ich das Semester wiederholen.«

Ammi nippte an ihrer Tasse. »Lief es nicht gut?«

Ein trockenes, humorloses Lachen verließ meine Lippen. Sein Klang spiegelte meine bitteren Gefühle bestens wider. »Es lief gar nicht. Ich habe nicht teilgenommen, weil ich von der Polizei angerufen wurde.«

»Der Polizei?«

Ich nickte und erzählte von Anfang an. Nicht nur von Amicias Diebstahl, sondern auch von ihrer Verhaftung an Halloween und meinem Unfall am vergangenen Wochenende.

Ammi lauschte aufmerksam, ohne Zwischenfragen zu stellen, und nickte nur ab und zu.

»Jedenfalls kann ich die Prüfung nicht nachholen«, schloss ich.

Ammi schürzte die Lippen. »Bereust du es, dem Mädchen geholfen zu haben?«

»Nein. Aber ich weiß einfach nicht, was ich jetzt machen soll«, antwortete ich. Dabei musste ich an all die Nächte denken, die ich durchgeackert hatte, und an all die Treffen mit meinen Freunden, die ich abgesagt hatte, um Studium und Blog unter einen Hut zu bringen. Ich hatte so viele Gelegenheiten sausen lassen, meine Familie zu sehen, um stattdessen zu lernen. Alles umsonst. »Ich will das Semester nicht wiederholen.«

Ammi legte den Kopf schief. »Dann tu es nicht.«

Ich schnaubte. »Und was dann? Was ist mit meinem Studium?«

»Du musst nicht studieren, wenn es dich nicht glücklich macht.«

»Aber es macht mich glücklich«, protestierte ich. Doch die Worte fühlten sich nicht ehrlich an, sondern wie eine auswendig gelernte Floskel, die ich herunterleierte, weil man es von mir erwartete.

Ammis wissender Blick verriet, dass sie mich durchschaute. Ihre braunen Augen waren voller Güte und Verständnis. »Bist du dir da sicher?«

Ich presste die Lippen aufeinander und senkte den Blick auf den Tee in meiner Tasse, um nicht noch mehr Lügen zu verbreiten. Lügen, die ich mir selbst erzählte. Denn wenn ich ehrlich war, war das Studium mehr Qual als Freude. Ein Preis, von dem ich geglaubt hatte, ihn bezahlen zu müssen für die Zukunft, die ich mir wünschte.

»Ich kenne dich, Aliza«, sagte Ammi und legte ihre Hand auf meine. Sie verurteilte mich nicht, weder für meine Entscheidung, die Prüfung sausen gelassen zu haben, noch für meinen Wunsch, die letzten Wochen nicht noch einmal durchleben zu wollen. »Du warst schon immer sehr ehrgeizig und hast dich nie mit halben Sachen zufriedengegeben, das bewundere ich sehr. Aber seit du mit dem Studium begonnen hast, bist du ständig gestresst. Ich habe dir schon einmal gesagt, dass ich mir Sorgen um dich mache, und daran hat sich nichts geändert.«

Mein Magen zog sich zusammen. »Was schlägst du vor? Dass ich einfach nicht studiere?«

»Ich schlage nichts vor, das ist ganz allein deine Entscheidung. Aber nicht jeder muss studiert haben. Ich habe auch keinen Uni-Abschluss, und mir geht es gut.«

»Aber was soll ich machen, wenn ich nicht studiere?«

Ammi drückte meine Hand fester. »Du könntest einfach das tun, was du jetzt auch schon tust. Du hast deinen Blog, dieses Instagram, von dem du immer redest, und dein Buch. Das sind ganz schön viele Dinge, und du bist noch jung.«

»Schon, aber das war nicht der Plan.«

»Was war denn der Plan?«, fragte Ammi, obwohl sie die Antwort kannte. Wir hatten schon oft darüber gesprochen, aber offensichtlich wollte sie es noch einmal aus meinem Mund hören.

»Der Plan war es, das Studium abzuschließen, damit ich später etwas bewirken kann«, sagte ich langsam, wobei ich jedes Wort genau abwägte.

Ammi nickte und dachte kurz über meine Antwort nach. »Das Leben verläuft nicht immer nach Plan, aber das ist nichts Schlechtes«, brach sie nach ein paar Sekunden ihr Schweigen. »Lass dir das von einer alten Frau sagen, die schon viele gescheiterte Pläne hinter sich hat. Aber ich bin froh darüber, denn anderenfalls wäre ich heute nicht hier und könnte dir nicht sagen, dass ich stolz auf dich bin und dass du dich irrst.«

»Ähm, danke?«

Ammi lächelte. »Ich meine es ernst, Aliza. Du musst nicht Jura studieren, um die Welt zu verändern, das erwartet auch niemand von dir, weder deine Eltern noch ich. Hör in dich rein und tu einfach das, was dich glücklich macht. Du solltest deine Zeit nicht mit Dingen vergeuden, die dich stressen oder dir keine Freude bereiten, dafür ist das Leben zu kurz. Du musst auch niemandem etwas beweisen.«

»Aber mit dem Studium könnte ich mehr Menschen helfen.«

»Warum willst du helfen?«

»Weil ich etwas zurückgeben möchte.«

»An wen?«

»Ich weiß nicht ... an Leute, die nicht so viel Glück haben wie ich.«

»Das musst du nicht«, sagte Ammi eindringlich. »Du bist nicht verantwortlich für diese Leute oder dafür, die Welt zu retten. Vor allem nicht, wenn es dich selbst stresst und dir jegliche Freude raubt. Das ist es nicht wert. Nutz die Freiheiten, die du hast. Ich hatte diese Wahl damals nicht. Zu sehen, dass du all diese Möglichkeiten besitzt, aber nicht nutzt, weil du dich wegen deiner Freiheit schuldig fühlst und meinst, etwas zurückgeben zu müssen, macht mich traurig.«

Ich schluckte schwer. »Ich will dich nicht traurig machen ...«

»Dann nutze deine Freiheit, um zu tun, was immer du tun willst, ohne dich an irgendwelchen Idealen oder Vorstellungen von dir selbst festzuklammern. Sei einfach du selbst und verfolge *deine* Träume. Damit bist du anderen bereits eine größere Hilfe, als du vielleicht denkst. Schau dir nur das Video von dieser Veranstaltung an, als du vor den ganzen Frauen gesprochen hast. Nazia hat es mir gezeigt. Du hast fast ausschließlich über deinen Blog und das Kochen geredet, und diese Frauen haben dir an den Lippen geklebt, weil ihnen deine Selbstverwirklichung Mut macht.«

»Danke, Ammi.«

Es bedeutete mir viel, all das aus ihrem Mund zu hören. Sie war schon immer mein größtes Vorbild gewesen, und zu wissen, dass sie stolz auf mich war und mich unterstützte, gab mir in gewisser Hinsicht eine neue Perspektive. Vielleicht war ich wirklich zu verkopft an die Sache herangegangen und hatte mich von falschen Schuldgefühlen leiten lassen, weil ich es so viel leichter hatte als sie.

Bis gerade war mir nicht bewusst gewesen, dass ich mit meinem Denken dem zuwiderhandelte, was sie für mich wollte. Ich hatte dieses freie und selbstbestimmte Leben zu großen Teilen ihr zu verdanken. Es war ihr Geschenk an mich, und ich dachte darüber nach, es wegzuschmeißen, um ihr etwas zurückzugeben, was sie gar nicht zurückhaben wollte.

Das brachte mich ins Grübeln, über mein Leben und meine Zukunft und meine nächsten Schritte. Doch zum Glück musste ich hier und jetzt nichts entscheiden, sondern konnte mir die Zeit nehmen, noch einmal in Ruhe über alles nachzudenken.

28. Kapitel

Pro: Ich spare mir die Studiengebühren.
Contra: Ich habe keinen Uni-Abschluss.
Pro: Ich habe dennoch einen Highschool-Abschluss.
Contra: Ich habe ein Jahr verschwendet.
Pro: Ich verschwende nicht noch mehr Zeit.
Pro: Ich könnte Pläne umsetzen, für die ich nie Zeit hatte.
Pro: Ich kann an meinem zweiten Buch arbeiten.

Ich lag auf meiner Couch, während im Hintergrund eine von Luciens Playlists lief, und versuchte, meine Gedanken zu sortieren. Das Gespräch mit Ammi wollte mir nicht mehr aus dem Kopf gehen, und ich musste mir jetzt über einiges klar werden. Entweder schrieb ich mich für das nächste Semester ein und wiederholte meine Kurse oder … oder ich wählte einen anderen Weg. Und je länger ich darüber nachdachte, umso mehr gefiel mir die Vorstellung, nicht ans MFC zurückzukehren. Ammi hatte recht. Ich brauchte das Jurastudium nicht unbedingt, aber es stand schon so lange auf meiner To-do-Liste, dass es sich falsch anfühlte, es runterzustreichen. Deshalb hatte ich eine neue Liste begonnen. Eine Pro-und-Contra-Liste.

Pro: Ich hätte mehr Zeit für die Arbeit mit Irresistible Future.
Pro: Ich könnte Kooperationen annehmen, die es erfordern zu verreisen.
Pro: Ich müsste nicht mehr auf Schlaf verzichten.

Pro: Ich könnte wieder mehr Zeit mit meinen Freunden verbringen.

Es war eindeutig, welche Seite überwog, und eine nervöse Aufregung breitete sich in meinem Magen aus. Konnte ich das wirklich tun? Konnte ich mein Studium aufgeben? Ich hatte das bis heute trotz einiger Zweifel nie wirklich in Betracht gezogen, aber vielleicht war ich nur zu beschäftigt gewesen, um zu sehen, wie überflüssig es geworden war.

Nachdenklich tippte ich mir mit dem Stift ans Kinn, während ich überlegte, welche Punkte ich der deutlich kürzeren Contra-Seite hinzufügen könnte, als es plötzlich an meiner Tür klingelte. Ich rollte mich von der Couch, wobei ich fast auf den Boden plumpste, und lief zur Gegensprechanlage.

»Ja?«

»Hey, ich bin's«, hörte ich Luciens vertraute Stimme.

Mein Herz machte einen Satz.

Er räusperte sich. »Darf ich raufkommen?«

Ich antwortete nicht, sondern betätigte nur den Summer. Ich hatte Lucien erwartet, immerhin hatte ich Amicias Schuhe beschlagnahmt. Nur hatte ich nicht damit gerechnet, ihn so bald zu sehen.

Eilig warf ich einen kontrollierenden Blick in den Spiegel und kämmte mir mit den Fingern durch das zerzauste Haar. Es war noch wirrer als am Morgen, als ich die Wohnung verlassen hatte.

Es klopfte.

Ich nahm einen tiefen Atemzug und wappnete mich innerlich. Dennoch war ich vollkommen unvorbereitet auf den Sturm der Gefühle, der über mich hinwegfegte, als ich ihm die Tür öffnete. Ich fragte mich, wie mir jemals nicht hatte klar sein können, dass ich Lucien liebte.

Er hatte die Hände in die Hosentaschen geschoben und musterte mich abschätzend aus seinen dunkelbraunen Augen, als wäre er sich unsicher, wie er mir nach unserem Streit gegenübertreten sollte.

Ich räusperte mich. »Hey.«

»Hey«, gab er zurück und trat unruhig von einem Fuß auf den anderen, als könnte er es gar nicht erwarten, wieder zu verschwinden. Sprachlos sah er mich an, aber wenn er Amicias Schuhe zurückhaben wollte, musste er mir das sagen. Ich würde ihm diese Aufgabe nicht abnehmen.

Unangenehme Stille breitete sich zwischen uns aus, als sich plötzlich eine Falte zwischen Luciens Augenbrauen bildete. Er neigte den Kopf. »Hörst du dir gerade Code Orange an?«

Ich warf einen Blick über die Schulter, als könnte ich die Band sehen, deren Musik aus meinem Handylautsprecher grölte. »Ja. Ich hatte das Gefühl, es verdient zu haben, ein bisschen angeschrien zu werden.«

Luciens Mundwinkel hoben sich bei meiner Bemerkung ein kleines Stück. Es tat mir gut, das zu sehen, denn es bedeutete, dass sein Hass auf mich nicht groß genug war, um all die anderen Gefühle zu überschatten.

»Irgendwann wirst du ihre Musik zu schätzen wissen.«

»Darauf würde ich nicht wetten.«

Lucien öffnete den Mund, schloss ihn dann aber wieder, und erneut dehnte sich Stille zwischen uns aus.

Ich hasste es, dass plötzlich diese Befangenheit zwischen uns herrschte, nachdem wir bisher immer so ungezwungen und natürlich miteinander hatten reden können. Und noch mehr als die Befangenheit hasste ich mich selbst dafür, uns in diese Situation gebracht zu haben.

Ich räusperte mich. »Ich nehme an, du hast mit Amicia gesprochen?«

Verlegen rieb sich Lucien den Hinterkopf. »Ja, sie hat mir alles erzählt.«

»Von ihrem Diebstahl?«

Er nickte.

»Und davon, dass sie unser Gespräch belauscht hat?«

Er nickte erneut und stieß dabei ein erschöpftes Seufzen aus. »Wir haben sehr lange und sehr ausführlich über alles geredet. Über die Dinge, die ich gesagt habe, und das, was sie getan hat. Am liebsten hätte ich sie an die Wand geklatscht, aber ich versteh, warum sie es gemacht hat … irgendwie.«

»Gut.« Ich bückte mich und hob die Tüte auf, die ich hinter die Tür gestellt hatte. Auffordernd hielt ich sie Lucien entgegen.

Als er danach griff, streiften seine Finger meine.

Ein Schauder durchlief mich, und auf einmal verspürte ich eine Sehnsucht, die mich schier zu zerreißen drohte. Am liebsten hätte ich meine Arme um seinen Hals geschlungen und ihn geküsst, aber das ging nicht, und das tat verdammt weh.

Lucien sah auf, und unsere Blicke begegneten sich. Ich konnte in seinen Augen dieselbe Wehmut erkennen, die ich fühlte. »Danke, dass du heute für Amicia da warst.«

»Gerne«, erwiderte ich und ließ die Tasche los. »Einen schönen Abend noch.«

Ein trauriges Lächeln umspielte seine Lippen. »Dir auch.«

Ich nickte, und als er sich abwandte, kostete es mich einiges an Selbstbeherrschung, ihm in diesem Augenblick nicht all meine Gedanken und Gefühle zu offenbaren.

Schweren Herzens wollte ich gerade die Tür hinter ihm schließen, als seine Hand nach vorne schnellte und mich davon abhielt. Fragend sah ich zu ihm auf, überrascht von der Verwirrung in seinem Blick.

»Aliza …« Er klang unsicher.

»Ja?«

»Du hast Amicia heute Vormittag aus dem Einkaufszentrum abgeholt.« Es war keine Frage, sondern eine Feststellung, die keine Antwort erforderte. »Hättest du nicht eigentlich auch in einer Prüfung sitzen sollen? Wegen der Finals hatte ich mein Handy aus.«

»Schon, aber …« Verlegen senkte ich den Blick. »Ichhabdie-Prüfungausfallenlassen.«

Meine genuschelten Worte ließen Luciens Augenbrauen in die Höhe wandern. »Was hast du gesagt?«

Ich blickte auf. Früher oder später würde er es ohnehin rausfinden, warum also das Unvermeidbare hinauszögern?

»Amicia hat mich kurz vor meiner Prüfung angerufen. Ich hatte die Wahl, sie abzuholen und die Schuhe zu bezahlen oder nicht hinzufahren und meine Prüfung zu schreiben. Dann hätte man sie aufs Polizeirevier mitgenommen und den Diebstahl zur Anzeige gebracht …« Ich zuckte mit den Schultern. »Du weißt, wofür ich mich entschieden habe.«

Lucien versteifte sich, und ich konnte beobachten, wie langsam die Farbe aus seinem Gesicht wich. »Ist das ein Scherz?«

Ich schüttelte den Kopf.

Er presste die Lippen aufeinander und atmete schwer aus, während er sich einen Moment nahm, seine Gedanken zu sortieren. »Du hast deine Prüfung wirklich wegen Amicia ausfallen lassen?«

»Ja.«

»Shit.« Fahrig fuhr er sich mit einer Hand durch das Haar, wobei seine Finger an einem Knoten hängen blieben. Er ließ seinen Arm wieder fallen und starrte mich an.

Ich starrte zurück.

»Kannst du sie nachholen? Die Prüfung, meine ich.«

»Nein.«

In dieser Sekunde konnte ich all die Gefühle in Luciens Augen sehen, das Entsetzen, die Verwirrung, aber auch die Dankbarkeit dafür, dass ich Amicia beschützt hatte und für sie da gewesen war, als er es nicht hatte sein können. »Warum hast du das getan?«

»Weil …« Ich unterbrach mich, denn es gab keinen logischen Grund für mein Handeln. Ich hatte die Entscheidung nicht mit dem Kopf, sondern mit dem Herzen gefällt. Ich sah zu Lucien auf. Trotz seiner bestürzten Miene trat ein Lächeln auf meine Lippen. »Weil ich dich liebe.«

Seine Augen weiteten sich vor Überraschung. Mir war klar, dass dies vielleicht nicht der beste Moment für mein Geständnis war, aber ich musste es ihm einfach sagen. Er sollte wissen, wie ich fühlte, so viel Ehrlichkeit hatte er von mir verdient.

»Was …«, stammelte er völlig überrumpelt.

Seine Ratlosigkeit war bezaubernd, auch wenn dies wohl das letzte Wort war, mit dem ich Lucien unter normalen Umständen beschrieben hätte, aber in diesem Augenblick passte es perfekt.

Ich trat einen Schritt auf ihn zu, erlaubte mir aber nicht, ihn zu berühren. »Ich liebe dich, Lucien«, wiederholte ich. »Und es tut mir leid, was am Wochenende passiert ist. Ich hätte vorsichtiger sein müssen. Und ich verstehe, warum du mich …«

Lucien erstickte meine Entschuldigung mit einem Kuss. In einem Moment stand er mir noch gegenüber, im nächsten verschmolzen unsere Lippen miteinander. Er schlang seine Arme um meine Taille, und die Tasche mit den Schuhen schlug mit einem dumpfen Knall auf dem Boden auf.

Ich schloss die Augen und gab ein zufriedenes Seufzen von mir, als sich mein Körper wie von selbst gegen seinen drängte und die Sehnsucht stillte, die mein Inneres verwüstet hatte. Ich vergrub die Hände in seinem Haar und küsste Lucien, wie ich noch nie einen Mann zuvor geküsst hatte – voller Liebe. Wärme flutete meine Brust, und ein heißes Kribbeln überzog meine Haut.

Ein Zittern durchlief meinen Körper, und Lucien zog mich noch fester an sich. Als ich an diesem Morgen aufgestanden war, hatte ich nicht erwartet, ihn noch einmal auf diese Weise spüren zu dürfen. Unser Kuss war zärtlich und liebevoll. Heiß und innig. Und einfach perfekt. Ich wollte, dass er nie wieder endete. Aber Lucien hatte andere Pläne.

»Aliza …« Er löste seinen Mund von meinem, wich aber nicht zurück. »Es tut mir leid, was ich zu dir gesagt habe«, wisperte er an meinen Lippen. »Aber als ich das Wort ›Unfall‹ gehört habe, bin ich durchgedreht. Das mit uns … das ist kein Fehler. Ich liebe dich auch.«

»Wirklich?«

Er nickte, und ehe ich michs versah, küssten wir uns erneut. All die Sorgen und Ängste, die ich empfunden hatte, lösten sich in Luft auf. Denn egal, ob ich mich für oder gegen mein Studium entschied, eines wusste ich nun mit Sicherheit. Wie meine Zukunft auch aussah, Lucien hatte darin einen festen Platz.

29. Kapitel

Ich stemmte die Einkaufstüte gegen meine Hüfte, um sie nicht fallen zu lassen, als ich die Klingel betätigte. Es war kalt geworden, ziemlich eisig sogar, und eine dünne Frostschicht bedeckte den Boden. Ich erschauerte und trat von einem Fuß auf den anderen, um mich warm zu halten, als mir zum Glück auch schon die Tür geöffnet wurde.

»Frohe Weihnachten!«, begrüßte mich Amicia mit einem breiten Grinsen. Sie trug eine rot-weiße Wollleggins und einen schwarzen Hoodie, auf dem ein Plüschtier von einem Weihnachtsmann getötet wurde. Sehr festlich.

»Frohe Weihnachten. Na, alles klar?«

Sie nickte, nahm mir die Einkaufstüte aus der Hand und schielte hinein. »Ich sehe Salat und … Blumenkohl. Interessant.« Sie sah mich an. »Lucien wollte mir nicht sagen, was du für uns kochst.«

»Das liegt daran, dass er es auch nicht weiß.« Ich streifte mir die Jacke von den Schultern und zog die Schuhe aus. Nachdem meine Familie Weihnachten nicht feierte, hatte ich Lucien angeboten, die Festtage dieses Jahr mit Amicia und ihm zu verbringen und für sie zu kochen.

Verschwörerisch beugte sich Amicia vor. »Verrätst du es mir?«

»Nein. Du wirst es erfahren, wenn du mir beim Kochen hilfst.«

Ihr Gesicht wurde ausdruckslos. »Ich muss helfen?«

»Ja. Oder glaubst du, ich koche allein ein Fünf-Gänge-Menü?«

Amicias Augen wurden groß. »Fünf-Gänge-Menü?«

»Wir werden den ganzen Tag nur kochen und essen. Das wird fantastisch.«

»Das werden wir noch sehen.« Sie klang skeptisch, konnte das Zucken ihrer Mundwinkel jedoch nicht vor mir verbergen. Manchmal war es beinahe erschreckend, wie ähnlich sie und ihr Bruder sich waren.

»Wo ist Lucien?«

»Im Keller.«

»Ich hol ihn, du kannst schon mal die Sachen auspacken.«

Ich stieg die Treppe ins Untergeschoss hinunter. Inzwischen war ich schon zwei-, dreimal dort unten gewesen, aber es würde wohl noch eine ganze Weile dauern, bis ich mich an den Anblick der leblosen Fratzen voller Blut und Eiter gewöhnte. Zwar hatte Lucien auch ein paar nett aussehende Masken kreiert, aber die waren eindeutig in der Unterzahl.

Er lehnte gerade über seiner Arbeitsplatte und werkelte an einer neuen Maske, die über eine Büste gespannt war. Mit einer Pinzette und einer Nadel fädelte er Haarflusen in die ledrige Kunsthaut. Dabei wippte er leicht mit dem Kopf im Takt der Musik, die so laut aus seinen Kopfhörern scholl, dass selbst ich das Geschrei hören konnte.

Ich tippte ihm auf die Schulter.

Er blickte auf, ohne sich zu erschrecken, und ein warmes Lächeln trat auf seine Lippen. Rasch zog er die Stöpsel aus den Ohren und legte sein Werkzeug beiseite. »Hey, du bist ja schon da.«

»Es ist zwölf, wie vereinbart.«

»Oh, dann hab ich wohl die Zeit aus den Augen verloren«,

sagte er mit einem verschwörerischen Blick. Kurz darauf packte er mich und zog mich auf seinen Schoß.

Ich lachte auf, aber er verschluckte das Geräusch mit einem Kuss.

Eine prickelnde Gänsehaut überzog meinen Körper, als er seine Lippen gegen meine drängte. Ich legte eine Hand auf seine Brust und stieß ein zufriedenes Seufzen aus. So turbulent die letzten Tage auch gewesen waren, wenn ich bei Lucien war, kam mir die Welt immer ruhiger vor, beinahe so, als hätte jemand die Zeit angehalten. Alles rückte in den Hintergrund – meine Arbeit, meine Pflichten, meine Sorgen. Nur er zählte dann noch.

»Habe ich mich eigentlich schon dafür bedankt, dass du heute hier bist?«, fragte Lucien zwischen zwei Küssen und glitt anschließend neckend mit seiner Zunge über meine Unterlippe.

Ich brummte. »So ungefähr ein Dutzend Mal.«

»Gut.« Er küsste mich ein letztes Mal, bevor er mit den Lippen langsam über meine Wange meinen Kiefer hinab bis zu meinem Hals fuhr. Er liebte es, mich dort zu küssen, ebenso sehr wie ich es liebte, dort von ihm geküsst zu werden.

Stockend atmete ich ein, froh darüber, dass ich auf seinem Schoß saß, denn auf einmal fühlten sich meine Knie ganz weich an.

»Hey!«, brüllte plötzlich eine Stimme von oben. »Kommt ihr, oder seid ihr am Vögeln?«

Lucien erstarrte und sah mir tief in die Augen. »Sorry.«

Ich stand von Luciens Schoß auf. »Schon in Ordnung, immerhin bin ich zum Kochen hergekommen und nicht zum Vögeln.«

»Leider«, murmelte Lucien enttäuscht, aber ich wusste, dass er nur Spaß machte. Er würde auf mich warten, egal wie lange ich brauchte.

Allerdings sagte mir mein Gefühl, dass er gar nicht mehr allzu lange würde warten müssen. Wir hatten schon so vieles miteinander geteilt, sowohl emotional als auch körperlich, und allmählich fühlte ich mich bereit für diesen nächsten Schritt. Ich vertraute Lucien, mit meinem Herzen und meinem Körper.

Er ergriff meine Hand, und gemeinsam stiegen wir die Treppe rauf und gingen in die Küche, wo Amicia meine Einkäufe ausgepackt hatte. Grübelnd stand sie über die Lebensmittel gebeugt und schien zu rätseln, was wir wohl kochen würden.

Ich erlöste sie aus ihrer Unwissenheit, und wir machten uns an die Arbeit. Dabei gab ich den beiden genaue Anweisungen, und sie gehorchten, ohne mit der Wimper zu zucken. Wir redeten und scherzten und sendeten Weihnachtsgrüße an unsere Freunde. Es herrschte eine gemütliche, heimelige Atmosphäre, geradezu familiär.

»Was machen deine Eltern heute?«, fragte Amicia, während sie den Blumenkohl in der Pfanne wendete.

Ich sah von dem Granatapfel auf, den ich gerade entkernte. »Nichts.«

»Gar nichts?«

»Nope. Es gibt ein großes Familienessen, aber das ist erst morgen.«

»Zum Glück, sonst wärst du heute nicht hier.« Lucien gab mir einen Kuss auf die Wange.

Amicia verzog das Gesicht. »Ihr seid ekelhaft süß.«

»Und du bist ekelhaft nervig«, gab Lucien zurück.

Ich lachte und pfriemelte weiter die Kerne aus dem Granatapfel.

Fünf kurze Stunden später waren wir fertig, und das Essen konnte serviert werden. Obwohl es mich in den Fingern juckte, Fotos für meinen Blog zu machen, hielt ich mich zurück. Das heute war Luciens und Amicias Fest.

Wir redeten viel und ließen uns zwischen den einzelnen Gängen jede Menge Zeit, sodass sich unser kleines Festessen bis tief in die Nacht zog. Ich kostete jede Sekunde mit den beiden aus, und wenn es nach mir gegangen wäre, hätten wir noch stundenlang beisammensitzen können.

Wir waren gerade mit dem Nachtisch fertig, als Amicia unruhig mit den Händen auf den Tisch zu trommeln begann. »Geschenke?«, fragte sie und sah erwartungsvoll von Lucien zu mir und wieder zu ihm.

Er lachte. »Klar, lass uns rübergehen.«

Mein Herzschlag beschleunigte sich, und ein Blick auf Amicia verriet mir, dass sie ebenso nervös war. Wir hatten Luciens Geschenk zusammen ausgesucht, was auch der Grund war, aus dem die beiden mit dem Auspacken bis zum Abend gewartet hatten, anstatt sich bereits am Morgen daraufzustürzen. So konnte ich dabei sein.

Wir gingen ins Wohnzimmer, wo ein kleiner Weihnachtsbaum stand. Er reichte mir nicht einmal bis zur Hüfte, war aber groß genug für die drei Geschenke, die darunterlagen.

Wir setzten uns alle auf den Boden vor den Baum.

»Du zuerst«, sagte Amicia. Sie schnappte sich das kleinere der beiden Pakete und reichte es Lucien.

Er nahm es entgegen, und ich hielt den Atem an, als er die Verpackung öffnete. Amicia und ich hatten in den letzten Tagen so lange und ausführlich über das Geschenk gesprochen, dass Lucien bereits Verdacht geschöpft hatte und wir ihm eine fadenscheinige Ausrede hatten auftischen müssen, warum Amicia und ich jetzt scheinbar beste Freundinnen waren – was auch irgendwie stimmte, denn der Vorfall im Schuhladen hatte uns zusammengeschweißt.

Unter dem Geschenkpapier kam eine kleine schwarze Schatulle zum Vorschein, die Lucien aufklappte. Sofort trat eine

Falte zwischen seine Augenbrauen. Verwirrt sah er von seinem Geschenk auf. »Ein Feuerzeug? Ihr wisst, dass ich nicht rauche, oder?«

Amicia lachte, aber es war ein nervöses Lachen. »Ja, das wissen wir. Das Feuerzeug ist dazu da, deine Studienunterlagen zu verbrennen.«

»Was?«

Amicia holte tief Luft und wischte sich die Hände an ihrer Hose ab. »Du erinnerst dich doch sicher an unser Gespräch, nachdem ich dieses Paar Schuhe geklaut habe?«

»Ja. Wie könnte ich das vergessen.«

»Gut. Ich konnte nicht aufhören, daran zu denken. Ich möchte nicht, dass du nur meinetwegen studierst. Das ist es nicht wert. Du solltest etwas tun, das dich glücklich macht. Und das ist Make-up.«

»Du schenkst mir, dass ich aufhören kann zu studieren?«

Amicia nickte. »Ja, genau das schenke ich dir.«

»Das ist lieb von dir, aber wie stellst du dir das vor? Was soll ich später machen? Wie soll ich Geld verdienen?«

»Ich wusste, dass du das sagen wirst, deswegen haben Aliza und ich noch etwas vorbereitet«, antwortete Amicia und griff nach dem zweiten Geschenk, das so flach wie eine Zeitschrift war. »Hier.«

Skeptisch nahm Lucien das Päckchen und öffnete es. Es war eine Mappe mit allerlei Zahlen, Statistiken und Hochrechnungen, die wir mithilfe von Julian angefertigt hatten, der sich mit so einem Zeug auskannte.

»Was ist das?«, fragte Lucien, noch immer verwirrt.

»Der Masterplan für unsere Zukunft.« Amicia klappte die Mappe auf und zeigte ihm die erste Seite – das Inhaltsverzeichnis. »Aliza und Julian haben mir dabei geholfen. Ich weiß, dass du Angst hast, mir nicht das Leben ermöglichen zu können, das du dir für mich wünschst. Aber das kannst du, auch ohne BWL zu studieren. Wir haben alles bis ins kleinste Detail durchgerechnet. Jede Ausgabe. Von jetzt bis zum Ende meines Studiums. Und anhand deiner bisherigen Einnahmen als Make-up-Artist hat Julian Hochrechnungen erstellt, wie viel du realistisch damit verdienen kannst, wenn du all deine Zeit hineininvestierst. Er hat sogar irgendwelche Wahrscheinlichkeitsrechnungen durchgeführt, die ich nicht ganz verstehe. Aber ich würde mir auf jeden Fall einen Nebenjob suchen, um uns finanziell zu unterstützen. Und Aliza und ich haben einige Stipendien rausgesucht, für die ich mich später bewerben könnte.« Aufgeregt und mit glühenden Wangen blätterte Amicia ein paar Seiten weiter. »Wir haben sogar einen Sparplan erstellt, der es dir, wenn ich mit der Highschool fertig bin, ermöglichen sollte, auf die Make-up-School in Los Angeles zu gehen, die du immer besuchen wolltest. Wir könnten in der Zeit unser Haus vermieten. Ich bin dann eh auf dem College, und Aliza meinte, sie würde mit dir nach L. A. gehen, damit du nicht allein bist.«

Fassungslos schüttelte Lucien den Kopf und blätterte konzentriert, ohne etwas zu sagen, durch die Mappe.

»Ihr habt euch anscheinend wirklich viele Gedanken gemacht«, murmelte er schließlich.

Amicia nickte. »Damit du nicht Nein sagen kannst. Dieser Plan ist so sicher, wie er nur sein kann. Julian hat uns sehr geholfen, und ein Freund von Aliza, der Finanzwesen studiert, hat auch drübergeschaut.«

»Das ist wirklich …« Sprachlos blätterte Lucien weiter durch die Mappe. »Ich weiß nicht, was ich sagen soll.«

»Sag, dass du aufhörst zu studieren«, bat Amicia. »Es sei denn, du hast in den letzten zwei Wochen deine Liebe für BWL entdeckt und kannst dir nicht vorstellen, jemals wieder etwas anderes in deinem Leben zu machen als Buchhaltung.«

Er stieß ein leicht verzweifeltes Lachen aus. »Bestimmt nicht.«

»Dann hör auf«, drängte Amicia, als müsste sich Lucien nur zwischen zwei Gerichten auf einer Speisekarte entscheiden und nicht einen Weg für seine Zukunft wählen.

Beschwichtigend legte ich ihm eine Hand auf den Unterarm. »Du musst das nicht sofort entscheiden«, beruhigte ich ihn. »Schau dir die Mappe in Ruhe an und denk über alles nach. So oder so sind Amicia und ich für dich da.«

»Danke, das bedeutet mir sehr viel.« Lucien beugte sich vor und umarmte erst Amicia und dann mich. Obwohl er noch keine Entscheidung getroffen hatte, war ihm anzusehen, wie dankbar er für dieses Geschenk – diese Option – war, die er in all den Jahren zuvor für sich selbst gar nicht mehr gesehen hatte. Weil er zu verblendet von dem Wunsch gewesen war, für Amicia alles richtig zu machen.

Nachdem Lucien einmal durchgeatmet hatte, schnappte er sich das Geschenk, das er für Amicia besorgt hatte, und reichte es ihr. »Okay, das wird das hier«, er deutete auf die Mappe, »nicht übertreffen können, aber ich hoffe, es gefällt dir trotzdem.«

Mit einem breiten Grinsen riss Amicia die Verpackung auf und schnappte nach Luft, als sie das professionelle Nagellack-Set, mit dem sie sich selbst Gel-Nägel machen konnte, entdeckte. »Wie cool. Danke! Woher wusstest du das?«

Verlegen rieb Lucien sich den Nacken. »Sagen wir es so, Aliza hat nicht nur dir geholfen.«

»Danke. Das ist wirklich ein tolles Geschenk!« Amicia drückte uns beide, bevor sie begann, den Karton zu öffnen, um die einzelnen Teile des Sets zu inspizieren. »Darf ich das gleich ausprobieren?«

»Klar, aber bitte im Badezimmer.«

»Okay!« Amicia sprang auf und flitzte die Treppen hoch.

»Und leg Handtücher unter!«, brüllte Lucien ihr noch nach, bekam aber keine Antwort mehr.

Er stieß ein Seufzen aus, wirkte dabei jedoch nicht verzweifelt wie so oft zuvor, sondern glücklich und zufrieden. Sein Blick wanderte zu der Mappe, die neben ihm auf dem Boden lag. Er griff danach und begann erneut, sie durchzublättern, dieses Mal jedoch langsamer und bedachter, als würde er die Zahlen auf sich wirken lassen.

Ich rutschte näher an ihn heran und legte meinen Kopf auf seine Schulter.

Als Lucien auf der letzten Seite angekommen war – dem Sparplan für die Make-up-School –, sah er mich an. In seinen Augen lagen Wärme und Zuversicht. »Das ist wirklich beeindruckend.« Er wedelte mit der Mappe. »Und du wusstest davon?«

Ich nickte schuldbewusst. Es hatte mir in den letzten Tagen einiges abverlangt, nichts zu verraten. »Ja, Amicia hat mir direkt nach eurem Gespräch von ihrem Plan erzählt, und ich finde, sie hat recht. Du bist ein toller Bruder, und es spricht für dich, dass du bereit bist, so viel von dir zu geben, aber ich glaube nicht, dass das langfristig der richtige Weg ist. Weder für dich noch für Amicia.«

»Und wenn wir in zwei, drei Jahren noch zusammen sind, würdest du dann wirklich mit mir nach Los Angeles kommen?«

Ich sah ihm tief in die Augen und nickte. Lucien träumte seit Jahren von dieser Make-up-School, und dass er früher oder später dafür würde umziehen müssen, war nun einmal Realität. Eine Realität, der ich mich würde stellen müssen. Wir waren es zwar gewohnt, uns nicht täglich zu sehen, und ich wusste, dass unsere Gefühle füreinander stark genug waren, um die Distanz zu überbrücken, wenn es so weit war. Aber das bedeutete nicht, dass ich das wollte. Ich liebte Lucien und wollte bei ihm sein. Ich wollte nicht nur seine Stimme hören und seine Texte lesen, ich wollte seine Lippen und sein Lachen an meinem Hals vibrieren spüren. Ich war nicht bereit, auf all das zu verzichten. Nicht heute. Nicht morgen. Nicht in zwei oder drei Jahren oder wann immer er entschied, auf die Schule zu gehen. Und vor allem wollte ich nicht, dass er meinetwegen auf diese Erfahrung verzichtete.

»Auf jeden Fall. Mein Jurastudium gehört der Vergangenheit an, und mein Blog ist nicht ortsgebunden. Ich könnte in L.A. neue Restaurants entdecken, und Irresistible Future hat dort auch einen Sitz, genau wie viele andere Organisationen. Ich hätte dort viele Möglichkeiten, sogar noch mehr als hier.«

Lucien musterte mich aufmerksam. »Du meinst das wirklich ernst.«

Ich nickte erneut. »Ja.«

»Und was ist mit deiner Wohnung? Deiner Familie?«

»Meine Wohnung ist mir egal, und meine Familie …« Das würde hart werden. Allein die Vorstellung, sie nicht mehr spontan besuchen zu können, tat weh. Und vermutlich würde ich deswegen noch einige Tränen vergießen, aber ich wusste, dass dieser Schmerz es wert war, wenn ich dafür mit Lucien zusammen sein konnte. Außerdem war es noch lange nicht so weit, Amicia musste erst einmal die Highschool abschließen, und bis dahin konnte noch viel passieren. Es lohnte sich nicht, sich schon jetzt deswegen Sorgen zu machen – ein Schritt nach dem anderen.

»Du bist unglaublich.« Lucien schob eine Hand in meinen Nacken und zog mich an sich, um mich zu küssen.

»Ich liebe dich«, murmelte ich an seinem Mund.

»Ich liebe dich auch«, sagte er und küsste mich erneut.

Wärme und Zuneigung fluteten meinen Körper. Ich schlang die Arme um seinen Hals und erwiderte den Kuss, der mehr war, als nur ein Zeichen unserer Liebe. Er war auch ein Versprechen für die Zukunft und der Startschuss in ein neues Leben.

Ein Leben, das Lucien und ich miteinander teilen würden.

Epilog I

Zweieinhalb Jahre später

»Wie viele Töpfe und Pfannen hast du eigentlich?«, fragte Lucien und schielte in den Umzugskarton, den er gerade geöffnet hatte.

Wir waren erst seit ein paar Stunden in Los Angeles, und nachdem wir unsere Koffer mit den wichtigsten Sachen ausgepackt hatten, hatte ich vorgeschlagen, uns Raum für Raum durchzuarbeiten – angefangen mit der Küche. Logisch.

Ich verzog die Lippen. »Das willst du nicht wissen.«

Lucien runzelte die Stirn und stemmte die Hände in die Hüfte. Kritisch betrachtete er den Karton. »Brauchst du die wirklich alle? Ich meine, es passen eh nur vier auf die Herdplatte.« Vielsagend deutete er auf besagten Herd, der ein ziemlicher Downgrade im Vergleich zu jenem war, den ich in meiner Wohnung in Mayfield besessen hatte. Doch die Mieten in Los Angeles waren um einiges teurer als die in einer Kleinstadt in Washington, und die schlechte Küchenausstattung nahm ich gerne in Kauf, wenn ich dafür bei Lucien sein konnte.

Meine Eltern waren nicht begeistert gewesen, als ich ihnen eröffnet hatte, dass ich gemeinsam mit Lucien nach Los Angeles ziehen würde. Selbst nach über zwei Jahren machten sie sich Sorgen, dass unsere Beziehung in die Brüche gehen und ich allein in einer Großstadt stranden könnte. Und ich konnte diese Angst nachvollziehen. Auch ich hatte meine Bedenken, und es war keine leichte Entscheidung gewesen wegzuziehen. Aber ich liebte Lucien zu sehr, um so weit von ihm entfernt zu leben.

»Ja, ich brauche all meine Töpfe und Pfannen«, erwiderte ich in einem Tonfall, der keine Widerworte duldete, und zog mein Haarband fest, um mich auf den nächsten Karton zu stürzen, in dem sich all meine Kochbücher befanden. Ich begann, sie nach Größe sortiert in das Regal über der Spüle zu stellen, während Lucien verzweifelt versuchte, sämtliche Töpfe und Pfannen in einem der Schränke unterzubringen.

Eine Weile arbeiteten wir schweigend, während im Hintergrund das neue Album von Luciens Lieblingsband lief. Allmählich gewöhnte ich mich an seinen Musikgeschmack, auch wenn er wohl nie meine erste Wahl sein würde. Doch es war niedlich, ihn dabei zu beobachten, wie er stumm die Texte mitsang und dabei mit dem Kopf nickte.

»Hat sich Amicia schon bei dir gemeldet?«, fragte ich, nachdem ich Lucien erklärt hatte, wie ich mein Gewürzregal eingeräumt haben wollte.

»Ja, Nina und Adriana sind gestern eingezogen.«

»Und das ist wirklich okay für dich?«

Lucien nickte, wenn auch zögerlich. Er war nicht begeistert von der Vorstellung, dass Leute, die er nicht kannte, mit Amicia im Haus ihrer Eltern lebten, aber es war nur sinnvoll. So musste Amicia während ihres Studiums am MFC nicht allein wohnen, und die Mieteinnahmen entlasteten sie beide. »Ich hoffe nur, sie schmeißen keine zu wilden Partys.«

»Sie ist auf dem College …«

»Das beruhigt mich jetzt überhaupt nicht.«

»Sie wird schon auf sich aufpassen.«

»Ich mach mir keine Sorgen um sie, sondern um das Haus.«

Ich schnaubte. »Lügner.«

Bevor Lucien etwas erwidern konnte, klingelte es überraschend an der Tür.

Verwirrt blickte ich zu ihm auf. »Erwarten wir heute noch eine Lieferung?«

Er schüttelte den Kopf und ging zur Haustür. Kurze Zeit später kam er mit einem Präsentkorb im Arm zurück. Ich entdeckte darin auf Anhieb allerlei bekannte Fairtraide- und Bio-Marken. Am Griff war eine Karte befestigt.

»Von wem ist der Korb?«

»Willkommen in Los Angeles!«, las Lucien laut vor. »Das Irresistible-Future-Team und ich wünschen dir und Lucien einen guten Start in eurem neuen Headquarter. Wir freuen uns sehr, euch in L.A. begrüßen zu dürfen und auf die weitere Zusammenarbeit, die hoffentlich noch viele Jahre andauern wird. Alles Liebe, Malalai.« Lucien reichte mir die Karte und schnappte sich einen Schokoriegel aus dem Korb.

Lächelnd las ich die Worte noch einmal, wobei ich mich angestrengt bemühte, nicht loszuheulen. Nicht weil mich Malalais Worte zu Tränen rührten, sondern weil sie mir vor Augen führten, wie weit ich gekommen war.

Es hatte mich einige Zeit und viele Nerven gekostet, mich neu zu orientieren, nachdem ich die Unterlagen für meine Exmatrikulation eingereicht hatte. Es war aufregend und erschreckend gewesen, und ich hatte eine ganze Weile gebraucht, um mich an den Gedanken zu gewöhnen, nicht mehr Jura zu studieren. Ich hatte das Studium mit dem Antrieb begonnen, mir damit meinen Traum erfüllen zu können, und die Mayfield University ohne Abschluss zu verlassen hatte sich im ersten Moment so angefühlt, als würde ich meinen Traum aufgeben. Aber dem war nicht so.

Ich tat noch immer das, was ich wollte, nur beschritt ich dafür andere, alternative Wege – gemeinsam mit Irresistible

Future, Essence Food und weiteren Organisationen, die ich mit meiner Reichweite unterstützte. Was nachhaltig den Inhalt meines Blogs verändert hatte, allerdings, wie ich fand, zum Besseren. Zwar ging es immer noch ums Kochen und Backen, aber auch politische Inhalte hatten ihren festen Platz in meinem Content gefunden. Einige meiner Follower waren deswegen abgesprungen, andere jedoch hinzugekommen. Manche langjährige Kooperation hatte ein Ende gefunden, dafür stand ich mit anderen, neuen Partnern noch ganz am Anfang. Es war eine spannende Zeit, und ich war froh, meine Freude, meine Ängste und meine Sorgen mit Lucien teilen zu können. Ich hatte keinen Zweifel daran, dass wir gemeinsam alles auf die Reihe bekommen würden.

Epilog II

Eineinhalb Jahre später

»Einen Latte Macchiato mit Mandelmilch und einen Cappuccino«, verkündete Ted, der Inhaber von Capes and Books, und reichte uns die beiden Tassen.

Ich war Ted bisher nur drei- oder viermal begegnet, aber er hatte sich kein bisschen verändert. Er war noch immer groß und schlank, die schwarzen Haare zu einem Zopf gebunden. Und ich hätte schwören können, dass er dasselbe Spiderman-Shirt trug wie bei unserem Kennenlernen, als ich Micah das erste Mal in den Comicbuchladen begleitet hatte.

Ich lächelte ihn an. »Danke.«

»Gerne. Und vergiss nicht, uns auf deinen Fotos zu taggen«, erwiderte Ted mit einem Augenzwinkern. Dann rauschte er davon, um die anderen Gäste zu bedienen, die sich in seinem Laden eingefunden hatten und darauf warteten, dass Micah und Cassie die aufgebaute Bühne betraten. Sie würden heute das erste Mal vor Publikum über ihre Graphic Novel *A Love between Nightmares and Daydreams* sprechen, was mittlerweile der offizielle Titel der Albtraumlady war. Offensichtlich hatte Micah Ted vor Jahren versprochen, dass sie ihre Premierenlesung hier halten würde – und heute löste sie ihr Versprechen ein.

Nachdem Cassie und Micah die erste Rohfassung der Albtraumlady fertiggestellt hatten, hatte ich die beiden mit Joshua vernetzt, der zwar keine Ahnung von Graphic Novels hatte, dafür aber die richtigen Kontakte in der Branche besaß. Es hatte eine Weile gedauert, aber schließlich hatte sich ein kleiner, unabhängiger Verlag für das Projekt gefunden, das schnell viel mehr Aufmerksamkeit generiert hatte als erwartet. Und das nicht nur, weil ich auf meinem Instagram ständig davon redete wie eine stolze Mama, sondern weil Lucien es, ohne mit der Wimper zu zucken, einem der Produzenten vorgestellt hatte, für dessen Film er als Maskenbildner gearbeitet hatte.

Vor knapp einem Jahr hatte er einen Job als SFX-Artist bei einer neuen Horrorserie ergattert, so wie er es sich immer gewünscht hatte. Und mit etwas Glück, viel Überzeugungskraft und ausreichender Hoffnung würde er vielleicht in ein paar Jahren an der *A Love between Nightmares and Daydreams*-Verfilmung mitwirken, aber das stand noch in den Sternen.

»Wie viele Menschen wohl hier sind?«, fragte Lucien mit einem Blick hinter uns.

Ich sah mich ebenfalls um und entdeckte in einer der hinteren Reihen meine hochschwangere Schwester und ihren Mann Hakim. Meine Eltern waren auch mit dabei. Nur Ammi fehlte – und das seit sieben Monaten. Es verging kein Tag, an dem ich sie nicht vermisste, aber der Schmerz wurde erträglicher und die Erinnerungen an sie kostbarer.

»Sechzig? Siebzig?«, vermutete ich und zuckte mit den Schultern. »Ich bin schlecht im Schätzen.«

Es waren allerdings noch ein paar Plätze frei, auch in der ersten Reihe. Auri fehlte, und auch von Tanner, Lilly und ihrem Sohn Link war noch keine Spur zu sehen, obwohl die Lesung in zehn Minuten beginnen würde.

Als hätten sie meine Bedenken, sie könnten es nicht mehr rechtzeitig schaffen, gehört, schlüpften sie in diesem Moment in den Laden. Derek, der den Laden mit Ted führte, fing die drei ab und nahm vermutlich ihre Bestellung auf.

Kurz darauf ließ sich Lilly neben mich auf den Stuhl fallen. »Puh, das war knapp.«

»Wo wart ihr so lange?«

Sie zog sich die Mütze vom Kopf und fuhr sich mit den Fingern durch ihren Pixie Cut. »Wir wollten gerade los, als mein Sohn es geschafft hat, sich noch einmal zu bekleckern. Und ich konnte ihn ja schlecht mit einem Tomatensoßen-Fleck auf dem Shirt mitnehmen.« Sie warf Link einen tadelnden Blick zu, doch der nahm davon keine Kenntnis. Er hatte nur Augen für die ganzen Superhelden-Comics um uns herum.

Ich lachte. »Aber hey, ihr habt es pünktlich geschafft.«

Lilly sah von mir zu Lucien und wieder zu mir. »Und wie geht's euch? Alles klar in L.A.?«

Ich nickte und berichtete ihr von Luciens Job, meiner neuen Kampagne, die in Zusammenarbeit mit Irresistible Future entstanden war, und meiner Assistentin, die ich kürzlich zu meiner Unterstützung eingestellt hatte, da meine Aufgaben in den letzten Jahren immer umfangreicher geworden waren. Ich erzählte ihr auch von Amicia, die noch immer am MFC studierte, aber heute Abend leider nicht mit dabei sein konnte.

Lilly und ich plauderten noch eine Weile, auch mit Adrian und Keith, welche es sich in der zweiten Reihe gemütlich gemacht hatten. Sie sahen ziemlich fertig aus, denn sie waren extra für die Lesung aus New York nach Mayfield geflogen. Adrian war dort inzwischen bei einem angesehenen Architekturbüro angestellt, während Keith hinter den Kulissen eines Theaters am Broadway arbeitete.

Wir waren noch ganz in unsere Unterhaltung vertieft, als sich Auri und Julian zu uns gesellten, die bis eben bei Micah und Cassie hinter der Bühne gewesen waren. Julian sah aus wie immer – lockiges, braunes Haar, eine dunkelblaue Jeans und ein schlichter Pullover. Auri hingegen war kostümiert, und es war nicht zu übersehen, wen er darstellte: den Traumlord. Er trug eine graue Bundfaltenhose mit Trägern und ein weißes Hemd mit Flecken aus Kunstblut. Dazu hielt er einen Gehstock in der Hand mit einem Griff aus rotem Stein. Er hatte sich sogar die Narbe geschminkt, die horizontal über die Nase des Traumlords verlief und sein Gesicht zweiteilte.

»Ich sehe, du hast meine Anweisungen gut befolgt«, begrüßte ihn Lucien.

Auri grinste. »Danke, aber das war Cassie.«

»Wie geht es den beiden?«, fragte ich.

»Sie sind ziemlich aufgeregt, aber sie schaffen das«, antwortete Julian.

In diesem Moment betrat Ted die Bühne. Er begrüßte die Gäste und sprach ein paar einleitende Worte, bevor er Micah und Cassie auf die Bühne bat.

Micahs Shirt zierte das Logo ihrer Graphic Novel. Cassie hingegen war Auris Gegenstück, sie war als die Albtraumlady verkleidet. Sie trug eine schwarze Perücke mit kantigem Bob, einen eleganten Hosenanzug und dazu eine Krawatte. In der Geschichte ragten der Albtraumlady sechs Tentakel aus dem Rücken, dazu geschaffen, Träume zu stehlen und Albträume in die Köpfe der Leute zu pflanzen. Doch da diese auf der Bühne ziemlich unhandlich gewesen wären, hielt sie stattdessen ebenfalls einen Gehstock in der Hand, der allerdings wie ein Tentakel aussah – inklusive Saugnäpfe.

Cassie und Micah stellten sich vor und erzählten anschließend etwas über die Geschichte und ihre Zusammenarbeit, während im Hintergrund eine Diashow mit Skizzen und Zeichnungen aus der Graphic Novel an die Wand projiziert wurde.

»Wann können wir mit Volume zwei rechnen?«, fragte ein Mann aus dem Publikum.

»Leider nicht vor nächstem Sommer«, antwortete Cassie. »Eine Graphic Novel braucht viel Zeit, und Micah und ich sind nebenbei noch in anderen Berufen tätig. Ich arbeite als Journalistin, und Micah ist Illustratorin. Aktuell illustriert sie ein Kinderbuch von Hailee DeLuca. Daher kann es etwas länger dauern, aber wir arbeiten fleißig an der nächsten Ausgabe, damit ihr sie schnellstmöglich lesen könnt.«

Der Mann nickte zufrieden. »Okay, danke!«

Es wurden noch weitere Fragen gestellt, und im Anschluss konnte sich jeder ein Buch signieren lassen. Die normalen Besucher wurden anschließend aus dem Laden geführt, aber wir durften bleiben, ebenso wie ein paar Freunde und Stammkunden von Ted und Derek. Es wurde ein Pizza-Buffet angerichtet, Musik wurde aufgelegt, und dann wurden Geschichten ausgetauscht – über Vergangenes und all das Neue, das sich inzwischen ereignet hatte. Auri und Cassie würden im nächsten Sommer heiraten. Das Motto: Herr der Ringe. Und Julian und Micah planten einen längeren Aufenthalt in Ottawa, da Julian das Angebot bekommen hatte, dort an einem größeren Projekt mitzuwirken. Micah konnte flexibel von überall auf der Welt arbeiten, weswegen sie ihn natürlich begleiten würde.

Es war ein wunderbarer Abend, der für mich niemals hätte zu Ende gehen müssen. Ich war unglaublich stolz auf meine Freunde und bereute es, dass Lucien und ich bereits in zwei Tagen wieder zurückfliegen würden. Ich hätte gerne noch mehr Zeit mit allen verbracht, aber so hochschwanger wie Nazia war, vermutete ich, dass der nächste Besuch in Mayfield ohnehin nicht lange auf sich würde warten lassen.

Plötzlich schlangen sich zwei starke Arme von hinten um mich.

Ich zuckte nicht zusammen, denn diese Umarmung war mir ebenso vertraut wie der Duft des Mannes, dessen Brust sich nun gegen meinen Rücken drängte. Entspannt ließ ich mich gegen ihn sinken.

»Hast du Spaß?«, hauchte Lucien mir ins Ohr.

Ich drehte mich zu ihm herum und schlang meine Arme um seinen Hals.

Lucien hatte sich in den letzten drei Jahren kein bisschen verändert, und obwohl wir in einer Stadt wohnten, in der gefühlt nur schöne Menschen lebten, war er noch immer der attraktivste Mann, der mir jemals begegnet war. Aber vielleicht war ich durch meine Gefühle für ihn auch ein kleines bisschen voreingenommen.

»Ja, hab ich. Es war ein toller Abend.«

»Der Abend ist noch nicht vorbei.«

Ich hob die Augenbrauen. »Ach nein?«

»Nein, ich habe heute noch große Pläne für dich.«

»Nur für mich?«

»Für uns«, korrigierte er sich mit einem Lächeln. Auch nach all der Zeit verzauberte mich sein Lächeln noch immer wie damals bei unserem ersten Treffen auf dem Sommerfest. Und ich konnte mir nicht vorstellen, dass jemals eine Zeit kommen würde, in der das nicht mehr so war.

Ich umfasste Luciens Gesicht mit beiden Händen. »Ich liebe dich.«

»Ich liebe dich auch.« Er beugte sich vor, um mich zu küssen. Um mir mit seinen Lippen zu zeigen, wie ernst er seine Worte meinte.

Ich erwiderte den Kuss und hätte in diesem Moment nicht glücklicher und dankbarer sein können. Dankbar für meine Freunde, meine Familie und meinen Job, und vor allem dankbar für Lucien, der mir gezeigt hatte, dass es Dinge im Leben gab, für die es sich lohnte, sich Zeit zu nehmen. Denn alle Zeit der Welt war wertlos, wenn wir sie nicht mit den Menschen teilten, die wir liebten.

Danksagung

Für alle, die sich zwischen den Seiten dieses Buchs wiederfinden.
Für alle, die dabei sind, sich selbst zu finden.
Für alle, die Träume haben. Habt den Mut, sie zu verwirklichen.

Die Geschichte von Aliza und Lucien bildet für mich den perfekten Abschluss der *Someone*-Reihe. Ich habe mich bereits in *Someone New* in Aliza verliebt, und Lucien hat in *Someone Else* mein Herz erobert. Und zu beobachten, wie die beiden in *Someone to Stay* zueinanderfinden, war einfach wunderschön.

Ein riesiges Dankeschön geht an meine Lektorin Stephanie Bubley, welche die *Someone*-Reihe von Anfang an begleitet hat. Die mir stets dabei geholfen hat, das Beste aus meinen Geschichten rauszuholen, und die immer ein offenes Ohr für mich hatte, wenn mir Micah, Cassie, Aliza und die anderen das Leben mal wieder schwer gemacht haben.

Großer Dank gebührt auch Melike Karamustafa, welche der *Someone*-Reihe den letzten Feinschliff gegeben hat.

Weiterhin danke ich meinem Agenten Markus Michalek und dem gesamten Team von LYX und Bastei Lübbe – Ruza Kelava, Simone Belack, Momke Zamhöfer, Simon Decot und all den anderen wunderbaren Menschen, die hinter den Kulissen so viel Einsatz zeigen. Danke für die großartige Zusammenarbeit.

Ich danke außerdem meinen Sensitivity Readern, auf deren

Rat ich nicht hätte verzichten können. Danke Mewa und Rabia, dass ihr euch die Zeit für *Someone to Stay* genommen habt. Und ganz besonders dir, Mewa, möchte ich danken, für deine Geduld und deine Hilfsbereitschaft.

Unbedingt danken möchte ich auch den PJS. Danke Marie, Alex, Anabelle, Ava, Bianca, Klaudia, Laura, Nicole, Nina und Tami für eure bedingungslose Freundschaft. Ich wüsste nicht, was ich ohne euch machen würde. Und ein extra großes Dankeschön geht an Anabelle, deren wunderschöne und kluge Zitate die *Someone*-Reihe begleitet haben.

Danken möchte ich auch Carolin Wahl, Tanja Voosen, Yvonne und Fabian sowie Gabriella Bujdosó, dafür dass sie die *Someone*-Reihe illustriert und meine Figuren auf eine ganz andere Art und Weise zum Leben erweckt hat.

Über drei Jahre lang hat mich diese Reihe begleitet, und nun heißt es Abschied nehmen von Micah und Julian, Auri und Cassie und Aliza und Lucien. Ich habe in diesen vergangenen Jahren unglaublich viel gelernt, über mich und über die Menschen um mich herum. Diese Bücher haben mich wachsen lassen, und ich bedanke mich herzlich dafür, dass ihr mich auf dieser Reise begleitet habt. Ich bin euch unendlich dankbar für eure Unterstützung, eure ansteckende Begeisterung und all eure lieben Worte. Ich hätte mir keine besseren Leser_innen wünschen können. Danke!

Die Liebesgeschichte von Micah und Julian – herzzerreißend und unvergesslich

Laura Kneidl
SOMEONE NEW
544 Seiten
ISBN 978-3-7363-0829-9

Als Micah auf ihren neuen Nachbarn trifft, kann sie es nicht glauben: Es ist Julian, der kurz zuvor ihretwegen seinen Job verloren hat. Micah fühlt sich schrecklich, weil Julian ihr nicht mal die Gelegenheit gibt, sich zu entschuldigen. Doch seine undurchdringliche Art fasziniert Micah, und sie will ihn näher kennenlernen. Dabei findet sie heraus, dass Julian nicht nur sie, sondern alle Menschen auf Abstand hält. Denn er hat ein Geheimnis, das die Art, wie sie ihn sieht, für immer verändern könnte …

»Ein absolutes Must-Read, das ich am liebsten in jedes Regal der Welt stellen möchte.« LESELURCH.DE

LYX

Ist ein Moment des Glücks wirklich den Preis unserer Freundschaft wert?

Laura Kneidl
SOMEONE ELSE
432 Seiten
ISBN 978-3-7363-1121-3

Cassie und Maurice könnten das perfekte Paar sein: Sie sind beste Freunde, wohnen zusammen und teilen eine Leidenschaft für Fantasyliteratur. Dennoch scheinen Welten die beiden voneinander zu trennen. Während Auri viele Bekanntschaften hat und gern unter Menschen geht, zieht Cassie sich lieber von der Außenwelt zurück und pflegt einen engen Freundeskreis. Je mehr Zeit vergeht, desto stärker befürchtet sie, dass das, was sie und Auri verbindet, vielleicht nicht so stark ist wie das, was sie trennt …

»Ein so wichtiges, ehrliches und authentisches Buch.« FOXY BOOKS über *SOMEONE NEW*

LYX

Was, wenn unsere Liebe mein Untergang ist?

Morgane Moncomble
BAD AT LOVE
Aus dem
Französischen von
Ulrike Werner-Richter
464 Seiten
ISBN 978-3-7363-1299-9

Als Azalées Mutter stirbt, bleibt ihr nichts anderes übrig: Sie muss nach vier Jahren zum ersten Mal in ihre Heimatstadt zurückkehren. Augenblicklich holen sie dort die schrecklichen Erinnerungen an ihre Vergangenheit ein. Doch nicht nur das: Azalée lernt auch ihren neuen Nachbarn Eden kennen. Er ist sexy und geheimnisvoll, und auch wenn sie sich geschworen hat, niemals Gefühle für einen Mann zu entwickeln, berührt er sie auf eine Weise, die ihre Welt mit jedem Tag ein bisschen mehr ins Wanken bringt …

»Wirkungsvoll, überwältigend, tiefgreifend und mutig.« LECTURES DE JENN

LYX

Er hat keine Vergangenheit. Sie keine Zukunft.

Der Auftakt der Midnight Chronicles

Bianca Iosivoni / Laura Kneidl
MIDNIGHT CHRONICLES
– SCHATTENBLICK

448 Seiten
ISBN 978-3-7363-1277-7

449 entflohene Seelen. 449 Tage, um sie zurück in die Unterwelt zu schicken. Roxy weiß, dass ihre Mission so gut wie unmöglich ist. Dass sie jetzt auch noch ein Auge auf den mysteriösen Shaw haben soll, der von einem Geist besessen war und seitdem keinerlei Erinnerungen an seine Vergangenheit hat, passt ihr daher gar nicht. Vor allem weil das Kribbeln zwischen ihnen mit jedem Augenblick, den sie miteinander verbringen, heftiger wird. Und das ist nicht nur für Roxys Herz gefährlich – sondern auch für ihr Leben ...

»Magisch, kraftvoll, intensiv. Ein imposanter Reihenauftakt, der mein Kämpferherz erwachen lässt.« RED FAIRY BOOKS

LYX